Scarlet
스칼렛

www.b-books.co.kr

Scarlet

스칼렛

www.b-books.co.kr

수연아,

수연아,

임이현

장편 소설

목 차

사랑해서였다

구름 하나 없이 맑은 하늘 아래 뙤약볕이 거칠게 내리쬐는 아침은 별로 달갑지 않았다. 산란하는 태양에 한없이 눈살이 찌푸려진다. 날씨가 좋으면 좋은 대로, 나쁘면 나쁜 대로 문제다.

날이 너무 좋으면 덥고, 날이 너무 안 좋으면 몸 자체가 무거워진다. 그건 모두 자신이 아닌 수연의 몫으로 배정된 일이다.

오늘은 아무래도 찜통처럼 더울 테니 물을 많이 준비해야 했다. 결은 편의점에 들어가 2+1 행사를 하는 물 아홉 병을 계산했다. 편의점 주인이 오늘은 저녁까지 내도록 덥겠네요, 하는 말을 인사처럼 건네어 결은 잠시 웃는 얼굴로 대답을 대신하고 나왔다.

7시 31분.

차에 올라 시간을 확인하고 스타트 버튼을 눌렀다. 그대로 곧장 달렸다. 아침의 청량한 색감과 함께 폐부 깊숙이 선선한 공기를 집어넣고 십여 분을 달려 도착한 곳에는 수연이 서 있었다. 입에 샌드위치를 물고 덜 마른 긴 머리를 툭툭 털어 낸다.

오늘도 수연은 뒷좌석이 아닌 조수석을 택했다.

"뒷좌석에 타세요."

다른 날과 다름없이 결은 항상 하는 말을 입에 담았다.

"시끄러어, 빨리 추발해."

그리고 수연도 다른 날과 다름없이 샌드위치를 입에 욱여넣은 채로 성질을 낸다. 차를 급히 출발시켰다. 수연은 선바이저를 내려 거울에 얼굴을 비춰 보며 민낯에 선크림을 바른다. 수연의 집 앞까지 올 때 걸리지 않던 신호가 그녀의 집 앞을 벗어나자마자 걸리기 시작했다. 신호가 빨간불에 걸린 틈을 타 결은 편의점에서 사 온 물을 수연에게 건넸다. 수연이 물을 마시다 캑캑거렸다. 결이 등을 두드려 주자 괜찮아진 것인지 수연은 한 손을 들어 그만해도 된다는 제스처를 표했다. 신호가 파란불로 바뀌었다.

"천천히 드세요. 급한 것도 아닌데."

"급해. 오늘 열두 동 다 돌아봐야 돼. 오늘 안으로 안 끝나면 내일로 미뤄지잖아. 내일은 또 내일 할 일이 있는 거고. 그러니까 오늘 무조건 다 보고 확인해야 해."

"동종 업계에서 대표가 이렇게까지 하는 회사는 아무도 없어요."

"그래서 내가 돈 더 많이 벌잖아. 그렇게까지 하는 회사가 없으니까 우리 회사는 꼭 그래야 하고. 그 덕에 너도 월급 많이 받아 가면서, 뭘 새침이야."

웃음 섞인 농담을 던지며 수연이 마저 바르지 못한 부분까지 꼼꼼하게 선크림을 바른다. 화장기 하나 없는 얼굴로 하루 종일 종종걸음. 그렇게 저녁이 되어 다시 집에 들어갈 때 즈음의 수연은 몸의 에너지를 다 소비해 버린 사람처럼 힘이 없었다. 그런 날의 연속이면서 수연은 그래도 언제나 씩씩하다. 이런 수연의 모습을 곁에서 보아 온 게 결의 29년 인생에서 20년을 넘게 차지하고 있었다.

8시 30분이 가까워졌을 즈음 현장에 도착했다. 차에서 먼저 후다닥 내린 수연은 오는 동안 바싹 마른 머리를 동그랗게 말아 올려 묶고 트렁크에 있던 안전모를 꺼내 쓴다. 구두를 가지런히 벗어 놓고 두꺼운 양말을 신고서 안전화도 신었다. 오늘의 일과를 시작하려는 그녀는 누가 보아도 빛나고 예뻤다.

"안녕하세요, 고생 많으시죠?"

현장 인부들에게 다정히 인사하는 수연의 뒤를 결도 조용히 따랐다.

공사용 승강기에 오르자 수연이 결을 보며 음흉하게 입꼬

11

리를 올렸다.

"어이, 거기 고소 공포증 고결 씨."

매번 실내 승강기가 설치되기 전에 공사용 승강기를 사용할 때 수연이 결을 놀리는 방식이었다. 공사용 승강기를 타면 외부의 아찔한 높이가 눈에 여과 없이 투영된다. 처음 비서 일을 시작하고 공사용 승강기를 탔을 때, 결은 정신을 잃고 기절하였다. 눈을 뜨니 병원이었고, 수연은 결이 눈을 뜨자마자 깔깔거리며 놀리기 바빴다. 사내자식이 심장이 그렇게 약해서 어디다 써먹느냐며 무안을 주었다. 하지만 겉으로 놀렸을지언정 속으로는 다분히 걱정이 되었는지 그 일 이후로 현장에 오면 수연은 결을 차에서 기다리게 하였다. 그러나 일개 비서가 대표 혼자 현장을 둘러보게 할 수는 없어 끊어질 것 같은 정신을 붙잡고 공사용 승강기에 타는 연습을 했다. 그랬더니 이제는 이까짓 것 뭐라고 기절했나 싶을 정도로 덤덤해졌다.

"놀리지 마세요."

"이런 건 놀려야 제맛 아닌가?"

수연이 천진하게 샐긋 웃었다.

"계속 놀리시면 저 사표 씁니다."

"야, 그건 절대 안 돼. 너 사표 쓰면 내 수발 누가 해."

우스갯소리를 늘어놓다 보니 어느새 승강기가 현장 제일 꼭대기에 도착해 있었다. 수연이 먼저 승강기를 나서다 절뚝거린다. 오른쪽으로 기울어지는 수연의 몸을 다급하게 결

이 붙잡았다. 수연이 머쓱하게 웃으며 미안, 하고 속살거렸
다.

"그제 병원 안 가셨어요?"

"바빴어."

"제가 본사 들어가기 전에 병원에 모셔다드렸잖아요?"

"그날 시공 팀 사장님한테 전화 왔거든."

"하, 진짜. 왜 병원 가는 걸 빼세요? 그 약속을 미루셨어야
죠."

결의 인상이 찌푸려져도 수연은 무연히 웃을 뿐, 더는 말이
없었다.

"대표님은 지금 병원 가세요. 제가 병원 모셔다드리고 와
서 현장 다 둘러보고 보고드릴게요."

"내가 대표거든."

수연이 절뚝거리며 도안을 펼쳐 들고 다시 앞서 걷는다.

"내가 확인해야 직성이 풀려서 그래. 현장 다 돌고 나면 병
원 가자. 그땐 두말 안 하고 간다."

꼭 저러지.

결은 도리 없이 한숨을 푹 내쉬었다. 회사 일은 꼭 다른 사
람 손 빌리지 않고 자신이 다 해야만 속이 시원한 타입. 상사
로 두면 별로 좋을 것이 없는 피곤한 스타일이다. 하지만 수
연을 떠날 수가 없었다. 결에게 있어 수연은 놓칠 수도, 놓을
수도 없는 인연이었다.

이유는 단 하나,

13

수연을 사랑해서였다.

열두 동, 총 1,288세대를 돌아보는 데만 꼬박 열네 시간이
걸렸다. 그러느라 점심도 먹지 못했고, 숨 돌릴 틈도 포기했
다.

현장이 막바지 작업이라 동마다 전등이 달려 있기에 망정
이었지 아니면 다 못 돌아보고 내일까지 일이 미루어졌을 터
였다. 오늘 안에 일을 끝낸 것이 다행이란 생각을 하며 수연
은 바닥에 풀썩 주저앉았다. 오른쪽 다리가 더는 못 버티려는
지 제대로 움직이지 않았다.

"으어, 개힘들다. 이건 사람이 할 짓이 아니야."

괜히 앓는 소리를 내며 머리에 썼던 안전모를 벗었다. 땀
때문에 이마에 잔머리가 다닥다닥 붙어 간지러웠다.

"차가운 바닥에 앉지 마세요. 여자한테 그거 안 좋아요."

바닥에 굴러다니던 종이 박스를 수연의 엉덩이와 바닥 사
이에 드밀며 결이 기어코 한소리를 했다.

"내가 무슨 여자야? 네 대표지."

"성별이 그렇다는 거잖아요."

결의 성의에 수연은 어쩔 수 없이 엉덩이를 들었다. 박스
하나 덕에 엉덩이에 밀려들던 한기가 훨씬 덜했다. 수연은 싱
긋 웃으며 옆자리를 툭툭 쳤다. 결이 고개를 절레절레 흔들더
니 수연의 옆에 자리를 같이했다.

"저녁 뭐 먹을까?"

수연의 한마디에 결의 눈에서 매섭게 레이저가 발사되었다.

"병원 가셔야죠."

"내일 아침에 출근하면서 가지, 뭐. 귀찮아. 갈 힘도 없구."

"제가 모셔다드리는데 뭐가 귀찮아요. 병원 가셔야 해요. 강 박사님께는 연락 넣어 뒀어요. 늦어도 기다려 주신댔어요."

또 잔소리.

수연의 입에서 하는 수 없이 픽, 웃음이 터졌다. 축 늘어뜨렸던 팔에 힘을 주어 안전모를 벗은 단정한 결의 머리를 헝클었다. 결이 먼지 묻는다며 질색을 했지만 수연은 그런 그의 모습에 더 웃음이 났다.

의경을 지냈던 시절을 제외하고 결이 수연의 비서로 옆에 있은 지 7년이 넘었다. 그 시간 동안 지각 한 번을 한 적이 없는 인사였다. 성실하고 반듯하며, 언제나 자기 몫의 책임을 다하던. 한결같은 모습으로 결은 수연의 옆에서 일해 주었다. 수연은 내심 그것이 고마웠다.

아버지의 회사에서 원자재를 받아 가공해 건설사들이 짓는 아파트에 주방 가구를 넣겠다 했을 때, 집안의 반대는 만만찮았다. 하나밖에 없는 손녀를 물고 빨며 손녀가 원하는 일은 뭐든지 해 주던 할머니마저 그건 안 될 일이라고 못을 박았다. 아버지는 거기다 대고 일이 하고 싶으면 충분히 회사에 근사한 직책 하나 내어 줄 수 있다는 말을 하였다. 하지만 집

15

안의 그 엄했던 반대를 무릅쓰고 수연은 자신만의 회사를 차렸다.

㈜HS

회사를 차리며 가장 먼저 한 일은 결을 비서로 들이는 일이었다. 수연은 자신의 나이 열네 살에 결을 처음 보았다. 본가에 입주 도우미로 들어온 안동댁의 자식이었다. 하얀 피부에 눈이 방울만 한 아직은 어리던 아이. 고3을 끝내고 대학 입시를 준비하던 결에게 수연은 제안을 하였다. 대학 대신 자신의 밑으로 들어오라고. 회사가 성장하는 만큼 대우를 달리 해 주겠다고. 결정 내리면 연락을 달라고.

하지만 제안한 지 1주일이 다 되도록 수연에게 결의 연락은 없었다. 그렇게 2주일이 다 되어 갈 때서야 결에게서 연락이 왔다. 집 앞이야. 그 한마디에 헐레벌떡 나갔다.

어릴 적에는 조그마했던 녀석이 안 본 사이에 또 큰 것인지 키가 훌쩍했다. 그 아래에서 결을 올려다보며 수연은 하필 슬리퍼를 신고 나온 스스로를 자책했다. 그런데 결이 난데없이 수연에게 술을 마시자 권했다. 결의 손에 맥주 두 캔이 들려 있었다.

집 앞의 놀이터에서 각자 몫의 맥주를 마셨다. 한 캔을 다 비울 때까지도 입을 떼지 않던 결이 다 마신 맥주 캔을 우그러뜨리고 나서야 말문을 열었다.

비서, 그거 할게.

그 이후로부터 결은 회사에 헌신하였다. 덕분에 회사는 제법 잘 성장했다. 연 매출 천억 원을 돌파했고, 초창기에 비해 직원들 수가 열 배 이상으로 늘었으며, 이제는 먼저 건설사에서 알아서 연락이 온다.

지금 이 자리가 있기까지, 그러니까 적어도 수연의 옆에서 보좌했던 결의 공이 컸다. 성실 근무자의 표본과도 같던 사람이 결이었다. 회사의 소유주가 한수연일지언정 그 회사의 안주인인 한수연에게 없으면 안 될 사람이 비서 고결이었다.

오래도록 봐 온 아이가 이만큼 잘 자란 것이 신기해, 이만큼 같이 나이 먹은 것이 대견해 수연은 항상 결에 대한 애틋한 감정이 있었다.

"많이 컸다, 우리 결이."

"제 나이가 몇인데 아직도 그 소리세요."

결에게 붙박였던 시선을 옮겨 베란다 밖으로 펼쳐진 세상을 바라보았다. 캄캄하게 내려앉은 어둠 사이사이로 아파트들이 늘어서 있다. 그 아파트들 충충마다 ㈜HS라고 새겨진 주방 가구들이 들어가 있다. 그렇게 생각하니 수연은 오늘도 가슴이 벅찼다.

"사람들이 이사를 와서 우리가 만든 이 주방을 이용하면서, 주방 가구 참 좋다, 그런 생각 한 번쯤은 했으면 좋겠다."

"그 전에 입주민 사전 점검에서 무사통과되는 게 먼저예요."

"어휴, 꼭 초를 쳐요, 초를!"

"화내지 마세요. 그러면 빨리 늙어요."

"너 나보다 나이 어리다고 자랑하냐, 지금? 진짜 어이가 없어서."

툴툴거리는 수연을 두고 결이 웃는다. 결의 웃음에 수연도 덩달아 다시 웃었다. 그렇게 한참을 웃다 결이 먼저 자리를 털고 일어났다. 벗어 놓은 두 개의 안전모와 도안들을 챙기고는 무릎을 굽혀 수연에게 등을 내주었다.

"업히세요."

항상 그렇듯 수연은 결의 너른 등에 스스럼없이 업혔다.

"잘 좀 챙겨 드세요. 무슨 쌀 반 가마니도 안 나가는 거 같잖아요."

"그거 좀 오버 아님? 나 그것보다는 많이 나간다."

"맨날 인스턴트 음식 아니면 끼니 거르기 일쑤시잖아요."

"아아— 잔소리 그만해. 귀 떨어지겠다."

"잔소리 듣기 싫으시면 저 사표 쓰구요."

"와, 진짜 인성 대박이다, 너."

어이없다는 듯 고개를 절절 흔드는 수연을 두고 결이 작다랗게 미소를 머금었다. 그런 결이 편해 수연은 그의 어깨에 얼굴을 묻었다. 전신에 피로가 번져 나간다. 곧 잠들 것처럼 몸에 맥이 풀렸다.

"피곤하시면 좀 주무세요. 제가 병원까지 잘 모셔다드릴게요."

결의 나긋한 음성에,

"병원은 진짜 내일 가면 안 되냐. 눈 감겨. 죽을 거 같아서 그래."

수연은 나오지 않는 목소리를 쥐어짜 대답했다.

"이렇게 집에 가면 내일 못 걸으실 수도 있잖아요."

"네가 봐 주고 가. 감각은 멀쩡해. 그냥 잘 못 움직이는 것뿐이야."

그렇게 말한 수연은 얼마 지나지 않아 새근새근 일정한 호흡을 내쉬며 잠에 빠져들었다. 차에 도착해 결이 뒷좌석에다 내려놓을 때도 수연은 잠을 이겨 내지 못하고 쌕쌕 고른 숨소리만 내었다. 그런 수연이 안쓰러워 결은 수연의 헝클어진 머리칼을 정돈해 주고 차에 시동을 걸었다.

목적지는 그래서 병원이 아닌 수연의 집이었다.

수연의 집 안은 여전히 어질러져 있었다. 본가에서 보내 준 가정부를 또 귀찮다고 물린 모양이다. 결은 수연을 침대에 눕혀 놓고 나와 소매를 걷었다. 집 안에 이리저리 흩어져 있는 서류들과 도안들을 먼저 정리하고, 주방에 가득 쌓인 재활용 쓰레기들을 치웠다. 냉장고를 열어 보니 냉동실에 인스턴트 식품 몇 가지를 제외하고는 또 텅텅 비어 있었다. 한숨이 터져 나오려는 걸 겨우 참고 개수대에 쌓인 컵들을 뜨거운 물로 박박 씻었다. 마지막으로 청소기를 돌리는 것으로 대략적인 집안일이 끝났다. 시계를 확인하니 어느덧 자정이 훌쩍 지나 있었다.

한숨을 돌리려 결은 소파에 몸을 앉혔다. 그러자 발에 무엇인가 걸리적거렸다. 미처 다 치우지 못한 도안들이 테이블 밑에 쌓여 있는 것을 발견하였다. 계속 참아 왔던 한숨이 훅 하고 흘러나왔다.

여태까지 보아 온 수연은 경주마와 닮았다. 지치면서, 힘들면서, 숨이 목 끝까지 차올라 더 이상 달릴 수 없는 몸으로도 앞밖에 볼 줄 모르고 질주하는 경주마. 회사가 아니면 현장에 나가 하루 종일 종종거리면서 쉬는 공간인 집에서마저도 미처 다 보지 못한 회사 일을 살핀다. 결이 이대로 몇 년 더 하다 회사 문 닫을 거냐고, 쉬엄쉬엄해도 된다고 설득해 보아도 수연은 단호하게 자신이 열심히 해야 같이 일하는 직원들이 덜 힘들다고 했다.

선물한 지 채 2주가 지나지 않은 로즈마리 화분은 테이블 위에서 또 말라 있었다. 원래 로즈마리가 맞긴 한 것인지 손가락만 갖다 대어도 부서질 정도로 이미 색을 달리했다. 일이 바쁘다 보니 수연은 마치 자신의 인생에 전혀 여유가 없는 사람인 것처럼 산다. 화분에 물 한 번 줄 정도의 여유라도 가지라고 선물한 화분이 벌써 여럿이다. 그 여럿 중에 로즈마리도 결국 말라 죽었다.

미처 다 치우지 못한 도안들을 챙겨 들고는 죽어 버린 로즈마리 화분을 버리려 몸을 일으키는데 수연이 다리를 절뚝거리며 침실에서 나왔다. 많이 피곤한 것인지 눈을 비비면서도 제대로 뜨지 못한다.

속상한 마음이 자각도 못한 채 표출될까 손에 힘을 주었다.

"아직도 안 가고 뭐 해. 자정 지났어."

수연이 퍼석한 음성으로 말했다.

"대표님 집이 너무 쓰레기장 같았거든요."

"말 좀 예쁘게 하면 어디가 덧나지? 그래서 맨날 그러지?"

핀잔을 주며 수연은 자연스레 소파에 몸을 누였다. 수연의 만면에 지친 기색이 역력하다. 겨우 떠진 눈을 다시 감으며 수연이 늦었어, 얼른 가, 하고 낮은 목소리를 냈다. 결은 조용히 화분과 도안들을 마저 치우고 거실 장에서 장비를 꺼내 수연의 곁으로 갔다.

"다리 걷어 보세요."

"됐어. 내일 아침에 병원 가지 뭐."

"비서 말 좀 들으세요. 내일 괜히 못 걸어서 저보고 올라오라고 하지 마시고요. 그럼 저 더 번거로워지잖아요."

"똑같은 말을 꼭 그렇게 밉게 하지. 그것도 재주다."

그러면서도 수연은 느릿느릿 바지를 걷었다.

"발가락 움직여 보세요."

의족으로 이루어진 오른쪽 발가락 다섯 개가 천천히 움직였다.

"걷기만 불편하신 거예요?"

"좀 삐걱거려. 그것 말고는 감각도 있고 다 괜찮아."

수연의 왼쪽 팔과 오른쪽 다리는 생체공학 의수와 의족으로 대체되어 있다. 즉 인간이 태어나면서 가지는 온전한 제 팔과 다리가 아니라는 소리였다. 생체공학 의수와 의족은 대

21

체할 부위에 수술로 전자칩을 심어 신경과 교감할 수 있도록 만들었다. 그래서 팔과 다리를 일반인과 엇비슷하게 움직이며 감각도 어느 정도까지 느낄 수 있다.

하지만 의수나 의족에 문제가 생기면 움직임 자체에 제한이 걸린다. 해서 병원을 가야 하는 것인데 수연은 큰 문제가 아니면 일이 바쁘다는 핑계로 챙겨야 할 자신의 몸에 무성의한 태도를 보인다. 이런 식의 일이 허다해 결은 생체공학 의수와 의족에 대해 따로 공부했다. 결과적으로 오늘날에는 수연의 의수와 의족에 생기는 간단한 문제 정도는 손볼 수 있는 지경에까지 이르렀다.

사실 결은 수연이 어떠한 이유로 팔과 다리를 잃었는지 알지 못했다. 처음 수연을 봤을 때가 결의 나이 고작 여덟 살이었다. 그때 열네 살이었던 수연은 이미 팔과 다리가 없는 채였다. 세월이 한참 지난 다음에야 수연이 술을 마시다 말고 자신의 입으로 어릴 때 사고가 났대, 로 시작해 워낙 어릴 때라 나도 기억이 없어서 잘 모르니까 더는 묻지 마, 로 끝난 이야기였다. 그래서 결은 굳이 궁금해하거나 물어보지 않았다.

"혹시 아프면 말씀하세요."

수연의 의족에 항상 문제가 생기는 부분을 열어 보며 결이 말했다. 수연은 괜찮아, 하고 담담하게 말할 뿐 눈을 뜨거나 의족에 관심을 두지 않았다.

"제때제때 병원 좀 가세요. 이러다 문제 생기면 또 수술하셔야 하잖아요. 그럼 대표님이 그렇게 좋아하시는 일도 못 보세요."

"입 안 아파?"

수연이 심드렁하게 묻는다.

"대표님이 부리는 사람이 간언하면 좀 들을 줄도 아셔야
죠."

"걱정 마. 네가 하는 말 말고 다른 직원들 말은 엄청 귀담
아들어."

수연의 시시껄렁한 농담에 결은 의족을 손보던 드라이버를
슬그머니 손에서 놓았다.

"저 갈게요."

그렇게 자리에서 일어서려는 결의 팔을 수연이 다급히 붙
잡는다.

"알았어, 미안. 잘못했어. 야, 암만 그래도 하던 건 마저 해
주고 가야지. 난 볼 줄도 모르는데. 매정한 놈."

결은 하는 수 없다는 듯 수연의 곁에 앉아 다시 드라이버를
들었다. 분주히 손을 움직이는 결을 수연이 조용히 지켜보았
다. 결이 아기 새라도 돌보는 양 의족을 조심스레 다룬다.

"넌 왜 연애를 안 해? 좋은 사람 소개시켜 준다고 그래도
마다하고."

수연의 물음에 결은 덜컥 당황스러웠다. 좋은 사람 소개시
켜 준다는 수연의 말을 매번 거절하면서도 수연에게 한 번도
자신의 마음을 표현한 적이 없었다. 수연이 사랑했던 사람과
파혼을 하며 울던 그날의 기억이 생생해서. 자신이 좋아한다

고 표현하는 그 순간부터 수연과 거리가 생길까 봐 결은 무서웠다. 이대로, 정말 이대로 영원히 대표와 비서의 관계로 남는 것도 나쁘지 않다는 생각을 종종 하곤 하였다.

"바쁘니까요. 하루 종일 대표님한테 매달려 있는데 제가 연애할 시간이 어딨어요. 물론 연애에 관심도 없구요."

"그러다 파파노인으로 늙어 죽을래?"

"네. 저는 이렇게 대표님 따까리나 하다 늙어 죽을 팔자인가 보죠."

항상 문제가 있는 부분에 조금 손상이 일어난 것 말고 다른 문제는 없었다. 살펴보았던 부분을 정리하고 장비를 다시 챙겨 케이스에 넣었다. 수연이 자리에서 슬쩍 일어나 거실을 거닐어 본다. 절뚝거림이 완연히 사라져 있었다. 수연이 가벼운 걸음으로 함지박만 한 미소를 머금었다. 결은 수연이 걷는 모습을 가만히 바라보았다.

일방적인 파혼을 당했을 때, 수연은 비를 흠뻑 맞고 와 결에게 의수와 의족이 마음대로 안 움직여서 화가 난다며 울었다. 파혼을 당한 상처 때문에 운다는 걸 알면서도 결은 의수랑 의족 때문에 화가 난 것이냐고 물었다.

사실 수연의 그런 모습은 한 번도 본 적이 없었다. 결코 우는 모습 따위 남에게 보이는 나약한 사람이 아니었다. 다른 사람들은 흔히들 그런 수연을 보고 찔러도 피 한 방울 나오지 않을 인간, 이라는 말을 하였다. 하지만 결은 알고 있었다. 나약하지 않지만 나약한 사람이 한수연이라는 걸. 지금 저 앞의 밑바닥이 곧 낭떠러지인 이 벼랑을 버티고 서 있으려고 나약하게 보이지 않으려 한다는 것을.

그렇게 나약한 수연을 보았을 적에 결은 수연이 전과 같이 돌아가지 못할까 봐 걱정스러웠다. 결과적으로 이겨 낸 것인지 아니면 여전히 아프면서도 괜찮은 척을 하는 것인지 모를 그 중간점에 수연이 서 있었지만, 저렇게 밝게 웃게 된 것만으로도 다행이라 생각하고 있었다.

"오, 역시 고 비서."

의수인 왼쪽 손으로 엄지를 치켜들며 수연이 방정을 떨었다.

"월급 올려 주세요. 물론 상여도 같이 올려 주셔야 해요."

"왜? 지금 걸로 모자라? 월급 인상한 지 얼마 안 됐잖아?"

"전 대표님 비서지 도우미는 아니에요. 근데 제가 도우미 일까지 보잖아요."

"역시. 넌 진짜 인쓰였어."

"제가 그 별명 붙이지 말라고 부탁드렸을 텐데요."

"인성 쓰레기, 이렇게 풀 네임으로 부르기는 거북스럽잖아. 말하는 나나, 듣는 너나."

"자꾸 그러시면 내일 대표님 책상 위에 사표가 하나 놓여 있지 않을까 싶습니다."

장비를 다시 거실 장에 넣어 놓고 결은 현관으로 가 신발을 신었다. 그에 수연이 거실 중앙에 오도카니 서서 양손을 흔든다.

"저녁 먹자고 해도 네가 거절할 거 같아서 안 붙잡는다. 내일 아침에 보자. 조심해서 들어가."

"네. 푹 쉬시고, 내일 아침에 봬요."

여느 날의 저녁과 다르지 않게 업무가 늦게 종료되었다.

내일도 오늘과 같이 수연이 평안하기를.

수연의 집을 나서 사늘한 바람이 살갗을 꿰뚫는 와중에 결은 그런 바람을 품었다.

비서와 대표라는 관계

잔잔해서 평온하게 돌아가던 아침을 커다랗게 장식한 불행은 한주건설의 전화 한 통이었다. 시공하기로 결정되어 계약서를 작성하고 디자인을 조율하기 위해 샘플까지 만들었다. 기한이 촉박하다고 회사 내부적으로 말이 많았지만 그래도 다 같이 힘을 모아 밥 먹듯 야근을 하면서 한주건설이 지은 아파트 2층에 보여 주기용으로 샘플 시공까지 들어갔다.

샘플 시공 들어간 층을 보고 한주건설에서 요구 사항이나 컴플레인이 있다면 그것을 조율하면 되는 상황이었다. 그런데 한주건설에서 난데없이 이번 계약은 없었던 걸로 하자며 연락이 왔다. 있을 수 없는 일이었다. 샘플 기한을 안 지켰다면, 그래서 계약서를 쓰지 않았다면 모를까 억지로 기한까지 맞춰 가며 진행한 일을 건설사 측에서 이토록 일방적이게 파기할 수는 없는 노릇이었다.

"전화 다시 연결해."

수연은 물 한 모금 마시지 못한 음성으로 결에게 지시를 내렸다. 결이 다시 전화를 건다. 그러나 이내 받지 않는 모양인지 결의 고개가 가로저어진다.

"다시."

결은 묵묵하게 다시 전화를 걸 뿐 수연을 말리지 않았다. 하지만 이번에도 역시 전화는 불통이었다.

"미친 거 아니야? 그 새끼들 대가리에 총 맞은 거 아니냐고! 지금 누구 똥개 훈련 시켜!"

"진정하세요."

묵묵히 수연의 지시를 따르던 결이 조심스럽게 입을 열었다.

"너도 봤잖아! 네가 더 잘 알잖아! 내가 생산부에 얼마나 난리를 쳤어! 사장님 그때까지는 도저히 안 될 거 같다고 생산부에서 얼마나 힘들어했냐고! 그런 사람들이랑 밤새우면서 너나 나나 얼마나 독촉을 했어! 그러면서 또 속상해서 얼마나 미안해했냐고!"

물부터 한 잔 마시라며 결은 물이 담긴 유리잔을 수연의 손에 쥐여 주었다. 하지만 수연이 입으로 가져가려던 유리잔을 바닥에다 내던졌다. 잔이 깨지며 유리 파편이 수연의 몸 쪽으로 튀어 올랐다. 옷 때문에 수연의 피부에 직접적으로 생채기는 나지 않아 다행이었으나 결은 일순 놀란 가슴을 쓸어내렸다.

"조심하세요! 그러다 다치면 어쩌려고 그러세요."

하지만 분이 풀리지 않았는지 수연의 뺨이 불그스름하게 달아올라 있었다.

"일단 앉으세요. 앉으셔서 기분 좀 차분히 가라앉히세요."

씩씩거리는 수연을 결이 억지로 의자에 앉히고 깨진 유리 조각을 치웠다. 그러는 와중에도 수연은 말이 없었다. 어처구니없이 헛웃음을 치다 아랫입술을 피가 나도록 질끈 깨문다. 입술에 피가 나는 걸 아는지 모르는지. 이에 짓이겨진 입술은 피가 터진 부분을 제외하고 시퍼렇게 색이 변해 갔다. 깨진 유리 파편을 급히 다 치운 뒤에 결은 수연의 아랫입술을 엄지로 꾹 내리눌렀다.

"힘 빼세요. 입술에 상처 나셨잖아요."

그제야 짓이겨진 수연의 입술에 힘이 빠지며 시퍼렜던 입술 색이 차츰 돌아왔다.

"이게 말이 돼? 이게 지금 말이 되는 상황이야?"

"말 안 되는 거, 저도 알아요."

책상에 있던 티슈로 결은 수연의 입술을 조심스레 닦았다. 보기만 해도 아픈 상처를 수연은 자신의 몸에 잘도 낸다. 하지만 그럴 만한 일이라는 것을 알아 결은 입도 벙긋하지 못했다. 이번 일을 성사시키려 수연은 밤낮없이 뛰어다녔다. 올해 제일 큰 건이 될 거라며 추석 상여금 날짜에 직원들 통장 더 두둑하게 만들어 주자, 하는 말을 피곤한 와중에 하면서 웃기까지 하였다.

"감정적으로 하셔도 안 되고, 이런 식으로 대표님 몸에 생채기 내는 일도 하셔서는 안 돼요. 직원들 다 대표님만 바라보고 있는데 대표님이 이러시면 밑에 직원들 불안하고 불편해하잖아요."

"이럴 때도 꼭 바른 소리지…… . 진심 짜증 나, 너."

결의 손에 있던 티슈를 앗아 수연이 제 입술을 벅벅 문질렀다. 상처가 더 커질 거 같아 한마디 하려 했지만 결은 많이 참고 있는 수연을 알아 입을 다물었다. 수연이 자신에게 짜증 난다며 타박을 주는 건 화를 가라앉히고 사태를 파악해 보겠다는, 그런 뜻이기도 하였다.

"제가 일단은 파악하고 올게요. 대표님은 오늘 해야 할 일들 하시고 계세요. 오후 네 시 전까지는 들어올게요."

"같이 가. 너 혼자 괜히 더 힘들지 말고."

"싫습니다. 대표님은 너무 감정적이셔서 이런 일에는 전혀 도움이 안 됩니다."

"진짜 무슨 약 먹냐?"

"네?"

수연이 눈을 기름하게 흘겼다.

"말 못되게 하는 약 먹냐고. 그렇지 않고서야 넌 매번 어떻게 똑같은 말을 예쁘게 하는 법이 없어."

"못된 게 아니라 똑똑한 겁니다. 사장님이 꽤 유능한 비서를 쓰고 계시는 뜻으로는 해석하기 어려우세요?"

"참나. 그래, 아주 기어올라라."

피식 웃음을 터뜨린 수연은 가방에서 안경을 꺼내 들었다. 오늘 보아야 할 도안들과 업무들이 또 한가득이었다. 안 그래도 일이 많은데 이런 일까지 터져 수연의 머릿속이 복잡할 것이다. 손에 펜을 쥐던 수연이 마른 피딱지가 붙은 입술을 달싹였다.

"냉녹차 한 잔만 타 주고 가. 최 실장이 탄 건 어쩐지 네가 타 준 것보다 맛이 없어."

수연의 목소리가 평이해졌다. 머리끝까지 올라온 분을 억지로 누그러뜨린 모양이었다. 결은 차분히 녹차를 우려 컵에 가득히 얼음을 넣었다. 잔 안에서 연녹색이 쨍하게 푸르렀다. 얼음끼리 맞부딪히는 소리가 연녹색의 색감을 한껏 더 받쳐 준다. 안경을 끼고 서류를 보는 수연의 옆에 조심히 잔을 내려놓았다.

"빨리 와. 네 선에서 처리 안 해도 좋으니까, 그래서 이번 일 엎어져도 아무 말 안 할 테니까 빨리만 다녀와. 너 없으면 나 혼자 일이 너무 많아."

서류에 시선을 그대로 붙박인 채 수연이 말했다.

"네. 네 시 안으로는 들어오니까 걱정 마세요."

"그래."

결은 조용히 집무를 보는 수연을 두고 서둘러 움직였다.

으리으리한 본사 건물을 올려보고 있자니 머리가 멍해지는 기분이었다. 로아 컴퍼니. 대문짝만하게 걸린 이름도 부담스러웠다. 하지만 찾아갔던 한주건설이 요지부동이니 여기까지 올 수밖에 없었다. 손목시계는 벌써 오후 한 시를 가리키고 있었다. 네 시 전까지는 들어간다고 수연과 약속을 했으니 지켜야 한다. 결은 심호흡을 가다듬고 회사 로비로 걸어 들어갔다.

데스크에서 안내 여직원이 알은체를 했다. 약속을 잡고 왔냐는 물음에 결은 아니라고 답했다. 데스크 여직원이 회장실과 전화를 해 보더니 이내 승강기까지 결을 친절히 안내한다. 결은 이 상황이, 자신이 로아 컴퍼니까지 찾아온 이 상황 자체가 마음에 들지 않았으나 어쩔 수 없는 일이라 생각하며 입고 있는 슈트를 툭툭 털어 냈다. 승강기가 17층에 도달하고, 회장실로 입성하는 길이 보였다.

무거운 발걸음으로 문 앞까지 걸어가 잠깐을 망설였지만 결심을 굳히고 문을 활짝 열었다. 회장님이 집무실 정중앙에 앉아 있었다.

"안녕하십니까."

"그래. 오랜만이다. 앉아라."

수연을 닮지 않았다. 부모라는 게 믿기지 않을 만큼 회장인 인석은 수연과 닮지 않았다. 결은 그렇게 생각했으나 세간에서는 인석과 수연을 두고 어쩜 그렇게 빼다 박았냐는 말을 하였다. 그것은 가식이라고, 그래서 결은 그런 생각을 빈번히 하였다.

"그래. 여기까지 무슨 일이냐."

"일이 좀 생겼습니다."

"일단 뭐라도 마시자꾸나."

뒤에 서 있던 강 비서에게 커피 한 잔을 부탁한다는 말을 하며 인석은 결에게는 무엇을 마실 것인지 물었다. 결은 인석과 같은 커피로 달라고 하였다. 강 비서가 친절하게 알겠다는 뜻을 내비추고 회장실을 나갔다. 강 비서가 나간 뒤 적막에 잠긴 회장실에서 먼저 말문을 연 쪽은 이 회사 주인인 인석이었다.

"그래. 요새 수연이는 잘 지내냐? 통 얼굴 보기가 힘들다."

"열심히, 그리고 바쁘게 지내고 계십니다. 잘 지낸다고까지는 말씀 못 드리겠습니다."

"사서 고생을 하는 녀석이니까. 네가 그 애한테 잘하고 있는 건 충분히 알고 있다."

"과찬이십니다."

그리고 다시 강 비서가 커피를 들고 들어올 때까지 침묵이 이어졌다. 인석은 구태여 말을 붙이려 입을 열지 않았고, 결도 그런 노력을 하지 않은 채로 커피를 기다렸다. 얼마나 지났을까. 노크 소리가 들리고 커피가 인석과 결의 앞에 각각 놓였다. 인석은 강 비서에게 이야기가 끝날 때까지 사람을 들이거나 전화를 연결하지 말라고 했다. 강 비서는 고갯짓을 하고 자리를 비켜 주었다.

"수연이가 너를 여기까지 보내진 않았을 거고. 그래, 수연이 회사에 문제가 생긴 거냐? 무슨 일인지 말해 봐."

인석이 느긋하게 커피 한 모금을 마신다. 하지만 결은 커피를 들지 못했다.

"시간이 없어서 본론부터 말씀드리겠습니다."

커피를 마시던 인석이 고개를 주억였다.

"한주건설 측에서 계약을 일방적으로 파기했습니다. 물론 법적으로 소송이 가능한 부분이지만, 승소한다는 전제를 깔아도 득보다는 실이 더 큽니다. 이미 본사에서 받은 물량으로 생산부에서는 제작이 들어갔고 현재까지 80프로 넘게 제작이 끝난 상황입니다. 한주건설에서 계약을 파기한다고 하면 저희로서는 손실을 감내하는 것밖에는 방법이 없습니다."

"손실 규모는?"

"자료 여기 있습니다."

가방에서 정리해 온 자료를 꺼내 인석에게 건넸다. 인석이 찬찬히 자료를 살피는 동안 결은 그제야 커피를 마셨다. 향은 좋으나 입에서 썼다. 커피를 좋아하는 편에 속했지만 오늘은 어쩐지 커피가 넘어가지 않았다.

"그래서 너는 내가 어찌 해 줬으면 좋겠기에 이렇게 찾아온 거냐."

"대표님을 좀 도와주셨으면 합니다. 물론 대표님은 제가 회장님께 부탁한 이 사실을 몰랐으면 하고요."

"그러니까 수연이한테 생색도 못 낼 일을 다름 아닌 나한테 부탁하러 왔다는, 뭐 이런 말이구나."

"네. 언짢으실 줄 알지만 그래도 부탁할 데가 회장님밖에는 없었습니다."

"샘플 층도 만들었을 텐데 그랬단 말이지?"

"네."

"그럼 이 건은 내가 해결해 주마."

자료를 다시 곁에게 건네주며 인석은 표정을 굳혔다.

"하지만 가는 게 있으면 오는 게 있어야지."

역시나.

예상은 빗나가지 않았다.

인석의 도움을 받을 때면 인석은 그에 준하는 무언가를 항상 상대방에게 받아 냈다. 이번에도 다르지 않을 터였다. 곁은 주먹을 움켜쥐었다.

"수연이 선 이야기다. 시간은 정해지는 대로 알려 주마. 너는 그냥 약속 시간에 수연이를 거기에 앉혀 놓기만 하면 돼."

"대표님이 싫어하십니다. 아시지 않습니까. 빤히 싫어하는 줄 아시면서 왜……"

"말이 길구나. 그럼 내 도움은 필요가 없다는 말로 들어도 되겠지?"

곁의 말을 싹둑 자른 인석은 기업인의 얼굴을 하고 있었다. 수연과 전혀 닮지 않은, 냉철하고도 노골적으로 이득만을 원하는 기업인의 얼굴을. 마른침을 삼키고 이를 악물었다. 참아야 했다. 수연이 한주건설 일로 속 썩는 것보다는 자신이 수연에게 한번 못된 사람이 되고 말면 그만인 일이었다. 하지만 그렇게 생각해도 머릿속이 명쾌해지지는 않았다.

자신의 손으로 다른 남자 앞에 수연을 앉힌다는 생각이 토악질 나게 거북스러웠다.

"너는 수연이한테 좋은 비서겠지. 알고 있다. 그래서 너한테 부탁하는 거다. 네 말은 그래도 잘 듣는 녀석이니까."

수연에게 좋은 비서.

수연에게 좋은 남자가 아닌 비서.

고작 비서라는 위치.

그게 결의 목을 죄어 왔다.

"알겠습니다."

커피를 성마르게 다 비워 내고서 결은 자리에서 일어났다.

"그래. 네 약속이니 믿으마. 오후 세 시 전까지는 깔끔하게 처리해 줄 테니 걱정하지 말고."

"네. 그만 가 보겠습니다."

회장실을 나서는 결의 뒤로 인석의 한마디가 따라붙었다.

"다음에도 문제가 생기거든 언제든지 오도록 해라."

그 말을 끝으로 회장실 문이 닫혔다.

업무를 보다 집중이 안 돼서 수연은 비운 녹차 한 잔을 다시 우려 사무실 창틀에 걸터앉았다. 날씨가 무척 좋았다. 하얀 뭉게구름이 솜사탕처럼 떠다니는 하늘에 태양의 흔적이 자욱하다. 그 하늘 아래 생산부가 분주하게 움직이는 모습이 보인다. 1층 사무실을 포함해 공장과 마당 전부 생산부의 영역이었다. 건물 2층부터 5층까지가 사무직에게 배당된 영역이다. 생산부가 월등히 더 넓은 영역을 가졌지만 수연은 생산부에게 가장 미안한 마음이었다.

그들은 여름이면 에어컨도 없이 일을 해야 했고, 겨울이면 히터도 없이 두꺼운 옷만 껴입어야 했다. 하지만 생산부 공장장 형찬은 힘든 내색 하나 없이 사람 좋은 얼굴로 사장님이 매번 고생이십니다, 하는 말을 달고 산다. 사무직 직원들이야 그래도 더울 땐 시원한 데서 추울 땐 따뜻한 데서 일할 수 있었다. 가장 원초적인 문제가 해결이 되는 셈이었다. 그러나 생산부는 달랐다. 물량이 쏟아지면 사무직 직원들보다 더 오래 야근을 해야 했고, 날씨에 따라 갖은 고생도 따랐다.

다들 똑같이 자신의 자리에서 전부 열심히 하는 건 알지만 수연은 어쩐지 생산부에 더 마음이 갔다. 물량이 쏟아질 때면 그들과 밤을 새면서 공정을 지켜보고 불량이 터지지는 않는지 살펴보며 종종 일이 잘 안 될 때는 다그치기도 했다. 그 세월이 무려 9년이다.

수연은 실타래처럼 엉킨 머릿속을 털어 내려 창문에 머리를 기댔다. 이내 노크 소리가 들렸다. 공장장 형찬이었다.

"사장님, 좀 들어가도 되겠습니까?"

문을 연 형찬은 입구에 서서 편안한 인상으로 푸근하게 웃으며 먼지 묻은 옷이 누가 될까 툭툭 털어도 낸다. 수연은 창틀에서 내려와 형찬에게 어서 들어오라고 반갑게 맞이하였다.

"식사는 하셨어요? 오늘 삼계탕 나온다고 하는 거 같던데."

"예. 맛있게 한 그릇 비우고 오는 참입니다."

"네. 혹시 구내식당 문제 있으면 언제든 말씀하세요. 사람은 밥심으로 버티는 거잖아요."

"사장님이 신경 잘 써 주시는 덕에 집에서 먹는 밥처럼 속이 든든합니다."

인석보다 연세가 많은 분이었다. 막내가 아직 공부 중이라 한참을 더 벌어야 한다는 말을 입에 달고 사는. 그 막내가 그렇게 공부를 잘해서 서울에 내로라하는 대학에 입학했다는. 자신이 열심히 일하는 게 자식들한테 큰 보탬이 되어 너무 기쁘다는. 좋은 사람이라는 말로 다 설명이 안 될 정도로 좋은 분이기도 하였다.

"그런데 어쩐 일로 올라오셨어요? 무슨 일 있으세요?"

"아니요. 저야 사장님 덕에 일 있을 게 있나요."

형찬이 작업복 품 안에서 사탕과 초콜릿을 한 봉지 꺼내 놓았다.

"이걸 왜……?"

수연이 눈을 동그랗게 뜨고 묻자,

"그냥 제 딸아이가 기분 안 좋을 때 사다 주는 건데, 사장님도 혹시 이게 필요하지 않을까 해서요."

형찬이 푸근히 웃으며 건넨 말이었다.

"한주 쪽에서 일이 좀 생겼다지요. 아침에 담배 피우러 나

오는 사무실 직원들한테 들었습니다."

"아니…… 이런 거 안 챙겨 주셔도 되는걸요."

"사장님이 저희한테 챙겨 주시는 거에 비하면 정말 별거 아닌데, 그래도 이거라도 드시고 무거운 마음 많이 내려놓으셨으면 좋겠어서요."

형찬이 사탕 하나를 까 수연의 앞에 놓아 주었다.

"저희 힘들었던 만큼 사장님도 많이 힘드셨다는 거 압니다. 매일 저희보다 일찍 출근하시면서 저희보다 늦게 퇴근하시는 분이 사장님이니 아마 이런 일 터져도 제일 심란한 건 사장님이시겠지요."

"……."

"이거 드시고 힘내세요. 제가 다른 건 못 해 드려도 또 야근할 일 생기면 그때 밑에 사람들 못한다는 말 안 나오게 잘 단속시킬 테니 일 많이 생겼다고 미안해하지도 마시고요."

"감사해요. 정말 감사합니다. 잘 먹을게요."

형찬이 까 준 사탕을 입에 넣고 수연은 입술 양 끝을 귀에 걸었다. 형찬이 안심했다는 얼굴로 곧장 자리에서 일어났다.

"차라도 한 잔 마시고 가세요."

"아닙니다. 다음에 한잔 주십쇼. 저는 이제 일하러 가야지요."

형찬이 나가고 테이블 위에 덩그러니 남겨진 사탕과 초콜릿을 바라보며 수연은 자신의 다리를 끌어안았다. 입 안에 사탕이 녹아 엉망진창으로 달다. 이런 게 이런 날에 도움이 되나 싶어 우습다가 다른 사람도 아닌 형찬이 이런 것을 갖다주어 인생을 헛살지는 않고 있구나, 하는 생각이 들었다.

하지만 어쩐지 일순 사무치게 외로워졌다. 수연은 맨날 옆에서 잔소리를 늘어놓는 결이 없어서 그럴 뿐이라고 단정 지었다.

오후 네 시까지 돌아온다던 결의 소식 대신 한주건설의 소식이 날아들었다. 단가가 더 낮은 곳이 제안을 해 와 잠시 착오가 생겼다는, 대충 그런 내용이었다. 결과적으로 이번 일에 관해서는 자기네들의 잘못이니 눈감고 한 번 넘어가 달라는. 일이 생각보다 쉽게 풀렸다. 수연은 아침의 일이 없던 사람처럼 다시 대표 역할에 충실해졌다. 이런 식으로 다음은 없다고 못을 박으며, 그 업체가 어디인지 몰라도 단가가 그만큼 낮다는 건 설치가 부실하거나 가구 자체에 문제가 있을 거라는 뼈 있는 조언을 남겼다. 그에 한주건설 측은 연신 죄송하다는 말을 반복하였다.

그렇게 길고 길었던 전화가 끝을 맺고 수연이 먼저 한 것은 전 직원들에게 아침의 불행이 끝내는 불행이 아니었다고 전달하는 일이었다. 사무실 창 너머 1층에서 동분서주하던 형찬이 그 소식을 들은 것인지 얼굴이 밝아져 함지박만 하게 웃는다. 수연은 그 모습을 내려다보다 시계를 확인했다. 짧은 시침바늘이 다섯 시를 가리키고 있었다. 그런데 아직 결은 소식이 없다. 전화도, 문자도, 그 어떠한 무엇도 없이. 결은 이렇게 아무 소식도 전하지 않고 늦을 인사가 아니었다. 뭘 하든 보고를 하고, 어떻게 되든 결과를 알려 주었다. 그런데 이번은 결이 아닌 한주건설의 전화가 먼저였다.

퇴근 시간이 한참 지나서야 결에게서 문자 한 통이 왔다.

[바로 퇴근하겠습니다.]

가타부타 설명도 없이 고작 짧은 문장 하나가 전부였다.

좁다란 마당을 끼고 있는 수연의 집 안에서 형형하게 불빛이 흘러나왔다. 이 시간에 올 사람이 없었다. 본가에서 또 기어이 가정부를 보낸 건가, 그렇게 생각하다 현관에 들어서서 가지런히 놓인 구두를 보았다. 앞이 날렵한 구두는 결의 것이었다. 결은 총 다섯 켤레의 구두를 번갈아서 신는다. 그중의 하나인 코끝이 뾰족한 밤색 구두였다.

"오셨어요?"

결이 현관문 소리를 들은 것인지 황황히 수연을 맞이하였다. 결의 옷 위로 앞치마가 참 어여쁘도 입혀져 있었다. 그러나 수연은 영락없이 결에게 짜증이 일었다.

"야! 너 왜 연락 안 해!"

대뜸 언성이 높아졌다. 그러지 말아야지 하면서도 성질이 급한 게 좀처럼 참아지지 않아서 결국은 이런 꼴이다. 수연은 신발을 내던지듯 벗어 젖히고 결의 가슴에 주먹을 쿡 꽂았다.

"문자 보냈잖아요."

"이 나쁜 시키야, 걱정했잖아! 전화를 해야지! 퇴근한다고 문자 한 통 찍 보내면 단 줄 알아?"

"걱정을 왜 하세요. 무슨 어린애도 아닌데."

"그래! 어린애도 아닌, 다 큰 네가 혹시라도 한주건설 가서 모욕당하기라도 했을까 봐! 그렇지 않고서야 네가 연락도 없이 문자로 날름 퇴근한다는 소리 할 사람이 아니니까!"

"소리 그만 지르세요. 목 상하세요."

"나쁜 놈. 너 진짜 완전 나빴어."

수연은 자신의 가방을 바닥에 내팽개치며 결을 스쳐 지나 집 안으로 들어갔다. 주방에서 좋은 냄새가 난다. 하지만 눈길도 주지 않고 소파에 앉아 무거운 다리를 테이블 위로 올렸다. 결이 수연이 내팽개쳤던 가방을 들고 뒤를 쫓아왔다.

"어떻게 된 건지 말해. 너 거기 가서 무릎이라도 꿇었어?"

가방을 소파에 두고 다시 주방으로 돌아서려는 결에게 수연이 물었다.

"제 무릎 비싸요."

"그러면 뭐야? 너 왜 죽상 하고 있는데, 도대체 왜!"

수연의 말에 결이 자신의 얼굴을 무심히 쓸어 본다. 수연은 입고 있던 셔츠 단추 하나를 풀었다. 목 끝까지 잠겨 도통 숨이 쉬어지지 않는 기분이었다. 하지만 단추를 풀어도 갑갑한 것이 해결되진 않았다.

"한주건설 쪽에서 뭐 왜 그렇게 콧대가 높냐, 뭐 너네 물건이 얼마나 잘났냐, 그런 소리 들어서 기분 별로였어요."

수연의 기분을 알아차린 것인지 결이 선수를 쳤다.

"확실해?"

"거짓말을 왜 해요. 그리고 제가 대표님한테 거짓말할 사람으로 보이세요?"

"하아. 진짜 못 산다, 내가."

수연은 한숨을 크게 내뱉으며 소파에 머리를 기댔다. 직원들이 모두 퇴근한 썰렁한 회사를 나오면서도 내내, 운전을 하면서 집으로 오는 내내 결을 생각했다. 결이 전화 한 통도 없이 문자 한 통으로 보고를 때울 사람도 아니거니와 약속한 시간을 어길 사람은 더더욱 아니기에 섣불리 전화를 걸 수도 없는 입장이었다. 수연이 결을 믿는 신뢰의 두께는 그만큼 두터웠다.

"다음부터 이러지 마. 진짜 걱정했어. 가슴이 덜컥했다고. 내가 꼭 이렇게 화낼 정도로 걱정해야 네 속이 시원하냐?"

"대표님은 평상시에 제가 대표님 걱정하는 반의반도 안 하신 거예요."

"이 나쁜 놈아, 터진 입이라고 아무 말이나 막 하자는 거야, 지금? 내가 진짜……, 하."

수연의 만면에는 화가 써 있는데, 결의 만면에는 천연한 미소가 그려졌다. 수연은 어쩐지 그런 결이 미워져 입을 삐주룩이 내밀었다.

"다음부터 이따위로 혼자 삼키지 마. 만약에 네가 아까 그런 말 들었다고 곧장 말해 줬으면 내가 한주건설 쫓아가서 더러워서라도 안 한다고 했어. 그런데 네가 거기서 분명 참았을 거니까 이번 한 번은 넘어가는 거야. 네가 네 자존심 굽혀 가면서 그랬을 일이니까 이번 한 번은 넘기는 거라고. 알겠어?"

"네."

"내 밑에서 날 위해 일하는 놈이 나 대신 자존심까지 스크래치 나는 거 못 참겠으니까. 넌 내 회사에 충성하는 게 아니고, 나한테 충성하는 거잖아. 그러니까 다음부터는 절대 그러지 마. 네 자존심 스크래치 나면 내 자존심 스크래치 나는 거나 마찬가지야."

"네엡."

확실한 대답을 남기고 결이 주방으로 돌아선다. 그 모습을 가만히 바라보다 수연은 무거운 눈꺼풀을 내렸다. 어릴 적의 결이 떠올랐다.

입주 도우미였던 안동댁의 손을 붙들고 본가로 들어오던 작고 뽀얗던 아이. 식구들이 식사를 할 때면 뒷마당에서 조용히 책을 읽던 가엾고 가엾은 아이. 팔다리가 한쪽씩 없는 자신에게 아무 거리낌 없이 다가와서는 누나, 하고 불러 보던 아이. 비서로 일하고부터 누나, 라는 소리 대신 항상 대표님, 이라고 부르던 그 아이. 모든 때의 수연을 항상 말없이 지켜보던 어진 아이. 고결.

결이 크는 과정을 함께하면서 수연은 결에게 좋은 사람이 되고 싶었다. 암으로 돌아가신 아버지를 대신해 홀로 자식을 건사하는 어머니에게 좋은 아들이 되고 싶다던 결에게, 수연은 다시없을 그늘이 되어 주고 싶었다. 의수와 의족을 하지 않은 채 휠체어에 타고 있던 수연을 보았을 때, 초연하던 결의 그때 그 모습처럼 수연도 결에게 그렇게 의연한 사람이 되어 주고 싶었다.

하지만 수연은 그러지 못했다. 어찌 됐든 결과적으로 결에게 매번 도움을 받는 처지다. 그게 어떤 식이 되었든지 간에 결과로만 따지자면 그러했다. 결을 지켜 주는 입장이 되지 못하는 자신이 그저 늘 부끄럽다.

주방에서 결이 사뭇 낮은 음성으로 식사하세요, 하고 말했다. 그래서 수연은 감았던 눈을 떴다. 느릿하게 일어나 욕실로 가서 손을 씻고, 가방에 준비해 두었던 물건을 꺼내 와 식탁에 앉았다. 식탁에는 팥밥과 미역국, 그 외에 으리으리한 음식들이 한 상 차려져 있었다.

오늘은 결의 생일이었다. 더욱이 그래서 먼저 퇴근했다던 결에게 연락을 하지 못했는데. 한주건설의 일만 아니었다면 나가서 비싼 밥을 먹자고 했을 텐데. 괜히 더 미안한 마음만 부풀어 수연은 입을 떼기 어려웠다.

"드세요."

수연의 얼굴로 미역국의 훈김이 퍼져 올랐다.

"미안해."

수저를 드는 대신 수연은 결에게 사과를 전했다.

"별걸 다 미안해하세요. 안 그러셔도 돼요."

"그냥 내 마음이 그래."

"생일상 혼자 먹기 싫어서 제가 차려서 대표님이랑 먹는 건데, 대표님이 미안해하시면 저 도로 갈까요?"

결이 농담을 던지며 싱겁게 웃었다. 그게 못내 가슴께에 걸려 수연은 한숨이 흘렀다.

"아침에 생일 축하한다는 말, 해 주려고 했는데. 미안해. 경황이 너무 없었다."

"저한테 미안하시면 대표님 몸 좀 잘 챙기세요. 그게 아마 저한테 가장 덜 미안하실 수 있는 방법일걸요."

"싱거운 놈."

식탁 밑 의자에 두었던 것을 수연은 결에게 멋없이 들이밀었다. 결이 그걸 받고, 열어 보고, 입이 찢어지게 또 웃는다. 뭐가 저렇게 좋은지. 나쁜 소리 다 듣고 왔을 거면서. 돈 주고 산 선물 하나에 그렇게 좋아하면. 하아. 속상해 못 살겠다, 진짜. 수연은 인상을 쓰며 제 이마를 문질렀다.

"이번엔 카드도 적으셨어요?"

"20대 마지막 생일 기념. 별말 안 썼으니까 집에 가서 읽어. 괜히 무안해지게 카드 쓴 사람 앞에서 대뜸 읽지 말고."

"네. 감사해요."

"감사, 그딴 거 하지 마. 그거 내가 만든 거 아니고 돈 주고 산 거야. 그걸로 그렇게 세상 다 가진 얼굴 하면 더 미안하잖아. 그냥 선물 받아서 좋다, 그 정도로 끝내."

"이거 고르느라 싫어하는 백화점 엄청 돌아다녔을 거 알아요. 그게 감사한 거예요. 저한테 선물 하나 사 주려고 쓴 대표님 시간이 얼마나 비싼지 아니까요."

"너무 주관적인 해석이다?"

"너무 객관적인 거죠."

픽, 헛바람 같은 웃음이 났다. 결의 말재간을 이길 수 있을 리가. 젓가락을 들어 잘 구워진 조기를 발라 결의 밥 위에 올렸다.

"내년 생일에는 오늘보다 더 잘해 줄게. 그러니까 내 옆에 오래 있어. 엄한 데 가서 괜히 네 자존심 굽히는 일, 절대 하지 말고."

"선물까지 주시면서 그렇게 부탁하시니 듣는 수밖에 없겠네요."

조기 살이 올려진 밥을 결이 크게 한 술 떠 입 안에 넣었다. 밥을 잘 먹는 결을 바라보다 수연은 새카만 초록색인 미역국으로 시선을 내렸다.

그리고,

"생일 축하한다, 고결."

어렵게 한마디 던졌다.

뽀얗게 작던 그때처럼 결의 눈이 휘어졌다.

여름의 햇살은 따가웠다. 선글라스로 눈을 가려도 빛이 수그러들지 않는다. 쨍한 하늘을 선글라스를 꼈다는 이유 하나만으로 올려다보았지만 태양은 도통 스스로를 허락해 주지 않을 모양인지 수연의 눈을 시리게 했다.

수연은 자신을 허락하지 않는 태양을 보기를 포기하고 초인종을 눌렀다. 얼마 지나지 않아 대문이 열렸다. 대문 너머의 고래등같은 기와집으로 걸어 들어갔다. 새파란 잔디가 햇볕에도 주눅 들지 않고 빳빳하다. 주르륵 이어진 돌판을 징검다리 뛰어넘듯 걸으니 어느새 고래등같은 기와 아래 서 있었다. 할머니 정숙이 버선발로 달려 나와 처마 아래 선 수연을 끌어안았다.

"이것아, 어째 이리 얼굴 보기가 힘이 들어!"

얄궂게 소리도 한바탕 치면서.

"나 자주자주 보면 할머니 일찍 죽지 않을까?"

"뭬야? 요것이 아주 여시지, 여시."

"자주 보면 할머니 심장에 무리 가. 우리 할머니 오래오래 살아야지."

"어휴, 이 여시 말하는 거 보게."

수연이 정숙의 손을 잡고 집 안으로 들어갔다. 집에서 일을 보는 사람들이 나와 고개를 숙이는 예의를 갖춰 보인다. 아가씨, 어서 오세요. 그 말까지 보태서. 어색하지 않으나 불편한 건 어쩔 수 없는 노릇인지 수연의 표정이 머쓱해졌다. 정숙이 그걸 알아차리고 사람들을 물렸다.

"밥은? 밥은 먹었어?"

"아니. 우리 김 여사랑 먹을라구 안 먹고 왔지."

"이 능구렁이 좀 보게나. 이 할미 구워삶아서 진짜 일찍 죽게 만들라고 그러는구면."

선글라스를 벗어 케이스에 넣고 정숙을 따라 정숙의 방에 들어갔다. 에어컨이 적당한 온도를 유지시켜 주는지 밖의 땡볕 더위가 없는 양 시원하다. 슈트 재킷을 벗어 걸어 두고 정숙이 앉은 보료 위로 수연도 풀썩 주저앉았다. 정숙이 수연의 이마에 맺힌 땀을 소매 끝으로 꼼꼼히도 닦아 주었다. 수연은 정숙의 품을 파고들었다.

"으, 우리 할머니 냄새 좋다."

어떤 향수의 냄새도 아니다. 정숙의 향기는 몸에 배인 정갈한 무엇인가였다. 딱히 설명할 단어도 마땅찮은, 그저 맡으면 마음이 녹아내려 푸근한 그런 냄새다.

"거짓부렁이 아니야?"

"어어? 내가 할머니 꼬실라고 작업 치는 건 어찌 알고?"

"에이그."

정숙이 수연의 등을 토닥이며 입이 귀에 걸린 사람처럼 웃었다. 그러다 또 표정이 어두워져서는 일은 안 힘들어? 하고 정숙이 물었다. 수연은 고개를 절레절레 흔드는 것으로 대답을 대신했다. 그래도 정숙의 표정이 좀처럼 풀리지 않는다.

"할머니 자꾸 그런 얼굴 하면 나 그냥 다시 가야겠다."

하지만 정숙은 수연의 농담에도 웃지 못하고 눈망울이 더 가여워졌다.

"말랐어. 얼굴 홀쭉해서 보지도 못하겠구먼."

"아닌데. 나 완전 잘 챙겨 먹어요. 할머니도 알잖아. 결이가 얼마나 잘 챙겨 주는지."

"그래. 결이 아니었으면 내가 끝까지 허락 안 했을 거야."

"응. 결이가 잘해요. 여전하지, 뭐."

"근데 강아지같이 졸졸 따라다니는 녀석이 오늘은 왜 안 보여?"

강아지같이 졸졸. 결을 두고 하는 정숙의 비유가 우스워 수연은 작다랗게 웃음을 터뜨렸다.

"주말이잖아요. 개도 쉬어야지."

"그래도 운전은 결이한테 부탁하지 그랬어. 아니면 할미한테 전화해서 차 보내 달라 하던가."

항상 이런 식의 걱정이 정숙에겐 있었다. 수연이 의수와 의족을 하니, 혹시라도 사고가 날까 봐. 강물에 어린애 내놓은 것처럼. 수연은 걱정 말라는 뜻으로 정숙의 손 위로 자신의 손을 포개었다.

"뭐 하러 그래. 나 운전 잘하는데."

"입찬소리하는 거 아니다. 언제나 어디서든 조심해야 해. 너 어디 다쳤다 소리 들으면 이 늙은 노인네 그 자리에서 죽을지도 몰라. 내 말 무슨 뜻인지 알지?"

"할머니나 입찬소리 마셔. 무슨 그런 말을. 그리고 내가 뭐 바람 불면 날아가나? 나 그렇게 안 약해요."

"몸단속 잘 하고 다녀. 하긴, 결이가 어련히 알아서 잘 챙길까마는. 할미가 괜한 걱정을 사서 한다."

"맞아. 우리 김 여사는 좀 그런 경향이 있지?"

서로 얼굴을 마주 보며 깔깔깔 한바탕 크게 웃었다. 그러다 정숙이 저 멀찍이 놓여 있던 곶감을 가지고 와 수연의 입에 넣어 주었다. 이상하게 정숙이 먹는 곶감은 머리가 띵할 정도의 단맛이 없다. 그래서 결이 좋아했다. 질리지 않게 먹을 수 있는 곶감은 수연의 본가에서 먹는 곶감밖에 없다는 말을 결은 자주 하였다. 그래서 정숙이 주는 곶감을 먹거나 받아 오면 결의 생각이 제일 먼저 났다. 오늘도 어김없이 그러했다.

혼자 가시게요?

어제 퇴근길에 결이 물어, 수연은 응, 하고 대답했다. 그런데 결이 제가 모실게요, 같이 가요, 그렇게 말했다. 그게 못마땅했다. 주말이었다. 겨우 1주일에 두 번 쉬는 주말. 것도 수연에게 사적으로나 공적으로 일이 생기면 고스란히 반납하는, 온전한 주말이 아닌 주말.

겨우 결이 쉴 수 있는 날을 고작 운전 하나 시키려 반납하게 만들긴 싫었다.

"갈 때 곶감 싸 주세요. 결이 녀석 갖다줘야겠다."

"우리 손녀가 달라는데 줘야지, 별수 있나. 그래도 너 먹을 만치 남기고 결이한테 줘. 내가 일부러 너 주려고 그제 곶감 가득 들여놨는데."

"하여튼. 손녀 바보지, 우리 할머니는."

"그러엄. 이 할미가 목석같은 네 애비가 좋겠니, 아니면 매사에 조용한 네 어미가 좋겠니. 그저 너뿐인 나한테 얼굴 자주자주 보여 줘."

"안 된다니까. 할머니 심장에 무리 가서 일찍 죽으면 어떡해. 그럼 나 너무 슬프잖아."

수연은 농담을 던지다 보료가 포근해 몸을 누였다. 정숙이 수연의 목을 들어 올려 베개를 베워 주고 자리에서 일어났다. 어디 가? 하고 수연이 묻자 우리 손녀 밥 먹여야지, 하고 방을 나선다. 넓은 방에서 정숙이 사라지자 수연의 입에서는 미소가 걷혔다.

독립을 하고 짧으면 3개월, 길면 6개월 정도 간극을 두고 본가를 방문하였다. 그런 수연이 야속하다며 정숙이 많이 슬퍼했지만 수연은 본가로 발길을 잡는 것이 쉽지 않았다. 자신을 알아서였다. 자신이 어떠한 처지에, 어떠한 위치인지 알아서 괴리감이 들었다.

비밀. 그 농밀한 비밀을 알게 된 것은 정말로 우연이었다. 달빛도 넘어가는 늦은 밤, 악몽을 꾸다 벌떡 깨 정숙에게 가던 중이었다. 정숙의 품에 안겨 자려 했다.

정숙의 방에 가려면 안방을 지나쳐야 했고, 타이밍을 그렇게 잡으려 해도 힘든 일이 누군가 일부러 장난을 친 것처럼 짝 맞춰졌다. 그곳에서 쥐새끼처럼 숨을 죽이고 훔쳐 들은 이야기. 그건 한수연이 이 집안의 혈연이 아닌 업둥이라는 소리였다.

중3의 시기를 앞두고 수술을 받아야 했다. 그래서 강희는 수연에 관한 걱정을 늘어놓았다. 이번에도 수혈이 필요하면 어쩌냐는, 수혈 양이 출혈량을 따라잡지 못해 셀 세이버까지 써야 하면 어쩌냐고, 애 죽으라는 말밖에 더 되냐고, 강희가 서럽게 꺽꺽였다. 인석이 잘 끝날 거야, 라는 말을 힘겹게 했다.

아직 수연이 어린데 알면 어떡해요. 만약에, 만약에 우리랑 왜 혈액형 다르냐고 물어보면요? 업둥이라고 할 거예요? 우리 자식인데, 우리도 그렇고 수연이도 철석같이 그렇게 믿고 있는데, 거기다 대고 그렇게 말해요? 애 아프기까지 한데, 우리가 핏줄 아니라고 하면 얼마나 힘들 거야…….

수술을 해야 했고, 강희는 모든 게 다 걱정되었으나 그중 수연이 제 혈액형과 부모 혈액형을 대조해 진실을 알게 될까 염려하였다.

여기까지 듣고는 정숙의 방으로 가던 발걸음을 돌려 수연은 제 방으로 돌아갔다. 책상에 앉아 학교에서 배운 혈액형 구성 인자를 바탕으로 계산하기 시작했다.

강희의 혈액형이 AB.

인석의 혈액형이 O.

한수연은 AB.

나올 수 없는 조합이었다. 단 한 번의 의심도 없었기에 혈액형이 어떻게 구성되는지 수업 시간에 배웠으면서도 무관심하게 스쳐 지나갔던 일이, 어이없게도 한수연은 업둥이가 맞다는 구체적인 증거를 대 주고 있었다.

그러나 수연은 자신이 업둥이인 것을 알게 된 후로도 부모나 정숙에게 티 내지 않았다. 분명 그들은 자신들이 한 거짓말이 진실이 되길 원했기에 여태까지 숨겨 왔던 것이고, 수연은 그렇게 이해하려 노력했다.

하지만 노력과 별개로 벽이 생겼다. 핏줄도 아닌 한수연이 집안에 누가 되진 않아야 한다고, 그래서 홀로 강건하게 일어서야 한다고, 그런 다짐들이 생겨나 지금까지 수연을 지탱했다.

그렇게 되니 수연은 세상에 혼자 뚝 떨어진 사람처럼 매 순간이 외로웠다.

정숙과 늦은 점심을 먹는 와중에 엄마 강희가 집에 들어왔다. 옷만 얼른 갈아입고 오겠다며 강희의 얼굴에는 정숙과 같은 반가움이 걸렸다. 뒤따라 들어오던 인석도 마찬가지였다.

한씨 집안의 하나뿐인 딸, 한수연.

수연은 자신이 그들에게 가장 큰 기쁨이자 행복이었다는 사실을 뼈저리게 알고 있었다. 하지만 그게 가장 불편했다. 그들이 기어이 자식을 가지지 않고 업둥이인 한수연을 전부인 것처럼 키운 이유. 거기다 지금까지도 이 일을 비밀로 부치고 있는 이유. 그럼에도 더 많은 사랑을 주려 노력하는 이유. 팔다리가 없는 한수연을 그토록 예뻐하는 이유. 수연은 그 모두를 알지 못했다. 제 속 하나 편하자고 그들에게 상처를 줄 수 없으므로 물어볼 수도 없었다.

그렇게 오래 외로웠던 세월 중 사랑하는 사람이 생겼다. 그 사람과 가정을 꾸리면 이 휑한 외로움이 사라질 것만 같았다. 그들의 일방적인 사랑을 좀 더 여유롭게 받아들일 수 있는 사람이 될 것만 같았다. 하지만 그건 바람이었는지 현실이 되지 못했다.

일종의 소박을 맞은 셈이었다. 약혼식을 치르고 호텔에 가서 좀 쉬기로 했던 그날에 남자는 일이 생겼다며 급히 가 보아야 한다는 말을 남기고 홀연히 사라졌다. 충분히 납득할 수 있었다. 자신도 회사를 꾸리면서 일이 언제 어떤 식으로 터질지 예상하지 못했으니, 그 남자도 그럴 뿐이라고 생각했다.

이틀 내내 연락 한 번이 없던 남자에게서 만나자는 연락이 왔다. 메이크업을 받고, 머리를 만지고, 그 남자에게 예뻐 보이기 위해 온갖 노력을 다하고 나간 자리였다. 약혼식을 끝내고 함께 행복한 시간도 보내지 못했으니 오늘은 그 시간을 보내야지, 그렇게 생각하고 나간 자리였다.

남자는 수연과 이틀 만에 만난 자리에서 파리한 안색으로 반지를 뺐다. 약혼식에서 서로 약지에 나누어 낀, 미래를 약속한 반지였다.

수연아,

그렇게 불러 놓고.

미안하다는 말은 안 할게,

그런 소리를 했다.

네 배경이 좋았어. 특히 네 집안의 돈이. 그런데 그게 네 몸을 가리진 못해. 널 안을 때마다 내 몸에 벌레가 기어 다니는 기분이었어. 그 잘난 의수랑 의족을 벗긴 네 모습이 마치 괴물 같아서 더는 못하겠다.

남자가 그렇게 일방적인 이별을 통보했을 때 수연은 절망했다. 자신을 정말 사랑해 주는 사람이라 믿고 있었다. 약혼까지 하는 마당에 인석이 못해 줄 게 뭐 있냐며 차야, 집이야, 남자에게 다 내어 주어서 미안했지만 내심 그가 기뻐하는 모습에 그 알량한 미안함마저도 행복으로 승화시켜 버렸는데. 남자는 반지만 뺐을 뿐, 인석이 내어 주었던 것 중 그 무엇 하나 돌려주지 않은 채 수연을 떠나갔다.

인석은 단단히 한 몫 챙기려 한 놈한테 운 안 좋게 꼬인 것이니 잊으라 했지만 수연은 잊을 수 없었다. 몸에 장애까지 있는 자식이 남자 하나 때문에 또 하나의 상처가 생긴 것이 분했는지 인석과 강희, 그리고 정숙까지 모두 이를 갈며 수연을 더욱 챙겼다. 하지만 수연은 그들이 그럴수록 더 두꺼운 벽을 쳤다. 자신이 선택한 남자 때문에 또 그들이 짐을 나누어 짊어지는 것 같아 괴로웠다.

"어여 먹어."

정숙이 길게 몽우리 지던 수연의 생각의 골을 잘라 냈다. 잡곡밥 위에 갈비찜을 올려 주면서 정숙이 수연의 머리를 쓸었다.

"나 그만 가 봐야겠어요."

하지만 수연은 손에 들었던 숟가락을 망연히 내려놓았다.

"네 부모, 오늘 일정이 길다 해서 이 시간에는 안 들어올 줄 알았지. 할미가 미안해. 그러니까 먹던 밥은 마저 먹고 일어나. 할미 얼굴 봐서라도. 응?"

정숙의 말에 도리질을 치며 의자를 빼고 일어나려던 찰나. 어느새 옷을 갈아입고 온 강희가 수연을 꼭 끌어안았다.

"우리 딸, 오랜만에 보네."

너무도 다정해 눈시울이 시큰거리게 아팠다. 한 번도 자신의 자식이 아니었던 적이 없는 것처럼 강희는 수연을 대한다. 정숙도, 인석도 마찬가지였다. 하지만 수연은 남자 하나 때문에 그들에게 주었던 상처를 아직 잊지 못해 면목이 없었다. 세월이 이만큼이나 지났음에도 아렸다. 그들의 친자식이었으면 이런 마음의 무게를 다 까먹고 뻔뻔해졌으려나. 우스운 생각이 들었다.

"저 그만 가 보려구요. 밥 다 먹었어요."

품에서 강희를 떼어 내고 수연은 자신의 가방을 챙겨 들었다. 아, 방에 둔 재킷은 어쩌지. 그건 그냥 두고 가자. 미련도 없이 집을 나서려던 그 순간, 인석이 수연을 붙잡았다.

인석이 무작정 수연의 오른팔을 붙들고 서재로 향했다.

"다른 자식도 아닌 내 자식인데, 내가 내 자식인 네 얼굴을 보기가 이렇게 힘든 게 말이 되냐?"

조용한 서재 안에 인석의 굵고 낮은 목소리가 울려 퍼진다. 강희가 가져다준 차와 케이크는 맛도 보지 못한 채 테이블 위에 고여만 있었다. 수연은 숨을 작게 들이쉬었다. 원목 자체로만 이루어진 서재는 나뭇결의 냄새가 짙었다.

"우리 오자마자 네가 도망치듯 다 먹지도 않은 밥을 다 먹었다면서 간다는 소리를 들으면, 입장 바꿔 네가 나라면 어떤 생각이 들겠어?"

"죄송해요."

"그런 판에 박힌 사과를 받자고 하는 말이 아니잖냐! 나나 네 엄마가 너 보고 싶어 찾아가도 곁이한테 현장 보러 갔다고, 오늘은 회사에 없다는 말을 들어야 하는 거냐고 묻는 거다. 빤히 회사에 있는 줄 아는데 그렇게 거절당할 때마다 네 엄마나 내가 얼마나 속상한지 알고서 그러는 거냐 말이다."

"죄송해요."

"한수연!"

인석의 쩡한 고함이 서재의 무거운 기운을 갈라내었다. 수연은 입술을 입 안으로 밀어 넣어 지그시 깨물었다.

"네 나이 서른다섯이다. 그만큼 나도 늙었어. 그런데 내가 아직도 네 걱정에 잠을 설친다. 이 정도면 너도 이 부모 마음 알아줄 때 되지 않았냐? 언제까지 그렇게 부모 도움 필요 없다는 듯이 살 거야, 언제까지!"

"그럼 제가 부모 등이라도 쳐 먹는 못된 자식이어야 아버지 속이 시원하시겠어요?"

"수연아! 내 말은……"

수연이 인석의 말을 잘랐다.

"네. 알아요. 그저 아버지나 엄마가 베푸는 거 군말 없이 받아들이라는 그런 말씀이시잖아요. 그런데 저는 그러기 싫어요. 자식이라는 이유로 그러기 싫다고요."

수연의 흰자위가 빨갛게 물들어 갔다. 입술을 다시 안으로 말아 넣어 질끈 악물었다.

"도대체 왜 그래. 너 버리고 갔던 그놈 때문에 아직도 이러냐? 그래서 마음도 못 잡고 우리한테 이러느냔 말이야!"

"그 사람 잊은 지 오래예요. 그냥 제가 아버지한테 죄송한 거라고, 그렇게 생각해 주실 순 없으세요? 아버지는 왜 매번 저를 온실 속의 화초 정도로만 보세요? 제가 괜찮다는데, 왜 아버지나 엄마는 그런 저를 더 안쓰럽게 보시는 건데요! 제가 장애인이라 불쌍하기라도 하세요?"

짝—

서재 안에 아픈 소리가 울려 퍼지며 수연의 얼굴이 오른쪽으로 돌아갔다. 인석이 자리에서 일어나 우두커니 서 있다. 불과 몇 초 만에 자신이 행한 일을 후회라도 하는 듯이 인석의 표정이 어두웠다. 키우면서 매 한 번 들지 않은 자식을 이렇게 때렸으니 인석의 마음에 이 일이 사무칠 것이다.

"죄송해요. 제가 말이 과했어요."

수연은 인석의 그 마음을 알아 먼저 숙이고 들어갔다.

"내 회사의 원자재를 갖다 쓰면서 너는 네 회사가 아무리 힘들어도 외상 한 번을 안 했다. 자금 사정 빤히 안 좋을 때마저도 너는 단 한 번을 그러지 않았어. 그걸 보면서 내 마음이 얼마나 썩었는지 네가 알긴 알고 그래?"

인석이 아픈 감정을 드러내지 않기 위해 주먹을 말아 쥐는 모습을 수연은 보았다.

"네 장애, 그래, 애비로서 안 좋은 거야 당연하다. 그런데 나는 내 새끼를 한 번도 불쌍하다 여긴 적 없었어. 단지 네가 그 몸으로 악착같이 살려고 버티는 거 같아서 그게 내내 안 좋았을 뿐이다. 한 번은 부모한테 기댈 법한데, 너는 내 자식이 아닌 양 버티는 거 같아 그게 나한테 가장 아픈 일인 거고."

"저는……."

아버지 자식이 아니지 않나요.

목울대까지 차올라 찰랑거리는 말을 애써 입 안에 가둔다. 이 말을 하는 순간 인석이 상처받을 것이다. 강희도, 정숙도, 그렇게 자신도 모두가 나란히 각자의 몫으로 배당된 상처를 끌어안아야 할 것이다. 차라리 지금까지 그래 왔던 것처럼 혼자 버티는 것이 나았다. 그게 백번 나은 일이었다.

"그만 가 볼게요."

수연은 자리에서 일어났다. 강희가 가져다준 차와 케이크를 조금은 먹을 걸, 그런 후회가 밀려왔다. 자신이 가고 난 뒤에 손도 대지 않은 걸 엄마가 보면 또 마음 아파할 텐데. 일어선 자세 그대로 포크를 들어 조각 케이크를 반으로 갈라 입안 가득 넣었다. 차도 한 모금 마셨다. 인석이 수연의 그런 행동을 바라보며 한숨을 팍팍하게 내쉬었다.

"지 엄마나 할머니 걱정을 그렇게 하는 녀석이……."

"조만간 다시 올게요. 그때 같이 식사라도 하세요."

"입에 발린 소리 말고, 몸이나 잘 간수해라. 어디 아프면 바로바로 병원 가 보고."

"네."

서재를 나서려다 수연은 다시 몸을 돌려 인석을 바라보았다. 인석과 눈을 마주치기를 수 초. 수연은 인석에게 허리를 굽혔다. 인석이 정 없는 녀석, 하고 한소리를 했지만 그게 자식에 대한 애정이라는 걸 알아 수연은 속이 쓰렸다.

고래등같은 기와집 밖으로 빗줄기가 세찼다.

한여름의 소나기였다.

정숙이 싸 준 곶감을 들고 대문을 나설 때, 그곳에는 우산을 받쳐 든 결이 있었다. 주말은 주말인 것인지 결의 옷차림이 평상시와 다르게 편한 차림이었다. 하얀 반소매 티셔츠 하나에 청바지를 입고 운동화까지 신었다. 우산을 받쳐 들고 있는 결의 왼쪽 손목에는 이번 생일에 선물로 건넨 시계가 걸려 있었다. 결의 말처럼 저거 하나 고르려 싫어하는 백화점을 얼마나 휘젓고 다녔는지. 그래도 쇼핑에 취미 없는 몸으로 고생을 한 보람이 있긴 있다. 결에게 잘 어울리는 걸 보니.

"비 많이 오는데, 몸 괜찮으세요?"

결이 웃는 얼굴로 묻는다. 어쩐지 그 얼굴을 보고 있자니 다리에 힘이 풀렸다. 닫힌 대문 앞에서 수연은 힘없이 바닥으로 주저앉았다. 간격을 두고 서 있던 결이 성마르게 달려와 수연의 겨드랑이에 제 팔을 집어넣어 간신히 엉덩방아는 면했다.

"괜찮으세요?"

"괜찮아. 근데 넌 여기까지나 웬일이야?"

"대표님 이러실 거 같아서요."

"다 아는 척은. 이거나 받아."

정숙이 싸 준 곶감 한 뭉치를 그대로 결의 품에다 안겼다. 결이 무엇인지 알겠다는 얼굴로 잘 먹을게요, 하고 말한다. 그러고는 수연의 몸을 일으켜 세우고 붙잡으라며 팔을 내주었다.

매 순간이 외로운 한수연에게 유일하게 허락된 게 있다면 그건 고결이다.

아무것도 없는 빈손의 한수연에게 신이 허락한 유일한 것. 그래서 사랑하는 남자를 잃었던 그날처럼 울음이 터질 듯하였다. 이것마저도 잃을까 덜컥 겁이 나서.

"화내셔도 돼요, 저한테."

빗소리가 거센 와중에도 결의 말소리가 또렷이 들렸다.

"아님 우시던가요. 참지 말고."

"뭐라는 거야. 넌 말도 안 되는 소리……"

물 흐르듯 넘어갈 수 있을 거라 생각했던 건 수연의 착각이었다. 자신이 오만했다는 사실을 수연은 결의 입을 통해 확인했다.

"울고 싶으시면 우세요. 옆에 있어 드릴게요."

나는 왜 세상 혼자인 걸까.

왜 아무한테 의탁하지 않은 채로 혼자 태어나 쭉 혼자이다 생과 이별할 것 같은가.

핏줄이 아님에도 부모라 자처하는 식구들이 있는데. 비서라는 명목으로 늘 옆에 붙은 너도 있는데.

슬프다. 무던히 슬퍼서 차오르는 슬픔을 억누를 길이 없다.

인석의 앞에서도 참고 버텼던 슬픔이 뻥 터져 한여름의 소나기처럼 만면을 적셔 간다.

빗소리를 뚫고 결이 수연과 눈높이를 맞췄다. 차오르고 꺼지기를 반복하는 눈물을 꾸역꾸역 닦아 내며 수연은 잠잠하고 의연한 결의 눈을 응시했다. 뿌옇게 흐려진 시야에서도 결은 형형히 빛이 났다.

"그러게 같이 가자니까, 말 안 들으시더니."

잦아드는 수연의 울음을 얌전히 기다리던 결이 뒷주머니에서 손수건을 꺼냈다.

"아는 척 그만해……. 네가 괜한 소리 해서 그런 거니까. 이 나쁜 놈."

"그 나쁜 놈이 대표님 울린 거네요."

"그래. 하여간 입만 살아서. 나쁜……. 이 나쁜 노무 시키."

결의 손수건이 수연의 녹녹한 눈가를 부드럽게 감쌌다. 빗소리가 점점 잦아든다. 하늘에 무지개가 높이 걸릴 것 같은 예감이 들었고, 오늘의 슬픔도 이 정도에서 끝이 날 듯하였다.

다시 어떻게든 버티면,

또 살아진다.

그러나 결을 잃으면.

불안한 손길로 수연은 결의 팔을 힘주어 잡았다.

"그만 가자."

나는 이마저도 더는 못 버틸 것 같다.

"봐 봐, 내가 무지개 뜬댔지?"

수연이 하늘에 걸린 무지개를 가리키며 아무 일 없었던 사람인 양 만면에 붙어 있던 어둠을 털어 냈다. 본가 앞에서 곧 쓰러질 듯 핏기를 잃었더니. 어느새. 결은 스스로를 잘 숨기는 수연의 모습을 알아 괜스레 더 걱정스러웠다. 하지만 결의 입장에서는 내색하지 않는 수연의 옆에 입을 다물고 있어 주는 것 말고는 해 줄 수 있는 일이 없었다.

부름은 갑작스러웠다. 아무 일도 없어 외려 더 이상한 토요일 낮에 난데없이 전화가 걸려 왔다. 수연의 본가 정숙의 전화였다. 결아, 너 쉬는 주말인 줄 안다마는 혹시 와 줄 수 있겠니? 그 말에 지체 없이 옷을 입고 집을 나섰다. 아니나 다를까 본가를 나오는 수연의 만면에 어둑어둑한 기운이 내려앉아 있었다. 이상하게도 수연은 본가에 가면 그런 식이었다. 회사에서 퇴근할 때보다 더 기운이 빠져서는 축 처진 모습으로.

정숙은 때때로 그런 수연의 소식을 수연이 아닌 결에게 물었다. 밥은 잘 챙겨 먹느냐는 둥, 의수랑 의족은 괜찮냐는 둥, 회사에 별 탈 없느냐는 둥. 수연이 본가에 다녀간 날이면 여지없이 이틀 내로 연락이 와서는 수연이 괜찮지? 하고 묻는 것도 같은 패턴의 일종이었다.

"야, 너 무슨 생각 해? 내 말에 대꾸도 안 하고."

수연의 투정에 결은 핸들을 잡은 손에 가뜩 힘을 주었다. 정신없이 뻗치던 상념을 잘라 내기 위해서였다.

"제가 졌어요. 무지개 떴네요."

"비겁하다, 고결!"

키득거리며 수연이 차창 쪽으로 몸을 더 돌려 앉았다. 순간 충동이 일었다. 수연의 머리를 쓰다듬고 싶은. 길게 늘어진 수연의 머리칼이 자신의 손가락 사이사이를 헤집는 위험한 상상. 하지만 결의 손이 차마 수연에게 닿지 못하고 허공에 살짝 떠 있다 핸들로 돌아왔다.

"밥 먹자, 결아. 배고프다."

결이 등을 돌리고 있는 수연을 힐끔 쳐다보았다. 차창에 비친 수연의 입술 색이 빨갛게 짙다.

수연아,

그렇게 부르고 싶은 걸 하루에 몇 번이나 참는지 네가 알기나 할까. 대표님 소리에 갇힌 너를 구해 주고 싶은 내 마음을 네가 과연 알고나 있을까. 네가 결아, 부르는 만큼 나도 수연아, 라고 부르고 싶다는 걸 네가 과연 알 수나 있을까.

차의 빠른 속도로 인해 지나치는 풍경을 눈에 담다가 결은 소리 없이 수연아, 하고 불러 보았다. 그러자 입이 아팠다. 입이 아프자 목이 아팠다. 목이 아프자 마음이 아팠다. 마음에 구멍이라도 난 것처럼 찬바람이 들어찬다. 이건 어쩌면 진실하지 못한 대가다. 고작 비서라는 위치를 내세워 수연에게 자신의 마음을 숨기려 하는 대가.

"너 왜 자꾸 대답……, 결아?"

결에게 수연의 당혹스러움이 덜커덕 떨어져 내렸다.

"표정 왜 그래? 어디 아파?"

얼굴을 결에게 바싹 들이밀며 수연이 결의 안색을 살폈다.

"아니요. 그냥 가슴이 좀 뻐근해서요."

수연이 결에게 몸을 가까이 붙여 그의 왼쪽 가슴에 손을 갖다 대었다.

"심장 부근이 아파? 어디 안 좋은 거야?"

"아니에요, 그런 거. 그냥 뻐근한 정도라니까요."

"뻐근한 게 문제가 있는 거잖아. 나보고 맨날 몸 챙기라면서 지 생각이나 하지. 내가 못 산다, 못 살아."

말은 그렇게 하면서도 결의 가슴 위에 올라앉은 수연의 손이 동그랗게 원을 그리며 움직인다. 그 손짓이 상냥했다. 봄볕처럼 따사롭다가 가을의 바람처럼 살가웠다. 아무것도 가진 것이 없는 고결에게 주어진 영원한 평화 같은, 그게 바로 한수연이었다.

"괜찮아요. 걱정 안 하셔도 돼요."

"너 아프면 내가 골치 아프니까 그래. 이 미련탱아."

"미련한 걸로 따지면 대표님이 더 하신 건 알고나 하는 말씀이죠?"

"어휴, 한 번을 안 지지, 한 번을."

수연이 도로 자신의 손을 거두어들인다. 해서 수연의 체온이 가슴에서 사라졌다. 좀 더 아픈 척을 할 걸 그랬나. 오늘따라 수연의 손길이 괜히 더 아쉽다.

한 번씩 이렇게 수연을 가지고 싶은 마음이 커질 때가 있었다. 온전히 자신의 여자로. 그런 생각을 하고 있자면 슬그머니 행복해졌다. 20대와 30대의 나이 차가 사라진 듯하며 마냥 좋았다. 하지만 결국에 수연은 고결의 여자가 아니었다. 상상만으로 채워진 행복은 충분하지 못하다. 더 큰 만족감을 원했다. 더 커서 감당이 안 될 정도의 만족감으로 채워진 행복을 원했다. 그러나 자칫 그게 자신의 인생에서 수연을 잃게 되는 길이 될까 봐 겁이 났다.

그러니 욕심내지 말자.

괜한 욕심으로 수연을 잃지 말자.

그런 식으로 매번 결은 자신을 다독였다.

시원한 물밀면 한 그릇과 보는 것만으로도 침이 고이는 비빔밀면 한 그릇이 나왔다. 가게 안에 손님이 너무 많아 한참을 기다려야 할 줄 알았더니 음식이 금방 나와서 수연은 적잖이 놀랐다.

결이 아는 가게라고 했다. 사람이 많을 거라 시끄러운 것이 싫다면 다른 곳을 가자고 했지만 오늘은 어쩐지 시원한 게 먹고 싶었다. 본가에서 아무래도 속이 시끄러웠던 탓에 시원한 것이 더욱 당겼는지도 몰랐다.

왁자지껄한 사람들을 구경하다 결의 뒤에 높이 올려진 텔레비전에도 눈이 갔다. 집안의 반대를 무릅쓰고 결혼하는 신파 아닌 신파 같은 드라마였다. 저럴 정도로 결혼이 하고 싶을까, 생각하며 수연은 비소했다. 불과 자신이 그러했던 과거는 잊었는지 스스로가 우습고 애잔했다.

사랑.

그딴 게 뭐라고.

다 지랄 염병들인지.

수연은 음식을 나르느라 바쁜 종업원을 기어이 불러 혹시 채널을 돌릴 수 없느냐고 물었다. 그랬더니 옆에서 만두를 먹던 손님이 이거 중요한 장면이라 바꾸면 안 돼요! 하고 소리를 빽 지른다. 그 손님 입에서 만두 한 알이 고대로 튀어나올 것처럼 목청이 높았다. 종업원은 손님 죄송하지만 채널은 못 바꾸겠네요, 하고 다시 분주히 움직이기 시작했다.

"나갈까요?"

비빔밀면을 비비던 결이 젓가락질을 멈추고 물었다.

"아냐. 그냥 먹어. 나 그 정도로 까탈은 아니거든."

"대표님 덕에 저 돈 많아요. 이거 안 드시고 다른 거 드신 다고 해도 사 드릴 수 있을 정도로 많이 벌었어요."

"많이 컸다, 이 말임?"

"많이 큰 게 아니라, 나이 먹은 거예요. 저도 이제 내일이 면 서른이에요."

"어쭈구리."

물밀면이 그릇 안에서 펴지는 동안 결과의 대화도 매끄럽 게 흘러갔다. 그런데 텔레비전 안의 여자가 울기 시작했다. 시어머니에게 맞으며 삿대질을 당한다. 불과 얼마 지나지 않 아 남자는 여자에게 일방적인 이혼을 통보했다. 도저히 부모 를 버릴 수 없기에 너를 버린다는, 그런 시답잖은 발언을 남 자가 하고 있었다.

그래, 사랑이 저렇게 유약한 거지.

별 볼 일 없는 쓰레기 같은.

코웃음을 치다 수연은 밀면을 입 안에 넣었다. 그와 동시 에 드라마는 끝이 났다. 다음 편이 곧 방영된다는 자막과 함 께. 채널을 바꾸면 안 된다는 옆 테이블의 손님이 곧장 내 저 럴 줄 알았어, 하고 말했다. 남자가 딱 그렇게 생겼잖아. 여자 못 지키게, 꼬옥 기생오라비처럼. 그 말을 듣는 찰나 인석이 했던 말이 기억의 저편에서 황급히 자리를 차지했다.

기생오라비같이 생겼다고 생각했는데 결국 탈을 일으키는 구나.

그 사람의 이목구비가 간드러지게 생겼다고 인석은 탐탁지 않아 했다. 그러나 딸이 좋다는 이유로, 그 딸을 사랑해 준다는 이유로 인석은 그런 말을 결코 입에 담지 않았다. 끝내 그 사람이 떠나갔을 적에야 그렇다고 실토했지만.

그로 인해 그 남자의 생김새가 머릿속에서 또렷해졌다. 기억하고 싶지 않은데 이럴 때는 기억력이 제 역할을 하는 것인지 너무도 충실하다. 머릿속이 차가워지면 기억이 떨쳐질까 싶어 수연은 밀면을 허겁지겁 먹었다. 하지만 입 안으로 허겁지겁 밀면을 밀어 넣던 손이 허공에서 멈춰졌다. 결이 수연의 손목을 붙들고 있었다.

"천천히요."

마주한 결의 눈빛이 매서워져 날렵했다. 남자의 눈빛이었다. 맹수처럼 번짐이 없었다. 그 눈빛과 멍하니 마주하다 수연은 젓가락을 내려놓았다.

"그러다 체하세요."

"안 체해."

결에게 반항하듯 수연은 작게 항변했다.

"무슨 생각 하면서 드시지 마세요. 탈 나면 대표님 몸만 고생하잖아요."

"너 고생 안 시킬 테니까 걱정 마."

"말 꼭 그렇게 하셔야 해요?"

"……."

"제가 걱정하는 거 대표님은 진짜 아무렇지 않으세요?"

결의 반듯한 미간이 좁게 일그러졌다. 결은 화가 나면 항상

70

저렇게 미간이 접혔다. 오랜 세월을 함께해서 이 정도는 수연도 쉽게 알아차릴 수 있었다. 하지만 왠지 오늘은 그런 결이 수연은 야속하게 느껴졌다.

"누가 아무렇지 않대? 안 체한다고 했잖아. 그래서 너 고생 안 시키면 될 일인데 너는 왜 그렇게 말하는데?"

"하. 그런 말이 아니잖아요, 지금. 그렇게 드시다 탈 안 난 적 있으세요? 맨날 허겁지겁 드시다 잘 체해서 약국 가기 일쑤면서 왜 굳이 그렇게 못 드셔서 안달이냔 말이에요, 제 말은."

"그래, 너 잘났어! 내가 아주 잘난 비서님 쓰고 있네요! 됐어?"

수연은 자리에서 벌떡 일어나 계산대로 가 계산을 했다. 거스름돈을 건네주려는 주인에게 잔돈은 되었다고 하며 가게를 나왔다. 본가에서도 못 챙긴 끼니를 결국 돈을 주면서까지도 제대로 먹지 못했다는 게 분했다. 아니다. 사실은 그게 아니었다.

잘 틱틱거리긴 해도 결은 언제나 한수연의 편, 그것이 너무나 당연한 명제처럼 여겨졌다. 하지만 결이 화를 내는 순간 거리가 느껴졌다. 본가에서 그토록 치이고 와서 결까지 그러는 것 같아 배신감이 들었다. 절대로 결이 일부러 수연의 화를 돋우려고 그런 게 아니라, 어디까지나 걱정이 되어 그런다는 걸 누구보다 잘 알면서도.

하늘에서 무지개가 걷혔다. 무지개가 걷힌 하늘은 언제 비를 내렸냐는 듯 눈이 시리도록 푸르다. 구름이 꽃망울처럼 뭉쳐져 지나간다. 손에 잡히지도 않는 하늘을 올려다보며 저런 하늘에서 밑을 내려다보면 자신이 얼마나 한없이 작은 모습일까, 생각도 해 본다. 그러다 돌연 수연의 시선 위로 긴 인영이 드리워졌다. 수연의 앞에 우두커니 선 결이 그녀를 내려다보고 있었다.

"기분 나쁘셨으면……."

"아니. 아니야. 심술부려서 미안."

수연은 새카만 결의 눈동자에 비친 자신을 바라보며 사과했다.

"나는 있지, 내가 무슨 잘못을 하든 간에 네가 내 편이면 좋겠다는 생각을 해. 오늘같이 내가 이렇게 무작정 심술을 부려도 그냥 무조건 네가 내 편이면 좋겠다는 되지도 않는 바람 같은 거."

"전 항상 대표님 편이에요. 단 한 번도 대표님 편 아니었던 적, 없어요."

결의 눈동자가 맑게 빛이 난다. 하늘을 무수히 수놓는 별보다 결의 눈동자 하나가 더 빛날 수도 있겠다는 허무맹랑한 착각이 들 정도였다.

"믿어도 되지? 내 편이 아니었던 적 없다는 네 말, 나 믿어도 되는 거 맞지?"

심연 같은 결의 시선 아래에서 수연은 간절해졌다.

"믿으세요."

결의 눈동자가 스스로를 대변하듯 더 **빽빽**이 짙어졌다.

"전 다른 누구도 아닌 한수연 대표님 비서니까요."

수연은 고요히 결의 눈동자에 결박되었다.

결아,

"이 자료 확실한 거 맞죠, 경화 씨?"

최 실장은 고개만 주억일 뿐 말을 하지 못했다. 수연은 안경을 고쳐 쓰고 다시 펜을 들었다. 열심히 계산기를 두드려 보며, 중간중간 펜으로도 적어 보며 종이에 찍힌 숫자와 동일한지 확인해 보지만 정확히 맞아떨어진다. 이럴 리가 없는데 너무도 확실하게 맞아떨어져 기가 막혔다.

"누가 회계에 자꾸 손을 대네요."

"네. 아무래도 대표님이 아셔야 할 거 같아서요."

"그럼 세금 신고도 이 자료 기준으로 나간 거죠?"

"네, 맞습니다."

"하아."

한숨이 입에서 몽우리를 틀며 흘러나왔다. 회사 내부에 적이 있다니. 실로 놀라운 일이 아닐 수 없었다. 수연은 적어도 자신의 회사 안에서만큼은 그런 사람이 없다 믿었다. 아니. 믿었다기보다 그렇게 믿고 싶었는지도 몰랐다. 하지만 그런 헛된 믿음에 기인한 일이 터졌다.

"이거 누구누구 압니까?"

"이상하다고 느낀 건 박 대리랑 저뿐입니다."

"그럼 김 이사는요?"

"그게⋯⋯."

대답을 내놓기 어려운 것인지 최 실장이 우물쭈물하며 뒷말을 흐렸다. 그에 수연은 흔들렸다. 설마. 진짜 설마. 아니겠지. 손에 쥔 종이가 우그러드는지도 모르고 눈을 지르감았다.

"추정하는 인물이 김 이사입니까?"

어렵게 말 하나하나에 힘을 주며 수연이 물었을 때 돌아온 최 실장의 대답은 끄덕임이었다.

"일단은⋯⋯ 못 낸 세금 부분 마저 처리하게 증빙 자료 수집하시고 저한테 보고해 주세요. 그리고 다른 직원들 모르게 해 주시구요. 부탁합니다."

"그런데 대표님, 저⋯⋯."

"네. 무슨 뜻인지 압니다. 제 선에서 처리할 테니 염려 마세요."

수연은 희미하게 미소를 걸쳤다. 그에 최 실장은 안심하는 듯 낯을 화사한 색으로 바꿨다.

"최 실장한테는 미안해요, 매번. 괜히 내 뒤치다꺼리시키는 거 같아서요."

"아뇨. 저는 괜찮은데, 괜히 대표님께서 맘고생 하시는 거죠……."

"저도 괜찮아요. 대신에 부탁 하나만 더 하자면 고 비서한테는 따로 이야기 꺼내지 마세요. 절대 고 비서 귀에는 들어가면 안 됩니다."

"네. 입단속 잘할게요."

"고마워요. 그럼 일 마저 보세요."

가볍게 목례하고선 최 실장이 사무실을 빠져나간다. 사무실에 온전히 혼자 남게 되었을 때 수연은 책상 위로 다리를 올렸다. 의자를 뒤로 젖히고 눈을 감았다. 조용히 생각에 잠겼다. 김 이사. 고결의 외삼촌. 안동댁의 하나뿐인 동생. 몇 번 뒤에서 소소하게 돈 장난을 친 적은 있어도 이런 식의 큰 돈은 건드리지 않았다. 물론 소소하게 건드린 것도 며칠 지나지 않아 복구시켰지만. 이번은. 이번은 아닌 것 같다.

그렇다면 또 도박인가.

이렇게 큰 단위면 얼마나 큰 판을 치른 걸까.

안동댁은 하나뿐인 동생 걱정을 그렇게 했다. 그 걱정을 알아 결도 같이 김명진 걱정을 그렇게 했다. 두 사람의 그 걱정을 알아 수연도 그를 회사에 들였다. 일을 꽤 잘하는 인사였다. 문제라면 약간씩 즐기는 도박이었는데, 그것도 수연이 어느 정도 감당할 수 있었다. 그런데 이번은 사안이 크다. 결이 알게 된다면 분명 명진을 죽이려 들 것이다. 그 성격에 그러고도 남을 것이다.

결만 모르면 된다. 내 선에서 정리하면 된다.

수연은 푹 잠겼던 생각을 끝냈다.

결을 먼저 퇴근시켰다. 약속이 있다고 하니 비서가 모르는 약속이 무엇이냐며 결이 꼬치꼬치 따지고 들었지만 수연은 결의 머리를 헝클어뜨리는 걸로 결의 입을 다물게 만들었다. 결이 집에 들어가면 문자 한 통 정도 남겨 달라는 부탁을 했다. 알겠다고 수연이 고개를 주억이는 것으로 결의 퇴근이 마무리되었다.

오랜만에 찾은 횟집이었다. 인석과 할 이야기가 있으면 아주 가끔 찾는, 손님이 꽤 많은 횟집. 들어서자마자 횟집의 주인장이 알은체를 해 왔다. 오늘도 회장님이랑 동반하신 겁니까? 활기차게 묻는 주인장에게 수연은 고개를 가로저었다. 아쉽다는 낯빛을 하다가 그래도 잘 모실 테니 걱정하지 말라는 주인장의 말에 네, 하고 작게 대답하며 예약한 방을 찾았다.

문이 열리고 그 방 안에 죄인처럼 고개를 숙인 명진이 있었다.

"이사님?"

하고 불러도,

"삼초온."

하고 아양을 부려 보아도,

명진은 입을 열지 못했다.

이 자리에 자신이 왜 나온 것인지 안다는 표시였다. 수연은 명진과 마주 앉아 찬찬히 물을 마셨다. 직접 주문을 받으러 들어온 주인장이 이번에 들어온 자연산 도다리가 아주 물이 좋다는 말을 풀어냈다. 그걸로 하겠다고 하자 주인장이 곧장 알겠다고 하며 나갔다. 하여 방은 다시 적막으로 잠겼다.

"저랑 말 안 하실 거예요, 삼촌?"

"대표님……."

어렵게 대표님, 이라고 부르면서도 명진은 고개를 들지 못했다. 수연의 시선에 정확히 명진의 정수리가 보였다. 어느새 명진은 머리가 하얗게 많이도 샜다.

"저 대표님 아니고 수연이에요. 예쁜 이름 두고 왜 딱딱한 말 쓰세요."

"잘못했습니다. 뭐라 더 설명할 말이……."

"삼촌. 저는 삼촌을 알아요."

수연은 물이 완전히 없어진 컵을 내려놓았다.

"그래서 삼촌을 나무라고 싶지 않아요. 적어도 제가 아는 삼촌은 나쁜 사람은 아니니까요. 이렇게 먼저 죄송할 줄 아는 분이시니까요. 그러니 고개 드세요. 저, 괜찮아요."

그제야 명진의 시선이 수연을 향했다.

"수연아……, 미안하다. 정말로 미안해."

명진이 흐느낀다. 좁다란 어깨가 들썩이며 만면이 일그러진다. 양손으로 일그러진 만면을 가린다. 그 일련의 행위를 지켜보다 수연은 자신의 가방에서 손수건을 꺼내 명진의 앞에 놓았다.

한참을 말없이 명진의 울음소리를 들었다. 나이를 먹어 유약하게 흔들리는 어깨를 보며, 주름이 팬 얼굴이 더욱 일그러지는 것을 보며, 수연은 마음이 좋지 않았다. 그러면서도 결이 아닌 자신이 알게 되어 다행이라는 생각을 지우지 못했다.

결의 성격은 올곧다. 생김새만큼이나 완벽한 성격을 소유했다. 그래서 결은 자신의 가족이라는 명분으로도 절대 잘못된 일은 좌시하지 않았다. 명진에게 정말 사소한 일이 터졌을 때도 월급이나 상여를 감봉해야 한다며 앞장서서 그 일을 단행했다. 그리고 한동안 자신이 죄인인 양 결은 수연에게 얼굴을 들지 못했다.

그런 결의 모습을 수연은 견딜 수 없었다. 그러지 않아도 되는데, 그럴 사이가 아니지 않느냐고 말하고 싶은데, 그러면 결이 더 상처받을 수도 있다는 생각에 그렇게 하지도 못했으니까. 결의 그런 모습을 보고 있자면 가슴이 무너져 내리는 느낌이었다.

그러니 이게 맞는 거다. 결만 모르고 지나가면 만사가 형통하다.

때마침 회가 나왔다. 주인장은 회를 내오면서 술 몇 병과 음료 몇 병을 서비스라며 내어 주었다. 더 필요한 것이 있으면 언제든지 부르라는 말과 함께 다시 요란하던 주인장이 방

을 나갔다. 수연은 젓가락을 들어 도다리 회 세 점을 명진의
앞접시에 옮겼다.

"잠시 쓰고 넣어 두려고……, 그러려고 했다. 정말로, 정말
로 그러려고 했어."

"네. 알아요. 그런데 사람 일이 그렇잖아요. 참, 마음처럼
쉽게 되지가 않아요."

소주 한 병을 따 두 잔에 콸콸 나눠 부었다. 그리고 한 잔
을 명진에게, 한 잔은 자신에게 가져다 두었다. 조금 기다리
다 명진이 술잔에 손을 대지 않는 거 같아 수연이 먼저 술을
입에 털어 넣었다. 쓰다. 쓴 만큼 시름이 사라졌다.

"그래도 삼촌, 도박 그렇게 하심 안 돼요. 그러다 진짜 나
쁜 놈들한테 맞기라도 하면 어쩌려고 그러세요. 그런 곳에 그
런 나쁜 놈들 많다면서요."

수연의 걱정에 명진은 양복 안주머니에서 봉투 하나를 꺼
냈다. 그 봉투를 대뜸 수연에게 내밀었다. 사직서, 세 글자가
적힌 하얀 봉투였다.

"회사에서는 보는 눈이 많으니, 이렇게 따로 네가 부르면
주려고 했다. 미안하다……, 나나 결이 거둬 준 너한테 내가
어른으로서 보답을 못한 거 같다."

"삼촌. 이러려고 저 삼촌 보자고 한 거 아니에요."

수연은 사직서를 명진에게 되밀고 빈 술잔을 채웠다.

"그냥 제가 보자고 한 건, 삼촌 걱정돼서요. 그리고 결이도
요……."

다시 가득 채운 술잔을 입 속으로 털어 넣었다. 여전히 쓰다. 지독히도 써서 결 생각이 났다. 한수연의 지독한 투정을 조용히 받아 주는 예쁜 녀석. 옆에 없으면 이렇게 허전한 녀석. 문득 보고 싶다는 생각을 하게 만드는 웃긴 녀석. 인성 쓰레기, 고결. 키득키득 아이 같은 웃음이 나려는 걸 참고 수연은 가방에서 준비해 온 봉투를 꺼내 명진의 사직서 위에 올려 두었다.

"정리 다 못한 도박 빚 같은 거 있으실까 해서 준비해 왔어요."

"수연아! 이건……"

"삼촌, 전 괜찮아요. 진짜 아무렇지 않아요. 그냥 이렇게 생긴 일 뒤처리만 하면 끝날 일인데 저한테 안 괜찮을 게 뭐예요. 그런데 결이가 알면 난리 나잖아요. 결이 성격에 펄펄 뛰어요. 결이 속상한 거 보기 싫어요. 그래서 삼촌 주눅 든 모습도 보기 싫구요. 그러니까 이번엔 꼭 정리하세요. 완전히 끊으셔야 해요. 그것만 약속해 주세요."

채 마르지 못한 눈물이 다시 명진의 뺨을 적신다. 이 일로 꽤 오래 마음고생을 했을 것이다. 집에 있는 처자식 걱정을 하며, 내년에 과년한 딸 결혼해야 할 일도 그 걱정에 포함되어 있었겠지. 도박은 어쩌면 그런 위태한 걱정과 함께 일확천금을 노리는 부질없는 희원을 품은 사람에게 유일한 탈출구였는지도 모른다. 그 도박이 종내에 사람을 비탈길로 밀어 넣어서 문제지만.

자꾸만 단숨에 비워지는 술잔을 가득 채워 수연은 거푸 마셨다. 그럴수록 어쩐지 결의 생각이 간절해졌다. 우습게도 그랬다. 키가 훌쩍 큰 그 녀석이 뭐라고. 어이가 없어 털어 버리려 할수록 머릿속에서는 결이 더욱 선명해졌다.

"혹시라도 모자라시면 말하세요. 제가 더 준비해 드릴게요."

"내가 이걸 어떻게 받아……."

"회사는 걱정 마세요. 제가 다 알아서 해요. 제가 대표잖아요. 그러니까 아무 걱정 마시고 채 정리하지 못한 거 마저 정리하세요."

"수연아……."

"네, 저 수연이에요. HS 대표 한수연요. 그러니 삼촌은 깔끔하게 다 정리하시고 그냥 지금처럼 회사 잘 다니시면서 회사 일 잘 봐 주시면 되세요. 그리고 이건 저희 둘만의 비밀로 묻어 두고요."

술 한 병이 어느새 온전히 비워졌다. 명진에게 한 잔 준 거 말고는 오롯이 자신이 다 마신 것이다. 한계치다. 아마 지금이 모습을 결이 봤으면 못하는 술을 진탕 마셨다고 호되게 혼을 냈겠지. 그러다 숙취 해소에 좋다는 음료와 약을 사다 주었겠지. 틱틱거리면서도 한수연의 걱정을 무지막지하게 하면서.

수연은 가방을 들고 일어섰다. 머리가 약간 핑 돌았다. 그래도 자세를 고쳐 잡았다.

"삼촌, 저 먼저 일어나요. 그리고 제가 포장 하나 부탁해 둘게요. 집에 갈 때 가져가세요. 식구들이랑 같이 맛있는 저녁 드셔야죠."

명진이 자리에서 서둘러 일어나 수연의 앞으로 왔다. 수연의 손을 잡으며 거기다 머리를 맞댄다.

"고맙다. 이 말로 십 분의 일도, 아니 백 분의 일도 다 못 갚는 거 알지만 그래도 고마워……."

"네. 대신 약속 지키세요, 꼭. 부탁이에요, 삼촌."

"그래. 내가 꼭 끊을게. 정말로 고맙다."

수연은 명진을 두고 방을 나섰다. 주문했던 똑같은 회로 포장을 부탁하며 계산을 했다. 자연산이라 그런가 영수증에 찍힌 금액이 제법 컸다. 그래도 마음 홀가분할 명진을 생각하면 마음이 편했다. 그 덕에 그냥 모르고 지나갈 결을 생각해 보아도 잘한 일이라고, 스스로를 다독였다.

횟집을 나서자 여름인데도 스산한 바람이 불었다.

결의 생각이 자꾸만 점점 짙어졌다.

어이없게도 정말 그랬다.

대리를 부르고 조수석 문에 기대어 섰다. 몸에 술기운이 갈수록 매섭게 번져 나갔다. 정신을 잃을 듯 머리가 어지러웠다. 이대로 침대에서 뻗으면 내일 아침에도 못 일어날 수 있겠다는 예감이 들던 찰나 집에 들어가면 문자 한 통이라도 남기라던 결의 말이 문득 생각났다. 집어넣었던 핸드폰을 다시 꺼내 문자를 치기 시작했다.

[집에 들어옴. 내일 보자.]

간단명료하게 짧은 내용의 문자를 전송하려던 그때 손에서 핸드폰이 사라졌다.

"여기가 집이에요?"

앗아 간 핸드폰 액정을 들여다보며 결이 기가 차다는 듯 헛웃음을 터뜨렸다.

결이다. 결. 실화인가. 실감이 나지 않아 수연은 빤히 결의 얼굴을 쳐다보았다.

"이 길바닥이 집이냐고 물었어요."

"너 어쩐 일이야?"

"제 물음이 먼저예요. 지금 이 길바닥이 집이냐고 물었어요."

결의 음성에 화가 묻어 있었다. 앞이 핑핑 도는 와중에도 결의 화난 얼굴이 명확히 보였다. 수연은 티 내지 않으려 팔짱을 끼고 차에 더욱 몸을 기댔다.

"뭐가 그렇게 화났는데?"

"몰라서 물으세요? 대표님 지금, 누구 만나고 오시는 길인데요?"

아. 미치겠네. 결국엔. 다 알고 있다는 결의 시선에 수연은 버릇처럼 아랫입술을 질끈 깨물었다.

"어떻게 알았어. 너 퇴근하는 거 봤는데."

"지금 그게 중요해요? 왜 매번 이렇게 저를 무능한 사람으로 만드세요, 대표님은!"

"소리 그만 질러."

"한수연!"

결의 입에서 자신이 호명되는 순간 수연은 멍해졌다. 어두운 밤하늘 아래, 피했던 결의 시선에 눈을 맞췄다. 밀면집 앞에서 결의 눈동자에 결박되었던 그때와 똑같이. 결의 내린 시선 아래 수연은 갇혔다. 피할 곳이 없었다.

"너한테 내가 이름으로 불린 지 얼마 만인지 모르겠네."

하지만 그런 티를 내지 않기 위해 수연은 태연한 척을 했다.

"기어이 제 사표를 받으시려고 이러시는 거죠? 그래서 저를……"

"미친. 내가 네 사표 받으려고 지금 이러는 거 같아? 대가리에 총 맞았니?"

수연이 결의 말을 잘랐다.

"아니면 어쩌자고 이런 일을 저 모르게 하세요? 어쩌자고 도대체 그러신 거냐고요."

"네가 모르길 바랐으니까! 네가 알면 또 나한테 눈도 못 맞추고 쩔쩔맬 테니까! 그게 나는 죽기보다 싫으니까!"

숨도 쉬지 않고 말을 뱉어 내자 어지럼증이 한층 더 심해졌다. 골이 쟁쟁 흔들렸다. 이대로 결에게 기대고 싶었다. 머리를 기대고 몸을 기대 그대로 눈을 감았으면 좋겠다고 생각했다. 하지만 그러지 않으려고 팔짱을 낀 손을 말아 쥐었다.

"난 네 걱정 한 거야. 네가 이럴까 봐! 난 네 걱정 한 거라고."

"제 걱정을 왜 대표님이 하세요? 제가 비서잖아요. 저는 대표님이 부리는 사람인데, 제가 대표님 걱정을 하면 했지 왜 대표님이 하시느냔 말이에요, 제 말은!"

"나는 왜 네 걱정 하면 안 되는데? 반병신이, 그러니까 장애인인 내가 네 걱정 하는 게 우습니? 내 몸 하나도 못 추스르면서 네 걱정 하는 거 같아서?"

수연의 말에 결은 인상을 구기며 손에 들고 있던 핸드폰을 내던졌다. 엄청난 파열음과 함께 핸드폰은 바닥에서 산산이 부서져 나뒹굴었다. 가로등 아래 깨진 핸드폰이 꼭 자신 같아서 수연은 막연히 서글퍼졌다.

"말을 그렇게 하시면 속이 편하세요? 제가 그 말 들으면서 속상할 거라고는 진짜, 그렇게는 생각이 안 되세요? 그런 말 들으면 제 속이 어떨 거라고 생각하시는 건데요!"

고래고래 지르는 결의 고함 속, 수연은 기어이 나쁘게 말한 자신이 원망스러웠다. 이런 방어 기제가 좋지 않다는 걸 알면서 기어코.

사과해야 한다고 판단했다. 하지만 목소리가 더 이상 나오지 않았다. 팽팽 돌던 머리가 급기야 멈춘 것인지 앞이 일순 흐릿해졌다. 기대지 말아야지 마음먹었으면서 수연은 몸 전체를 고스란히 결의 품에 기댔다.

"수연아? 한수연!"

결의 부름이 귓가에 들렸다. 듣기 좋다고, 말하고 싶었다. 내 이름이 너한테 불리는 게 너무 좋다고, 그렇게 말하고 싶었다.

하지만 아무 말도 하지 못한 채 수연은 쓰러졌다.

병원 침상에 누운 수연의 안색이 파리하다. 핏기라고는 찾아볼 수 없이 하얗다. 붉었던 입술마저도 애초부터 붉지 않다는 듯 색이 어둡다. 가슴이 철렁. 눈앞이 깜깜. 수연을 병원으로 데리고 오는 동안 결은 수연의 생각 외에 아무것도 없는 사람이었다.

수연의 혈관을 타고 링거액이 들어간다. 응급실 간호사가 계속해서 혈관을 찾지 못해 수간호사가 직접 불려 와야 했다. 수간호사는 수연을 알았다. 혈관을 찾기 힘든 환자. 살아오면서 찔러 댄 너무 많은 주삿바늘로 인해 혈관 자리를 찾기 힘들어 경력이 꽤 있는 수간호사가 와야 그나마 해결이 되었다. 그래서 병원에서는 한수연, 하면 한 회장의 하나뿐인 외동딸이자 손이 많이 가는 환자로 유명하였다.

거듭 주삿바늘이 찔리는 동안에도 수연은 정신을 차리지 못했다. 수연의 생살이 주삿바늘로 헤집어질 때마다 그래서 외려 더 아팠던 건 결이었다. 차라리 대신 아플 수 있는 일이라면, 이렇게 많은 주삿바늘이 자신의 살갗을 꿰뚫는 것이라면 나을 것 같았다. 겨우 찾았네요, 하고 작게 말하는 수간호사의 손에 들렸던 주삿바늘이 힘겹게 수연에게 꽂혔을 때 참

담해져 머리가 고꾸라질 뻔하였다.

이렇게 아프면.

이렇게 아프면…….

나더러 어떡하라고.

수연의 얼굴을 들여다보다 결은 그녀의 팔에 얼굴을 묻었다. 아무리 이름을 불러 보아도 정신을 차리지 못하던 수연의 모습이 선연하다. 소리를 지른 것이, 다그쳤던 행동이 가슴을 긁는다. 술이 문제였을 거라고, 그런 핑계를 만들어 보지만 자연스레 자신 때문에 수연이 이렇게 된 것이라는 결론이 도돌이표를 걸었다.

난 네 걱정 한 거야!

난 네 걱정 한 거라고!

수연의 음성이 귓가에 쟁쟁하다. 그 말에 더 화가 났다. 수연이 자신을 걱정해서. 자신이 해야 할 걱정을 수연이 대신 하고 있는 거 같아서. 스스로가 너무 무능해 한심스러웠다. 그러면서도 내심 수연이 자신의 걱정을 하고 있다는 게 좋았다. 수연의 인생 한 모퉁이에 그래도 고결이 있는 것 같아 기뻤다.

"결아."

결의 어깨 위로 손 하나가 떨어졌다. 고개를 들어 보니 강 박사였다. 어두운 얼굴로 강 박사가 혀를 끌끌 찼다.

"밥은 먹었니?"

"아니 그것보다……."

"그래, 그래."

강 박사가 결의 어깨를 도닥거렸다.

"많이 안 좋은가요?"

"뭐, 또 저혈압 쇼크지. 수연이 약은 잘 챙겨 먹니?"

"네. 매일 체크하고 있어요."

"회사 운영하는 사람이니 몸에 안 좋은 건 다 하고 있는 거
겠지."

바닥을 디딘 발끝에 힘이 들어갔다. 몸에 안 좋은 걸 다 하
고 있는, 이라는 수식어가 붙은 수연의 삶의 무게가 안타까웠
다. 거기다 하지 않아도 되었을 자신의 가족 걱정까지 수연이
했으니 이런 결과는 당연한 일인지도 몰랐다.

"저혈압 쇼크가 1년에 한두 번꼴로 찾아온다는 건 몸이 많
이 무리하고 있다는 소리야. 네가 계속 수연이 곁에 있는 건
안다마는. 저혈압 쇼크로 사망하는 사람이 꽤 많은 건 너도
알고 있겠지."

"네……."

"조심해야 해. 저러다 진짜 크게 쓰러지면 답 없다."

수연이 죽을 수 있다는 소리를 의사 입에서 확인하는 순간
큰 주먹으로 뒤통수를 후려 맞은 느낌이었다. 사망. 그게 얼
마나 잔인한 단어인지 이미 아버지가 돌아가실 때 겪어서 더
욱 현실감 있게 다가왔다.

"이 자식은 의수랑 의족 가지고도 애를 먹이면서, 지 몸 가
지고도 애를 먹이니, 원."

강 박사가 답답하다는 듯 고개를 절레절레 흔들었다.

"혈압 수치가 너무 낮아. 음식 신경 쓰고, 약 잘 챙겨 먹고, 스트레스 덜 받게. 그거밖에는 방법이 없는 병이다. 물론 나보다도 네가 더 잘 알겠지만."

결은 일어나 강 박사에게 고개를 조아렸다. 이 야심한 밤에 기꺼이 나와 준 번거로움에 대한 예의였다. 그러자 강 박사가 그럴 것 없다며 손사랫짓하였다.

"한 회장한테는 비밀로 하마. 그 딸 바보가 알았다가는 우리 병원 뒤집어진다."

"네. 매번 감사합니다."

"누가 들으면 네 몸 아픈 줄 알겠다. 얼굴도 지금 수연이보다 네가 더 안 좋다, 녀석아."

"좀 놀라서."

"놀랄 만하지. 하여튼 수연이 정신 들거든 링거 다 맞을 때까진 나가지 말고. 너도 몸 단단히 챙겨. 아픈 사람 옆에서 시중드는 게 얼마나 힘든 일인데. 그러다 너까지 탈 난다."

충고를 전하며 강 박사는 먼저 가 보겠다고 뒷짐을 진 채로 응급실을 터덜터덜 빠져나갔다. 강 박사가 응급실에서 완전히 사라지고 난 뒤에 결은 무너지듯 자리에 주저앉았다. 몸에 힘이 들어가지 않았다.

수척한 수연의 얼굴을 쓸어 보았다. 손끝에서 수연의 매끄러운 살결이 굴러간다. 짧게 자르면 묶지 못해 불편해서 기른다는 머리칼에 손을 옮겨 부스스해진 머릿결도 정돈해 본다.

하지만 여전히 수연은 눈을 뜨지 않는다.

"한수연⋯⋯."

나지막이 불러 보는 이름에 목구멍으로 울컥 설움이 북받쳤다. 망망대해에 혼자 남겨진 기분은 이런 것을 두고 하는 말일 것이다. 수연이 꼼짝없이 누워 있으니 결은 물밖에는 보이지 않는 바다 한가운데에 홀로 뚝 떨어진 것 같았다.

하여 막막하게 슬퍼졌다.

"결아."

잠결에 들린 목소리 하나에 잠이 싹 달아났다. 수연의 곁에서 자신도 모르게 잠이 든 모양이었다. 정신을 차려 보니 수연이 깨어 있었다. 어울리지 않게 입가에 미소나 걸치며, 아무렇지 않은 사람의 얼굴을 하고서는 수연이 자신을 부른다. 한순간의 안도였다가 한순간의 미움으로 바뀌었지만 결은 수연의 손을 답삭 쥐었다. 수연의 손이 아직 차가웠다.

"괜찮아요? 더 어지럽거나 그러진 않아요?"

"괜찮아. 집에 가자."

링거가 있던 위치로 자연히 눈이 돌아갔다. 잠든 새 수연이 맞아야 할 일정량의 링거가 다 들어갔는지 원래 걸려 있던 위치에 링거는 찾아볼 수 없었다. 링거를 꽂았던 수연의 살결에도 이미 반창고가 붙여져 있었다.

"넌 오늘 회사 나오지 마. 쉬어."

수연이 결에게 명령 아닌 명령을 하며 이불을 걷어 내고 침상에서 내려왔다.

"출근, 하지 마세요."

가방을 챙기며, 핸드폰을 찾는 것인지 가방을 뒤적이다 길에서 부서졌다는 걸 자각했는지 수연의 행동이 멈췄다. 그래서 수연에게 결의 말이 정확하게 꽂혔다.

"출근 안 하면 어쩌게. 아침에 가면 결재해야 할 일들 많아. 그 일들은 다 어쩌고? 오늘 회의 있는 건 어떡하는데?"

"잠도 제대로 못 주무셨잖아요. 오늘은 좀 쉬시고……"

"잤어. 병원에서 내 돈 들여 가며 링거 맞으면서 쉬었잖아."

수연은 결의 말을 단칼에 자르고 수납처 방향으로 걸었다. 그 걸음을 결이 막아섰다. 수연의 양쪽 어깨를 맥없이 짓누르며 수연의 눈에 자신의 눈을 맞췄다. 수연의 여린 갈색빛 동공에 시선이 엉겨드는 일순 결은 마음을 정제하지 못하는 상태가 되었다.

"안 돼요. 제발. 아프시잖아요. 제 말 좀 들으세요. 제 말이 대표님한테 그렇고 그런 하찮은 게 아니라면 한 번만 들어주세요. 부탁이에요."

"안 아파. 원래 잘 이러잖아. 괜찮다고, 나."

"백번 양보해서 안 아프다고 쳐요. 대표님이 안 아프다고 하셔도 그래도 오늘은 좀 쉬세요. 감봉하셔도 좋고, 역정 나서 저 자르신다고 해도 좋으니까, 오늘 한 번은 제발 제 부탁 들어주세요."

어깨를 내리누르던 결의 손을 수연이 치워 냈다. 그리고 수납처에 가서 간단히 계산을 끝마치며 지갑을 가방에 넣는다.

"그래. 오늘 농땡이 좀 치자."

아픈 내색은 전혀 비추지 않은 채, 수연이 환히 웃었다.

죽이 한소끔 부르르 끓어오르는 소리가 집 안의 적막을 채웠다. 불 앞에 서서 결은 말없이 죽을 젓는다. 덥지 않냐고 물어도 돌아오는 대답이 없었다. 수연은 조용히 거실 에어컨을 켰다. 무풍 에어컨이라 소음이 없다. 안 그래도 적막한 집 안을 더 적막하게 만드는 거 같아 공연히 작년에 에어컨을 바꾼 일을 원망했다.

데려다준 것으로 충분히 고마우니 푹 쉬라며 결을 집으로 돌려보내려 했다. 수연의 생각은 어디까지나 거기까지였다. 하지만 고집이 센 녀석은 상사의 말을 듣지 않았다. 기어이 집에 따라 들어와서는 죽을 끓이겠다고 자처해 주방에서 벌 아닌 벌을 선다. 아침이 밝으면 시켜 먹어도 된다는 수연의 말을 결은 결코 듣지 않았다.

"결아."

보드랍게 불러 보아도 결은 돌아보거나 대답하는 일이 없었다. 결국 좀 쉬고 있으라는 결의 당부를 어기고 수연은 몸을 일으켰다. 휘청거리는 걸음을 다잡으며 겨우 결의 등 뒤에 당도했을 때 수연은 저도 모르게 고개를 숙인 채 그대로 결의 등에 머리를 기댔다. 그와 동시에 죽을 휘젓던 결의 손이 멈췄다.

"쉬고 계시라니까요."

입을 꾹 다물고 말 한마디 하지 않던 결이 겨우 꺼낸 말에 수연은 자신의 몸에서 바람이 빠지는 느낌을 받았다.

"나한테 미안한 거지, 너."

결이 다시 입을 다물 모양인지 죽을 젓기 시작했다.

"그러지 말래도 그럴 거지?"

"대표님 힘들게 하는 원흉이 저 같아서 죄송해요."

결의 사과에 수연은 이를 악물었다. 원흉. 그 단어가 유독 걸렸다. 그런 적이 없는데, 단 한 번도 고결이 한수연을 힘들게 하는 원흉이었던 적이 없는데, 결의 입에서 나오는 말이 마치 진실인 양 둔갑해져 갑갑했다.

"회삿돈은 빈 만큼 제가 채워 넣을게요. 그리고 식사하시면서 외삼촌한테 건네신 돈도 내일 바로 대표님 계좌로 입금해 드릴게요."

"……하지 마."

수연은 결의 몸을 돌려 세웠다. 죽을 젓던 주걱이 결의 손에서 바닥으로 툭 떨어져 버렸다. 결은 그것을 치우려 몸을 숙였지만 수연이 그를 붙잡은 것이 먼저였다.

"넌 아무것도 하지 마. 내 옆에 있는 것 외에, 그래서 내 일 거드는 거 외에는 아무것도."

"하아."

결이 고개를 내리며 자신의 눈두덩을 한 손으로 가렸다. 결의 입에서 나와 버린 한숨을 다시 주워 담아 줄 수만 있다면 좋겠다는, 수연은 그런 바람이 들었다.

"네가 힘든 거 보고 싶지 않았어. 화내면서 자책하는 거 보고 싶지 않았다고. 그게 내가 주제넘은 거였다면 미안하지만, 난 다음에 이런 일이 다시 생겨도 또 이렇게 할 거야."

"저도 대표님 힘든 거 보고 싶지 않아요. 그런데 보세요. 결과적으로 대표님 쓰러지셨어요. 그게 다 저 때문인 거 같아서 전 고개를 못 들겠어요."

"나한테 일어난 일들 중 네 탓인 건 없어. 절대 아니야."

"그런데 저는 그게 제 탓 같아서요."

죽이 눌어붙을 모양인지 가스 불에서 요란히 끓어 댔다. 결이 급히 불을 끄고 바닥에 떨어진 주걱을 주웠다. 주걱과 함께 흐른 죽도 닦았다. 그 일을 모두 마친 결이 수연의 손을 붙들고는 식탁에 앉혔다. 그러고는 이내 수연의 앞에 죽을 차려 냈다.

"드세요."

"지금 생각 없어."

수연은 죽이 담긴 그릇을 자신의 앞에서 밀어 냈다.

"화내고 싶지 않아요. 언성도 높이기 싫어요."

"그럼 화내지 말고, 언성도 높이지 마."

인내하는 표정으로 결의 입술이 일자가 되었다. 수연은 가만히 그런 결의 얼굴을 들여다보았다. 하얀 편에 가까운 피부색을 바탕으로 짙은 눈썹과 그 사이로 꽤 높게 뻗은 코, 그리고 새카매서 더 **빽빽**하게 느껴지는 눈동자, 웬만한 남자보다 다부진 입매, 그렇게 모아진 결의 얼굴이 자신이 어릴 때부터 봐 온 그 고결이 맞는지 생각했다. 요새 부쩍 그때의 결에게 느끼던 애틋한 감정이 다른 형태의 무언가로 변질되어 가고 있었다. 그게 어떤 형태로 변질되어 가는지 정확히 알지 못해 울연하다.

그저 안 보이면 보고 싶다는 갈망이 이렇게나 절실할 수 있는 것인지 의문이 들었다. 술김에 그런 것이 아닐까 치부해 보아도 그렇지 않다는 결론으로 되돌아왔다. 머릿속이 엉켜 간다. 그래서, 그저 걱정이 되니까 그런 것뿐이라고, 엉킨 머릿속을 억지로 정리시켰다.

"표정 좀 풀어. 그러다 나 잡아먹겠다."

농담을 퐁당 던져도 결의 표정에 변화가 없었다. 그렇다고 항복의 깃발을 세울 수도 없으니 수연은 대신 수저를 들었다.

"알았어. 먹는다, 먹어."

소고기와 야채가 들어간 죽이었다. 목 넘김이 수월한데 맛까지 좋았다. 하지만 입 안에서 퍼지는 따뜻함이 결이 계속 불 앞에서 젓던 노력이라는 생각이 들자 죽이 목구멍에서 자꾸 걸렸다.

"아프지 마세요, 좀. 쓰러지셨을 때 제가 얼마나 놀란 줄 아세요?"

"놀라서 불렀어? 수연아! 한수연! 이렇게?"

그렇게 불러 주는 게 듣기 좋다는 말을 하고 싶던 찰나 죽을 뜬 수저 위로 결이 김치 하나를 올려 주었다. 그래서 수연은 하고 싶던 말 대신 입 안에 죽을 떠 넣었다. 입이 자연히 닫혔다.

"앞으로 술 절대 드시지 마세요. 드실 일 있으시면 저 대동하세요."

"너 몰래 비밀로 하려던 자리에 너를 어떻게 데리고 가."

"그러니까 저한테 비밀 같은 거 만들지 마시라고요."

"뭐 내 인생 너한테 저당 잡혔음?"

결이 물을 가져오려는지 자리에서 일어섰다. 수연은 결을 눈으로 뒤쫓다 죽을 마저 먹었다.

"회삿돈을 네 사비로 채워 넣든가, 내 계좌에 네 이름이 찍힌 돈이 들어오거나 하면 나 너 안 봐."

결의 얼굴을 마주하고 있지 않아서인지 외려 말하기가 편했다.

"진심이야. 진짜로 너 안 볼 각오 하고서 하는 말이니까……"

식탁 위로 탁, 하는 소리와 함께 물 한 잔이 놓였다. 일부러 결이 컵을 세게 내려놓은 것 같았다. 그래서 일순 수연의 말이 멎었다.

"저 안 본다는 말이 그렇게 쉬우세요?"

짐짓 상처받은 눈빛으로 결이 수연에게 시선을 맞대었다.

"안 쉬워. 내가 절대 잃을 수 없는 사람이 있다면 너라고 했잖아. 그만큼 안 쉬운 말이야. 그럼에도 내가 기어이 이 말을 하는 건……."

수연은 잠시 말을 멈추고 물을 마셨다.

"모르겠다. 다음은 네가 알아서 해석해. 나랑 너랑 몇 년인데 네가 내 속을 모를까."

"말씀해 주세요. 끝까지."

결이 집요하게 말을 물고 붙들었다.

"진짜 모른단 거야? 와, 헛살았네."

수연이 농담처럼 빠져나가려 해도 결은 과단성 있게 물러서지 않았다.

"확인하고 싶어서 그런 거니까 끝까지 말씀해 주세요. 끝에 날리신 말, 저 듣고 싶어요."

수연은 결심한 듯 죽을 뜨려던 수저를 얌전히 내려놓았다.

"내가 이렇게까지는 해야 네 결단이 수포로 돌아갈 테니까. 난 너 없인 못 살겠지만, 마찬가지로 너도 그렇지 않을까, 그렇게 믿고 싶어서."

어째서인지 목구멍에 자꾸만 걸리던 죽이 쑥 내려갔다.

"나 버리지 말라는 뜻이야."

순간 결의 입가에 희미한 미소가 그려진 듯한 건, 자신의 착각일지도 몰랐지만 수연은 속에 있는 말을 전해서 마음이 한결 편안했다.

더는 목에 걸리지 않는 죽을 마저 싹싹 비워 냈다.

입추가 지났음에도 불구하고 더위가 꺾이지 않을 기세로

기승이다. 날이 저물면 좀 나을까 했는데 그것도 아닌지 어둠이 내려앉은 땅 위에 더위가 그득하다. 낙조가 지나간 자리에 가라앉은 어둠은 조용히 더위 먹은 땅을 어루만진다. 열대야인가. 수연은 마당에 풀썩 주저앉아 하늘을 올려다보았다. 어둠이 내려앉은 하늘에는 아무것도 없이 까맣다. 귀뚜라미 소리를 들으며 그대로 바닥에 벌러덩 누웠다. 앉아 있을 때보다 훨씬 시원한 기운이 살갗에 전해진다.

죽을 먹고 한숨 늘어지게 잤다. 오랜만에 회사 생각을 배제한 휴일 아닌 휴일이었다. 핸드폰이 고장 나서 오히려 더 시원하게 쉬었다. 그러고 눈을 뜨니 오후 여섯 시가 넘어가는 저녁이었다. 결은 그때까지도 일어나지 못해 잠든 채였다. 일부러 깨우지 않으려 집 안에서 소리를 죽이고 시간을 보내다 날이 저물어 마당에 나왔다.

귀뚜라미 소리에 묻혀 수연은 그대로 눈을 감았다. 서늘한 땅의 기운을 베고 있으니 더 잘 수 있을 것처럼 눈이 무거워졌다. 그 순간 몸이 공중으로 붕 떴다. 익숙한 체취와 익숙한 손길. 결의 것이었다. 눈을 뜨자 결의 매서운 눈초리가 그대로 수연의 시야를 장악했다.

"벌레라도 물리면 어쩌려고 여기서 누워 계세요."

결의 음성이 짙다. 자고 일어난 지 얼마 안 되면 나는 결의 저음은 듣기가 꽤 좋았다.

"물리면 약 바르면 돼."

"그런 거 안 바르시잖아요."

"암튼 물리면 그때 가서 생각하면 돼."

"그 전에 조심하시라는 얘기예요."

"네네."

건성으로 하는 수연의 대답에 결의 눈초리가 길어졌다. 하지만 잔소리를 더 이을 것은 아닌지 조용히 입을 다물고 집 안으로 들어가 거실 한복판에 수연을 내려놓았다.

수연은 그 즉시 의수와 의족을 벗었다. 오늘은 몸이 힘들어서 더는 끼고 있고 싶지 않았다. 홀로 자는 시간, 씻는 시간을 제외하고 잘 빼지 않는 의수와 의족이었다. 빼는 순간 스스로가 정말 팔 하나, 다리 하나가 없는 걸 인정하는 것 같아 싫었다. 진짜로 스스로가 평범한 사람과 다른 거 같아서 신경이 돋우어졌다. 하지만 오늘은 몸이 힘드니 더는 끼고 있기 귀찮을 뿐이었다. 그뿐인데 의수와 의족을 빼자 별안간 결의 눈치가 보였다.

"저녁 드셔야죠."

결이 수연의 벗은 의수와 의족을 침실로 가져다 두며 말했다.

"결아."

정작 아무런 일 아닌 듯 구는 결을 수연이 조심스레 불렀다.

"네. 뭐 드시고 싶은 거 있어요?"

"아니. 나 이상해 보이지 않나 싶어서."

"뭐가요?"

정말 모르겠다는 얼굴로 결이 되묻는다. 그래서 수연은 입을 다물었다. 단지 저녁을 뭘 먹을지 머리를 굴렸다. 차라리 생각을 그쪽으로 돌리는 게 더 나았다.

"다른 생각 하지 마세요."

하지만 결의 경고에 굴러가던 사고 회로가 정지되었다.

"무슨."

"물어보시고 괜히 다른 생각으로 덮지 마시라고요."

"그런 거 아냐."

"대표님 말대로 서로 알고 지낸 지가 얼만데 제가 그걸 모르겠어요."

수연은 난처하게 미간을 긁적였다. 결에게 괜한 걸 물어서는.

"네 앞에서 의수랑 의족 뺀 거 오랜만이잖아. 그래서 너 거북하지 않은가 해서."

본래의 질문으로 돌아와 수연은 의연한 척을 했다. 그에 결이 수연의 머리를 헝클였다. 매번 수연이 결에게 했던 행동이 수연에게로 되돌아왔다. 포근한 그 손길에 돌연 옛날 기억이 떠올랐다.

사람은 생김새가 제각각 달라. 누나도 생김새가 조금 다른 거잖아.

휠체어에 앉은 수연에게 조그마했던 결이 그렇게 말했다. 너무도 어른스러워, 어처구니없이 너무 확고해서 수연은 놀랐다. 그게 어떤 의미인 줄 아냐고 결에게 물었을 때 결이 고개를 끄덕이며 알아, 하고 대답해 더 놀라웠다.

"생김새가 조금 다른 거잖아요."

그날과 똑같은 대답이다.

"그렇게 작은 이유 가지고 눈치 보지 마세요. 더구나 제 앞에서는 더 그러실 필요 없으세요."

"못 말려."

수연은 피식 웃음을 터뜨렸다.

"너 진짜 여자 왜 없냐? 말하는 거 보면 여자 백 번은 꼬시고도 남았겠는데."

"없는 게 아니라 안 만드는 거라고 정정해 주세요."

"확실해?"

"이렇게 대표님 옆에 매일 같이 붙어 있는데 언제 꼬셔서 언제 만납니까."

"그래, 그렇다고 칠게."

"그렇다고 치는 게 아니고 확실하게 그런 겁니다."

주고받는 말들 사이사이 수연은 생각했다.

어쩌면,

어쩌면 결아,

네가 여자가 없는 게 나한테 다행인지 모르겠다.

그렇게 아주 오랫동안 생각했다.

정확히 1주일 뒤, 수연의 책상 위에 명진의 사직서가 올라왔다. 수연과의 약속이 무색하게 명진은 도박을 끊지 못했다.

회삿돈에 손을 대었을 때는 이미 신용 대출과 담보로 잡을 수 있는 모든 것들로 대출을 받는 상태였다고 전해 들었다. 그리고 이튿날, 비었던 회삿돈과 수연의 계좌에 돈이 채워졌다. 계좌에 찍힌 이름은 고결, 이 아닌 김명진, 이어서 수연에게 발언의 기회가 주어지지 않았다. 하지만 그 돈이 결코 명진의 돈이 아니라는 걸 수연은 알고 있었다.

자신의 손으로 외삼촌을 병원에 집어넣은 결은 그날 저녁에 수연에게 같이 술을 먹자고 하였다. 같이 술잔을 기울이다 둘 다 나란히 취기가 올랐을 즈음 결이 울었다. 자신의 손으로 외삼촌을 병원에 가둔 일이 마음에 걸린다고 했다.

수연은 결을 데려다주며 어쩔 수 없는 일이라고밖에 말해 줄 수 없었다. 그리고 그렇게 말할 수밖에 없는 자신이 초라하기 짝이 없었다.

퇴근길의 러시아워는 시간을 허비하기 딱 좋았다. 하지만 오늘은 이렇게 길에서 허비하기에는 시간이 촉박했다. 러시아워를 겨우겨우 뚫고 집에 도착하자마자 수연은 샤워부터 하였다. 샤워를 마치고는 검은 슈트로 갈아입고 허겁지겁 다시 차에 올랐다. 그사이 러시아워가 지난 시간대의 도로는 한적하였다. 조수석에 잘 챙긴 짐을 힐끔 쳐다보고 운전에 집중을 기했다.

수차례의 신호와 몇 개의 굴다리와 몇 개의 교차로를 지나니 목적지에 도착하였다. 주차장에 차를 대고 오래된 승강기에 몸을 실었다. 9층에서 승강기 문이 활짝 열렸다. 굳이 이날이 아니라도 이따금 찾아와서 어색하진 않았지만, 결을 데리고 있으니 올 때마다 검사를 받는 기분이라 긴장되는 것은 어쩔 수가 없었다. 물론 안동댁은 전혀 그런 눈치를 주지 않았다.

수연은 문 앞에서 심호흡을 내쉬고 초인종을 눌렀다. 눈 깜짝할 사이에 반갑게 문이 열렸다. 반가운 얼굴로 허리춤에 앞치마를 두른 안동댁이 수연을 맞이했다.

"애기씨, 어서 오세요."

스무 평 남짓한 집은 현관에 들어서자마자 모든 것이 보인다. 병풍과 직교자상, 그리고 앉아서 밤을 깎는 결. 수연은 신발을 벗고 집 안에 들어섰다.

"이거."

잘 챙겨 온 짐을 안동댁에게 건넸다.

"이런 거 챙겨 오지 마시라니깐요."

"그래도 제삿날인데요."

이날이 될 무렵이면 수연은 정숙에게 부탁했다. 좋은 술, 좋은 곶감, 좋은 한과. 그렇게 부탁을 하면 정숙은 정말로 좋은 것들만 골라서 보내 주었다. 부탁한 것들이 어디로 가는 줄 알아 정숙이 더 신경을 쓴다는 걸 수연은 알고 있었다.

"전 뭐 하면 돼요?"

거실 한편에 슈트 재킷을 벗어 두며 묻자 안동댁은 황급히 수연의 재킷을 받아 들었다. 그러지 않아도 된다고 해 보아

도 매번 허사인지 안동댁에게 수연의 말은 씨알도 먹히지 않
았다.

"편하게 앉아 계시다 저녁 드시고 가세요."

"하긴. 제가 아무것도 못 하긴 하죠?"

"애기씨도 참."

결에게 눈인사를 하며 수연은 식탁에 앉아 마저 음식을 하
려는 안동댁을 건너다보았다. 어릴 적에 간식을 먹고 싶거나
야식을 먹고 싶을 때 안동댁을 많이 졸랐다. 그러면 저런 뒷
모습으로 안동댁은 후딱 음식을 해서는 내어 주며 웃었다. 하
지만 안동댁도 많이 늙은 것인지 키가 줄었다. 애기씨, 라고
부르는 목소리도 힘이 많이 빠졌고.

"이거 따끈할 때 드세요."

안동댁이 수연의 앞에 내려놓은 접시 안에는 어전이 있었
다. 갓 구운 것인지 김이 모락모락 피어오른다.

"제사상에 오를 거잖아요?"

"이건 애기씨 오면 따로 주려고 빼놨던 거니까 드세요."

"피이. 이런 날까지 저 안 챙겨 주셔도 되는데. 그리고 저
희 집 일 그만두신 지가 언젠데 아직도 애기씨예요. 그 애기
씨 진즉에 얼어 죽었겠다."

"얼른 따뜻할 때 드세요. 식으면 맛없어요."

수연의 손에 기어이 젓가락까지 쥐여 주며 어전이 입에 하
나 들어가는 걸 보고서야 안동댁이 다시 움직이기 시작했다.
수연은 어전이 담긴 접시를 들고 결의 옆으로 자리를 옮겼다.

밤을 깎는 결의 옆에 털썩 앉아 결의 입에다 남은 어전을 하나 넣어 주었다. 결이 얌전히 입 안에 안긴 어전을 씹었다. 결의 날렵한 턱이 움직임에 따라 뺨과 목 근육이 움직이는 게 보였다.

"따뜻할 때 먹으니까 맛있지?"

"저 하나면 되니까 대표님 다 드세요."

"맛있냐구우."

"네. 저희 어머니 손맛 좋잖아요."

"맞아. 어머님 손맛 죽이지."

"그거 대표님 준다고 저한텐 구워 주지도 않았어요."

그러다 예쁘게 깐 밤 하나를 결이 수연의 입 안에 쏘옥 넣어 주었다. 입 안에서 데굴데굴 구르는 밤을 아작 씹자 단물이 푹 쏟아졌다. 맛있는 밤이었다.

"벌레 먹은 건데, 벌레 먹은 게 맛있어요. 벌레가 원래 제일 맛있는 거 먹어요."

"설마 나 벌레 먹은 거임?"

"벌레 먹은 부분은 도려냈어요."

수연은 밤 하나를 형체가 없어질 때까지 씹었다. 그 밤이 곤죽이 되어 목을 넘어가고 나서 완전히 맨입이 되었을 때 다시 입을 열었다.

"맛있네."

밤을 깎느라 결의 손끝이 쪼글쪼글해져 있었다.

"아저씨가 좋아하시겠다."

아저씨가 좋아하던 밤.

대장암으로 시작해 수없는 수술과 수없는 항암 치료를 견
디 내던 아저씨에게 결이 밤을 까 주던 모습을 많이 보았다.
정숙의 배려로 아저씨도 함께 본가에 기거하게 되었을 때에
기력이 다해 후들거리던 와중에도 아저씨는 수연만 보면 웃
어 주었다. 그리고 곧잘 결에게 잘해 주어 고맙다는 말을 하
였다. 결이 까 주던 밤을 아저씨는 수연의 입에 많이 넣어 주
곤 하였다. 함께했던 수많은 추억이 슬픔으로 뒤바뀐 날은 총
44차에 달하던 항암 치료를 받은 때였다. 병원에서 옅은 잠에
숨을 거뒀다고 하였다.

장례식장에서 그래도 호상이네, 하고 말을 내뱉던 작자의
머리 위로 수연은 술 한 병을 통째로 콸콸 부었다. 이렇게 죽
든 저렇게 죽든 호상은 없었다. 어떻게 죽든 간에 호상은 있
을 수 없는 일이다. 누구든 사람의 죽음을 두고 호상이라 말
하는 것은 적어도 장례식장에서 예의가 아니었다. 그 일로 인
해 인석에게 크게 지청구를 들었지만 수연은 인석의 지청구
따위 들리지 않았다. 그저 아저씨의 영정 앞에서 결과 함께
목 놓아 울었다.

기억 속에 아저씨의 모습이 선연하다.

장례식장 한가운데 큼지막하게 웃고 있던 영정 사진도.

그때 보았던 영정 사진이 오늘 제사상 가운데에서도 웃고
있다.

"지금 네 모습, 아저씨가 보셨으면 참 좋아하셨을 텐데."

남은 어전에는 더 이상 김이 피어오르지 않았다.

"아버지는 차라리 죽는 편이 낫겠다, 그런 말씀을 많이 하셨어요."

"많이 힘드셨으니까."

"그 말 들을 때마다 아버지는 나와 어머니의 미래에 없는 사람이 될 수도 있겠다는 생각을 했던 거 같아요."

결이 제사상에 놓인 아저씨의 영정 사진을 멀찌감치 들여다본다.

"그 예감이 결국 맞았어요. 결국에는 어머니하고 저, 둘밖에 안 남았으니까."

셋이었던 숫자가 둘로. 팍 꺾여 버린 둘이라는 숫자는 외로웠다. 거기서 또 하나가 꺾이면 하나가 되니까. 둘은 불완전하고 연약한 숫자다. 외톨이가 되기 너무나 쉬운.

수연은 결의 넓은 어깨 위로 머리를 내렸다.

"셋 해. 나 있잖아. 거기에 나 포함시켜서 셋 만들어."

불안전하고 유약한 그 숫자에 수연은 스스로를 포함시켰다. 그래서 다시 셋. 결의 어깨에 머리를 기대고 있어 정확히 보이지 않았지만 결의 입꼬리가 언뜻 올라간 듯했다.

"매번 안 잊고 와 주셔서 감사해요."

"웬 인사치레."

"진심이에요."

"아는데, 그런 진심 나한테 말 안 해도 돼. 우리가 남이니?"

남이냐고 묻는 말 때문인지, 아니면 아저씨의 기일이라 마음이 찡한 탓인지 밤을 깎던 결의 손이 빗나갔다. 결의 긴 손가락 끝에서 피가 난다. 그 피가 몇 알 안 남은 밤이 담긴 물 위로 뚝뚝 붉게 퍼진다. 수연의 다음 행동은 머리를 거치지 않았다. 입 안으로 피가 나는 결의 손가락을 집어넣어 흠빨았다. 결이 당황스러운 낯빛으로 손을 빼내려 했지만 수연은 결의 손가락을 놓치지 않았다. 비릿한 피 냄새가 입 안을 헤집었다.

"칠칠하지 못하게."

입 안에서 결의 손가락을 빼내어 티슈로 꾹 눌렀다.

"아저씨가 하늘에서 자기 제사상에 올릴 밤 깎다가 다치는 아들 보면 퍽이나 좋아하시겠다."

결이 반창고를 찾아 수연의 곁으로 돌아왔다. 연고도 없이 반창고만 붙여 수연이 한소리 하려 했지만 결이 먼저 선수를 쳤다.

"다른 사람한테 이렇게 하시면 안 돼요."

"무슨 소리야?"

"오해해요."

그래도 수연이 이해할 수 없다는 표정을 짓자,

"상대방을 좋아한다고 오해하게 만든다고요, 이런 행동은."

결이 주의를 주듯 그렇게 말했다.

철상撤床을 마지막으로 제사는 끝이 났다. 집 안에 향불내가 떠돌아다닌다. 그리고 향불내에 쌓여 가만히 앉아 꾸벅꾸벅 조는 수연이 보인다. 회사 일로 안 그래도 바쁘면서 매년 빠뜨리지도 않고 꼬박꼬박 자신의 아버지 제사를 챙기는 수연이 결은 안쓰러우면서도 고마웠다. 자신이 없으면 더 바쁠 텐데 이날만큼은 꼭 수연이 회사에 나오지 않아도 된다며 억지로 회사 일도 빼내 주었다.

꾸벅꾸벅 졸다 바닥으로 떨어지려는 수연의 머리를 결이 조심스레 받아 냈다. 손에 수연의 볼에 서린 체온이 감긴다. 좋다. 이렇게 수연의 작은 걸 느끼는 것만으로도 충분히. 하지만 자꾸 욕심이 나는 건 무슨 이유일까.

"작은 몸으로 매일같이 쉼 없이 살아 내느라 힘드실 테지."

언제 옆에 온 것인지 어머니 은애가 쪼그리고 앉아 수연을 들여다보고 있었다.

"남들보다 훨씬 가열하게 살아오신 분이지. 자신의 몸 결함 따위야 별거 아니라는 듯 더 열심히. 그게 그냥 일개 집안일 돕던 나한테도 보일 정도였으니."

은애는 너무도 조심스레 수연의 얼굴 옆 선을 반쯤 가린 머리칼을 귀 뒤로 넘겨 주었다. 남의 손길에도 잠을 떨치지는 못하는지 수연이 여전히 존다.

"애기씨가 너를 데려갈 때 나한테 찾아왔었다."

한 번도 들어 보지 못했던 말에 결의 시선이 은애에게로 황급히 옮겨 갔다.

"성하지도 않은 다리를 억지로 굽히며 내 앞에서 무릎을 꿇으시더구나. 너를 대학에 못 보내게 되어 미안하다며, 그게 정 용서가 안 되거든 그 자리에서 자기에게 욕을 하든 때리든 괜찮다고 했다. 달게 받아들일 수 있다고. 대신 널 대학에 보내지 못한 만큼, 그 기회를 앗아 간 만큼은 멋지게 키워 내 보일 거라더니."

은애는 빙긋 미소를 지었다.

"네가 어느새 이만큼 잘 컸어. 이건 오롯이 애기씨의 덕이 겠지."

"대표님께는 정말 감사하게 생각하고 있어요."

"애미 속일라구?"

괜한 으름장을 놓으면서도 은애의 입가에는 미소가 함지박만 하다. 이래서 어머니의 눈은 속일 수가 없었다.

"바빠서 1년에 얼굴 볼 날이 손에 꼽는다지만, 그래도 너는 내 배 아파서 낳은 내 새끼야. 애미가 돼서는 그것도 모를까."

"네. 어머니한테는 언제고 들킬 거라 염두에 두고 있었어요."

"사랑이란 건 쉽게 숨겨지지 않는다지. 감기처럼 그렇게 안 숨겨진다고들 하지만, 너는 희한하게도 오래 잘 숨겨서 애미 된 마음으로 속상했다."

"더 숨길 수 없을 정도로 한계치까지 왔다는 느낌이 들어요. 그래서 저, 지금 너무 위태로워요."

"뭐가 그렇게 무서워서 애기씨한테 꽁꽁 숨기려 들어."

"대표님 옆에 더는 있을 수 없는 상황까지 예상해야 해서요."

말로 내뱉는 것만으로도 힘에 겨워 머릿속이 붕괴될 지경이다. 수연의 옆이 아닌 고결의 위치. 생각해 본 적도 없고, 생각하기도 싫지만 결국 마음을 내비치면 수연의 옆자리를 잃을 각오를 해야 한다는 걸 진즉부터 알고 있었다.

잃는다.

수연을.

깊이를 헤아릴 수 없을 정도로 막막하다는 건 이럴 때 쓰는 말인가. 하루가 다르게 욕심이 자라나고 있다. 그래서 위태롭다. 잃을 수도 있다는 걸 빤히 알면서 욕심을 키우는 자세는 스스로도 납득할 수 없었으나 이제는 더 숨길 수가 없다.

사랑 같은 거, 이제 다신 안 해.

절대로 안 해.

난 내 회사, 내 직원들, 그리고 너뿐이야.

그거면 충분해.

수연이 했던 말이 뇌리를 찍어 누른다. 하지만 이제는…….

"잃는다 하여도 해야만 하는 선택이 있다면, 결국 나중에 덜 후회하게 되는 게 그쪽이라면 하는 게 맞아."

은애는 자리를 털고 일어나 직교자상을 마른행주로 닦는다. 수연을 잠시 눕혀 놓고 결도 자리에서 일어서려는데.

"애기씨 피곤하신 거 네 마음에 제일 걸리는 일이잖니. 나는 괜찮으니 얼른 가 봐."

은애의 말 한마디에 결은 수연을 안아 드는 쪽을 택했다. 자신의 품에서 수연이 새근새근 고른 숨을 내뱉는다. 이마저도 하지 못하는 순간이 생길지도 몰랐다. 어쩌면 수연의 자는 모습조차 보는 일이 허락되지 않을지도.

그러나 숨기는 건 이제 끝이라고, 정의를 내렸다.

좋아해

— 저혈압 쇼크로 또 쓰러졌다면서! 말 안 하면 이 할미가 모르고 넘어갈 줄 알았어, 이것아!

결국은 어떻게 알게 된 것인지 전화 너머의 정숙의 목소리가 쩌렁쩌렁하다. 핸드폰으로 걸려 온 전화도 아니었다. 회사에 직통으로 걸려 온 전화라 피할 수도 없었다. 피했다면 아마 정숙이 예고도 없이 회사에 들이닥쳐 한바탕 난리가 났을 것이다.

수연은 콧잔등에서 조금 흘러내린 안경을 추어올렸다. 이번에 시공한 아파트에서 불량이 너무 많이 발견되었다. 시공팀에서는 하노라고 했다는 답변만 돌아왔을 뿐, 변명하지 않아 현장에 다시 내보내긴 했지만 아마 더위에 지쳐 몇 군데를 허술하게 시공한 모양이었다. 도안을 내려다보던 눈을 창밖으로 돌렸다. 태양의 기운이 기세 좋게 내리쬔다. 추석이 목전인데 이렇게 더워서야.

— 내 당장 쫓아간다!

귀에서 왕왕 울리는 정숙의 목소리 때문에 일 생각으로 가득했던 머리가 멍멍해졌다.

"진정하셔. 할머니 손녀 완전 말짱해요."

— 내가 오늘 병원 갔다가 간호사한테 듣고 얼마나 기함한 줄 알아? 이 할미 명줄 다 닳고 없어져 그대로 죽을 뻔했어!

"에이, 그런 분이 이렇게 소리를 잘 치실까아?"

— 지금 장난이 나와? 그런 몸을 해 가지고서는 결이 집 제사며, 회사며, 온 사방을 돌아다녀!

정숙의 음성에 노기가 가득하다. 그 노기가 결국 한수연에 대한 걱정으로 뭉쳐진 것을 알아 수연은 잠깐 쉽게 빠져나가려 채웠던 웃음기를 뺐다.

"괜찮아요. 진짜 멀쩡해."

— 못 산다, 내가 정말이지 너 때문에 가슴이 철렁해서 못 살겠어.

"못 살지 말고 잘 사셔야지. 할머니 손녀 말짱하니까 할머니 몸이나 더 신경 쓰세요."

— 멀쩡하다는 애가 다 쓰러져서 응급실을 가? 그때 결이 없었으면 어쩔 뻔했어! 그대로 어디 쓰러져서 병원도 못 갔으면 어쩌게!

"응. 맞아요. 결이 덕분에 살았어."

그러게. 그때 결이 없었으면 진짜 죽었을지도. 아닌가. 대리 기사가 왔으면 신고쯤은 해 주었으려나. 아니지. 그래도 결이 없었으면 안 된다. 피식 바람 빠지는 웃음이 입술 사이로 흘러나왔다.

— 그렇게 대수롭지 않게 넘기지 말고 신경 좀 써, 응? 내 애간장 다 녹아 없어지고 너 정신 차리면, 이미 나 가고 없을지도 몰라.

"알았어요. 조심해. 한다니까? 그러니까 그런 말 좀 하지 마. 사람 맘 아프게. 할머니는 꼭 나 찔리게 만들어야 좋은 건가."

— 말이 그렇다는 거야. 며칠 내로 집에 와. 얼굴 좀 보게. 내가 가고 싶은데 가 봤자 얼굴 몇 분 보여 주고 등 떠밀 거 아니까 참는 게야.

"나 바쁜데."

수연이 뾰로통하게 말해 보아도,

— 바빠도 와! 네 애비랑 어미 다 알아서 집안 난리 났는데 그래도 너 껄끄러울까 봐 네 부모 말리고 내가 대신 전화하는 거니까.

정숙은 물릴 생각이 없는지 완강했다.

"알았어요. 바쁜 일 좀 처리해 놓고 들를게. 대신 회사로 전화 거는 건 금지예요."

— 하여간에. 회사 그렇게 중한 만큼 네 몸도 신경 써.

"네에."

— 며칠 내로 꼭 와야 해. 할미 기다리고 있단다, 알았지? 바쁘다니 그만 끊는다. 꼭 와.

그러고는 전화가 뚝 끊겼다. 수화기를 내려놓으면서도 수연은 여전히 창밖을 바라보았다. 아버지와 엄마까지 알았다면 쉽게 넘어가지 않겠지. 아마도 크게 꾸중을 들으며 그들의 걱정을 고스란히 받아야 할 것이다. 그들에게 이런 식의 걱정을 안기고 싶지 않은데. 머리가 무거워져 창밖에 시선을 고정시킨 채 머리를 책상 위로 툭, 무심히 떨어뜨렸다. 안경이 살짝 비틀어졌다. 거추장스러워 안경을 빼 버렸다.

그런데 웬 손이 수연의 이마를 짚는다. 보지 않아도 알 수 있었다.

"몸 안 좋으세요?"

결. 그 이름을 생각하면 나뭇결의 냄새가 나는 것 같다. 맡으면 맡을수록 편안해지는 그런 냄새.

"난리 남."

수연은 자세를 그대로 유지한 채 한숨 쉬듯 말을 내뱉었다.

"할머니랑 부모님 다 아셨음. 나 죽었다."

"큰 사모님께 전화 걸려 왔다던 게 그거였어요?"

"응. 회사로 전화할 줄은 꿈에도 몰랐는데."

"안 찾아오신 게 신기하네요."

"동감."

몸에 기합을 넣으며 자세를 다시 고쳐 앉았다. 시계가 오전

열한 시를 넘어가고 있었다. 오늘 점심에 외부 업체와 약속이
잡혀 있다고 했으니 지금 출발해야 한다.

"혼자 다녀올게."

결과 동행하지 않고 혼자 다녀올 작정이었다. 날씨도 더운
데 결에게 운전시키며 기다리게까지 하고 싶진 않았다. 안경
과 핸드폰을 챙겨 넣고 가방 안에 더 빠진 것이 없나 확인했
다. 그런데 결이 슬며시 수연의 가방을 빼앗아 갔다.

"같이 가요."

"더워. 나 사람 만나는 동안 너 기다리게 하는 것도 싫고.
그리고 혼자 다녀와도……"

"아니요. 같이 가요."

수연의 말을 자른 결이 엄격하게 굴었다. 원래 저랬나. 상
사의 말에 토를 잘 달아도 저런 식은 아니었던 거 같은데. 큰
결 앞에 서서 대표라는 자신이 한없이 약해진다. 우습게도 저
렇게 엄격하게 구는 결을 물리칠 재주가 수연에겐 없었다. 한
번 하겠다 마음먹은 일을 잘 물리지 않는 녀석이었다. 그런
녀석을 저렇게 멀거니 세워 둘 수도 없는 노릇이니.

"네 맘대로 해. 대신 덥다는 소리 하기만 해 봐."

P호텔로 향하는 동안 길이 꽉 막혔다. 도로에서만 두 시간
을 넘게 잡아먹었다. 휴가 시즌이라고 길에 렌터카며 사람이
며 넘쳐 나다 못해 길바닥에 깔려 멈춰 버린 듯하였다. 하지
만 그러는 동안 수연은 잠이 들었다. 눈을 뜨니 P호텔 지하

주차장이었고, 시계를 확인하니 두 시간이 좀 넘어 있다는 걸 알았을 뿐이었다. 수연은 조수석에서 선바이저를 내려 거울에 비친 제 모습을 확인했다. 잠든 동안 흐트러진 머리도 정리하며 마른 입술에 립밤도 발랐다. 이제는 되었나 싶은 순간, 조수석 문이 열렸다. 결이 열어 주었다.

"뭐야, 문 왜 열어 줘?"

이런 식의 일은 하지 않아도 된다고 결을 처음 비서로 들일 때 말했다. 그래서 줄곧 결은 이런 일을 하지 않았다. 처음에는 그래도 자신이 비서인데 그 정도는 해야 할 것 같다고 하는 것을 수연이 불같이 화를 낸 뒤로는 절대 없는 일이었다. 그러니까 이런 식의 윗사람과 아랫사람이 분명하게 갈리는 행위가 수연에겐 불편하였다.

"뭔데? 왜 그래?"

"내리세요."

"야, 왜 그러냐니까?"

하지만 결의 입에선 수연의 물음에 대한 대답이 나오지 않았다. 단지 결이 수연을 차에서 내리게 한 뒤 문을 닫고 자동차를 잠갔다. 잠그는 소리가 지하 주차장에서 메아리가 되어 퍼졌다.

"결아?"

결이 수연의 손을 쥐었다. 그리고 이끌었다. 승강기를 타로비가 아닌 호텔방이 있는 층을 누른다. 수연은 결의 손에 잡혀 등 뒤로 숨겨졌다. 승강기가 한 층 한 층 올라가기 시작했다. 그러는 동안에도 결은 입을 딱 다물었다.

보통 약속은 호텔 로비다. 그게 관례이자 예의다. 그러면 지금 이 상황은. 약속한 업체가 호텔방에 있을 리 만무하다. 같이 머리 맞대고 몇 날 며칠 도안 그려 낼 것도 아니고. 아. 어떤 외부 업체인지 정확히는 몰랐다. 결이 약속이 있다고만. 거기서 꼬리에 꼬리를 물던 생각이 멈췄다. 승강기가 띵, 도착한 소리를 냈다.

결의 손에 무작정 이끌려 호텔방 문 앞이었다. 결이 주머니에서 룸 카드를 꺼낸다. 이내 호텔방 문이 열리고, 조금 더 이끌려 들어가니 하얀 침구가 주름 하나 없이 수연을 맞이했다. 결은 침대 위에 수연을 앉히며 꽉 잡았던 손을 풀어 주었다.

"더는 힘들어서 못 하겠어요."

결의 첫마디였다.

"무슨 말이야? 대체 이 방은 뭔데? 약속 있댔잖아."

"네, 있어요. 지금 로비 카페에 대표님 기다리고 계신 분 있으세요."

"근데? 여기는 왜 끌고 와? 체크인도 안 했는데 너 룸 키는 어디서 얻고?"

"체크인 어제 했어요. 여기 2박 3일 동안 제가 빌렸어요."

"아니, 그러니까 무슨 소리냐고. 여길 네가 왜 빌려? 아니, 다 떠나서 로비에 기다리고 있는 업체 사람이랑 만나야 하는 거 아니야?"

수연의 입이 따발총을 문 듯 다다다 움직였다. 그에 반해 결은 느긋하게 냉장고에서 물 한 병을 꺼냈다. 물병을 따 컵 하나에 조르륵 붓는다. 물이 담긴 컵을 수연에게 주고 물병에 남은 물은 결이 소리 없이 들이켰다.

"로비에 기다리고 있는 사람, 외부 업체 사람 아니에요."

빈 병을 우그러뜨리며 결이 성난 어투로 말했다.

"대표님이 선보셔야 할 사람이에요."

"뭐?"

어안이 벙벙했지만 수연은 다시금 정신을 차렸다. 이런 얄은수야 빤했다. 인석이 시킨 일일 것이다. 몇 번 당한 경험이 있으니 대수로울 것도 없었다. 단지 이렇게 행동하는 결이 수연에겐 당혹스러웠다.

"그럼 만나면 되지. 뭐가 문젠데 2박 3일 동안이나 호텔방을 빌려? 뷰가 이렇게나 좋은 방을? 그것도 휴가철에?"

해운대의 드넓은 바다 색이 호텔방의 창을 장식한다. 이런 경치의 방을 그것도 성수기인 지금 2박 3일이나 빌릴 이유 따위 결에겐 없었다. 수연은 결이 건네준 물을 마셨다. 그래도 당혹감이 수그러들지 않는다.

"적어도 제가 하는 고백에 이 정도는 공을 들여야 할 것 같았어요."

"무슨 고백? 너 나한테 잘못한 거 있어?"

수연의 의문문에 결은 슈트 재킷 안주머니에서 봉투를 하나 꺼내 수연의 허벅지 위에 내려 두었다. 사직서. 그렇게 세 글자가 적힌 봉투였다. 사표를 쓴다고 자주 그런 농담을 했지만 결은 결코 사직서를 낸 적이 없었다. 한수연의 편이라고 했다. 언제까지나 자신의 옆에 있을 것처럼 굴었다. 그런데 어이없이 정말 사표를 냈다. 그것도 고결이.

"너, 너……!"

"네. 사직서예요."

사직서, 라고 적힌 봉투를 응시하다 수연은 그 봉투를 자신의 두 손으로 갈가리 찢었다. 찢겨진 종잇조각들이 바닥으로 분분히 떨어져 내린다. 사직서가 이미 자신의 손에 의해 찢겼는데도 마음이 가라앉지 않았다. 불뚝 화가 치밀어 오른다.

네가 왜.

내가 믿는 네가.

네가 어째서 나한테.

그런 문장들이 수연의 머릿속을 빼곡하게 장악했다.

"삼촌 일 때문에 그런 거면 괜찮다고 했잖아! 너 진짜 나 안 볼 작정으로 이래?"

"아니요. 그런 거 아니에요."

"그럼! 그럼 뭔데? 이딴 거 나한테 내는 이유가 대체 뭐야!"

주름이 하나도 가지 않았던 침대 시트를 수연이 양쪽으로 움켜쥐었다. 오른손 마디가 새하얗게 질려 간다. 더 힘을 주다가는 왼쪽 의수가 버티지 못하고 고장 날 것이다. 하지만 그런 것 따위 어찌 되든 상관없었다. 지금 이 상황 자체가 수연에게는 더 중요했다.

그런데 결이 몸을 낮춰 수연의 왼쪽 의수를 관절 마디에서 빼내었다.

나보다 나를 더 잘 알고 있으면서. 너는 갑자기 왜. 목에 잠긴 말이 입 밖으로 나오지 않았다.

"제가 대표님을 좋아해요. 그래서 적어도 제 방패 하나 정도 챙겨 온 거니까 화내지 마세요."

한순간 텀벙 물벼락을 맞은 기분이었다. 좋아한다는 게 뭐지. 그런 생각을 했다가. 사랑, 그딴 걸 말하는 건가. 그런 생각을 하다가. 수연은 멍청하게 결을 응시했다. 결이 싱그럽게 미소를 그리고 있었다. 그래서 알았다. 이건 꿈이 아니구나. 웬 물벼락을 맞은 이 현실이 진짜구나. 입을 열어 보려다 자력으로 다시 닫혔다. 어떤 말도 하지 못한 채 고개를 숙였다. 무릎과 구두의 코끝이 시야를 채웠다. 아무것도 보고 싶지 않아 눈도 질끈 감아 버렸다.

"대표님께 버려질 수도 있겠다고, 각오하고 왔어요."

그딴 각오를 하면서까지 고백하는 결을 두고 수연은 흠씬 두들겨 맞은 것처럼 아파졌다. 유약하고 보잘것없는 사랑, 그딴 것 때문에 결을 잃을 수도 있는 현실이 믿기지 않았다.

"그래도 저 좀 봐 주세요. 얼굴 보고 싶어요."

자세를 낮추고 결이 수연의 턱을 살짝 들어 올렸다. 억지로 힘주어 감았던 눈을 뜨자 이번에는 시야 안에 결의 얼굴이 가득했다. 무턱대고, 정말 아무런 이유도 없이 눈물 한 줄기가 툭 무심하게 떨어졌다.

"······하지 말지."

"죄송해요. 근데 이제 더는 못 숨기겠어요."

"왜 이런 고백 해! 왜 나한테 버려질 각오까지 하면서 그런 말 하는 거야, 대체 왜······."

"아마 수일 내로 대표님께 이 마음 들켰을 거예요. 그때가 되면 제가 더 비겁한 놈 될 거 같아서 선수 쳤다고 생각해 주세요. 대표님 말처럼 저 나쁜 놈이잖아요."

결의 손끝이 수연의 뺨에 늘어진 눈물을 거둬 냈다.

"제 마음 안 받아 주셔도 괜찮아요. 그런데 제 마음 때문에 아프시진 마세요. 그럼 저 못 살아요. 저 겁쟁이라 대표님 아픈 거 바라볼 자신 같은 거 없거든요."

웃는다. 결이 정말 아무렇지 않은 낯빛으로 웃는다. 그게 수연에게 가장 아픈 순간이었다. 혼란스러운 와중에 가슴이 아파 견딜 수가 없었다. 무어가 결의 가슴에 사랑을 품게 했는지 원망스러웠다. 그 원망이 어디로 향하는 줄도 모르고 무작정 그랬다.

"아주 오래 좋아했어요. 그래서 오래도록 대표님 옆에 있어 주고 싶었어요. 저도 대표님 옆에 있는 동안 행복해서 더 오래 있고 싶었는데."

수연의 오른손에 결의 손이 맞잡혔다. 손가락 사이사이 결의 손가락이 맞물린다. 결의 손끝이 수연의 손등에 불거진 뼈를 쓸었다.

"내가 욕심내서 미안해, 수연아."

결의 입에서 수연아, 그 이름이 나왔을 때 수연은 덜컥 무서워졌다. 사표를 방패로 삼고 온 결의 선택이 진심이라는 게 확실시되었다. 이대로. 이대로 결을 잃을 것이다. 어떤 식으로든 결을 잃는 것은 피하고 싶었다. 수연은 거칠게 결의 손에서 자신의 손을 빼내었다.

"안 돼……."

오른팔로 결의 목덜미를 끌어안았다.

"이렇게는 안 돼. 내가 어떻게 널 놓쳐. 이렇게는……"

"그럼 내가 어떻게 해 줄까."

더뻑 끌어안았던 결의 목덜미를 풀고 수연은 결과 눈을 맞췄다. 문득 사무쳤다. 한 남자를 사랑했던 자신과 같은 눈빛을 결이 하고 있었다. 이건 어떤 식으로든 누군가 상처받는다. 그 누군가가 누구냐고 묻는다면 고결일 것이다. 혼자 나둥그러졌던 자신과 같이, 결도 똑같은 상처를 끌어안겠지. 생각만으로도 치가 떨렸다. 자신이 헤어진 그 남자와 같은 사람이 될 수도 있다는 위치가 미치도록 혐오스러웠다.

"2주만."

수연은 힘없이 말했다.

"기다려 달라는……, 그런 말이야?"

나긋한 음성을 내는 결은 이미 경어를 버렸다.

"네가 나한테 올 때 내가 널 기다렸던 시간이 2주 정도야. 그러니까 그 시간만큼만 기다려 줘."

"기다릴게. 대신 출근도 연락도 안 하는 조건이야."

"그건……."

"그 시간 동안 생각해. 네 마음이 어디쯤인지. 내가 다가가도 되는지, 아니면 네가 날 버릴 건지. 생각하고 결정해서 나 만나러 와."

길게 늘어뜨린 머리를 결이 손으로 빗겨 주었다. 결의 손가락 사이로 수연의 머리카락이 느리게 빠져나간다.

"밥이랑 약 꼬박꼬박 잘 챙겨 먹고. 예외적으로 어디 아프거나 뭐가 힘들면 연락해도 돼."

"너…… 지금 되게 나빠."

"알아. 그래서 미안하게 생각해."

진심이라는 듯 결의 표정이 반듯했다. 꼭 진심일 때 결은 저런 표정을 지었다. 누구도 그의 진심에 반론을 제기할 수 없도록.

"기다리고 있을게."

수연은 결의 말에 고개를 주억였다.

"그런데 네 답이 어느 쪽으로 나든 내가 네 편인 건 변함없어, 한수연. 내가 네 옆에 있고 없고의 문제지 다른 건 아무것도 달라질 게 없어."

네가 내 옆에 있고 없고의 문제가 가장 크다고, 말하고 싶었지만 수연은 끝끝내 말하지 못하고 결을 보냈다.

2주.

결이 없을 시간이 도저히 상상이 가질 않았다.

결이 데리러 오지 않는 출근길은 어색했다. 대표의 옆자리가 비어 있자 직원들이 물었다. 고 비서님은 출근 안 하시나요? 수연은 결에게 사정이 있다고 대답을 일축했다. 그러나 정작 그렇게 말한 본인이 무심결에 결을 찾았다. 그럴 때면 최 실장이 말했다. 고 비서님 출근 안 하셨잖아요. 결의 일을 최 실장이 대신하며 결의 부재를 새삼스레 수연에게 일깨워 주었다. 일상이 이상했다. 겉은 평화로운데 속은 평화롭지 못했다. 지쳐도 꽤 괜찮다 생각했던 일상이 파괴되고 있었다.

한수연의 일상 사이사이 고결이 침범해 있다는 걸, 그래서 이건 정말로 놓치지 못할 수도 있다는 생각이 든 건, 2주에서 절반인 1주일이 채 지나지 않았을 무렵이었다.

결이 보고 싶었다.

2주의 시간 안에는 추석이 끼어 있었다. 직원들 통장에 추석 상여금이 들어갔다. 그래서 당연히 결의 통장에도 추석 상여금이 들어갔다. 급여나 상여금이 들어가는 날짜에는 저녁에 결에게서 항상 문자가 왔다. 대표님, 감사합니다. 정 없고 멋도 없는 그 문자를 받으면 어쩔 수 없이 웃음이 났다. 맛있는 거 사! 결과 똑같이 정 없고 멋없이 수연도 그렇게 문자를 보냈다.

하지만 이번에는 결에게서 연락이 없었다.

아픈 척을 해서라도 먼저 연락을 해 볼까 싶었지만 수연은 그러지 않았다. 아니다. 그러지 않은 게 아니라 그러지 못한 것이다. 비겁한 자신의 모습을 결에게 들키고 싶지 않았다. 아픈 척까지 해 가며 그럴 자신이 없었다.

다음 날, 하릴없이 핸드폰을 만지작거리다 현장 계단에서 굴렀다. 아픈 척이 아니라 진심으로 아팠지만 결에게는 끝내 연락을 하지 못했다. 아플 때 하필 그 사람의 말이 번뜩 기억났다. 널 안을 때마다 내 몸에 벌레가 기어 다니는 기분이었어. 자신을 좋아한다던 결도 행여나 그런 생각을 하지 않을까. 온몸에 오스스 소름이 피었다. 동네 작은 병원에서 이마를 꿰매며 수연은 하릴없이 만지작거리던 핸드폰을 주머니에 넣었다.

끝내 아프다는 핑계로 결에게 먼저 연락하는 일은 하지 않았다.

"수연아!"

본가에 들어서자마자 강희가 놀란 눈으로 수연에게 쫓아왔다. 이마에 커다랗게 붙여진 반창고 때문이었다. 대수롭지 않게 이마를 긁적여 보아도 강희의 놀란 기색이 줄어들지 않았다. 수연은 가방을 내려놓으며 괜찮다고 말했지만 강희는 좀 보자며 거실 소파에다 수연을 앉혔다.

"몇 바늘이나 꿰맨 거야."

"다섯 바늘 정도. 금방 낫는댔어요. 꿰맨 지 족히 사흘은 지났어."

"또 현장 돌아보다가 다친 거니?"

"별거 아니래도."

"결이는? 결이도 같이 다쳤어?"

결. 수연은 대답 대신 고개를 내저었다. 그러자 강희는 소독은 언제 했느냐 묻더니 수연의 대답도 듣기 전에 자리를 박차고 일어났다. 소독하자. 엄마가 금방 해 줄게. 그렇게 말하고는 넓은 거실에서 분주히 사라졌다.

소파 깊숙이 등을 묻으며 셔츠 단추 두 개를 풀었다. 바쁜 일이 풀리면 들른다고 한 약속이 추석을 지나 있었다. 본가에는 그렇다 할 제사도 없거니와 조부의 기일이 아니면 먼 친척들이 모일 일도 없었다. 조용히 지나가는 명절에 기어이 얼굴들이밀 염치가 없어 수연은 추석이 지나기를 기다렸다. 그래서 추석 다 지난 오늘이었는데 본가에는 정숙도, 인석도, 강희도 모두 있었다. 누구 하나는 집에 없길 바랐는데. 애석하게도 셋이 다 있는 날의 방문에 숨이 턱 막힐 지경이었다.

강희와 함께 정숙이 거실로 나왔다. 강희만 있을 때보다 더 야단법석이 된 자리였다. 정숙이 마주 앉자마자 호되게 호통을 쳤다.

"몸조심하라고 일렀는데, 기어이 이런 꼴로 와!"

"현장에서 좀 다쳤어요."

"식구들 애간장 다 녹여야 네 속이 시원해? 이 할미 죽어도 조심 안 하고 그 모양 그 꼴로 살 테야!"

"할머니, 나 입씨름할 기운 없어요. 진짜 힘들어. 힘들어 죽겠어."

힘들다는 말에, 힘들어 죽겠다는 말에 정숙과 강희가 나란히 입을 다물었다. 본가에서 해 보지 않은 말이었다. 힘들어도 힘들지 않은 척, 그게 수연의 특기이자 장기였다. 그런 한 수연이 이런 푸념을 하고 앉아 있었다. 스스로도 믿기지 않았다. 하지만 시간이 어떻게 흘러가는지, 자신의 몸이 어떤지, 그런 게 전혀 신경 쓰이지 않을 정도로 힘들었다. 뭐가 어떤 식으로 돌아가는지, 그래서 회사가 어떻게 굴러가는지 관심 밖의 일이었다.

이게 모두 결에 기인한 것이라고 수연은 생각했다.

"회사에 무슨 일 있는 게야?"

먼저 입을 연 쪽은 정숙이었다.

"아니. 그냥 좀…… 힘들어."

"뭔지 알아야 해결을 해 주지. 다 죽어 가는 얼굴로 와서 이렇게 대책 없이 있으면 나나 네 어미나 다 속 타 죽어, 이것아."

수연은 테이블 위에 놓인 냉녹차를 들이켰다. 입 안에서 쌉싸름하고 얼얼한 기운이 번져 나갔다. 정신이 몽롱해진다. 이대로 한숨 자도 좋겠다는 생각이 들었다. 대책 없이 강희의 허벅지 위로 머리를 내렸다. 푸근한 손길로 강희가 수연의 어깨를 도닥였다.

"한숨 자고 일어날게요. 그럼 괜찮을 거 같아."

눈을 감은 채 그렇게 말했다.

눈을 뜨자 천장이 보였다. 길어진 어둠이 창 안으로 쏟아져 들어와 캄캄했다. 거실이 아닌 자신의 방이었다. 독립을 해도 방은 그대로 둘 테니 언제든 와도 된다던 인석의 말이 잊혀지지 않는다. 침대 아래 얌전히 놓인 의수와 의족을 찾아 끼었다. 핸드폰을 확인하니 벌써 밤늦은 시간이었다. 이렇게 오래 잤나. 믿기지가 않아 수연은 헛웃음이 났다. 협탁에 있는 물 한 잔을 마시며 방을 나섰다.

물이 절반 못 되게 남은 컵을 든 채로 뒷짐을 지고 뒤뜰 정원으로 나갔다. 눅눅한 여름과 선선한 가을의 냄새가 반쯤 뒤섞여 흘렀다. 하지만 아직은 여름의 기운이 좀 더 센 듯하였다. 선선했지만 그렇다고 완연히 선선하지 않은 날씨가 그러하다는 것을 증명하고 있었다. 그리고 녹음의 냄새도 아직 짙은 거 같고. 밤바람에 이파리 부딪히는 소리가 귓전을 에웠다.

"무슨 일 있는 거냐."

그리고 이파리 부딪히는 소리와 함께 인석의 목소리가 섞여 들었다. 소리가 난 쪽으로 몸을 틀자, 우두커니 인석이 서 있었다.

"안 주무셨어요?"

"자다가 네 얼굴도 못 보고 보낼까 봐 기다렸다."

"늦었는데 들어가서 주무세요."

인석은 들어갈 생각이 없는 것인지 정원에 놓인 의자에 몸을 앉혔다.

"서성거리지 말고 이리 와서 앉아."

하는 수 없이 수연은 인석의 옆에 자리를 잡고 앉았다. 물이 든 컵을 바닥에 버름히 내려놓았다.

"목마르냐? 물 갖다주련?"

"아뇨. 마시다 만 거예요."

"목마르면 말해라. 갖다줄 테니."

"괜찮아요."

무뚝뚝한 인석의 자상함이 낯설지 않았다. 아버지는 항상 이런 사람이었다. 무뚝뚝하지만, 그래서 남들 보기에 손톱도 안 들어갈 것 같이 굴지만 어쩔 수 없이 자식 편인 분. 자식이라면 뭐든 다 내어 줄 것처럼 구는 분. 그걸 알아 더 면목이 없지만. 수연은 입 대신 코로 숨을 크게 내쉬었다.

"부모보다 먼저 죽는 자식은 싫다."

크게 키워진 소나무에 시선을 붙박인 채 인석이 말했다.

"인석아, 그러다 죽어. 일도 정도껏 해야지."

"정도껏. 요령껏. 그렇게 하면 회사 말아먹기 십상이잖아요."

입술을 비죽 세우고 수연이 항의했다.

"말아먹으면 나 있잖냐. 나한테 오면 돼. 자식한테 부모는 그러라고 있는 거다."

"그러기 싫어요. 그런 나약해 빠진 자식 안 하고 싶어요, 전."

"원래 자식이 부모 말 안 듣는다지만 너는 어지간히도 안 듣는다."

"네. 원래 아버지 말 무진장 안 듣고 애먹이는 자식이니, 이제는 그러려니 하세요."

잘 깎인 잔디를 발로 터덜터덜 찼다. 애꿎은 잔디가 무슨 죄인가 싶다가도 발에 채여도 말짱한 잔디를 보니 사람 발에 채이라고 태어난 게 잔디인가 싶었다.

"선 못 본 건, 죄송해요."

"됐다. 결이한테 부탁한 일이지만 애초부터 기대도 안 했다. 그런데 사람 자체를 안 만난 건 의외였어. 결이가 선 자리라고 이야기 안 했을 텐데."

"제가 눈치채고 안 나갔어요. 결이는 잘못 없어요."

이럴 때 거짓말을 요령껏 하는 스스로가 다행스러웠다. 결의 입장을 난처하게 만들고 싶지 않았다. 적어도 본가 식구들에게 결은 좋은 사람으로만 비쳤으면 하는 게 수연의 바람이었다. 물론 누가 보아도 결은 반듯하고 좋은 사람이었지만 본가 식구들에게만큼은 책잡히게 만들기 싫은 마음이 컸다.

"그렇게 남자 만나기가 싫으냐."

인석의 물음에 일순 결이 생각난 건 왜일까. 아무 생각도 없이 텅 빈 머리에 고결만 가득 주입시킨 거 같았다. 고결. 고결. 고결. 온통 그 이름이 머릿속을 까마득히 채웠다. 인석이 그렇게 결을 만나기가 싫으냐 물었다면 곧바로 아니요, 하고 대답했을 만큼. 지금의 상태가 그만큼이었다.

6의 차이. 그것도 내 쪽이 여섯이나 더 먹은 차이. 팔다리가 한쪽씩 없는데 여섯이나 많기까지 한 차이. 언제부터인가 스스로를 결의 옆에 놓아 보고 있었다. 그리고 싱그러운 쪽과 너덜거리는 쪽이 누가 되는지도 상상했다. 하지만 그럼에도 결의 옆에 있으면 좋겠다는 얼토당토않은 생각을 하면서. 이 상하게 힘들었던 건 이런 생각들이 교차하며 번잡스럽게 자주 머릿속과 마음을 헤집어 놓았기 때문이다.

"아버지."

"그래."

"제가 누군가를 좋아하는 일로 인해서 할머니나 아버지, 그리고 엄마한테 상처받게 한 거 같아 죄스러웠어요."

"그럴 거 없다고 말했잖냐. 부모 자식 간에 그런 건 없다."

"그런데요……, 아버지, 제가 누군가를 다시 좋아하게 된다면 괜찮을 수 있을까요? 그때처럼 안 아플 수가 있을까요? 아무리 생각해도 모르겠어요. 그때처럼 다시 반복될까 봐 겁나요, 저."

인석이 물끄러미 수연을 바라보았다.

"좋아하는 사람 생긴 거냐?"

"……"

"좋아하면 좋아하는 거지, 상처받을 것까지 미리 생각할 필요는 없다. 상처받으면 그때처럼 나도, 네 엄마도, 그리고 할머니도 다 있을 거고. 다시 돌아오면 돼. 네가 힘들 때 손 뻗으면 닿을 곳에 우리 있으니 그런 걱정은 안 해도 된다."

인석이 옅은 미소를 머금었다.

"좋아하는 사람이 있으면 원 없이 만나 봐. 만나 보다 아니다 싶으면 그때 끊어 내도 안 늦어."

꽤 깜깜한데도 인석의 옅은 미소가 수연에게 보였다.

"죄송해요. 매번 못난 자식이라서."

"내 자식이 어디 가서 못났다는 소리는 들어 본 적이 없다. 나도 그렇게 키운 적이 없고. 어깨 당당히 펴."

인석이 일어나 수연의 어깨를 툭툭 토닥대었다.

"밤늦어서 결이 불러 뒀다. 얼른 가라. 몸 항상 조심하고. 다음번에 또 쓰러졌다 소리 들리면 여기다 끌고 올 테니 알아서 해."

인석이 수연에게 등을 지며 돌아섰다. 수연은 그 자리 그대로 굳어 버렸다. 결. 자신이 생각하는 그 결이 맞는 것인지 빛도 한 줌 없는 어둠인데 눈앞이 하얘졌다.

보고 싶었지만 마음과는 반대로 행동이 주춤거려졌다. 느리게, 아주 느리게 걸었다. 이 걸음으로 본가를 벗어나는 동안 날이 새기를, 그래서 결이 기다리다 지쳐 가 버렸기를, 그런 돼먹지도 않은 바람 같은 걸 가졌다. 하지만 본가의 대문을 넘는 순간 바람은 와르르 무너져 선선하게 부는 바람결에 자취를 감추었다.

결이 차 보닛에 걸터앉아 하늘을 올려다보고 있었다. 여름 끝의 바람에 결의 머리칼이 나부낀다. 이리저리 너울거리는 바람결에도 결이 완전한 형태로 존재한다. 그 순간 깨달았다. 아. 나는 저 녀석을 붙잡고 싶었던 거구나. 나도 저 애와 똑같

은 마음으로 좋아하고 있던 건지도 모른다고. 그렇게 인정을
하자 힘들다고 질질 끌고 다녔던 몸에 기운이 돌아났다.

여섯.

그 차이가 어떻게 흘러가든 이제 더는 생각하고 싶지 않을
정도로,

나는 사실 네가 좋았던 걸지도.

결이 천천히 고개를 내리고 느리게 걸음을 옮기는 자신을
더 기다릴 수 있다는 듯 대문을 바라보았다. 그래서 허공에서
시선 둘이 얽혔다. 빠져나올 수 없도록 한없이 얽히다 먼저
시선을 베어 낸 쪽은 결이었다. 결이 걸음을 뗀다. 더디 시작
하던 그의 걸음이 속도를 내기 시작하더니 눈 깜짝할 사이에
수연의 앞에 다가와 있었다.

"다쳤어?"

2주가 채워지지 않았지만, 먼저 만나서 한다는 말이 고작
다쳤냐니. 수연은 일상을 되찾은 느낌이 들었다.

"조금."

"아프면 연락하라고 했잖아."

"미안."

결이 조심스레 수연의 이마에 붙은 반창고를 떼었다. 반창
고 너머를 확인하는 결의 아래턱이 왈칵 일그러지는 게 수연
의 눈에 들어왔다.

"소독했어. 잘 아물어 가는 중이니까, 걱정 안 해도 돼."

"예외적으로 하랬잖아. 연락했어야지. 혼자 병원 갔을 거

아냐."

"오랜만에 만났는데 잔소리해야 속이 시원해?"

"걱정돼서 그렇잖아."

수연은 팔을 높게 뻗어 결의 머리를 헝클였다. 오랜만에 손
에 감기는 결의 머리칼이 좋다. 결의 모든 것이 좋다. 이렇게
마주 서 있는 것만으로도 좋다. 행복……. 그 멀었던 단어가
가까워진 듯하였다.

"너 근데 왜 은근슬쩍 자꾸 반말해?"

"누나라고 부를까, 아님 대표님이라고 부를까. 원하는 대
로 해 줄 의향 있어."

"아니. 그냥 너 하고 싶은 대로 해."

"그럴 걸 왜 물어."

"너랑 아무 이야기나 하고 싶어서."

입에 미소를 머금은 채로 수연은 눈을 반달로 접었다. 그러
자 수연의 뺨 위로 갑작스레 결의 입술이 올라왔다. 쪽— 짧
은 소리가 났다. 반달로 접혔던 눈이 자연히 댕그랗게 떠졌
다.

"……나쁜 놈."

뭔가 분했다. 그래서 씩씩거렸다.

"맞아. 나 나쁜 놈이야."

하지만 결은 능구렁이처럼 아무렇지 않게 웃을 뿐.

"이 나쁜 새끼!"

"그래. 그것도 맞다고 칠게."

"나쁜……, 이 나쁜 놈아!"

"그래서 대답은?"

결이 갑자기 저돌적인 자세를 취했다. 당장에 답을 내어 놓
으라 갈구하는 결의 표정이 수연을 짓눌렀다.

"아직 2주 안 지났어."

"이틀 남았지. 그럼 그 이틀 동안 나 다시 안 봐도 괜찮
아?"

"너 나쁜 새끼야, 진짜."

"안다니까."

눈만 계속 마주치기가 어색해 수연이 고개를 다른 쪽으로
돌렸다.

"업어 줘. 업고 동네 한 바퀴만 걸어. 그럼 대답해 줄게."

"그러자."

결은 단번에 등을 내주었다. 넓은 결의 등에 수연은 몸을
파묻었다. 결의 단단한 팔이 허벅지에 밀착되어 왔다. 편했
다. 그 말 이외의 것은 아무것도 생각나지 않을 정도로 단순
히 편했다. 몸에 힘을 풀고 결의 등에 더 푹 기댔다. 자고 일
어났는데도 또 잘 수 있을 것만 같이 졸음이 밀려온다.

"수연아."

결이 낮게 수연을 불렀다.

"보고 싶었다고, 한마디만 해."

결의 음성이 애절하다 못해 가슴 언저리에 박혀 쟁쟁 울렸
다.

"난 보고 싶더라. 시간이 안 갔어. 계속 안 가길래 못 이기는 척, 내가 먼저 너 보러 갈까 그랬거든."

"너 엄청 뻔뻔해졌어."

"안 숨겨도 되니까. 그래서 꽤 좋은 편이야."

결의 목덜미를 감은 팔이 움찔거렸다. 의수를 낀 팔도 간질거렸다. 결이 소리 내어 웃는 목소리가, 결의 커다란 등이, 자신의 볼에 입을 맞추던 그 입술이 다 자신의 것이 될 수 있다는 게 수연은 신기했다.

"날, 얼마나 오래 좋아했어?"

그래서였다. 믿기지 않아서. 믿기지 않을 정도로 신기해서. 고백을 들었던 그날 묻지 못했던 것을 묻는 까닭은.

"내가 너 처음 업어 준 날부터."

그때가 언제였더라. 오래된 기억을 억지로 떠올렸다. 비가 엄청나게 쏟아지던 여름이었다. 비를 이유로 친구들과 술을 진탕 마셨다. 마시고 마셔 몸도 못 가눌 정도가 되어서는 정신도 없는 채로 결에게 전화를 걸었다. 나 데리러 나와 주면 안 돼? 발음도 안 되는 입으로 결을 불러내었다.

우산을 쓰고 무언가 아니꼽다는 표정으로 한숨을 푹 내쉬면서도 결은 등을 내주었다. 술 취했어도 우산 똑바로 들라고, 억지로 수연의 손에 우산을 들린 채로 툴툴거리던 결이 고작 고1이었을 때였다.

그때가 언젠데.

10년도 더 지난 일이다. 10년이면 강산도 변한다는데. 왜 너는 안 변하고 이렇게까지나 오래. 목울대에 미안한 감정이 몽글거렸다. 아무것도 몰랐던 스스로가 초라해져 어디 숨을 곳도 없이 내놓아진 기분이었다.

"그날 업어 주는 대신 안고 갈 걸, 아직도 후회해. 그날 우산 놓치는 바람에 비 쫄딱 맞고서 감기 걸린 거 기억이나 해?"

"뭐 하러 그렇게까지 오래 좋아해? 네 마음만 다치게."

"안 다쳤어. 너 좋아하는 내내 네 옆에 있을 수 있어서 좋았어. 그게 다야."

빙충이 같아. 그 말을 입 안에서 질근질근 씹어 삼켰다.

한 번도, 정말 단 한 번도 여자를 만나지 않는 결의 모습을 보면서도 고결이 한수연을 좋아할 거라는 예상은 하지 못했다. 자주 툴툴거렸고, 사람을 짜증 나게 만들 정도로 직언도 많이 했고, 예쁘게 할 수 있는 말도 꼭 밉게 말했으니까. 그래서 의심하지 못했다. 그렇게 오래 결이 자신을 좋아하고 있으리라는 건, 일말의 의심조차 가지지 못했다.

"미안해. 나 눈치가 좀……."

"내가 잘 숨긴 거야. 잘 못 숨기면 너한테 들키고, 그럼 네가 분명 나 밀어냈을 거 같아서. 내가 필사적이었던 거지 네가 멍청했던 게 아니야."

수연은 결의 어깨에 만면을 숨겼다. 결의 냄새가 났다. 맡을 때마다 좋다고 느끼던 그 냄새. 코를 박고 숨을 깊게 들이쉬었다. 코끝으로 결의 냄새가 왈칵 스며든다.

"나 너보다 여섯이나 많아. 그리고 무엇보다도 팔다리 불편한 장애인이고."

"고해 성사 해?"

"그래. 너한테 고해 성사 하는 중이야. 그러니까 너도 좀 진지하게 생각……"

"한수연."

단호한 부름에 수연의 뒷말이 잘려 나갔다.

"네 나이가 나보다 여섯 더 많은 것도 알고, 팔다리 불편한 것도 이미 알아. 그런데 그중에 내가 신경 써야 할 게 있었으면 너한테 고백 같은 거 절대 안 했어, 이 아가씨야."

"그리고 나 약혼도 했었고, 파혼도 당했어."

"그것도 이미 알고 있으니까 상관없고."

"넌 나보다 좋은 여자 만날 조건이 돼. 그건 알지?"

결이 별안간 우뚝 멈춰 섰다. 선선히 불어오던 바람도 한풀 꺾여 있었다.

"한수연, 나 좀 믿어라. 내가 네 곁에서 일하는 동안 그렇게 못 미더운 놈이었어?"

"아니. 알아. 내가 널 왜 몰라. 너 되게 듬직한 놈이야. 내가 데리고 있는 사람 중에 널 제일 믿어. 그래서 기회 주는 거야. 이런 고집스럽고 독종 같은 나한테서 벗어날 기회."

"그런 기회 필요 없어."

결이 수연을 등에서 내려놓았다. 그리고 몸을 돌려 수연과 마주 섰다. 후, 길게 한숨을 내보내며 결은 수연을 품에 가뒀다. 어깨에 코를 파묻었을 때보다 결의 냄새가 더 짙어졌다. 팔이 간질간질하더니 이번에는 가슴이 법석인다.

"지금 대답해. 더는 못 기다려."

수연의 귀에 대고 결이 속삭였다.

"좋으면 좋다고 해. 싫으면 싫다고 하고."

속삭이는 결의 음성이 자못 따스했다.

"난 너 못 버려. 아니, 안 버려."

그 말이 수연의 입에서 나오자마자 결이 입술이 겹쳐 왔다. 말캉한 입술이 립밤을 바르지 못해 퍼석한 입술을 짓뭉갠다. 따뜻하고 어지러웠다. 어지럽고 따뜻했다. 어디로 휩쓸려 가는지 알진 못하겠으나 입 안을 비집고 들어오는 뜨끈한 혀의 감촉과 양 볼을 감싸 쥔 커다란 손이 아무것도 걱정하지 말라는 듯 포근했다.

그래서 이 선택이 나중에 후회가 된다 할지라도 아무렴 어때, 하는 수수방관자적 자세가 된다.

"결아, 나 너 보고 싶었어."

그 고백을 털어놓았을 때는 여름의 기운이 좀 더 셌지만, 해서 녹음의 냄새도 짙었지만, 여름의 계절이 꺾인 가을이었다. 곡식이 여물어 풍만한 가을.

마음이 가을의 곡식처럼 영글었다.

관계가 달라졌다 해서 일상이 바뀌진 않았다. 출근을 하고 퇴근을 하고, 일정에 맞춰 같이 움직이며 높은 아파트 현장을 도는 일도 여전했다. 조금 달라진 게 있다면 퇴근한 이후나 주말에 같이 시간을 보낸다는 점이었다. 수연은 대표일 때와는 달리 연인으로 묶일 때는 많이 부끄러워하거나 감정을 숨기려 들었다. 상처받지 않기 위한 방어 기제 같은 거라고, 그런 말을 자주 했다.

약혼한 사람과 파혼까지 했던 옛 과거가 수연에게 생채기를 남긴 것이 틀림없었다. 결과적으로 지금까지 수연은 그때의 그 과거를 이겨 내지 못한 것이다. 때때로 결은 수연의 상처받았던 과거가 자신으로 말미암아 지워질 수 있을까, 걱정스러웠다.

그런 걱정이 들 때마다 자신이 할 수 있는 것들은 모조리 수연에게 할 것이라 결은 다짐했다.

9월을 넘긴 가을은 재빠르게 겨울의 태세를 갖추는 것인지 부쩍 쌀쌀해졌다. 날씨가 쌀쌀해지기 시작하면 수연은 여름보다 갑절은 힘들어했다. 몸을 마음먹은 대로 잘 움직이지 못했다. 현장에서도 실수가 잦았다. 어디 부딪힌다거나, 발을 헛디딘다거나, 핏기가 없는 얼굴로 사람을 놀라게 만드는 일이 허다했다.

차라리 더운 게 천만 번은 더 나아.

현장을 다 돌고 차에 타면 그 말을 입버릇처럼 달고 살았다. 오늘도 어김없이 그랬다. 조수석에 앉자마자 기진맥진한 몸을 축 늘어뜨리면서.

"여름 다시 후진하라고 해. 몸에 자꾸 바람 숭숭 들어와서 더 힘들어."

눈을 감은 채로 만사가 귀찮다는 듯 굴었다.

"집에 얼른 모셔다드릴게요."

"업무 끝났어. 존대 그만 끝내."

수연이 입을 호선으로 만들었다. 눈도 뜨지 못한 채로 씩 웃으면 단가. 결은 수연의 눈 위를 덮은 앞머리를 옆으로 걷어 냈다.

"앞머리 잘라야겠다. 길었어."

"미용실 가기도 귀찮다. 머리 좀 안 길 수 없나? 손톱 발톱도 더불어 같이 안 길면 좋을 텐데."

"어련하실까. 우리 한수연은 다 귀찮잖아? 회사 일 빼고는."

"어쭈. 까분다, 또."

"얼른 집에 가자. 가서 밥부터 먹어. 차려 줄게."

차에 시동을 걸었다. 시동을 거는 동시에 차체가 엔진음을 냈다. 채 매지 못한 수연의 안전띠를 채우고 차를 출발시켰다. 그런데 난데없이 결의 손 위로 수연의 의수 낀 손이 포개어졌다. 의수가 수연의 체온과는 다르게 차갑다. 섬뜩하도록 차가워 이런 의수를 매일같이 끼는 수연이 했던 말이 떠올랐다. 겨울 아침에 끼는 게 제일 싫어. 미치게 추워. 이런 건 대신 해 줄 수가 없는 범위의 일이었다. 대신 해 줄 수만 있다면, 차라리 그럴 수 있는 일이라면 이토록 슬프진 않을 것 같았다.

"앞머리 네가 잘라 주고 가."

힘이 빠진 목소리로 하는 부탁을 결은 거절할 수 없었다. 수연이 미용실을 가는 것보다 자신이 잘라 주는 게 훨씬 빠르게 일을 처리할 수 있는 방법이었다.

"잘라 줄 수는 있는데, 잘 못 자를지도 몰라."

하지만 처음 해 보는 일은 자신이 없었다.

"망쳐도 돼. 망치면 핀 꽂고 다니면 되는데, 뭐."

"외모에 너무 욕심 없다."

"그런 욕심 원래부터 없었거든."

"그래도 예쁘니까 상관없다, 그런 거지?"

"네 눈에 나 예뻐?"

감았던 눈을 뜨고 수연이 묻는다. 그 얼굴이 영락없이 예뻤다. 다른 여자들처럼 화장을 챙기는 것도 아니고 선크림만 바르는 주제에. 뭐가 저렇게 대책도 없이 예쁜지. 네가, 종종대는 네가 나를 이렇게 조바심 나게 만든다는 걸 알기나 알까. 회사만 아니면 집에 꽁꽁 숨겨 두고 혼자만 보고 싶은 이런 내 마음을 조금이라도 알려나. 모르니까 맨날 저러겠지. 아무것도 모른다는 얼굴로 야속하게 예쁘냐고 물어나 보고. 내가 너 때문에 정말 못 산다.

"예뻐. 예쁘니까 만나지."

"아. 그렇군. 예쁘구나, 나."

"로봇이야? 깨닫는 걸 뭘 그렇게 무미건조하게 해."

"아니, 그게 아니라 뭔가 이상해서."

수연이 멍한 표정을 짓고 있었다.

"뭐가 이상해."

"예쁘다는 소리 남자한테 들어 본 적 없는 거 같아."

수연은 아마도 일방적으로 파혼을 요구한 그 남자를 떠올리는 듯했다. 아무것도 없는 빈손으로 수연에게 포진해 있는 물질을 사랑했던 그 남자. 그 남자에게 다 퍼 주고 남은 것이 없었던 수연은 스스로의 과거를 더듬는 중일지도 몰랐다.

"고마워. 예쁘다고 해 줘서."

"안 고마워도 돼. 예뻐, 진짜로."

"응."

다시 시트에 몸을 묻고 수연이 눈을 감는다. 빙긋 짓는 미소가 결의 속을 쓰라리게 했다. 그깟 새끼가 뭐라고 한수연을 이렇게까지 내몰았는지 이가 바득바득 갈렸다. 수연과 이런 관계가 지속되면 될수록 그 새끼가 남긴 상처를 떠안은 수연이 보인다. 그 사람이 진정 사람 새끼였다면 수연에게 그렇게는 못 했을 텐데. 차라리 그때 수연을 그 새끼한테 보내지 말걸.

하염없이 밀려오는 후회와 번뇌 속, 결은 의수 낀 수연의 손을 잡았다.

좋아해.

수연아, 좋아해.

146

나른한 어투로 결이 말한다. 그러다 결의 얼굴이 서서히 일 그러진다. 팔다리가 하나씩 없는 한수연의 맨몸을 보고 등을 진다. 놓치고 싶지 않아 등을 진 결을 쫓아가려 했지만 오른 쪽 다리에 의족이 없어 더는 움직일 수 없었다. 왼쪽 다리로 겨우 버티고 서서 결이 멀어지는 모습만 지켜보다 주저앉았 다.

다른 사람들이 다 누리는 온전한 인생을 절반만 가진, 불공 평함이다.

다른 사람들이 쉽게 하는 것을 자신은 제대로 해내지 못한 다는 불안감. 그로 인해 다시 잃는다는 두려움. 종국에 혼자 가 되는 구도. 싫다. 정말 싫다. 지긋지긋하게 싫다. 세월이 갔는데, 그래서 서른다섯이나 먹었는데도 왜 이런 불공평함 은 자신의 몫이 되어야 하는 건지 이해가 가질 않았다.

이런 몸뚱이로 세상이 불공평하다고 누군가 일부러 가르쳐 주려 하는 것이라면, 그런 것 따위 필요 없다고 말할 수 있었 다. 이런 몸뚱이로 굳이 깨우쳐 주지 않아도 세상이 불공평한 것쯤은 알 수 있다고 소리치고 싶었다. 하지만 그렇다고 반쯤 날아간 몸이 돌아오진 않는다. 불공평을 받아들이는 것 말고 다른 선택지가 있을 리 만무했다.

그딴 몸으로 너는 그 누구의 옆에도 있을 수 없어. 네 부모 백이라도 있어서 다행인 줄 알아.

과거에 사랑했던 남자가 결이 등졌던 자리에 나타나 꿈속 을 와장창 헤집어 놓았다. 눈을 뜨니 아득했던 꿈을 뒤로한

현실이었다. 그러나 몸은 꿈속이나 현실이나 같았다. 여전히 팔다리가 없었다.

"나쁜 꿈 꿨어?"

더디 돌린 시선 끝에 결이 머물렀다. 걱정스러운 표정을 만면 가득히 채우고서 수연의 이마에 송골송골 매달린 식은땀을 닦아 낸다.

"아니. 근데 나 오래 잤어?"

"저녁 아홉 시 조금 넘었어."

"밥은?"

"너랑 같이 먹으려고 기다렸지."

"먼저 먹지. 미련 떨기는."

"미련 떨어서 같이 먹을 수 있으면 됐지."

생글생글한 결이 밉지 않다. 외려 좋았다. 좋아서 무서웠다. 별거 아니라고, 잘 살 수 있다고 자부했던 몸이 좋아하는 사람의 곁에서 내쳐져야 하는 빌미가 된다는 게 마냥 두려웠다.

아니라고 했는데. 결이 분명 아니라고 그랬는데. 헤어진 사람에게 덴 순간이 화인처럼 남아 족쇄를 채운다.

"결아."

몸을 반쯤 일으켜 결의 허벅지 위에 머리를 대고 다시 누웠다. 어리광이냐며 결이 머리를 만져 준다.

아무 시름이 없다. 아무 시름이 없으니 아무것도 걱정할 필요도 없다. 그런데 불안한 건 무슨 이유에서인가. 왜 이토록 초조해서 혼자 전전긍긍하는 걸까. 알고 싶었다. 손에 많은 것들을 쥔 한수연이 대체 왜 아무것도 가지지 못해 덩그러니 빈손 같은 기분인지. 누군가 안다면 가르쳐 달라고. 울고불고 떼를 써서라도 가르쳐 달라고 애원하고 싶었다.

결도 있고,

피가 섞이진 않았으나 가족도 있다.

그런데 사무치게 외로운 건,

왜 한수연의 몫인지.

그저 알고 싶었다.

잠의 숲을 헤치고 나온 수연은 식탁에 턱을 괴고 앉아 말이 없었다. 침실에서 나오기 전 결의 허벅지 위에서 한참을 비비적거리다 외로워, 그 한 마디를 내뱉은 게 전부였다. 결핍된 모습이었다. 옆을 지켜 오는 동안 내내 가끔씩 보았던 모습이다. 그럴 때마다 마음을 숨긴다는 까닭으로 아무것도 해 줄 수 없는 스스로가 결은 부끄러웠다.

그런데 이제는 아니다.

더는.

더는 비서라는 위치에 묶인 게 아니니까.

"수연아."

잡채를 볶다 가스레인지 불을 껐다.

"응?"

이미 노을이 자취를 감춘 새카만 밖을 응시하다 수연이 조용한 어투로 부름에 응했다.

"말해 봐."

"뭘?"

"외롭다는 거. 왜 그런지 말해 보라고."

수연의 눈빛이 흔들린다. 강인하지만 섬약한 그 눈빛이 제자리를 못 찾겠다는 듯 부산스레. 수연을 기다려 줄 요량으로 다 만든 잡채를 접시에 옮겨 담고 수저를 챙겼다. 밥만 푸면 끝인데, 그때까지도 수연은 입을 열지 않았다. 두 그릇의 밥을 펐다. 잡채를 볶던 것과는 다른 고소한 냄새가 집 안을 서서히 채워 나갔다.

"나, 있지."

두 그릇의 밥이 각자의 앞에 놓였을 때.

"우리 아버지 엄마 자식 아니야."

수연이 말갛게 웃는 얼굴로 때아닌 진실을 털어놓았다.

수연이 냉소적이고 냉혈한인 인석을 많이 닮지 않은 건. 그래서 인석과 부딪힐 때마다 힘들어했던 건. 그래서였나.

인석은 타인에게 한없이 칼같았다. 그게 어떤 관계의 사람이건 그러했다. 좋다 나쁘다로 경계선을 나눌 순 없지만, 인석은 세간에 그리 좋은 사람이 아님은 분명했다. 그러나 인석이 예외적으로 대하는 단 한 사람, 한수연. 억지로 선을 보게 만들면서도 그게 과한 딸 사랑이라는 건 진즉부터 알고 있었다. 번번이 회사에 수연이 없다고, 수연을 대신해 인석을 돌려보낼 때도 회사에 제 딸이 있는 줄 빤히 알면서도 눈감고

넘어가 주었다. 녀석 좀 네가 잘 챙겨 줘라. 그런 말도 돌아서
면서 일쑤 하였다.

그런데 수연이 그런 사람의 딸이 아니라는 게 결은 믿기지
않았다.

"내가 잘못 알고 있는 거 아니냐고 묻고 싶지?"

아무렇지 않은 얼굴로, 아무렇지 않게 무심히. 수연은 스스
로의 이야기를 타인에 대해 이야기하는 것처럼 무감했다.

"진짜 우리 집안 자식이 아니야. 우리 부모님 조합에서는
절대 나올 수 없는 혈액형이 나거든."

"너 괜찮아?"

아무렇지 않았던 수연의 인상이 결의 괜찮냐는 물음에 살
짝 찡그려졌지만 이내 다시 원상태로 돌아왔다.

"오래전이야. 아주 오래전에 알았어. 죽을 때까지 내 입으
로 이런 말을 할까 싶었는데, 너한테 하게 되네. 좀 웃기다."

수연은 연기에 탁월하다. 원래의 심중을 숨기는 연기. 화가
나면 직설적으로 화도 내고, 짜증이 돋치면 바락바락 소리도
곧잘 지르면서 정작 아파해야 하는 순간에는 아무것도 하지
못한 채 무작정 참고 버틴다.

"내가 너한테 그랬잖아. 팔다리 어릴 때 사고 나서 나도 잘
모른다고. 그거 반은 맞고 반은 아니야."

결은 입을 여는 대신 수연의 말을 들어 주는 쪽을 택했다.

"이 집안에 들어올 때부터 팔다리가 없었나 봐. 나이 좀 먹
고 궁금해서 알아봤는데 선천적인 기형은 아니랬어. 후천적

으로 잘려 나간 거래. 아버지도 엄마도 할머니도 다 내가 어떻게 팔다리가 잘린 건지는 설명을 못 했어, 항상. 그래서 내 감으로 알았지. 아, 이 집에 들어와서 잃은 팔다리가 아니구나."

"……."

"그냥 내가 사고가 났을 거라고 추측하는 거지, 사고가 난 건지 아닌지 정확히 알지도 못해. 그래서 내가 왜 이런 몸인지 이유도 전혀 모르는 상태고."

진지할 거 전혀 없다는 말투로 무심하게 툭, 툭. 그러고는 수연이 숟가락을 들어 밥을 가득 퍼 입으로 가져가려 했다. 결이 그 손을 붙잡았다. 밥이 수북이 올라앉은 숟가락은 밥그릇 위로 돌아갔다.

"아픈 티라도 내."

"뭘?"

"외롭다며. 그래서 아프잖아. 근데 뭐가 그렇게 아무렇지 않아?"

"나는 항상 버려질 준비를 하고 있으니까."

"수연아."

"태어나서 친부모한테도 버려졌는데 또 안 버려질 이유가 없잖아. 그래서 준비하는 거야. 버려져도 내가 덜 아프게. 적어도 최소한으로 내 삶이 버틸 수는 있게."

가슴이 뻐근한 건, 눈앞이 캄캄한 건, 코가 시큰거리는 건 수연이 아닌 결의 몫이었다. 듣는 것만으로도 밀려오는 슬픔에 앞이 막막할 지경이었다. 이따금씩 외로워 보였어도 별거 아닌 듯 털어 내고는 씩씩하게 굴었던 모습이 닥쳐오지도 않은 일을 대비해서라니. 버려질 준비를 하고 있어서 그런 거라니.

그럼 그 남자한테 버려졌을 때도, 그래서 며칠 지나지 않아 말짱한 모습으로 돌아왔던 건가.

"한수연. 너 설마……, 아니지? 내가 생각하는 거 아니지?"

그렇다면 나도. 나한테도. 설마. 그럴 리가.

결은 수연의 손목을 휘어잡은 손에 힘을 실었다.

"준비는 항상 하고 있어. 그러니까 너도 예외는 아니지. 네가 날 버린다면……"

"미쳤어? 너 혼자 그딴 맘으로 나한테 온 거야? 내가 널 버릴 수도 있다, 이렇게 생각하고 나한테 왔던 거야?"

수연의 뒷말을 결이 막고 섰다.

"지금 내 가족한테도 언제 버려질지 모르는데, 내가 마음 단속도 안 하고 있음 어쩌게? 언제까지 너한테 안 버려진다는 보장이 어디 있는데? 그냥 미리 준비하는 거야. 네가 신경 쓰지 않는다는 내 문제들은 시간이 가도 변하지 않으니까. 그 문제들이 결국 내가 버려질 이유라면 차라리 이편이 나아."

"네가 나한테 이런 식으로 날을 세우니까. 아무도 못 오게 이렇게 벽을 만드니까! 너 혼자 안에 갇혀 있는데, 아무것도 해 줄 수 없는 내가 얼마나 속이 타는지 네가 알기나 해?"

수연의 손목을 휘어잡았던 손에 힘을 풀었다. 그에 수연의 손목이 힘없이 추락했다. 팔의 길이가 정해져 있지 않았다면 그 팔이 땅을 뚫어 끝을 알 수 없는 지점까지 추락할 것 같았다.

"한수연, 똑바로 알아. 나는 널 좋아해서 내 마음 다 드러낸 거고, 그러니까 죽어도 내가 먼저 네 손 놓는 일은 없어. 그렇게 쉽게 변할 마음이었으면 애초부터 시작도 안 했어."

결은 그대로 의자를 박차고 일어나 짐을 챙겨 현관을 나섰다. 역시나. 수연은 붙잡지 않았다. 현관문이 요란한 소리를 내며 닫혀도 수연은 뒤도 돌아보지 않은 채 밥을 한 술 뜨고 있었다.

못됐다.

한수연 더럽게 못됐어.

야속하게 그런 생각이 자꾸 들었다. 그러면서도 은근히 밥 먹는 건 다 보고 나올 걸, 차라리 앞머리라도 잘라 주고 나올 걸, 싶었다.

밤하늘이 속을 알 수 없는 수연처럼 별빛 하나 없이 까맸다.

싸움 아닌 싸움을 하고 사흘이 지났는데도 결은 먼저 말을 걸어오는 법이 없었다. 업무적인 거 말고는 전혀. 출근길에 태우러 왔으면서도 데면데면하게 굴었고 퇴근길에는 집 앞에다 차를 멈추고 수연이 집으로 들어가는 것을 보면 쌩하니 출발해 버렸다. 미안하다고, 먼저 문자를 보내 보았지만 소용이 없었다. 문자도 고스란히 씹혔다.

불판 위에서 고기가 지글지글 구웠다. 회식 자리가 제법 요란하다. 생산부 식구들까지 다 모인 전체 회식 자리라 그런지 술렁이는 분위기가 고조되길 거듭했다. 수연은 직원들과 섞이기를 포기하고 술잔을 채웠다. 옆에 앉은 최 실장이 잘 구워진 고기 하나를 수연의 앞에 놓아 주었다.

"안주 드시면서 드세요. 속 버리세요."

"아, 고마워요."

최 실장은 수연의 빈 잔에 꼴꼴 술을 채워 주는 것도 잊지 않았다.

"고 비서님이랑 무슨 일 있으세요?"

"왜요?"

"요새 고 비서님 엄청 저기압이시더라구요. 표정 자체가 너무 안 좋으시잖아요, 딱 봐도."

흘깃 결을 곁눈질로 넘어다보던 최 실장은 보세요, 하고 수연의 귀에 손을 가린 채로 소곤거렸다. 결은 술을 마시는 것도 아니고, 그렇다고 다른 사람들 이야기에 끼어 있는 것도 아니고, 고기를 먹는 것도 아니었다. 다른 사람들이 하는 말에 설렁설렁 고개나 주억이며 표정의 변화도 없이 자리를 지키고 앉아 있었다.

지극히 나 화났다, 쓰인 얼굴이었다. 그러니 건들지 말라는 것도 덧붙여. 그러다 허공에서 눈빛이 얽혔다. 결의 눈썹 끝이 마땅찮다는 듯 가파르게 올라갔다.

'보지 마세요.'

결이 수연의 눈을 마주 보며 소리 없이 입을 벙긋거렸다.

'언제까지 그럴 건데?'

수연도 마찬가지로 소리 없이 입을 움직였다.

'몰라요.'

그러고는 결이 먼저 고개를 홱 돌리더니 자리를 털고 일어났다. 큰 보폭의 걸음으로 식당을 빠져나간다. 수연은 최 실장에게 화장실을 갔다 오겠다는 말을 남기고 결을 뒤쫓았다. 하지만 식당을 빠져나와 사방을 두리번거려도 결이 보이지 않았다. 이런 느린 걸음으로는 쫓아갈 수 없는 속도였나 낙담하던 일순 등 뒤로 온기가 감겨 왔다. 귀에 고른 숨소리가 퍼진다.

결이다.

"못된 한수연, 내가 졌어."

항복하겠다는 투로 결이 말했다.

"문자도 씹더니."

"고작 한 통으로 풀릴 화 아니었으니까."

"사람 무안하게 말도 안 하고."

"무안하긴 했나 보네."

목덜미에 감긴 결의 팔을 풀어내고 수연은 몸을 돌려 결의 시선 아래에 자신을 세웠다. 설렜다. 설레는 만큼 그래서 버려지는 게 자연히 두려웠다. 그러나 버려질 준비 태세는 여전히 치워 내지 못했다.

"나 가슴 찌르르해."

무슨 말인지 알지 못하겠다는 얼굴로 결은 입술을 일자로 만들었다.

"설렌다고. 좋다고."

"그래서?"

"그러니까 화 풀라고."

"나 안 믿잖아."

"믿어. 믿는데 그냥 내가 살아온 방식이야. 나도 너 안 믿었으면 애초부터 사귀지도 않았어."

못 참겠다는 듯 결이 수연을 와락 껴안았다. 심장이 속도를 높이며 뛰었다. 얼굴이 괜히 상기되어 열이 나는 것 같았다. 롤러코스터에 타서 몸이 붕 떠 있는 기분이었다. 가만히 귀를 기울이자 결의 심장 박동이 느껴졌다.

내가 좋아하는 사람이 나를 좋아하는 게 가능하다니. 이건 일종의 기적이었다. 서로의 마음이 달라 상대가 나를 외면할 수도 있는 일이니까. 이별이 흔한 세상, 같은 마음을 나누는 게 기적이 아니라면 달리 대체할 말이 떠오르지 않는다.

"미안해. 그만 화 풀어."

결의 품에서 얼굴만 빼꼼히 내밀어 사과를 전했다.

"나 안 믿어도 돼. 네가 나한테 버려질 준비를 한대도 상관없는데, 대신 그것만 알아 둬. 내가 너 안 버린다는 거. 그건 나한테 절대 있을 수 없는 일이란 거."

"응."

밤바람이 불었다. 차고 거칠었다. 그러나 수연과 결의 몸이 완전히 밀착되어 밤바람이 끼어들 틈 같은 건 없었다.

"되게 안고 싶더라. 엄청 만지고 싶고."

"난 그 정도는 아니었는데."

"거봐. 내가 더 좋아하는 거라니까."

서운한 목소리를 내면서도 결이 소리 내어 웃는다. 그 미소를 보니 살 거 같았다. 며칠 무뚝뚝하던 결이 체증처럼 걸려 수연을 괴롭혔다. 이 미소 한 번을 보고 싶어 자신이 얼마나 쩔쩔맸는지 결은 모를 것이다. 그래서 수십 통의 문자를 썼다 지웠다 반복하면서 미안해, 세 글자를 겨우 보낸 것도.

1차도 끝나지 않은 회식 자리에서 수연은 결과 함께 빠졌다. 대표님 빠지면 섭섭하다며 직원들이 아우성을 쳤지만 수연이 최 실장에게 법인 카드를 넘겨주는 것으로 직원들의 원성을 가라앉혔다.

밤바람이 제법 춥다. 거리를 수놓은 나무들은 이 추위에 얼마 남지 않은 이파리를 훌훌 털어 내고 앙상한 몸으로 남을 것이다. 시간이 금방 간다. 가는 시간만큼 나이를 먹는다. 그 나이만큼 결이 수연의 옆에 있어 준 시간도 길어진다. 불과 두어 달 전까지만 해도 이런 사이가 될 줄 짐작도 못 했는데. 그저 대표와 비서의 관계로 남을 거라 생각했는데. 다시 돌이켜 보아도 좋고 또 좋다. 사람 사이가 한순간에 이렇게 변하는 게 얼마나 긴 시간을 돌아와서 가능했던 것인지. 돌고 돌았던 만큼 앞으로 더 행복하다면 그걸로 충분하다.

결은 바닥을 보며 걷는 수연의 어깨를 감싸 안았다.

"안 추워?"

수연이 발그레해진 얼굴을 들어 내저었다.

"그러면서 얼굴은 왜 빨개?"

"술 마셔서 열 오른 건데."

"빈말이라도 나 옆에 있어서 설레서 그런다고 해 주면 안

되나."

"아까 설렌다고 했잖아."

"그건 그때고."

무슨 어린애냐며 핀잔을 주면서도 수연이 낮게 키득거렸

다. 감싸 안은 수연을 그래서 더 세게 감싸 안았다. 수연의 손

을 잡아 주는 것도, 이렇게 안으면서 걷는 것도, 다 꿈만 같았

다. 매번 상상에서나 가능한 일을 현실에서 하고 있었다. 현

실감이 없었다. 그래서 눈뜨면 걷히는 꿈이 아닌가, 매일 아

침이 불안하다가도 수연을 태우고 출근하면서 손을 잡거나

만지면 이게 현실이라 다행이라고 안도했다.

"추우면 말해."

"말하면 어떻게 해 주는데?"

의문을 품는 수연의 발그레한 볼을 양손으로 그러쥐며 하

얀 입김이 나오는 입술에 결은 자신의 입술을 올렸다. 약간의

술맛과 약간의 달콤한 맛이 난다. 식당을 나오며 까먹었던 사

탕이 아직 다 녹지 않은 채로 수연의 입 안에 남아 있었다.

159

"이렇게 해 주려고."

다 녹지 않아 수연의 입 안을 떠돌던 사탕을 결이 빼앗아 물었다. 입 안에서 달짝지근한 포도 맛이 났다.

"누가 보면 어쩔라고 그래, 미쳤나 봐!"

발그레했던 뺨이 더 붉어져서는 수연이 소리를 빽 지른다. 이렇게 귀여워서는. 피식 웃음이 났다. 이런 일상이 나한테 있어 얼마나 즐거운지 너는 알려나.

"보라지. 무슨 상관인데?"

"아, 진짜! 대책 없이 길에서 이런 거 하지 말라고!"

"대책이 왜 없어? 누가 보고 욕하면 제가 댁네 눈치 보면서 키스해야 합니까? 한소리 하면 되지."

"미쳤어! 또라이야, 너!"

"인쓰라고는 안 해?"

"인성 쓰레기 소리를 기어이 들어야겠어?"

"자주 했으면서 안 한 척은."

"됐어! 말을 말자!"

수연이 씩씩거리며 앞서 걷는다. 느긋하게 뒤를 따라 걷다 슬그머니 수연의 손을 잡았다. 손에 감긴 체온도, 방금 전 다디달던 입맞춤도 모든 게 완성된 행복인 양 가슴에 박혔다.

"못 감추겠어서 그래."

말에 따라 입 밖으로 하얀 입김이 부서져 흩어졌다.

"뭘."

수연의 씩씩거리던 기세가 한풀 꺾였다.

"내 마음. 그래서 행동하는 거 전부. 이젠 아무것도 안 감춰져."

"그래도 길에서 이러는 건 오버야."

"그래도 좀 봐주라. 이제 참는 게 잘 안 돼서 그런 거니까."

"너 인생 2회차야?"

무슨 의미인지 몰라 결이 멈춰 서자 수연이 어휴, 하고 크게 탄식을 했다.

"너 여자 안 만난 거 내가 아는데, 네가 지금 하는 거 보면 여자 수두룩 빽빽하게 만나다 마지막으로 나 만나는 거 같은 느낌이라."

"내가 여자 많이 만나나 보고 이런 소리 들으면 덜 억울하겠다."

"그래서 안다고 앞에 덧붙였잖아."

다시 걸었다. 맞잡은 손에 밤기운이 침범하려 했지만 떨어지지 않고 계속 걸었다. 끝을 알 수 없었다. 어쩌면 아침이 올 때까지도 이렇게 걸을 수 있을 거라는, 터무니없는 생각까지 들 정도였다. 그때 수연이 걸음을 멈췄다. 편의점 앞이었다. 어둑어둑한 밤기운을 물리치는 밝은 조명이 밝혀진 편의점. 맞잡은 손을 빼내고는 수연이 편의점으로 들어갔다.

잠시만 기다려.

편의점 안에 서서 결을 향해 유리창에다 대고 입을 벙긋거린다. 검지로 턱을 몇 번 쓸면서 이것저것 고르는 수연을 바라보며 결은 편의점 바깥에 놓인 의자에 몸을 앉혔다. 수연을 데려다주려 술을 마시지 않았는데도 피로감이 몰려들었다. 며칠 수연과 감정싸움을 한 탓이다. 억지로 참아 보지만 슬그머니 하품도 나왔다.

"피곤하구나?"

품에 가득히 무얼 안고 나온 수연이 물었다.

"조금. 근데 뭘 그렇게 많이 샀어?"

"군것질하고 싶어서."

품에 안은 걸 테이블 위로 우르르 쏟아 냈다. 샌드위치. 과자. 핫바. 삼각김밥. 음료. 맥주. 종류도 다양했다.

"다 먹으려고?"

"내키는 것만. 사고 싶어서 다 사긴 했는데 다 먹지는 못하겠지."

"몸에 좋은 것도 넘치는데 나쁜 것만 꼭 골라 먹지."

"당겼어, 그냥. 이 잔소리쟁이야."

"건강 좀 신경 써. 그러다 어디 크게 아프면 어쩌려고 그래."

결의 말을 귓등으로도 듣지 않은 수연은 삼각김밥을 집어들었다. 의수인 왼손으로 삼각김밥 한쪽을 쥐고 오른손으로 비닐을 뜯으려 했지만 실패를 거듭한다. 결이 수연의 손에 있던 삼각김밥을 앗아 비닐을 뜯어 다시 수연의 손에 들려 주었다.

"어떻게든 살아져. 아무리 아파도 목숨 붙어 있는 한은."

말을 무심히 툭 뱉어 놓고는 삼각김밥을 먹는다. 수연은 인

162

생에 크게 욕심낼 것이 없는 사람처럼 군다. 매사 그런 식이다. 회사 일을 뺀 나머지의 스스로는 돌보려 들지 않는다. 여자들이 흔히 좋아한다는 쇼핑도 보통 여가를 즐길 때 가지는 취미도 수연에겐 무의미한 듯 보였다. 어릴 때부터 지금까지 봐 온 바 수연은 욕심이 없다.

굳이 하나의 욕심이었다면 그 남자쯤 되려나.

그 빌어먹을 새끼.

"하나만 묻자."

"하나 아니라 더 물어도 괜찮아."

삼각김밥을 입 안 가득 물고 우물거리면서도 수연의 발음이 꽤 정확했다.

"만약에 그 사람이 돌아와서 다시 만나 달라면 어쩔 거야?"

부단히 움직이던 수연의 턱이 일시 정지 버튼을 누른 듯 경직되었다. 수연의 눈망울에 원망인지 고독인지 모를 것들이 점차적으로 고이기 시작했다. 그렇다고 의문을 물리고 싶진 않았다. 그저 궁금했다. 그 남자가 돌아온다면 수연이 어떻게 할지. 해서 자신은 그저 흘러가는 강물쯤으로 취급될 것인지.

"뭘 어떡해, 내가."

한참을 잠자코 있더니 수연이 겨우겨우 할 말을 찾아서는 겨우겨우 말을 한다.

"날 없는 사람, 그쯤 취급할 거냐고 묻는 거야."

"이미 나 싫다고 내 손 놓은 사람이야. 돌아올 일도 없겠지만, 그렇다고 해도 만나 줄 만큼 나 못나 빠지지 않았거든."

"네가 욕심냈던 사람이잖아."

수연이 반쯤 남은 삼각김밥을 내려놓았다. 눈을 슴벅이다, 땅을 발끝으로 툭툭 치다, 맥주 한 캔을 따서 숨도 안 쉬고 들이켰다. 결은 가만히 수연이 하는 모든 행동의 과정을 지켜보았다.

"결아."

결을 부르면서 수연은 다 비어 버린 맥주 캔을 쓰레기통으로 휙 던졌다. 캔이 아슬아슬하게 겉돌다 쓰레기통 안으로 안착했다.

"불안한 거라면, 안 그래도 돼."

가슴이 뜀박질하는 건 그래서 수연이 아닌 결이었다.

"지금 내 욕심은 너야. 그 사람 백 트럭 갖다줘도 그 사람 아닌 너."

평상시에는 부르르 잘만 화내면서 이럴 때는 얌전해져서 꼭 예쁜 말만 하는 너를 내가 어떻게 안 사랑하고 배길까. 네가 없는 나를 어떻게 상상이나 할 수 있을까. 네가 그 남자한테 간다고 해도 붙잡을 내가, 감히 내가 너 없이 어떻게 하려고.

"그러니까 나만 예뻐해. 다른 여자한테 예쁘다는 소리 하기만 해 봐. 죽을 줄 알아."

그래. 너만. 나한테는 너만 예뻐.

행복해서 죽을 것만 같았다. 아니. 죽어도 행복할 것 같았다.

예뻐서

"일 이따위로 하기야? 한 대표 사람 그렇게 안 봤더니."

늙고 고루하게 생긴 자였다. 일을 같이 해 본 지는 딱 두 번밖에 안 되는. 조양건설 부산 지부를 맡고 있다는 그는 앉자마자 다짜고짜 반말로 찍찍거렸다. 거기다 결이 내어 온 차를 입에 슬쩍 대어 보고는 비서가 이 모양이니 대표도 이 모양이지, 그렇게 지껄였다. 한소리를 하려는 수연의 어깨를 살며시 누르며 참으세요, 하고 귓속말을 전하는 결이 아니었다면 당장 이 자리에서 내쫓고 싶은 심정이었다.

"그래서 어떻게 해 드릴까요? 입주민 사전 점검 때도 통과된 걸 대체 지금 어쩌란 말입니까?"

"203동 다시 시공해 달라는 말이지."

"지금 그럴 인력도, 가공품도 없습니다. 그리고 순 억지란 거 알고는 계시죠?"

"순 억지? 지금 억지라고 했어?"

늙은 남자의 인상이 구겨졌다. 차라리 앞에 앉은 인간이 재활용이라도 되는 쓰레기 정도면 좋을 것 같았다.

"조양건설 시공 다 끝나서 저희 지금 다른 쪽 시공 들어갔습니다. 제가 현장 점검도 최종적으로 다 돌았고, 입주민 사전 점검표도 다 확인했는데 무슨 트집을 잡고 싶으셔서 이러시는지 묻는 겁니다."

"트집? 트으집?"

팔짱을 끼고 콧방귀를 뀌며 그는 거만한 자세를 취했다.

"상식적으로 말이 된다고 생각하십니까? 생각이 든 머리로 여기까지 오시진 못하셨을 텐데요. 제가 이래 봬도 이 바닥 짬밥이 좀 오래돼서요. 아파트 몇 채 지어 보지도 않은 조양건설이 이래라저래라 할 회사가 아닙니다, 여기는."

"하, 나이 어린 것도 사장이라고 지금 객기 부리나?"

"나이 좀 먹었다고 폼 재고 반말 찍찍 내뱉는 것보다는 지금 제가 이 자리에서 훨씬 교양 있어 보이는데, 그렇게는 생각이 안 되시나 봅니다."

조양건설이 지은 아파트에 한창 시공할 때 양복을 빼입고 안전모도 없이 현장에 들어와 시공에 대한 잔소리를 늘어놓는 늙은이가 있었다고 전해 들은 적이 있었다. 시공 팀이 그래서 그 노인네 때문에 골머리를 썩었다며 하소연을 늘어놓았다. 시공이 끝날 때까지 자주 와서 인부들을 괴롭혀 안 그래도 쌓인 불만이 많았다. 시공 팀이 말했던 늙은이는 지금 자신의 눈앞에 앉아 있는 이 사람이 분명했다.

"저희는 계약서 조항 어긴 게 없고, 그래서 다시 시공해야 할 이유도 없습니다. 물론 불량 난 부분도 전혀 없었고요."

"203동 구도나 상판이 내가 보기에 전체적인 집 품격에 어울리지 않았다니까!"

"그래서 저희가 자재를 싼 걸 썼습니까? 그래서 불량이 있었나요? 샘플링 작업 했을 때도 오케이 해 놓고, 이제 와서요? 다 지어 놓은 아파트에 주방 부분만 시공한다고 무슨 소꿉놀이나 되는 줄 아십니까? 그쪽이 마음에 안 든다고 다짜고짜 찾아와서 이렇게 패악질 부려도 괜찮은 줄 아시냔 말입니다!"

그의 얼토당토않은 역정에 수연도 그만 참지 못하고 터졌다. 얼굴이 붉으락푸르락 끓어올랐다. 주먹을 움켜쥔 오른손이 파르르 경기를 일으켰다. 건설사의 이런 태도는 부당했다. 그래. 다 지은 아파트에 주방 한 칸 시공하는데 무슨 자존심이냐 할지 모르겠지만 그에 따라 직원들이 움직인다. 돈은 손해가 갈 수 있다. 그러나 직원들에게 그 손해가 돌아가는 꼴은 볼 수 없었다.

"하, 이거이거. 로아 컴퍼니 딸이라고 더럽게 당돌하게 구네. 우리는 뭐 작은 소규모 건설사야?"

"그래서 뭐든 해 보시겠다, 이런 뜻이라면 마음대로 하셔도 괜찮습니다. 법적으로든, 소문으로든 마음대로 해 보시죠. 대신 제가 로아 컴퍼니 딸이라 이렇게 한다는 알량한 생각은 버리시는 게 좋을 겁니다."

남자는 손에 들었던 찻잔을 내던지다시피 내려놓았다.

"203동만 다시 시공해 달라는데 웬 까탈이야! 비용은 그만큼 더 지불한다잖아!"

"할 수 없다고 분명히 말씀드렸습니다. 차라리 다른 업체를 알아보시죠. 저희보다 단가 싸고 한 동 정도 손쉽게 일해 줄 업체는 있을 겁니다."

"다른 동들은 다 HS 꺼 달고 있는데 어떻게 203동만 다른 데다가 맡기냐고!"

"저희는 손 놓고 노는 처지입니까? 빤히 계약되어 있는 일정대로 움직이는 거 알면서 이러는 이유를 도통 모르게……"

남자가 내려놓았던 찻잔을 다시 들어 수연을 향해 흩뿌렸다. 뜨겁진 않았다. 차는 이미 피 튀는 언쟁만큼 식어 있었다. 단지 건설사인 강자와 한낱 시공사인 약자의 판가름이 명확해서, 이만큼이나 열심히 해 왔는데도 아직 이런 약자인 것 같아 그게 너무 억울했다.

만면과 셔츠 옷깃이 젖어 찻물이 떨어진다. 남자는 그길로 사무실을 나갔다. 찻잔을 치우려는지 결이 사무실로 들어왔다. 눈이 커졌다가 아무 말도 입에 담지 않은 채 손수건을 꺼내 수연의 젖은 만면과 목덜미, 가슴팍을 닦았다. 그리고 엉망이 된 테이블도 치운다.

"옷 갈아입으셔야겠어요."

마음 저민 목소리로 결이 말했다.

"노인네, 괜히 와서 고집이야."

평소와 다름없는 농담을 던져도 결은 반응이 없었다. 한소리 할 법한데 그런 것마저도 하지 않았다.

"옷 가져올게요. 결재 서류들 보고 계세요. 그리고 84B 도안 나온 거 결재 서류랑 같이 올려 뒀으니 검토해 보시면 되세요."

찻잔을 담은 쟁반을 챙겨 결이 등을 지고 사무실을 빠져나갔다. 어느새 창밖에 비가 내리고 있었다. 의식도 하지 못했던 비가 세차게도 내린다. 약자의 억울함을 하늘이라도 대신 알아주는 건가. 처량한 자신의 신세를 보듬어 주는 거라고, 차라리 그렇게라도 생각하고 싶었다.

반추해 보면 갑과 을의 확연한 관계에서 건설사의 횡포는 늘 뒤따르던 일이었다. 주방 가구 넣는 회사가 HS밖에 없는 것도 아니고, 그중에서 HS가 큰 회사도 아니니 당연하였다. 영업의 일환으로 술이란 술은 죄다 마셔 가며 계약을 따 와도 계약서를 쓰기 전에 일방적으로 취소 통보를 받은 일도 허다했다. 그렇게 성장했다. 더럽고 아니꼬워도 한번 시작한 사업을 말아먹을 수는 없으니까. 대표만 바라보고 있는 직원들 밥줄을 잘라 낼 수는 없으니까. 식구들의 반대까지 무릅쓴 일인데 실망시킬 수는 없으니까. 악착같이 인내하며 악착같이 살아남으려 발버둥을 쳤다.

그 결과가 지금의 이 위치다.

하지만 가끔은 버겁다. 특히 건설사가 이렇게 일방적으로
행동할 때는 회의감이 든다. 인석의 말처럼 사서 고생하고 있
는 건 아닌지 싶기도 하고. 찻물 다 받아 낸 하얀 셔츠가 옅은
갈색빛으로 물들었다. 시선을 내리깔면 보이는 횡포의 흔적
이 눈에 거슬린다. 차라리 빨리 갈아입고 물든 셔츠를 쓰레기
통에 처박으면 기분이 좀 나아질까 싶다가도 옷을 가지러 간
결의 얼굴을 보면 더 나을 것 같기도 했다.

비가 그치지 않아 창밖의 하늘이 잿빛이다. 도안을 보다 눈
을 돌려 빗금으로 이어지는 빗줄기를 관망했다. 어영부영 넘
긴 점심을 먹지 못해 배가 고프다. 입에 뭐든 욱여넣으면 허
기진 게 조금 가시려나. 턱을 괴고 비 내리는 창밖의 풍경에
눈을 고정시켰다.

똑똑똑. 한 번도 아니고, 두 번도 아닌, 정확히 연이어 울리
는 세 번의 노크 소리. 그건 결이 자신이라는 걸 드러내는 소
리이기도 했다. 문이 열리고 결이 보였다. 울적해서 저 밑으
로 기어들어 갔던 기분이 번득히 나아진다. 입가에 미소가 절
로 걸쳐졌다.

"결재 서류 다 보셨어요? 최 실장님이 기다리시는 거 같던
데."

손에 든 종이 가방들을 내려놓으며 결이 묻는다.

"넌 나보다 결재 서류가 중요해?"

괜히 얄미워서 결을 말로 툭 쳐 보지만 그래도 입가에 물린 미소가 걷히지 않는다.

"일단 저 결재 서류 최 실장님 갖다 드리고 올게요."

책상 한쪽 편에 쌓여 있던 결재 서류를 가지고 결이 방을 나갔다. 그리고 느긋하게 흐른 몇 분의 시간 뒤에 결이 다시 들어왔다. 와락 끌어안고 싶은 건, 알 수 없는 마음의 본색이었다. 결의 등에 업히고 싶은 것 또한. 나이 먹어서 주책이지. 수연은 슬쩍 자조했다.

그런데 난데없이 꽃 한 다발이 수연의 품에 떠안겨졌다. 노도처럼 달콤한 꽃향내가 밀려들었다.

"꽃이 대표님만큼 예뻤어요."

정적인 표정으로 결은 알 수 없는 말을 늘어놓았다.

"뭐?"

"꽃이 예뻤어요. 예뻐서 대표님 생각났어요. 그래서 샀어요."

그러면 안 될 거 같은데 생각과는 반대로 입에서 크게 웃음이 터졌다. 눈물이 살짝 나오려 할 만큼 크게. 결의 마음을 알았다. 이 꽃을 사 오면서 했을 생각도. 웃음이 걷히자 뭉글함이 목울대에 차올라서는 찰랑거렸다. 애써 내려보냈던 설움이 도리어 솟구쳐 올랐다. 소리 없이 눈물이 뚝뚝 떨어졌다. 84B 도안이 젖어 든다. 안경알에 보얗게 김이 서린다. 멈추고 싶은데 눈물이 멈춰지질 않았다. 수없이 추락을 반복했다. 손으로 벅벅 닦아 내 보아도 소용이 없었다.

"손으로 그렇게 닦으심 피부 상해요."

결이 수연의 얼굴에서 안경을 빼내 축축하게 젖은 눈가를 손수건으로 지그시 눌렀다. 그래도 눈물이 멈추지 않았다.

"참으라고 해서 죄송해요."

"네가 왜……. 내가 그냥 내 자리 지키려고 참은 거야. 더 러워도, 아니꼬워도. 어쩔 수 없잖아."

"속 다 무너져 내리는데 참으면 병나니까요. 제가 괜한 당 부 드렸어요."

"다음부터 조양건설 거르면 돼. 괜찮아."

손수건으로 지그시 눈두덩 위를 누르고 있는 결의 손을 수 연이 붙잡았다. 눈물이 멈췄다. 무거웠던 시름이 게워 낸 눈 물만큼 덜어졌다.

"그래서 이 꽃 뭔데."

"기분 좀 풀리시라구요. 꽃, 대표님 닮아서 예쁘잖아요."

황금빛 찬란한 꽃이었다. 품 안에 안겨 너무 예쁜 꽃. 자신 을 닮았다는 꽃. 난생처음 받아 보는 꽃 선물이었다. 화분 선 물은 많이 받아 봤어도 꽃 선물은 처음이었다. 태어나 처음. 진짜 난생처음. 눈이 절로 휘어졌다.

"이름이 뭐야?"

"캄파넬라 장미요. 꽃말이 축복이래요."

"실컷 깨진 날의 축복, 꽤 괜찮네."

"예쁘게 보세요. 얼마 안 있다가 시들겠지만, 피어 있을 때 마냥 즐기다 행복하시면 그걸로 충분하잖아요."

"그래."

서로의 눈을 마주 보며 웃었다. 이보다 더 값진 순간이 없는 것처럼. 그러다 천둥 울리는 소리가 우람하게 떨어졌다. 밖의 비가 매서웠다.

"옷은 집에서 안 가져오고 새로 샀어요."

결이 종이 가방에서 옷과 도시락을 꺼냈다.

"왜?"

"새 옷 사 주고 싶어서요."

"뭐 하러 그런 데 돈 써. 돈 많다 너?"

"애인 옷 하나 사 줄 정도로는 벌어요."

"돈 아껴. 괜히 엄한 데다 쓰지 말구."

"충분히 잘 아끼고 있고, 지금 당장 결혼한다고 해도 집 하나 해 갈 정도로는 돈 있어요. 그런 걱정 안 해 주셔도 돼요."

셔츠만으로도 충분한데 슈트 한 벌을 채로 사 온 모양이었다. 푸른빛 셔츠와 한 세트 계열인지 감색의 슈트였다. 백화점에서 제법 비싼 축에 속하는 브랜드 옷이다. 태그가 없어서 가격이 어느 정도 나가는지는 알 수 없었으나 웬만한 남자 브랜드 슈트보다 비싼 곳이다. 수연의 눈이 찌푸려졌다.

"너 무슨 혼수 해? 이런 거 사 오게?"

"제가 혼수 하면 시집오실래요?"

당돌하게 반문하는 결 때문에 수연은 말문이 턱 막혔다.

"제가 집 혼수 다 하면 저한테 시집오세요. 다른 엄한 놈한테 가지 말고."

"진짜 돌았구만. 제정신 아니지 너?"

"대표님이 그렇게 생각하고 싶으심 그렇게 생각하세요."

"하여간 너무 비싸. 잘 입을 건데, 옷 산 돈은 내가 계좌로 넣어 줄게."

"계좌에 그 돈 들어오는 순간부터 저 사표 내요. 진심이에요."

자신의 말이 정말 진심이라는 듯 결의 음성에 무게가 실렸다.

"그놈의 사표는 나한테 그만 좀 내! 이 나쁜 놈아."

"대표님한테 사표 말고 먹히는 게 없으니까요."

"와, 진짜 인쓰 어디 안 갔네. 넌 진짜 대박임."

"사표 안 내게 잘 붙잡으세요. 저처럼 일 잘하는 놈 많지 않아요."

수연은 절로 끄덕여지려는 고개에 힘을 주었다. 어디 가도 결처럼 일 잘하는 사람은 구하기 힘들 것이다. 특히 한수연의 입맛에 맞는 사람은 더더욱. 알면서도 인정하기가 싫어 입이 비죽 튀어나왔다.

"옷 갈아입으세요. 저 나가……."

"아냐. 있어. 그냥 등 돌리고만 있음 돼. 옷 갈아입고 바로 같이 밥 먹어. 나 엄청 배고파."

수연은 품 안에 있던 꽃다발을 조심히 내려놓고 자리에서 일어나 셔츠 단추를 풀기 시작했다. 그때까지도 결은 등을 돌리지 않았다.

"너 그대로 나 다 벗는 거 볼 건 아니지?"

그 한마디에 결은 사무실 문고리를 잠그고 등을 돌렸다. 찻물이 밴 셔츠를 벗자마자 쓰레기통에 구겨 넣었다. 바지와 재킷도 함께 버려 버렸다. 속이 시원했다. 옷이 무슨 죄겠느냐마는 그 옷을 계속 입다가는 조양건설의 고루한 노인네 얼굴이 지워지지 않을 것 같았다. 홀가분하게 벗은 몸에 새 옷을 입혔다. 치수가 잘 맞다. 결이 어느새 자신의 치수까지 정확히 알고 있나 궁금했지만 수연은 애써 물어보지 않았다.

"다 입었어."

결이 등을 졌던 몸을 돌려 세운 채 인상을 구겼다.

"누구라도 들어오면 어쩌려고 문도 안 잠그고 옷 갈아입으세요?"

"뭐 와 봤자 최 실장밖에 더 들어와? 그리고 다른 사람들 들어올 때 노크하고 내가 들어오라 하면 들어오는데 뭘."

"저는요? 저 남자인데 이렇게 세워 두고요?"

"그래서 등 돌리고 있으랬잖아."

잔주름 잡힌 곳을 툭툭 털어 내고 재킷을 매무시하였다. 알맞은 치수만큼이나 편안한 옷이었다. 인상을 구긴 결을 향해 수연은 자세를 똑바로 고쳐 섰다.

"자, 네가 사 온 옷 나한테 잘 어울려?"

"네. 누가 고른 옷인데요."

"잘 입을게. 맘에 든다."

큰 보폭으로 결이 다가왔다. 수연의 위로 인영이 길게 드리워졌다. 그대로 결의 품에 포옥 빨려 들어가듯 안겨 버렸다. 이번에는 이쪽에서 누가 들어오면 어쩔 거냐고 잔소리를 하고 싶었지만 수연은 모든 말을 입 안에 가두었다. 결의 큰 키도, 넉넉한 품도, 그래서 안락한 이 체온도 다 내 것이라는 걸 몸소 느끼고 싶었다.

"저 있으니까, 오늘처럼 속상하면 숨기지 말고 속상해해도 돼요. 아셨죠?"

너라도 있어서, 내 옆에 너라도 있으니까 그래서 다행이었다.

'안녕하십니까, 회장님.'

깍듯하게 예의를 차리는 결은 수연의 일이 아니라면 본사에 발걸음하지 않는 아이였다. 수연의 옆에 껌딱지처럼 붙어 회사 일 외적으로도 수연에 관한 것이라면 뭐든 발 벗고 나서는 가상한 아이였다. 그래서 알았다. 내 딸에게 또 일이 있구나. 아니면 저 아이가 수연을 떼 놓고 혼자 이곳으로 발걸음할 리가 없으니.

자리에 앉자마자 결은 수연이 겪은 일을 토씨 하나 빠뜨리지 않고 설명했다.

'조양건설 쪽으로 들어가는 원자재 수주를 안 받아 주실 순 없는지 여쭙는 겁니다.'

로아 컴퍼니도 건설사 덕에 먹고사는 기업이긴 했으나 갑과 을로 따지자면 갑에 속했다. 결과적으로 그 위치에서 행할 수 있는 횡포를 취해 달란 소리였다. 눈에 넣어도 아프지 않을 내 자식이 수모를 겪었다는데 못 해 줄 이유 따위 없었다. 그런데 이상하게 결의 눈빛이 여느 날과 달랐다. 평정심을 잃은 채 분노에 휘감겨 이글대었다. 수연에게 어떤 일이 있을지 언정 본사에 발걸음을 할 때는 일부러 모든 감정을 자르고 온 모습을 했으면서 오늘만은 아니었다.

'하나만 묻자.'

'네.'

'혹시 수연이랑 만나고 있냐? 남녀 사이로 말이다.'

'네. 현재로 그렇습니다.'

기탄없이 대답한 결의 완고한 모습에 인석은 놀랐다. 수연이 누굴 좋아한다 할 적에 주변에 그럴 만한 인물이 없어 당연히 결이라고는 염두에 두고 있었다. 그런데 관계를 숨길 줄 알았더니 결이 오히려 더 당당해 완악하였다.

'마뜩잖으실 거 알지만 회장님께 거짓말로 눈속임하고 싶지는 않았습니다. 그런 얕은수로 속일 마음은 애초부터 없었습니다.'

'수연이보다 네가 훨씬 기운다는, 그 말을 하고 싶은 거냐?'

'그게 능력으로든 집안으로든, 제 쪽이 훨씬 많이 아래로 치우칩니다. 회장님 집안에서 자랐던 제가 대표님을 감히 넘볼 수도 없다는 거 잘 알고 있습니다.'

'그런데도 수연이랑 만나는 걸 나한테 안 숨기는 건 무슨

이유에서냐.'

'대표님 이름 석 자에 누가 되고 싶지 않아서요. 제 자체를 흠이라고 숨기면 대표님 이름 석 자에도 먹칠하는 거나 다름 없는 거 같은 느낌이라.'

'너는 그럼 수연이한테 좋은 사람이 되어 줄 수 있다는 말 이냐? 네가 수연이의 흠이 되지 않도록 할 수 있다는 거냐?'

'네. 자신 있습니다.'

수연과 함께 자라 온 결을 쭉 지켜봐 왔다. 팔다리가 없다는 이유로 수연이 학교에서 놀림을 받고 온 날이면 어린놈이 장대를 들고 같이 혼내 주러 가자는 말을 하였다. 그 어린애를 보며 수연이 많이 웃었다. 수연보다 나이도 한참 어린 놈이 뭘 알까 싶었는데 대차게 수연의 옆에서 일하는 모습을 지켜보며 알게 모르게 부모도 제대로 못하는 수연의 뒷배 노릇을 해 준다는 것도 자연히 알게 되었다.

마다할 이유가 없었다. 너는 안 된다, 꾸짖을 이유도 없었다. 딸이 좋아하는 사람이라는데, 그게 저번처럼 생판 알지도 못하는 놈이 아니라 여태껏 자신의 눈으로 봐 온 사람이라는 데 싫어할 이유가 무어가 있으려고. 마냥 기뻤다. 결이라면, 지금껏 수연의 옆에서 수연의 팔다리를 자처한 그 애라면 마음을 놓을 수 있겠거니 싶었다.

"그래서 결이랑 수연이가 만난다는 거예요?"

재차 묻는 강희에게 인석은 고개를 주억였다.

"결혼까지도 생각한대요?"

"그런 것까지는 안 물어봤어. 젊은 애들 만나는데 굳이 내가 부담 줄 필요 있나."

"이이는. 그렇게 우물쭈물하다 또 상처받아서 수연이만 너덜너덜해지면요?"

"이 사람아, 우리가 결이를 한두 번 봤나. 걔가 그럴 인간이었으면 진즉에 수연이 등쳐 먹고 날랐지."

"결이 내가 한번 만나 볼까 봐요."

"그러다 수연이 알게 되면 괜히 우리만 못된 부모 되지."

못된 부모, 라는 그 말에 강희가 쪼그라든다. 인석이 팔을 들어 강희의 등을 토닥였다.

"수연이…… 알고 있을 건데 아직까지도 그에 대해서는 한마디를 안 하잖아요."

"벌써 알았겠지. 그런데 지 입으로 굳이 꺼내서 우리한테 비수 꽂기 싫은 걸 거야. 녀석이 속이 깊잖아."

판이하게 다른 혈액형. 그 계산 빠른 녀석이 모를 리가 없지. 알아도 벌써 알았을 건데 입을 안 열고 꾸역꾸역 식구들 위해 얼굴 비추는 일을 해내는 속 깊은 녀석. 인석은 강희가 가져온 물을 마셨다. 물을 마셨는데도 조갈이 가라앉지 않았다.

무덤덤한 겉과는 반대로 속은 새까맣게 타 재가 되었다. 수연을 키우면서 노심초사했던 적이 손으로 셀 수 없이 많았다. 병원에서는 수연의 몸 자체에 부여된 질병들이 유전적 영향이 크다고 말했다. 그래서 병원을 꼬박꼬박 데리고 가고, 약을 신경 써서 먹이고, 부지런히 좋은 음식을 먹이는 일 말고는 부모로서 해 줄 수 있는 게 없었다. 팔다리가 없는 일이나, 아픈 일을 대신해 줄 수만 있다면 그러고 싶었던 적이 숱했다. 그러나 부모라면서 정작 해 줄 수 있는 일이 없으니 가슴이 탔다.

좋다던 남자에게 크게 데여 왔을 적에도 그래서 강 건너 불구경밖에 할 수 없었던 자신의 처지가 인석은 원망스러웠다. 그놈 멱살을 끌고 오라고 하면 끌고 오겠다고, 원한다면 반병신을 만들어서라도 옆에 있게 해 주겠다고 말해 보았지만 수연은 그러지 말아 달라고 오히려 애원했다. 제 잘못이라고 했다. 팔다리가 없는 것도, 그 사람이 떠난 것도, 그래서 부모 가슴에 대못을 박게 한 것도 다 자신의 잘못이니 덮고 넘어가 달라고 울며 빌었다.

그랬던 아이에게 다시 좋아하는 사람이 생겼다니, 그게 그 아이가 살아갈 이유가 될 수 있다면 부모 마음으로 충분했다.

단지 진실을 제 가슴에 파묻은 수연에게 부모로서 어떻게 해 주어야 하는 것인지 잘 몰라 답답할 뿐이다. 부모에게 기대지 않으려는 것도 이미 그 진실을 알고 있기 때문일 거라 짐작하고 있지만 그 누구도 섣불리 그에 대해 입을 열지 못하는 처지였다. 강희는 엄마의 자리를 잃기 싫어서였고, 인석은 아버지의 자리를 잃기 싫어서였다. 자신들의 입으로 그 진실을 먼저 말해 버리면 정말 수연의 부모가 아니게 될까 봐 두려웠다.

하나뿐인 자식을 잃을 수 없었다.

핏줄. 혈연. 그런 단어와 멀어질 수만 있다면. 그게 부모와 자식을 엮는 단어가 아닐 수만 있다면. 인석은 바랐다.

한쪽씩 팔다리가 없어 제대로 기지도 못했던 아이가 크고, 크고, 또 커서 어느새 젊었던 자신의 나이만큼 커 준 게 얼마나 대견했는지. 생체공학 의수와 의족이 나와 평범한 사람들처럼 걷고 움직이는 게 어느 정도 가능해져서 얼마나 좋은지 모른다고 기뻐하던 그 아이가 인석의 생을 얼마나 뿌듯하게 만들었는지.

그런 내 아이가 다른 사람의 자식일 수 없었다. 그러니 자신이, 그리고 강희가 그 아이의 부모여야 했다. 부정당할 수 없었다. 우리의 자식이니 당연했다.

"그래도 수연이가 물어보면 거짓 없이 말해 줍시다. 그 녀석도 우리만큼이나 속이 새카맣게 탔을 거니까."

하지만 수연이 진실을 묻는다면,

그때는 피할 수가 없는 순간이겠지.

인석은 소리 없이 우는 강희의 손에 자신의 손을 포개며 한숨을 흘렸다.

나란히 퇴근을 하며 손을 맞잡고 장을 보았다. 마트에서 시식용 버섯을 구워 주던 아주머니가 신랑이 잘생겼네, 하며 남자한테 좋다고 버섯을 권했다. 낮의 분했던 일이 말짱하게 지워져 수연은 아주머니의 말에 박장대소를 했다. 수연이 버섯 한 봉지를 슬그머니 카트 안에 넣자 겸은 그거 안 먹어도 나 힘 좋아, 하며 농염한 눈빛을 날린 것도 우스웠다.

그런 모든 웃음이 무無로 돌아간 것은 계산대에서 나와 서 럽게 엉엉 우는 어린아이를 보았을 때였다. 바코드를 찍은 물 건을 다시 카트 안에 싣는 겸을 두고 수연이 아이에게 다가갔 다. 아이의 볼이 빨갛게 달아올라 눈물이며 콧물이 얼굴에 범 벅되어 있었다. 가방에서 휴지를 꺼내 아이의 얼굴을 닦아 주 었다.

"엄마……."

아이는 꺽꺽대는 와중에 엄마를 찾았다. 수연은 오른팔로 아이를 끌어안았다. 계산을 마친 겸이 황황히 다가와 아이를 대신 안으려 했지만 수연이 말렸다. 아이가 수연의 품에서 엉 엉 울던 울음을 점차 그치고 엄마를 찾아 달라고 말했다. 그 간절함이 가슴을 저릿하게 만들었다. 작은 입으로 야무지게 엄마, 라 발음하는 그 소리가 너무도 간절하게 들렸다.

"그래. 누나가 엄마 찾아 줄게."

고객 센터로 와 알림 방송을 부탁하고도 수연은 아이를 품 에서 떨어뜨려 놓지 않았다. 팔이 아플 것 같아 겸이 대신 안 겠다 했지만 수연은 거푸 괜찮다는 말만 반복하였다. 무어가 수연을 저토록 애타게 만드는 것인지 알고 싶었다. 무어가 그 토록 간절한지도. 애써 아무렇지 않다는 듯 굴면서도 만면에

어둑어둑한 기운을 걷어 내지 못하는 수연을 저렇게 만드는
건 무엇일까.

방송을 들은 아이의 부모가 숨도 고르지 못하고 헐레벌떡
쫓아와 아이를 안아 들었다. 감사하다는 말을 연신 한다. 고
개를 땅에라도 찧을 듯이 굽힌다. 어디 갔었냐고 아이를 다
그치다 다행이라고 한다. 그리고 또 감사하다는 인사를 거듭
한다. 그 순간 수연의 만면에 언뜻 외로움이 가라앉았다.

그래서 알았다.

저건 태생의 외로움을 알고 싶다는, 그런 간절함 같은 것이
라고.

"엄마가 미안해."

아이에게 그렇게 속삭이며 멀어지는 아이 엄마의 뒷모습을
눈으로 쫓다 수연이 다행이다, 그치? 하고 물었다. 그리고 다
시 다행이다, 하고 홀로 되뇌었다.

어떻게 보면 다 가진 여자였다. 돈도, 명예도, 커리어도, 그
무엇 하나 빠질 게 없는 여자. 아무 부족함 없이 세상 편안하
게 살아온 것만 같은 여자. 남들이 보기에 꺼려지는 장애가
별 흠이 안 된다는 것처럼 구는 여자. 그래서 결국은 모두 쟁
취할 수 있는 여자.

그런데 정작 수연은 아무것도 가지지 않은 자의 모습을
하고 있었다. 제대로 의지할 곳 하나 없이 홀로 꼿꼿이 서야
만 한다는 생각으로 뭉쳐진, 줄곧 그런 모습을 하고 있는 것
이다.

알고 싶겠지. 짐승도 제 부모를 모르면 외로워한다고 했다. 사람인데 그 마음이 오죽할까. 사랑으로 품은 가족이 있어도 어디 한구석 휑한 것을 억지로 채울 수는 없겠지. 애처로웠다. 팔다리 없어도 매사 꿋꿋하던 사람의 어깨가 축 처져 있으니 애처로워 사무친다.

"알고 싶으면, 내가 알아볼게."

그래서 그게 뭐가 되었든 해 주고 싶었다.

축 처진 수연의 어깨를 쓸어내리며 결이 말했다. 그 즉시 수연이 결을 빤히 응시했다. 눈이 커졌다가, 마른 입술을 혀로 쓸다가, 힘없이 결의 손을 쥔다.

"배신하는 거 같아서……, 용기가 안 나."

쥔 손과 마찬가지로 수연의 목소리에도 힘이 실리지 않았다.

"계속 그렇게 살 거야? 속 저미게 외로워하면서도 씩씩한 척, 계속 연기하면서 지낼 수 있어?"

"……"

"너 가족들한테는 물론이고 나한테까지 연기하고 있잖아. 지금까지 줄곧 그랬던 거잖아."

입을 굳게 다물고 수연이 눈을 내리깔았다.

"네가 알고 싶다고 하면 내가 힘닿는 데까지 알아볼 수 있어. 난 네 애인이기 이전에 네 비서니까. 맘껏 부려 먹어. 가족들한테 배신하는 거 같은 감정이 들면 그것도 내가 덮어쓸게. 그러니까 넌 알고 싶은 걸 알려고 해도 돼. 그래도 돼, 수연아."

어떠한 말도 하지 않은 채로 수연이 우뚝 서 있기만 했다.

"난 네 말 한마디면 움직여."

그 말이 신호탄이라도 된 것일까. 수연이 내리깔았던 시선을 끌어 올렸다. 울지도 않고, 웃지도 않고, 아무것도 품을 것이 없다는 얼굴이다. 수연은 상대방에게 괜찮냐는 그 간소한 물음조차 쉬이 던질 수 없게 만들었다.

"설득하지 마. 안다고…… 달라질 거 없어."

"적어도 네 속에 품은 것들은 풀리겠지. 그게 궁금증이든 호기심이든, 뭐가 됐든. 더불어 여태까지 해결할 수 없었던 외로움까지도."

"아버지나 엄마가 상처받으실 거야. 그런 못된 년까지 되고 싶진 않아."

"그렇게 자꾸 이유 갖다 붙이면서 피해도, 결국은 알고 싶은 거잖아. 내 말이 틀려?"

수연이 아랫입술을 질끈 깨물며 다시 시선을 피하려 들었다. 결은 틀리는 수연의 턱을 올곧게 잡아냈다.

"한수연, 다른 사람 백이면 백 다 속을지 몰라도 나한테는 안 통해. 네 속마음 감추지 마."

"알고 싶어. 알고 싶은데 죄책감 같은 게 생겨. 내가 그래도 되나. 내가 뭐라고 부모 가슴에 비수까지 꽂아 가며 생모 생부를 찾나. 나 같은 거 거둬 준 식구들한테 내가 그러면 나쁜 년밖에 더 될까. 찾고 싶었던 거 한두 번 아니야. 진즉에 알아보고 싶었어. 그런데 내가 사람이라면 그러면 안 되는 거잖아. 여태까지 나한테 그 진실 제대로 털어놓지 못하는 우리 부모님 심정은 오죽하려고. 비밀이길 원했던 거야. 알아도 그냥 넘어가고 싶으셨던 걸 거란 말이야. 그런데 내가 어떻게 그걸 후벼 파. 내가 어떻게 그래."

"그 죄책감도 내가 감당할게. 넌 너만 생각해. 그런다고 너 보고 손가락질할 사람 아무도 없어."

"여기까지나 잘 참아 왔어. 굳이 지금에 와서 그럴 필요는……"

"제발! 고집 좀 그만 부려. 언제까지 곧 터질 거 같은 가슴 붙잡고 있을 건데? 그 연기가 언제까지나 가능한 건데? 네 마음 썩어 가면서, 그거 보는 내가 이렇게 아픈데 대체 언제까지 그러려고 그래!"

수연의 말을 자르고 결이 애원하듯 소리를 쳤다.

"잠시 부모 잃은 그 아이가 너 같아 보였던 거잖아. 하염없이 그래 보여서 안됐던 거잖아."

"알면, 내가, 내 생애가 좀 나아질까……?"

너는 너무도 간절했다. 그 앎이 어떤 진창일지 어떤 낙원일지 모르는 채로 그저 절실했다. 나는 너의 간절함을, 너의 절실함을 알아주는 유일한 사람이 되고 싶었다. 그래서 바라는 바를 알게 해 주고 싶었다. 너에게 내가 그런 사람이 될 수만 있다면. 그럴 수만 있다면. 네 휘청거리는 생애가 한 발로만 걸어도 더는 아프지 않도록.

결은 고개를 주억였다.

집으로 돌아오자마자 수연은 샤워를 하고 나와 수건으로 감은 머리를 풀지도 않은 채 거실 책상에 앉아 일에 열중했다. 그러는 사이 압력솥 안에서 닭이 진하게 끓여졌다. 백숙은 별로라고 수연이 먹고 싶지 않아 했지만 날씨가 추워지면서 부쩍 연약해진 수연의 몸을 챙겨 줄 수 있는 나름의 방안이었다.

결이 수연의 본가에 발을 들이기 전, 수연은 병원에서 살다시피 했다고 하였다. 원인 모를 출혈이 거듭되어 셀 수도 없을 정도로 수차례 수술을 받았다. 병원에서도 병명을 모른다고 했다. 그저 출혈이 일어날 때마다 그 출혈이 일어난 부위를 찾아야 했고, 그래서 그 부위를 잘라 내야 했다. 정확한 병명도 없었기에 완치도 바라지 못하는 처지였다. 그런데 중학교에 입학할 즈음에 이유를 알 수 없었던 출혈이 멈췄다. 기적이라고 했다. 과다 출혈로 사망할 수도 있었던 몇 번의 고비를 지난 수연이 그저 기적이라는 말로는 설명할 길이 없다고 하였다.

하지만 수연의 몸 안에는 생각보다 많은 부분들이 출혈로 잘려 나갔다. 제 기능을 하지 못하는 부위들이 많았다. 거기다 그 출혈의 여파로 인해 수연은 제 또래에 비해 항상 왜소하고 작은 편이었다. 한쪽씩 팔다리가 없어 작은 몸이 안 그래도 더 작아 왜소하다.

188

'난 많이 아프고, 많이 작고, 생각보다 쓸모가 없는 사람일지도 몰라. 그래서 네가 필요해.'

대학 입시가 코앞인 사내아이에게 수연은 그렇게 작은 몸으로 부탁이란 것을 하였다.

'넌 많이 건강하고, 많이 크고, 상상 이상으로 똑똑하니까. 대학 대신 내 밑으로 와. 회사가 커 가는 만큼 비례하게 대우해 줄게.'

본가 식구들에게 둘러싸여 아무것도 할 줄 모르는 한수연이 아니라는 듯, 당차게.

'이렇게 모자란 내가 어쩐지 잘 해낼 거라는 자신감이 있거든. 네 인생 나한테 한번 걸어 봐. 내가 네 인생 끝내주도록 멋있게 만들어 줄 자신 있어.'

씩 웃으며.

'결정 내리면 연락해. 기든 아니든 연락은 꼭 해 줘. 물론, 나는 네가 내 비서로 온다는 쪽에 한 표야.'

당당하게 제 할 말만 하고 뒤돌아서던 수연의 등이 얼마나 커 보였는지. 왜소해서 작은 몸이 담아내기에는 속 자체가 너무 큰 사람이었다.

잦은 잔병치레와 원래 가지고 있던 크고 작은 질병들, 거기다 제구실을 못 하는 몸이 수연을 끝없이 괴롭힌다. 언제 죽어도 이상할 것이 없다고 했다. 수연이 병원에 들를 때마다 강 박사가 충고를 했지만 수연은 귓등으로도 듣지 않았다.

'지금 죽어도 나쁠 건 없을 거 같애. 회사도 이만큼 키워 뒀고, 나 없어도 나 대신할 너도 있고. 별로 미련이 없네.'

언제 버려져도 자신의 삶이 최소한으로 버틸 수 있게 준비를 한다던 수연은 정말로 목숨 따위 미련이 없어 보였다. 누군가는 애타게 원하는 삶을 수연은 버거워했다. 가짓수가 많은 약들을 먹을 때마다 신물이 난다면서도 꾸역꾸역 먹고, 아픈 걸 식구들이 알면 걱정으로 날밤을 샌다고 홀로 억척스럽게 버텨 냈다. 그건 스스로를 위해서가 아닌, 스스로에게 포진되어 있는 타인들을 위해서였다.

그런 수연의 모습을 볼 때마다 아버지가 떠올랐다. 투병이 너무 힘들어 차라리 죽고 싶다고. 가족들이 힘들어할 걸 알지만 그래도 이 고통에서 벗어나면 홀가분할 거 같다고. 나는 이제 죽음이 두렵지 않다고.

무연히 웃는 얼굴로 그렇게 고백하던 아버지가 더러 수연과 겹쳐 보였다.

사실 무서웠다. 수연이 아플 때마다, 쓰러질 때마다, 의식 없이 병상에 누워 마른땀을 흘릴 때마다 수연을 잃을 수 있다는 사실이 결을 섬뜩하게 만들었다. 삶에 별 미련이 없는 수연이라면 홀연히, 정말 홀연히 세상을 떠날 것만 같아서. 무섭고 두렵고 떨렸다.

그래서 생을 지탱해 줄 이유를 만들어 주고 싶었다. 미련이 남게. 이 냉담한 세상 어디 한군데는 미련이 남아 떠날지도 모르는 순간에 수연의 발목을 붙들어 줬으면.

그러니까 수연의 태생에 관해 아는 건, 수연이 아닌 결의 욕심이었다.

뜸이 다 든 압력솥을 열자 허공에 식욕을 당기는 구수한 냄새가 퍼진다. 하지만 수연은 책상에 코를 박은 채 일에 몰두할 뿐 별 관심이 없었다. 오픈형 구조의 주방인 수연의 집은 이래서 좋았다. 주방에서 일을 보면서도 수연을 볼 수 있다. 안경을 쓰고, 연필 하나는 귀에 꽂고 펜 하나는 손에 든 채로 열심히 도안을 들여다보면서 만족스러우면 미소를 그리고 마음에 들지 않으면 눈살을 찌푸리는 모든 모습이 보인다.

너를 살게 해 주고 싶다.

살아서 사는 게 아닌,

살고 싶어서 사는 너로.

네가 알고 싶은 모든 것을 알아 와 너를 살아가게 만들 것이다.

반드시.

"한수연, 밥 먹자."

조용한 외침을 듣고도 수연은 잠잠했다. 일에 몰두해 아무것도 들리지 않는 모양이었다. 주방에서 책상까지 결은 천천히 걸어갔다. 긴 인영으로 도안이 옅은 어둠에 잠기자 그제야 수연이 고개를 들었다.

"밥 먹자고."

"벌써 다 됐어? 백숙 오래 걸리잖아."

"그만큼 시간 지났어. 얼른 밥 먹고 약 먹어야지."

"백숙 먹기 싫어."

수연이 인상을 쓰며 투정을 부렸다.

"안 돼. 조금이라도 먹자."

"손에 묻는 것도 귀찮고, 살 발라 먹는 것도 번거롭고. 귀차니즘 발동됐어."

"손에 하나도 안 묻게 내가 살 다 발라서 입에 넣어 줄게."

"군소리 없이 먹으라는 말이구만."

"그래. 내 성의를 봐서라도 먹어. 내가 이렇게까지 하는데 안 먹는다고 하면 너 진짜 나쁜 거야. 알지?"

"얼씨구, 아주 협박까지."

"통하는 협박이면 얼른 식탁에 가서 앉으시죠. 음식 식는다."

어쩔 수 없다는 듯 항복의 자세를 취한 수연이 자리에서 일어나 터덜터덜 걸어 식탁 앞에 앉았다. 그런데 수연이 난데없이 식탁 위로 비스듬하게 엎드렸다. 겨우 받아먹기나 할 수 있는 자세였다.

"네가 살 발라서 내 입에 넣어 준댔으니까, 난 진짜 받아만 먹는다."

"내가 상전을 모시지, 아주."

"상전이라서 싫으면 도망가."

"도망가면?"

"붙잡으면 되지. 어차피 독 안에 든 쥐야."

"이 나쁜 아가씨를 어쩌면 좋을까."

결이 소리 없이 웃으며 맨손으로 김이 피어오르는 백숙의 살을 발라냈다. 그에 수연이 화들짝 놀라 자세를 고쳐 앉았다. 미쳤어! 소리를 빽 지르는 건 덤이었다.

"뜨겁잖아! 너 미쳤어, 진짜?"

"이 정도는 안 뜨거워. 왜, 걱정돼?"

"미친다, 내가 진짜. 너는 나 놀라게 하는 게 취미냐? 어?"

소리치는 수연의 입 안으로 곱게 발라낸 살을 쏙 넣어 주었다.

"꼭꼭 씹어서 삼켜. 꿀떡 삼키지 말고."

수연이 눈을 흘기면서 입을 움직인다. 절로 흐뭇한 미소가 그려졌다. 안 먹을 것처럼 굴더니 그래도 받아먹어 줘서 굉장히 고마웠다.

"하여튼 요리 더럽게 잘해."

"잘해서 좋지? 솔직하게 털어놔. 나 요리 잘해서 우리 한수연 엄청 좋잖아."

"좋을 게 뭐야. 내가 너 고생시키는 건데. 이런 고생 굳이 사서 할 필요 없어. 시켜 먹음 돼. 너도 일하고 오는 건데 괜히 더 피곤해지잖아."

"고생 아니고 보람이야."

이번에는 바른 살을 김치에 싸서 수연의 입에 쏙 넣어 주었다. 맛있는지 수연의 콧대에 주름이 갔다. 맛있는 걸 먹으면 수연의 콧대에 꼭 저렇게 주름이 진다.

"보람이 다 얼어 죽었다."

괜히 한소리를 하면서도 맛있는지 계속 야물거린다.

"너 잘 먹는 게 내 보람이라."

"잘 먹여서 뭐 하게?"

"내가 잡아먹어야지."

"아, 그런 큰 그림이셔? 역시 인쓰 어디 안 가지."

수연이 다시 식탁 위에 비스듬하게 엎드려 눈을 습벅거렸다. 피로가 쌓인 티가 역력했다.

"그러니까 살 좀 쪄. 오늘 슈트 사다 준 거 그거 매장에서 수선한 건데도 품이 그렇게 남으면 어떡하냐."

"안 그래도 작은데 살찌면 판다처럼 보여. 그런 귀여운 이미지는 나랑 안 맞아서."

"체중 38kg까지 내려갔다며."

"강 박사님이 너한테 그런 보고까지 해?"

습벅이던 눈을 지르감은 채 수연이 묻는다.

"보고가 아니라 걱정하시는 거지."

"세상에 믿을 사람 없다더니."

아직 머리도 말리지 못해 여전히 수건이 감겨 있는데 많이 피곤한 것인지 수연이 눈을 뜨지 않았다. 말을 하는 입에다 바른 살을 쏙쏙 넣어 줘도 처음처럼 입을 부단히 움직이지도 못했다.

"많이 피곤해?"

"아니. 그냥 눈 아파서 잠시 감고 있는 거야."

"머리도 말려야 하면서."

"네가 말려 줘. 네가 다 해 줘. 다 귀찮아."

"다 해 줄 테니까 잠들지만 마. 잠들면 너 억지로 깨워서 약 먹여야 하고, 그런 잔인한 짓은 나도 안 하고 싶다."

잠들어 있는 수연을 억지로 깨워 약을 먹게 하는 게 얼마나 쓰라린 짓인지. 결은 아무래도 그 일은 하기 싫었다.

그런데 수연이 겨우겨우 감았던 눈을 떠,

"결아, 자고 가."

그렇게 말했다.

"남자 무서운 줄 모르고."

"알아. 그래도 자고 가. 내 침대에서, 내 옆에서."

새침하지도, 부끄러워하지도 않은 채 그저 담백하게. 수연은 별거 아니라는 듯 말했지만 그럼에도 불구하고 음성에 미약한 떨림이 동반되었다.

"자고 가라는 건, 네가 날 어떻게 한다 해도 상관없다는 뜻이야."

"나 유혹하는 거야?"

수연이 비스듬히 엎드린 고개를 절레절레 흔들었다.

"벌레…… 기어 다니는 기분일지도 몰라."

힘겹게 뱉어 내는 말을 담백하게 하려 애를 쓰는 것인지 수연의 미간이 왈칵 구겨졌다.

"나는 좀 다른 몸이니까, 네가 그렇다고 느낄지도 모르니까."

결은 개수대로 가 매끈한 기름 막이 생긴 손을 씻었다. 찬물에 뜨뜻했던 손이 식어 간다. 그래서 마음이 식어 가는 듯한 기분이었다. 벌레가 기어 다니는 느낌이라는, 그 말을 수연에게 했을 사람이 누군지 짐작이 가 입 안에 핏물이 머금어졌다.

헤아릴 수 없는 상처를 수없이. 수연은 자신의 몸과 기억에 새기고 있었다. 나이를 먹어 가며 생기는 나이테보다도 더 짙게. 한없이 아프게.

"한수연."

개수대에 퍼지던 물소리가 줄어들고 그 뒤로 결의 목소리가 깔렸다.

"응."

다시 눈을 감고서 수연이 나른한 음성으로 대답했다.

"다시는 그 새끼 떠올리지 마. 그 새끼가 남긴 그 무엇도 기억하지 마."

"안 하고 싶은데, 진짜로 그러고 싶은데 그게 잘 안 되네."

환히 보이던 얼굴을 수연이 숨겨 버렸다. 긴 머리칼이 더는 보지 말라는 듯 수연의 얼굴을 차단시킨다.

"······너한테 그렇게 버려지는 꿈을 꿔. 그 사람이 한 것처럼은, 네가 나한테 그렇게까지는 안 할 걸 알면서도 무서워."

수연의 목소리가 떨린다. 그와 동시에 가녀린 어깨가. 등이. 온전한 손이. 모두 함께 파르르. 밟아 버리면 부서질 낙엽처럼.

몸도, 정신도, 수연은 피폐하다.

살아가게 할 수 있을까, 과연? 고결 네가? 네가 한수연을
어떻게 살리게. 저렇게 죽어 버린 걸 어떻게. 다 말라비틀어
진 화분들처럼 한수연도 그렇게 말라 자연의 섭리처럼 죽을
건데. 네가 발버둥 쳐 봤자 아무것도 변할 건 없어. 네가 뭐라
고. 네까짓 게. 지랄 말고 그만둬.

비웃음이 쌓여 간다. 더불어 조롱이 쌓여 간다.

하지만 나는.

나는 한수연을 버릴 수 없다.

그게 나의 진리이자 신념임을 확신한다.

"고개 들어. 고개 들어서 나 봐."

명령조의 부탁에도 수연은 싫다는 기색 없이 찬찬히 고개
를 들었다.

"사랑해."

결의 고백에 수연이 소리 없이 희미한 미소를 지었다.

"나는 네가 고른 똑똑한 사람이었어. 그러니 내가 지금 하
는 사랑도, 똑똑하고 반듯한 거라고 넌 그렇게만 생각하면
돼."

"……."

"내가 네 남자고, 네 남자인 나는 항상 네 옆에 있다는 사
실, 그것만 염두에 두고 다른 건 다 버려. 깡그리."

그 말을 끝으로 결은 미소를 머금은 수연의 입술을 가졌
다.

벗어날 수 없을 것만 같이 너무도 달았다.

달아서, 슬펐다.

연약한 조명 아래 놓인 수연의 전라에는 수술 흉터가 가득했다. 그런 몸을 수연은 가리지 않았다. 외려 더 보라는 식으로 몸을 더 뻗었다. 의수와 의족도 다 빼 버려 왼쪽 팔꿈치, 오른쪽 무릎부터는 부위도 상실되어 있었다.

"징그러우면 도망가도 돼. 이건 도망가도 안 붙잡아."

아픈 말을 웃으면서. 재주도 좋다. 기가 막혀서 결은 허탈하게 쓴웃음을 지었다.

"아팠겠다."

그 한마디에 수연이 눈을 지르감고 아랫입술을 깨문다. 위에서 내려다보는 수연의 위태로움은 바닥 저 밑 땅속으로 꺼질 것처럼 아슬하였다. 수연의 흉부에 난 수술 흉터를 검지로 쓸어 보다 혀로 핥았다. 다음은 늑골, 그다음은 배, 그리하여 수연의 아래에 혀가 닿자 수연이 다리를 와락 오므렸다. 한 손에 다 들어오는 수연의 가슴을 부드럽게 만지며 혀를 노골적으로 움직였다. 더 못 버티겠는지 오므렸던 수연의 다리에 힘이 풀렸다.

가슴을 만지던 손을 내려 수연의 아래를 최대한 부드럽게 얼렀다. 긴 손가락이 차분하게 움직임을 시작했다. 신음을 참으려 입을 앙다물고 있는 수연에게 입을 맞췄다. 벌어진 입술 사이로 수연의 신음이 흩어진다. 그 신음이 고스란히 결의 입 안에서 뭉개졌다. 차분했던 손가락의 움직임이 어느새 분주해져 수연의 아래를 온통 휘저었다. 입 안에 다 담기지 못한 수연의 교성이 허공을 꿰뚫었다.

더는 참을 수가 없었다. 가지고 싶어 안달이 났으니 가질 것이다. 손을 빼낸 자리에 바로 삽입을 했다. 좁다랗고, 뜨겁고, 젖어 있는 그곳이 결을 죄어 왔다. 허리를 움직일 수도 없게 꽉. 수연의 동그란 눈이 그런 결을 올려다보고 있었다.

"좋다⋯⋯."

헐떡거리는 숨을 고르며 수연이 겨우 그 말을 꺼내 놓고 웃는다. 눈과 입술이 길게 휘어졌다. 오른손으로 결의 어깨를 잡으면서.

"내 안에 네가 들어온 게 왜 이렇게 좋지⋯⋯."

울 듯 웃었다.

빠듯한 조임 속에서 허리를 움직였다. 허리를 움직일 때마다 아래에서 어깨가, 가슴이, 그래서 수연의 전부가 흔들렸다. 흔들리면서도 나가떨어지지 않으려 결을 붙잡고 있는 수연의 손에는 더 힘이 실렸다. 한쪽 어깨를 간신히 잡아내는 수연의 손을 떨어뜨리고 싶지 않아 결이 자신의 손으로 다잡았다.

흔들림이 빨라질수록 수연의 허리가 뒤로 꺾였다. 배가 위로 튀어 오른다. 그래서 수연의 몸에 자리한 흉터들이 팽창한다.

지독한 고통과 지독한 버팀으로 만들어진 한수연을 가진

다. 한수연의 가장 깊은 곳에 닿을 수 있도록 억지로 모든 근육을 움직여 애를 썼다. 그리고 마침내 닿았다.

수연을 침범한 것은 고결, 나다.

그러니 이 많은 흉터들도, 그 아픈 과거들도 침범한 자인 내 몫이다.

한수연의 몫이 아닌 고결의 몫.

밤꽃 냄새가 봇물 터지듯 흘러나와 곁을 빙 둘렀다. 고개를 뒤로 젖혀 참았던 숨을 뱉어 내자 냄새가 맡아졌다. 비릿하면서도 끈끈한 수컷의 냄새였다. 젖어 버린 시트도, 찝찝한 아래도 아무 상관 없다는 듯 수연이 천장을 바라보고 있었다.

"너를 다 가진 느낌이다."

중얼대는 수연에게,

내가 너를 다 가진 거라고 말하는 대신 입을 맞췄다. 수연의 입술이 뜨거웠다.

"아무 데도 아프지 말고, 내 옆에 있어. 그럼 나머지는 내가 다 알아서 할게."

수연은 조용히 고개를 끄덕였다. 소리 나게 수연의 목덜미에 입을 맞추고 수연을 껴안았다.

널따란 품에 안긴 수연은 작은 새였다. 아주 작은 몸으로 광활한 하늘을 날아 보려 애를 쓰는 작은 새. 나는 그래서 나무이고 싶었다. 네가 잠시 쉬어 갈 수 있는. 해가 내리쬐면 그늘을 만들어 주고, 비가 오면 비를 막아 주고, 너무 많이 힘들면 내 가지 끝에서 숨이라도 고를 수 있도록 해 줄 수 있는 그런 나무.

그러니 더는 아프지 마. 제발.

알람이 울리지 않았다. 평일인데 이상하게 모든 것이 조용했다. 햇빛이 쏟아져 올 창문에는 암담하게 커튼이 쳐져 있었다. 어둑어둑한 상태로 일어나 커튼을 걷었을 때 빛의 상태가 아침이 아니라 대낮이라는 것을 알게 되었다. 한 발로 총총 뜀박질을 하며 핸드폰을 찾다 힘이 들어 의족을 꼈다. 그리고 찾은 핸드폰. 핸드폰이 거실 책상 위에 무음으로 놓여 있었다. 메모와 함께.

「일어나면 밥부터 먹고 약 먹기. 밥이랑 국 찬 상태로 먹지 말고 꼭 데워서. 약까지 먹으면 나한테 연락해.」

수연은 밥이 아닌 연락을 먼저 선택했다. 핸드폰 너머로 긴 신호음이 흐른다.

— 일어났어?

옆에 없는 허전함에 핸드폰을 잡고 있는 손끝이 저렸다.

"왜 혼자 출근해. 놀랐잖아."

— 너무 곤해 보여서 깨우기 싫더라. 그렇게 자는 거 오랜만이잖아.

늘 피로했다. 업무가 그만큼 많으니까. 정신 똑바로 안 차리면 누가 대신 제 인생 살아 주는 것도 아니니 더 바짝 긴장해서. 그래서 편히 잘 수가 없었다. 그런데 세상모르게 잤다.

아무것도 신경 쓰이지 않았다. 반복되던 악몽도, 지긋지긋하게 괴롭히던 그 사람의 잔영도 없는 밤을 보냈다.

어젯밤 결과 함께 나눈 온기가 몸에 아직도 남아 있는 듯했다.

"준비해서 회사로 나갈게."

— 쉰 김에 오늘은 마저 푹 쉬어.

"비서라는 놈이 대표 두고 출근하고."

— 나쁜 놈이라고, 그 소리 할 거지?

"그래. 이 나쁜은 놈아."

— 그 나쁜 놈 어제 한수연이랑 자서 좋았는데. 한수연은 좋았으려나.

결의 능글맞음에 수연은 소리 나게 웃었다.

"좋았어."

— 나도. 좋아서 아침에 출근하기 힘들더라. 더 보고 있고 싶었거든. 더 안고도 싶었고.

"변태네."

— 이런 변태는 잘 없어. 인물 훤하지, 키 크지, 능력 되지. 거기다 한수연밖에 모르잖아.

"그래서 감지덕지하라는 거야?"

— 감지덕지까지는 안 바라고, 내 말 좀 잘 들어줬으면 하고 바라긴 한다. 지금 일어나자마자 내가 메모에 적은 거 안 하고 전화한 거잖아.

다 내다보고 있다는 듯, 결이 확신에 차 있었다.

"전화 끊으면 먹을 거야."

— 이걸 믿어야 하나, 말아야 하나.

"믿든지 말든지."

— 내 말 잘 듣고 얌전히 기다리고 있으면.

핸드폰 너머로 어쩐지 결이 싱긋 웃고 있을 것 같았다.

— 한수연밖에 모르는 남자는 퇴근해서 곧장 한수연을 보러 갈 예정인데. 어때, 확 끌리지 않아?

키득키득 웃음이 났다. 이만큼 행복하다니. 이게 내 몫의 행복이란 게 믿어지지 않았다. 그래서 거실 바닥에 풀썩 주저앉아 몸을 웅크렸다. 똬리를 튼 몸으로 간신히 핸드폰을 부여잡고 숨을 쉬었다.

— 내 등 뒤에 있어. 대신 버텨 주고 막아 줄게. 네가 알게 되어서 힘든 것까지도 다 내가 할 테니까. 걱정 말고, 이제는 정말 아무 걱정 하지 말고 내 뒤에서 내 손 잡고 있음 돼.

키득키득한 웃음이 끅끅거리는 울음이 되어 있었다. 입을 틀어막으며 이 울음소리가 핸드폰 너머로 닿지 않길 바랐다.

— 보고 싶어서 미치겠네. 억지로 깨워서라도 같이 출근할 걸 그랬다.

낮고도 선명한 결의 웃음소리가 들렸다.

"일찍 와."

속마음을 내어 놓고 결이 알았어, 하는 걸 끝으로 전화를 끊었다.

외롭지 않다. 외롭지 않은데도 마음이 시렸다. 그래서 결의 등에 무작정 숨어 있고 싶었다.

버팀목

    발과 손끝이 시려지는 계절이 성큼 다가와 있었다. 무거운 코트를 입어야 하는 계절이라지만 부산은 다른 지역에 비해 춥지 않다. 외려 따뜻한 편에 속했다. 너른 금정산을 끼고 낙동강의 바람까지 막아 주는 위치는 당연히 더할 나위 없이 따뜻하였다. 그런데 갑작스러운 연락 때문인지 따뜻한 기온이 전혀 따뜻하지 못했다. 그저 춥게만 느껴졌다. 길가 모퉁이에 서서 바람을 맞으며 은애를 기다렸다. 코트를 여며 보아도 바람이 옷을 베어 들어오고 빠져나가기를 반복했다.

    "애기씨."

    은애의 목소리에 수연은 움츠렸던 몸을 폈다. 그래서인지 바람이 더 훅 들어와 몸에 박혔다.

"잘 지내셨어요?"

"저야 잘 지냈죠. 어머니는요?"

입에 미소를 담을 뿐, 은애는 대답을 피했다. 그 대신 조금 걸을까요, 애기씨? 하고 물어 수연은 은애의 옆에 나란히 동행했다. 은애의 발걸음이 느리다. 본가에서 보았던 은애의 발걸음은 저토록 느리지 않았다. 매사 바빴고 매사 분주해 발을 땅에 붙이는 시간이라도 줄이려는 듯 날랬다. 그러니 이런 느린 걸음은 수연을 배려한 것이리라.

바람에 낙엽이 돌돌돌 굴러갔다.

'결이 모르게 만났으면 해요.'

그 연락 한 통에 결을 예정에도 없던 외근을 보내고 혼자 나온 걸음이었다. 낙엽이 데굴데굴 바닥을 구르는데 은애도 마치 그런 모습으로 걷는 것 같아 보기가 좋지 않았다.

"요새도 많이 바쁘죠?"

바람을 맞으며 나란히 걷다 은애가 먼저 말문을 열었다.

"조금 바쁘고, 많이 벌어요."

우스갯소리를 하자 은애가 웃었다. 그러나 웃음이 오래가지 않았다. 다시 은애의 만면에 웃음이 가셨다.

"무슨 일 있으세요?"

"갑자기 제가 연락해서 놀라셨죠."

"아니에요. 놀랄 게 뭐 있어요. 엄청 반가웠어요."

"죄송해요……. 애기씨한테 면목이 없네요."

힘없이 떨어지는 은애의 목소리는 추락점이 없었다.

"무슨?"

"명진이요. 애기씨 회사에 제법 해를 끼쳤다던데…….."

느리게 걷던 걸음마저 멈춘 채 은애가 고개를 떨궜다. 결이 비밀에 부치려던 걸 은애도 결국 안 것이다. 술을 마시고 외삼촌과 어머니 걱정을 하며 울던 결의 모습이 스쳐 지나갔다. 결이 숨기고 싶어 했는데. 그래서 명진의 식구들에게 입이 닳도록 신신당부했다던데. 어쩌다 알아서는. 하아. 나지막한 한숨이 목울대를 치고 입 밖으로 흘러내렸다.

"저는 괜찮아요. 그리고 제 회사도. 모두 무사하게 평안하게 잘 돌아가요."

"힘들었을 거라고 짐작은 하고 있어요. 머리 싸매면서 결이 난리 칠까 봐 비밀로 하고, 저한테까지 비밀로 하려고 더 신경 썼을 거 알아서 마음이 아팠어요."

"어머님이 더 아프시고 힘드시잖아요, 지금."

은애의 볼이 홀쭉하다. 낯빛이 거무죽죽하다. 그러니 아프고 힘들어 안 괜찮은 사람은 자신이 아닌 은애다. 안동댁은 생각해야 할 사람이 많겠지. 신세 지고 있다 생각하는 한수연. 하나뿐인 제 아들 고결. 그리고 누나 고생길을 함께했던 동생 김명진.

"그제 알았어요. 알고 나서 곧장 애기씨를 보러 오려고 했는데, 무턱대고 오면 결이가 많이 속상할 거 같아서 하루 더 늦었어요."

세 사람의 걱정으로 곤죽이 된 은애는 이고 진 세파의 노도에 쓸려 밀려날 것처럼 위태했다.

"죄송해요. 이런 폐 끼치게 되어서, 결이까지 애기씨가 데리고 있는 처지에 제가 너무 욕심부려서 괜히……."

"그러지 마세요. 솔직히 전 손해 본 게 없어요. 삼촌이 어쩔 수 없이 저지른 일, 뒷감당은 온전히 결이가 했거든요. 그리고 시간 다 지난 일인데 제가 안 괜찮을 게 뭐예요."

바람에 이리저리 휘날리는 은애의 머플러를 수연이 단단하게 감아 주었다.

"저는 결이 덕에 잘 벌어서 잘 먹고살아요. 삼촌도 일 잘해 주셨구요. 그래서 치료 다 받고 나오심 제가 다시 회사로 모시고 올 거예요."

아아, 그런 흐느끼는 소리를 내다 은애가 얼굴을 감싸고 그대로 주저앉았다. 염치가 없는 발걸음이었을 것이다. 제 사람 둘을 맡겨 놓았다는 무게감과 더불어 죄책감도 어느 정도는.

은애와 결, 그리고 명진 그렇게 세 사람은 좋은 가족의 형태를 띠고 있었다.

가족.

저런 건 핏줄의 힘인가. 아니다. 본가의 식구들은 핏줄이 아님에도 불구하고 똑같은 모습을 취하니. 그럼 뭐지. 이렇게 아랫배가 아플 정도로 아리는 이건. 생모와 생부를 보면 알 수 있으려나. 아님 아예 느껴 보지도 못하려나.

수연은 생각을 털고 은애의 앞에 쪼그려 앉았다. 의수를 한 다리가 왈칵 저렸지만 그 정도는 잠시 견딜 만한 정도였다.

"결이한테는……, 제가 아는 거 모르는 걸로 해 주세요."

제 자식 걱정이 그래도 가장 먼저인 은애를 보며 수연은 아랫배가 시큰거렸다. 그럼 자신을 버리고 갔을 그 사람들은 제 자식 걱정도 채 하지 않았다는 건지. 그런 의문이 점멸등처럼 간극을 두고 번쩍거렸다.

은애를 배웅하고 수연은 곧장 퇴근을 감행하였다. 결에게서 연락이 왔다. 왜 먼저 퇴근해? 뾰로통하게 물어서 본가에 가려고, 짧게 대답했다. 퉁퉁거리다 비서가 필요해도 애인이 필요해도 자신에게 연락하라는 말을 남기며 결이 전화를 끊었다.

은애를 보니, 은애가 자식 걱정을 하는 걸 보니, 수연은 무작정 본가 부모가 보고 싶었다. 자신의 부모는 그들이니. 생모 생부를 찾는다 한들 제 부모는 본가의 그들이다. 그건 도리나 예의가 아닌 본질이었다.

그저 알고 싶은 것뿐이다. 스스로의 시초나 스스로가 왜 버려졌는지에 대한 이유 정도. 그러면 지금의 부모에게 자신이 조금 더 명확한 자식이 될 수 있을 거라 생각했다.

그들이 사랑해 주는 만큼은 아니더라도 자신도 그들을 사랑하고 있었다.

그래서 보고 싶었다.

"수연아?"

강희가 의아한 표정을 짓다 환히 웃으며 한달음에 달려와 수연을 품에 안았다. 마냥 반가운 얼굴로. 따뜻하게. 수연은 강희에게 무작정 안겨 냄새를 맡았다. 엄마의 냄새를. 너무 좋고, 너무 따사로워서 기어이 자신을 아프게 만드는 그 냄새에 눈이 시큰해진다.

"안 그래도 엄마 혼자 있어서 쓸쓸했는데. 보고 싶은 우리 딸이 왔네."

말간 미소로 환대하는 강희가 수연을 자꾸 아리게 만들었다.

"아버지랑 할머니는?"

"어머님은 부곡 온천 여행 가셨고, 네 아빠는 홍콩 출장 갔어."

"엄마는 왜 안 따라갔어요? 아버지가 같이 가자고 하셨을 거잖아."

"그냥 가기가 싫었는데, 우리 딸 만나려고 그랬나 봐."

답삭 딸의 손을 잡고 집 안으로 들어가는 엄마는 기뻐 보였다. 자신이 얼마나 못된 딸인지 되짚어 본다. 그리하여 그들이 받았을 상처가 자꾸 어딘가에서 밟힌다.

나는 못된 년. 부모에게 갚지도 못할 은덕을 받아 놓고 조금도 되돌려주지 못하는 못되고도 나쁜 년.

수연은 강희를 뒤에서 껴안았다. 강희의 기쁜 발걸음이 그 순간 멎었다.

"무슨 일 있니……?"

엄마가 떨고 있다. 딸이 무슨 말이라도 꺼내면 어쩌나 하는, 그런 목소리로 안쓰럽게 달달달. 강희의 등에 얼굴을 묻은 채 고개를 끄덕였다. 껴안은 수연의 손을 도닥이며 강희가 뒤돌아선다. 길게 늘어진 수연의 머리칼을 귀 뒤로 넘겨 주며 수연아, 불러 보는 강희의 음성에 수연은 두 눈을 질끈 감았다.

밥을 먹지 않았다고 하는 딸을 위해 엄마는 주방에서 분주히 움직였다. 집에 일해 주는 사람이 몇인데 강희가 굳이 번거롭게 움직이는 걸 보고 싶지 않았다. 그런데 강희는 엄마가 해 주고 싶어서 그래, 라고 일축했다.

바글바글 끓는 물에 시금치를 데쳐 무치고 간 좀 보라며 수연의 입에 강희가 시금치나물을 넣어 주었다. 수연의 입가에 살짝 묻은 깨를 떼어 주며 어때? 하고 물었다. 참기름의 고소한 맛과 시금치의 달큰한 맛이 섞여 혀에 감겼다. 다른 말 대신 수연은 씩 웃었다.

후딱 한 상 차려진 식탁은 언뜻 보기엔 단출했으나 자식에 대한 사랑이 가득했다. 그러나 수연은 수저를 들지 못하고 대신 물을 마셨다. 마주 앉은 강희가 그런 수연을 말없이 기다려 주었다.

"엄마."

어렵게 소리 내어 본 단어가 심장을 베어 내었다. 피가 났다. 아프고 아파 입 안이 얼얼해져 혀가 마비되는, 그런 느낌이었다. 하지만 엄마라 불린 강희는 웃었다. 수연은 그 얼굴을 보기가 무서워 고개를 숙였다.

"네 아빠가 이렇게 네가 찾아오는 날이면 그게 뭐가 되었든 다 말해 주자고 나한테 신신당부를 했어. 그래서 수연아, 엄마는 준비가 되어 있어."

아무 말도 꺼내지 않았으면서 눈에서 타고 내린 물이 볼을 적셨다. 눈물이 아니라 부정하고 싶었다. 눈물일 리 없었다. 여태껏 부모한테 못된 자식이었으면서 무슨 염치로 여기까지 와 눈물을 흘리느냐고, 스스로를 벽에 밀어붙였다. 울지 말아야 했다. 수치와 부끄러움을 아는 인간이라면 너는 울지 말아야 한다고, 그렇게 밀어붙였지만, 그렇지만 소용이 없었다.

"엄마…… 나는 못된 년인 거 알아요."

오른손을 움켜쥐었다. 반듯한 바지가 움켜쥔 손 때문에 주름이 졌다.

"내일 당장 죽는다고 해도, 나는 못된 년이란 거 너무 잘 알아요."

눈물이 차오른 시건방진 눈으로 고개를 들어 엄마를 바라보았다. 엄마의 눈가와 코끝이 시뻘겋게 달아올랐다. 그래서 다시 새긴다. 나는 못된 년이다. 뒤로 돌아가도 옆으로 새어 들어가도 어떻게든 못된 년.

부모한테 기어이 비수를 꽂는 지독히도 못된 년.

"그래도 엄마, 알고 싶어요. 아주 오래전부터 알고 싶었어.

그런데 악착같이 참았어. 물어보고 싶은데, 그러면 아버지나 엄마나 남은 할머니나 다 아플 거 같아서 참고 참았어. 근데 이제는 더는 못 참겠어. 내가 미안해. 정말로 미안해. 그래도 좀 알려 줘요. 나 왜 데려와 키웠어요? 이런 반병신인 나를, 엄마가 왜. 엄마가 뭐가 모자라서……."

엄마가 입을 비틀어 막는다. 참으려는지 남은 한 손으로 가슴을 세게 내리치면서. 보고 있기가 힘들어 시선을 옆으로 돌렸다. 그런데 엄마가 가슴을 내리치는 소리가 자꾸만 귀에 꽂혔다. 너무 세찬 그 소리가 마음을 내리 짓눌렀다.

"……어떻게 참았어. 언제부터 알아서 얼마나 참았어……. 내 새끼 곪는 줄도 모르고 엄마인 내가……."

두서없는 말이 엄마 입에서 앞다투어 쏟아진다. 수연은 찬찬히 숨을 골랐다. 숨이 막혀 곧 죽을 것 같은데도 죽지 않으니 숨이라도 골라야 이 막막한 지금이 좀 나아질 듯하였다.

'찾았어.'

그제였다. 바로 그제. 결이 결국에는 찾아내었다.

하지만,

'아버님은 이미 돌아가셨고, 어머님은 재혼하셔서 슬하에 딸 하나 아들 하나 이렇게 있어.'

반만 찾아내었다. 겨우 반만.

'연락처야.'

포스트잇에 적힌 참 초라한 연락처 하나와,

'이건 사진.'

한수연의 생물학적 어머니임을 증명하듯 많이 닮은 여자의 사진이 더불어 쥐어졌다.

아직 연락은 해 보지 않았다. 적어도 순서상 그게 본가의 엄마나 아버지에게, 그리고 할머니에게 도리가 아니라는 것을 알았다. 그러니 나는 못되고도 참 못난 년이다. 몰래 만나서 혼자 알면 될 것을 굳이 제 입으로 떠들어 대는 실정이니. 그러나 그들의 사랑에 배신하고 싶지 않으니 내 입으로 먼저 이실직고하는 것이 맞다. 해서 못된 년, 이라는 낙인을 절대 지울 수 없을 것이다.

"내가 여섯 번이나 내 배 속의 아이를 놓쳤다."

가슴을 쥐어뜯던 엄마가 어렵사리 완성한 문장 하나를 입 밖으로 숨을 몰아쉬며 꺼내 놓았다.

"여섯 번째 아이를 놓쳤던 그날, 도통 잠이 안 왔어. 나가서 걸었다. 걷고 또 걸었어. 미친년처럼 그 추운 겨울에 슬리퍼를 신고 몇 시간인지도 모르게 걸었다. 그렇게 걷다 다시 집으로 돌아왔는데 너를 만났어. 집 앞에 네가 있더라. 둘둘 감싼 거 하나도 없이 낡고 낡은 내복 하나만 입은 네가 얼음 장 같은 맨바닥에 누워 울지도 않는 채로 성치도 않은 손발을 바동거리며 내 품에 안겼다."

그때를 회상하는지 엄마는 눈을 지르감았다.

"너를 안고 곧장 병원으로 달려갔어. 병원에 도착하고 나서야 모든 게 다 보였어. 네 몸 어디 하나 성한 곳이 없었지. 팔다리 없는 거야 둘째 치더라도 온통 멍에 피딱지에……. 갈비뼈까지 두 대 나갔다고 하는 순간 살려 달라고 의사한테 빌었다. 빌고 또 빌었어."

엄마의 입에서 묵직한 한숨이 흘러나왔다.

"힘들다고 했다. 의사 입에서 네가 살기 힘들 거라는 말이 나왔어. 그때 내 입에서…… 제가 이 아이 엄마예요, 살려만 주세요, 살려만 주시면 돈이든 뭐든 다 드릴 테니, 제발 살려만 주세요, 그 말이 나왔어."

이 아이 엄마.

한수연의 엄마.

콧대가 일순 저릿해지며 짓눌렸던 슬픔이 해일처럼 밀려왔다.

"나는 널 처음 안았던 그 순간부터 네 엄마였어."

엄마가 아프게 미소를 그려 낸다. 그게 미치도록 아파 마음을 저미게 했다.

"네가 언제 알아도 알겠지, 내내 그러면서 마음 졸이며 살았다. 혈액형이 다른데, 우리 딸같이 똑똑한 애가 모를 리가 없지 그랬어. 그러면서도 네가 살아가면서 내도록 모르길 바라기도 했지. 우리가 부모고 네가 우리 딸인 게 명확한데, 그런 게 다 뭘까 싶어서. 그런다고 우리가 부모고 네가 우리 딸인 게 바뀌지 않는데. 그런데도 이렇게 네가 상처받을까 봐 겁이 났어……. 딸인 네가 결국은 부모인 우리 걱정을 하는 거니까. 다른 집들은 부모가 자식을 걱정한다는데…… 네가 우리 핏줄이 아니라는 이유로 다른 집과는 반대가 되는 게 너무 싫었다."

"……."

"내 아이의 부모가 된다는 게 난생처음이라 무조건 기쁘면
서도 모르는 게 많았고, 그래서 실수가 잦았어. 내 딸 이렇게
아픈지 내다보지도 못하면서 내가 부모라고…… 너를 곪게
만들었어. 엄마가 미안해."

"엄마는 왜 나한테 사과를 해. 엄마 잘못 아무것도 없는
데…… 엄마가 왜 자꾸……."

"내 배로 낳아 주지 못해서 미안하다. 그럴 수만 있다면,
내가 널 품어서 낳았으면 네가 이렇게 속앓이하지 않았을 텐
데, 그래 주지 못해서 너무 미안해. 엄마가 다 미안해, 수연
아……."

엄마는 무너졌다. 고개를 숙이고 눈물을 떨구며 차오르는
비통을 참지 못해 어깨를 들썩인다. 엄마는 자신이 낳아 주
지 못했다는 사실이 너무도 미안해 자식의 앞에 얼굴을 들지
못할 정도로 수치스러워한다. 그래. 결국 끝끝내 알고 싶었던
사실을 엄마에게 물으면 이럴 걸 알았으면서도 못된 짓을 한
꼴이다.

수연아,

그 이름을 지어 놓고 좋아했을 부모한테.

그 이름을 부르며 기뻐했을 부모한테.

수연아,

너는 대체 어쩌자고 이렇게까지 하니.

양손으로 얼굴을 감쌌다.

잠이 든 딸아이의 엉덩이를 두들겨 보는 일, 참으로 오랜만이다. 수연이 어릴 적에 병원에 살았더랬다. 그때 수연에게 자장가를 불러 주면서 포동포동한 엉덩이 많이 두들기며 부모라 행복했다. 쭉 부모란 길을 걸어오며 수연의 부모여서 행복하지 않았던 적은 가슴에 손을 얹고 없다고 자부할 수 있다. 그렇게 살아왔다.

그러나 오늘의 자신은, 원망스럽다.

내 배 아파 낳았다면, 그래서 내 자식의 팔다리가 말짱했다면, 그래서 이토록 많이 아프며 고생하지 않았다면, 오늘처럼 이렇게 속이 곯고 곯아 터지는 일도 없었을 텐데.

반밖에 없는 수연의 팔을 주물러 본다. 반밖에 없는 수연의 다리도 주물러 본다. 핏줄이 아니어서 고되었을 내 딸의 몸을 열심히도 주물러 본다. 내 팔다리를 잘라 내 딸에게 이어 붙여 줄 수만 있다면. 그게 가능하기만 하다면. 몇 번을 잘린다 한들 고통스러울까.

목이 졸린 흔적이 자욱하던 아이가, 온몸이 멍과 피로 얼룩져 있던 아이가, 팔다리가 없어도 바동거리던 아이가, 갈비뼈가 두 대나 나갔다는 그 작고 작은 아이가 이만큼이나 컸다. 이만큼이나 커서 부모 걱정을 하고 있다. 언제나 그랬다. 수연에게는 부모 걱정이 제일 먼저였다. 자식은 원래 부모 걱정이 아니라 제 삶을 걱정한다는데 수연은 그러지 않았다. 부모의 이름에 먹칠이라도 할까 매사 조심하며, 부모의 인생에 자신이 걸림돌이 될까 매사 홀로 서려 노력하며, 자신의 속보다 부모 속을 상하게 할까 매사 신중했다.

그랬던 아이가 울며 물었다.

왜 키워졌느냐고.

왜 남이 버린 아이를 거둬 키웠냐고.

피 한 방울 섞이지 않은 남을 왜 친딸처럼 키웠냐고.

왜 제 인생은 이렇게 반쪽짜리냐고.

참고 참았던 말을 게워 내며 울고 또 울었다. 참았다고 속에서 그만큼 삭이지는 못했을 것이다. 알고 싶었겠지. 모든 것을 알고 싶을 것이다. 그리고 반쯤 알게 된 사실에 속이 많이 상했을 것이다.

엄마인 나는 자식인 너에게 참 못난 부모다.

노크 소리가 들렸다. 수연에게 이불을 더 꼼꼼히 덮어 주고 방을 나섰다. 불러들인 결이 가볍게 목 인사를 하며 서 있었다. 수연과 교제를 한다고 전해 들은 후로 결과 처음 만나는 자리였다. 강희는 결의 양손을 쥐고 도닥였다.

일하는 사람에게 커피 두 잔을 부탁하고 결과 마주 앉았다. 딸아이가 좋아하는 남자. 어릴 때부터 지켜봐 왔지만 참으로 버릴 것이 없는 아이. 딸아이 옆에 없으면 안 될 아이. 다 자라 어른이 된 지도 한참 된 듬직한 아이. 수연을 버렸던 그 사람과는 판이하게 다른 성정의 아이를 보고 있자니 저도 모르게 푹 안도감에 젖어 들었다.

"수연이 뒤치다꺼리 너한테 맡겨 놓고, 내가 참 염치가 없지."

"아닙니다. 그렇게 생각해 본 적 없습니다."

때마침 커피가 나왔다. 순식간에 커피 향으로 집 안이 폭삭 잠겼다.

"결아, 수연이한테 대충은 들었다. 생모를 찾았다지……?"

강희의 물음에 잔을 들던 결의 손이 주춤거렸다. 결이 들었던 잔이 도로 테이블 위로 돌아간다.

"네. 얼마 전에 찾았습니다."

"생모 연락처 나한테 주렴."

한 모금 마신 커피의 맛이 쓰다. 이렇게 쓰진 않았던 거 같은데. 원두를 바꿔야겠다. 아닌가. 감정에서 비롯된 씁쓸함인가. 그렇다면 원두를 바꿀 필요는 없겠지.

"그건 왜……"

"내가 먼저 만나 봐야겠어서 그래."

결의 말을 가로채 강희가 담담히 말했다.

"사모님."

"그저 어머니라 불러. 아줌마도 괜찮고. 수연이랑 만나면서 나한테 격식 차릴 필요 없다."

결이 난처하다는 내색을 표하다 커피를 마셨다. 마시고 나서도 한참 입을 떼지 못하다가 숨을 한 번 들이쉬고는 입을 열었다.

"알고 싶어 했습니다. 자신이 왜 버려졌는지, 자신이 왜 팔다리가 없이 살아가는지, 지금의 부모님 밑에 살기 전의 자신을 알고 싶어 해서 찾게 된 겁니다. 그런데 어머님이 거기에 관계되시면······."

"좋을 게 없다, 이런 뜻이구나."

"예."

자신은 분명 수연의 생모를 만나 하고 싶은 이야기가 있었다. 더불어 묻고 싶은 것까지. 아무리 찾아도 찾을 수가 없었던 수연의 생모를 찾았으니 수연이 만나기 전에 자신이 먼저 만나야 한다.

강희는 쓰기만 한 커피를 옆으로 치웠다.

"수연이가 처음으로 내 품에 안겼을 때 많이 다쳐 있었다. 나는 그 이유를 알아야겠어. 부모 된 자의 권리로."

강희의 단호함에 결의 눈빛이 일렁인다. 어느 정도의 당혹감과 어느 정도의 불신과 어느 정도의 신뢰로. 이내 결이 핸드폰을 꺼내 만지기 시작하더니 다시 핸드폰을 품 안에 넣는다.

"문자로 연락처 보내 드렸습니다."

안방에 둔 핸드폰을 굳이 들고 와 확인하지 않는 까닭은 결을 믿기 때문이었다. 참되게 한 일을 거짓으로 둔갑시킬 인사가 못 된다. 그래서 수연이 옆에 있어 주는 것이 언제나 안심되었고.

"결아, 이 일과는 별개로 내가 뭐 하나만 물어도 될까."

"네."

"수연이랑은 결혼까지 생각하고 있니? 그래, 젊은 애들 만

220

나는데 우리가 괜히 간섭하지 말자고 그이가 그랬지만 나는 걱정이 돼. 어미 마음이란 게 그래. 자라 보고 놀란 가슴 솥뚜껑 보고도 놀란다잖니. 나는 두 번 다시는 수연이 그 꼴 못 봐. 걔 그때 그러고 정신 나간 것처럼 살았어. 네가 안 그럴 거라는 거 알면서도, 그래도 어쩔 수 없는 어미 마음이니······."

"어머니."

짤막하게 어머니, 라고 부르는 결의 입에 옅은 미소가 걸렸다.

"부모님 마음은 늘 9할이 자식 걱정이라는 거 알고 있습니다."

커피 한 모금을 느긋하게 삼키며 결은 걱정할 것 없다는 낯빛을 띠었다.

"제 나이 여덟에 수연이랑 처음 만났습니다. 수연이랑 같이 컸고, 떨어졌던 시간보다 붙어 지낸 시간들이 더 많아요. 그러는 동안 제가 수연이를 참 많이 좋아했습니다. 여기까지 오기가 대단히 힘들었어요. 그래서 전, 이렇게 공든 탑을 와르르 무너뜨리지 않을 겁니다."

든든했다. 수연이 아등바등 결혼하고 싶어 했던 그 사람과는 판이하도록 다르게. 수연의 옆에 앉아 다 죽은 얼굴을 하고서는 수연이 주는 것들만 넙죽넙죽 받아먹던 그 사람과는 너무도 다르게. 더는 걱정할 일이 없을 거 같아 마음이 놓인다.

그 사람이 떠난 게 수연은 제 탓이라고 했다. 팔다리가 없는 것도 제 탓이며, 그래서 이렇게 버림받아 아픈 것도 자신의 탓이니 부모한테 괜찮다며 억지로 웃는 얼굴을 했다. 그러고는 아무 일 없었던 양 열심히 살았다.

그렇게 억지로 살아 내더니 내 딸아이의 복으로 주어진 몫이 결인가 보다.

"고맙다. 네가 많이 좋아해 줘서 수연이가 저만큼 제 인생에 욕심을 내는 거겠지. 내심 알면서도 그저 너한테 확답받고 싶었다."

그런데 결이 사뭇 엄숙해졌다.

"배신, 이라고 그랬습니다."

배신. 강희가 문장의 뜻을 헤아리기도 전에 결이 말을 이었다.

"수연이는 자신이 지금 이렇게 하는 것들이 어머니나 회장님, 그리고 큰 사모님께 배신이라고 생각하고 있어요."

"무슨…… 그런."

"그건 아니라고, 어머님은 그렇게 말씀하고 싶으시겠지만 수연이는 그런 모양이에요. 내내 어느 순간에라도 이 집안에서 버려질까 봐 준비하며 살았다고 했어요."

아. 아아. 몸이 모두 갈가리 찢겨 바닥으로 던져진다. 내 딸아이는 내 예상의 범주보다 훨씬 고된 풍파 속에 씨름을 하고 있었던 거구나. 나는 그것도 모르고…… 어미라면서 아무것도 모른 채로 등신같이…….

속이 썩는다. 썩어서 끊어진다. 끊어져서는 소리도 못 지를 정도로 고통스럽다.

엄마. 나는 엄마가 제일 좋아.

아버지는 조금 무서우니까 두 번째로 좋고,

엄마는 첫 번째로 좋아.

할아버지 할머니는 세 번째로 좋아해야지.

엄마는 내가 세상에서 제일 첫 번째로 좋아하는 사람이야.

아니다. 엄마는 영순위야. 내 영순위.

사랑해, 엄마.

엄마도 나 사랑하지?

엄청엄청 사랑해, 최강희, 울 엄마.

수연아, 엄마는 부끄러워. 네 영순위인 엄마는 부끄러워서 고개를 들 수가 없어. 네가 비바람을 다 맞고 서 있었는데, 엄마는 아무것도 모르고 너를 사랑하면 다 된다는 오만한 생각을 하고 있었어. 어쩌면 좋니. 어쩌면 좋아……. 엄마가 우산 하나도 제대로 못 씌워 주고 우리 딸 혼자 그렇게 세워 둬서 어쩌니…….

"저는 수연이 옆에서 버팀목은 되어 줄 수 있어도, 부모님의 사랑까지는 대신 해 주지 못합니다. 그건 어머니나 회장님 몫일 테니까요. 그래서 작은 이기심에 수연이 속마음 알려 드리는 겁니다."

결이 자리를 털고 일어나 수연의 방으로 들어갔다. 온전히 혼자가 되었을 때 강희는 소리 내어 울었다.

창자가 끊어지는 고통 속에서 너를 낳았다면,

나는 너를 그 고단한 삶 위에 세워 두지 않아도 되었을 텐데.

엄마라서 미안했다.

내가 네 엄마라서 너무도 미안했다.

하지만 그래도 나는 끝까지 네 엄마이길 바란다.

해서 너도 내 딸이기를.

이번 생도, 다음 생도, 그다음 생도 이렇게 줄곧 내가 엄마이고 너는 내 딸인, 그런 생이기를 너무 간절히 바란다.

끝까지 이기적인 엄마를 그래도 엄마라 사랑해 주는 너를, 나는 도저히 놓지 못할 거 같아.

늦가을답지 않은 비가 벌써 이틀째였다. 느릿느릿 내리면서도 그칠 기미가 보이지 않는 비는 창밖을 을씨년스러운 풍경으로 만들었다. 이런 비가 내리면 수연은 팔다리가 쑤신다고 했다. 찜질을 해도 별로 나아지지 않는 것인지 표정이 좋지 않았다. 그러면서도 현장을 돌고 일을 했다. 악착같이 시간을 허투루 쓰지 않겠다는 듯이 수연이 결연했다.

1층 공장을 내려갔다 우산도 쓰지 않은 것인지 수연의 머리와 어깨 위로 빗방울이 빽빽하다. 최 실장이 서둘러 달려가 수연에게 묻은 빗물들을 털어 낸다. 가만히 어색하게 웃고 있는 수연을 바라보았다.

마음고생을 저토록 하면서도 티를 안 내는 건, 정말로 대단하다는 생각이 들었다. 그게 수연이 살아온 삶의 깊이를 가늠하게 해 준다. 참 깊다. 깊어서 그 삶에 빠지면 흔적도 없이 죽을 것이다. 저런 깊이 속에서 잘도. 결은 입술을 깨물었다.

"고 비서, 이번 우화아파트 도안 전부 들고 들어오세요. 디자인 팀에 가서 캐드 도면도 가져오구요."

결과 눈을 맞추며 수연이 말했다. 그리고 등을 지고 대표실로 들어가 문이 닫혔다. 닫힌 문에 걸린 문패를 소리 없이 되뇌었다. 대표실. 안 그래도 이고 진 마음의 짐도 많으면서 대표라는 명목으로 이고 진 짐도 만만치 않을 것이다.

25평부터 40평까지 정리되어 있는 도안을 들고 디자인 팀에 올라갔다. 이유주 사원이 내선 전화를 받은 것인지 먼저 알은체를 했다. 그런데 줄 것은 주지 않고 유주가 길게 눈을 흘겼다.

"저번에 분명히 저녁 사신다 그래 놓고 왜 안 사세요?"

아. 그거. 새까맣게 잊고 있었다.

"미안해요. 바빠서 정신이 없었네요."

"저한테 부탁하실 때는 사정사정하셨으면서 너무 맨입인 거 아니세요?"

일정이 급박하게 돌아가 유주에게 캐드 도면을 급하게 부탁한 적이 있었는데 그때 저녁을 사겠다 해 놓고 완전히 잊고 있었다.

"정말 미안해요."

"미안하시면 커피라도 사세요. 저녁까진 안 바랄게요."

싱긋 웃는 미소가 싱그러운 편에 속하는 여자였다. 입사한 지 2년 차. 유주의 면접을 볼 때 수연이 종이에 꼭 뽑아야 하는 사원, 이라고 메모를 한 걸 보았다. 수연은 제 회사 직원이라면 모두 다 아끼는 편에 속했지만 유주는 특히나 어린 나이에 짱짱한 실력을 겸비하고 있어 수연이 더 아꼈다. 거기다 저 일 엄청 잘해요, 하는 당돌한 포부성 발언 때문에 수연의 마음을 흔들어 놓았다.

"근데 저, 이거 가지고 얼른 대표님한테 가야 해서요."

"그럼 오늘 진짜 저녁 사세요."

물러서지 않을 기세로 유주가 당차게 되받아쳤다.

"알겠습니다. 그럼 저녁때 봐요."

그래서 어쩔 수 없이 응해야 했다.

유주가 신이 나서 출력한 캐드 도면을 넘겨주었다. 그걸 받아 곧장 대표실로 향했다. 세 번의 노크. 수연은 결이 온 것을 노크 소리로 알아차렸을 것이다. 하지만 사무실로 들어서자 결이 눈에 가장 먼저 보인 것은 수연이 의자를 뒤로 젖히고 눈을 감고 있는 모습이었다.

도안과 캐드 도면을 책상에 내려놓고 수연의 뒤로 가 어깨를 주물렀다. 그래도 수연은 눈을 뜨지 않았다. 대신 어깨를 주무르는 결의 손을 수연이 지그시 잡았다.

"안 해도 돼. 괜찮아. 가서 너 일 봐."

하지만 결은 수연의 어깨를 계속 주물렀다. 그저 이런 거라도 하고 싶었다. 이렇게라도 내가 네 옆에 있다고 알게 해 주고 싶었다.

눈을 감은 네가 참 예뻐서. 참 예쁜 네가 어느 순간 부서질까 봐. 그래서 내 옆에 선 네가 와르르 무너져 한 줌의 흙이 될까 봐. 나는 무섭다. 네 생의 무게를 내가 절반이라도 나눠 가질 수만 있다면 얼마나 좋을는지.

입 안이 건조하게 말라 갔다. 그런 이유를 갖다 붙이며 허리를 굽혀 수연에게 입을 맞췄다. 보드랍고 따뜻한 수연의 입 안을 혀로 훑었다. 건조하던 입 안에 다시 수분이 머금기는 걸 느끼며 입술을 떼자, 수연이 느릿하게 눈을 떴다.

"회사에서 이러는 거 반칙이야, 너."

"원래 반칙은 하라고 있는 거 아니었나요?"

결이 소리 없이 웃자,

"웃지 마. 누가 웃으래?"

수연이 인상을 찌푸렸다.

젖혔던 의자를 세우고 수연이 책상에 벗어 둔 안경을 찾아 낀다. 그러나 다시 안경을 벗고는 몸을 돌려 결의 허리를 껴안아 얼굴을 묻었다. 결은 수연을 부드럽게 안았다. 자신의 배 위에 꺼질 듯이 엎어진 여자가 너무 많은 무게를 감당하고 있었다. 자신이 해 줄 수 있는 것이라고는 이렇게 품을 내어 주는 게 고작이다. 그게 결을 애처롭게 했다.

"어리광이 느셨네요."

늦가을의 비가 적신 수연의 머리칼이 차갑다.

"잠시만 이러고 있자."

셔츠를 뚫고 수연의 숨결이 배 위로 흩어진다. 비로 젖은 수연의 정수리에 입을 맞췄다. 수연이 씩 웃는 게 살갗에 느껴졌다.

"고결 씨, 나한테 너무 잘해 주지 마시죠. 이러면 자꾸 더 기대게 되잖아요."

"더 기대요. 저 한수연 대표님 전용 나무예요."

"나무?"

파묻었던 얼굴을 들어 눈을 동그랗게 뜨고 되묻는 네가 예뻤다. 그저 예뻐서, 가는 길마다 꽃을 뿌려 꽃길을 걷게 해 주고 싶은 마음이었다. 진흙탕 길이 있으면 그 진흙탕을 꽃으로 메워서라도 하염없이 예쁜 꽃길로 너를 걷게 해 주고 싶었다.

"해가 내리쬐면 내 가지 더 뻗어서 큰 그늘 만들어 주고, 비가 오면 내 아래에서 비 피하게 해 줄 수 있는 그런 나무요. 그래서 대표님같이 작은 새가 기대도 끄떡없어요."

"……뭐야 이 돼먹지 못한 수작은?"

"제가 한수연 대표님 버팀목이라고요. 그러니 힘내세요."

힘없던 수연이 소리 내어 웃었다. 그걸로 되었다. 오늘 이렇게 웃었으니 내일 좀 더 낫겠지. 아직 홀가분하게 털어 버리지 못한 부분까지도 차차 나아지겠지.

그렇게 안일하게 생각해 버리고 말았다.

손을 계속 주물러 보아도 저릿한 기운이 가시지 않았다. 손수건으로 손바닥을 눅눅하게 적신 땀도 닦아 보지만 손이 마르지 않았다. 기다림이 길어진다. 강희는 앞에 놓인 물을 마셨다. 손끝이 덜덜 떨려 자칫하다 물을 쏟을 뻔하였다. 컵을 제자리에 얌전히 내려놓고 손을 다시 주물렀다. 심장 박동이 귓가에 자꾸 울려 퍼졌다.

한 여성이 멀리서부터 천천히 걸어온다. 꽉꽉 주무르던 손을 멈추고 그 여성을 보았다. 수연을 빼닮은 여자. 수연의 생모인 여자. 아. 핏줄은 역시 속일 수 없구나. 보는 순간 감탄을 금할 길이 없었다. 내 딸인데, 어째서 내 딸이 저 여자를 저토록 빼닮을 수 있는지 억울했다. 감정을 티 내지 않기 위해 강희는 숨을 옅게 들이마셔 길게 내뱉었다. 어느새 곁으로 다가온 여성이 강희의 앞에 멈춰서 허리를 굽혔다.

"안녕……하세요."

단어와 단어 사이가 아닌, 말 하나하나의 간극이 꽤 길었다. 여성은 마치 강희와 같이 떨고 있었다. 강희는 이를 악물었다.

"앉으시죠."

여성이 주저앉듯 자리에 앉아 고개를 숙였다. 죄책감, 같은 걸 느끼고 있나. 하. 이제 와서. 강희는 여성을 쳐다보며 테이블 아래 놓인 자신의 눅눅한 손을 말아 쥐었다.

"……죄송합니다."

무엇이?

무어가?

"그리고 염치없지만 감사드립니다."

감사. 감사라. 헛웃음이 절로 쳐졌다. 왜 당신이 그런 말을 나한테 그런 낯짝으로 하고 있는지 이해가 안 간다. 인간이기를 바랐나. 아님 비정한 생모였던 당신이 이제 와 엄마 노릇이라도 하고 싶다는 건가. 가당찮다. 강희의 입에 비소가 깔렸다.

"내가 왜 당신한테 그런 말을 들어야 하죠?"

"……."

"내 딸을 당신 딸이라고는 착각하지 말아요. 내가 엄마니까 내 딸을 키웠을 뿐이고, 그래서 당신에게 그런 말 들을 이유, 없습니다."

여성은 눈물을 머금었다. 눈가가 우망해진다. 꼴 보기 싫다. 내 딸을 그렇게 버린 작자가 저런 얼굴을 하고 있으니 기가 찰 노릇이다. 운다고 내 딸의 생애가 뒤바뀔 수 있는가. 그렇게 슬퍼한다고 뭐 하나라도 달라질 게 있는가. 당신은 울지 말아야 한다. 평생 그 고통 속에 허우적거리다 생을 마감해야 한다. 반드시. 당신은 그래야만 한다.

"아주 잠깐 내 딸이 당신 딸이었던 적이 있었겠죠. 그런데 당신은 버렸어. 죽길 바랐나? 그 추운 길에 제 아이를 버리면서! 덮을 거 하나 없이 얇은 내복 하나 입혀 맨바닥에 제 아이 버리면서! 당신은 그 버러지 같은 목숨 연명하면서, 정작 당신 딸이었던 그 애가 죽길 바랐어?"

끅끅, 여성이 운다. 끔찍할 정도로 역겹게 울어 댄다. 자리를 박차고 일어나 여성의 뺨을 후려갈겼다. 여성의 뺨이 왼쪽으로 돌아갔다. 여성의 뺨을 때린 손이 알알하다. 하지만 알알한 만큼이라도 털어지길 바란 속은 새까맣게 재가 되어 내려앉는다.

살려 주세요. 제발. 제발. 죽으라면 죽겠습니다. 발가벗겨진 채로 이 세상 걸어야 한다면 제가 걷겠습니다. 그러니 제발. 제 아이만은 안 됩니다. 부디 살려 주세요.

수연이 병원에서 생사의 고비를 넘길 때마다 그렇게 빌었다. 빌고 빌어 손바닥이 닳아 없어질 정도로 간절하게 빌었다. 나 하나 빌어 살릴 수만 있다면 내 무릎이, 내 손이 어떻게 되든 상관없었다.

처음부터 생이 가혹한 아이여서 이렇게 숱하게 아프고 숱하게 생사를 오간 걸지도 모른다 생각했다. 그래서 부모로 비는 수밖에는 방법이 없었다. 하느님이든 부처님이든 그 무슨 신이 되었건 신이 있다면 내 아이만은 살려 달라 빌었고, 그 정성 때문인지 몰라도 내 아이는 억지로 꾸역꾸역 생을 붙잡았다.

수두룩하게 점집을 다녔다. 점쟁이들이 수연이 이야기를 입에 올리면 하나같이 말이라도 맞춘 듯 서른을 넘기지 못할 것이라 했다. 신의 노여움을 사 생이 짧은 아이라는 말이 어딜 가든 따라붙었다. 그랬던 내 아이가 서른을 넘겼다.

가상하게 자라 준 내 딸 가슴에 더는 대못 박히게 둘 수 없

231

었다.

"죽길 바랐습니다. 차라리 그 아이가 죽기라도 하면 좋겠다고 생각했어요!"

여성의 목에 핏대가 섰다. 그 꼴이 기가 막혀 강희는 눈을 질끈 감았다.

"어미이길 포기했구나. 네 배 아파서 낳아 놓고 어미이길 포기했어. 그래 놓고 또 자식을 낳았니? 그 자식은 물고 빨고 예뻐하며 키우면서 내 딸은 죽길 바랐다고?"

"내 불행인 아이였으니까요!"

우리의 행운이었던 그 아이가 당신에게는 불행이라니. 이 얼마나 비겁하고 고약한 말장난인가. 어미의 탈을 쓴 짐승이다. 더럽고 역겨운 시궁창보다 못한 인생을 사는 참으로 유약한 여자다.

"남편이라는 작자는 매일 술에 찌들어 살았어요. 벌어 오는 족족 그 인간 술값으로 다 나갔어요. 계집질은 또 얼마나 했게요. 거기다 손찌검까지 일삼았어요. 그런데 뼈 빠지게 일하다 오면 걔가 온 집 안을 휘저어 놔서 얼마나 더 힘들었게요? 그 개골창이 죽기보다 싫었어요. 그 애만 없으면 내 박복한 팔자 더 나아질 수 있을 거라 믿었어요! 네! 걔가 제발 죽기 바란 인간이었어요, 내가!"

젖은 만면으로 말하는 여성은 지독한 악바리였다.

"거기다 팔다리까지 어찌어찌 잃은 내 딸을 너는 정말 죽이려 들었어, 그치?"

"그건…… 정말로 눈 깜짝할 사이에……."

여성의 목소리가 가늘게 떨렸다.

"그래. 그런 핑계를 대며 살았겠지, 지금까지! 내 딸이 팔다리를 잃은 이유를 어쩔 수 없다는 식으로 핑계 대며 네 잘못은 아니라 생각하며 살았겠지!"

테이블을 소리 나게 내리쳤다.

"나한테 올 때 그 아이 갈비뼈가 두 대나 나가 있었어. 부러진 갈비뼈가 폐를 찔러서 애가 진짜로 죽을 뻔했어. 그때 내 딸이 죽었으면 지금 네가 더 나았겠니? 죽은 자식 두고 또 그렇게 핑계 대면서 네 잘못은 아니라고 생각하며 살려고 했니!"

말끝에 욕을 퍼부어 대는데 눈물이 났다. 떠올린 수연의 생애가 강희의 가슴 언저리에 박혔다. 눈물이 후두둑 쏟아진다. 차마 딸아이 가슴에 더 흠집 날까 말하지 못한 진실을 입 밖으로 꺼내 놓는 순간 그렇게 아플 수가 없었다.

"내 새끼 곯아 가는 동안 너는 비겁하게 살았어. 네가 진짜 어미였다면 그렇게는 못 했겠지. 눈에 밟혀서라도 그렇게는 못 했겠지! 팔다리 잃은 자식을 헌것 버리듯 내다 버리고 새 자식 낳아 귀하디귀하게 키우지는 못했겠지! 너 같은 걸! 씹어 먹어도 시원찮을 너 같은 걸! 내 새끼가…… 내 딸이……."

이어지지 못한 뒷말이 목울대에 탁 걸렸지만,

"보고 싶어 해……. 알고 싶어 한다고!"

억지로 뱉어 냈다.

"전 안 볼 겁니다."

하지만 여성은 단호하게 무언가를 잘라 냈다. 아마도 그것은 수연에 대한 모정母情인 듯하였다.

"그래. 지금 네 자식 걱정이 너한테는 가장 먼저겠지. 내 딸 걱정이 아니라! 네 새끼 걱정! 그럴 줄 알았어. 그러고도 남지. 그래도 닥치고 만나."

"저는……."

"내 딸이 만나자면 만나! 입 싸물고 만나! 내 앞에서 한 더러운 핑계 내 딸아이 앞에선 입에도 담지 말고! 내 새끼한테 정말로 미안하다는 듯이 굴어! 거짓으로라도 그렇게 해."

여성이 벌컥벌컥 물을 들이킨다. 목이 타나. 나보다 더 타려고. 미친년. 미치고도 미친년. 참 더럽다.

"나는 내 딸을 위해서라면 뭐든 해. 그게 네 새끼한테 위해를 가하는 짓이라도 그렇게 해 볼 예정인데. 내 말 무슨 뜻인지 이해했지?"

"저는……."

"대충 몸 아프단 건 알아. 그 정도 뒷조사는 해야 나도 부탁이란 걸 할 수 있을 거 같았거든. 남은 네 새끼 위해서라도 내 딸한테 잘 이야기해. 학대, 그딴 거 입에 담지도 말고, 거짓이든 진짜든 잘 커서 다행이라는 말도 빼먹지 말고 해 줘. 그럼 남은 네 새끼들 너 눈감아도 눈에 안 밟히게끔 살아가게 해 줄 테니까."

간암 말기라고 했다. 시한부 판정을 받았고, 시간이 정말 얼마 남지 않았다고 했다. 그래. 벌이다. 제 새끼 그렇게 아프게 만들고 버린 벌. 이럴 땐 신이 정말로 있는 듯도 하다. 저렇게 여자가 제 인생에 대한 벌을 받는 걸 보면.

인생 참 별거 없는데, 참 별거 없는 인생에 주어진 보물을 고맙다 여기지 못할망정 쓰레기 내다 버리듯 내다 버린 여자의 인생도 참, 어찌 보면 불쌍하다.

그러나 연민이나 동정 따위 하고 싶지 않았다. 내 딸의 인생이 더 갸륵하고 더 안되었으니 나는 저 여자의 인생을 논하지 않는다.

"정말로 그렇게 해 주실 수 있나요……?"

봐라. 이자는 자신이 버린 새끼보다 새로 낳은 새끼들이 더 귀중하다. 그러니 이자의 인생은 불쌍하지 않다. 논할 가치가 없다.

"내 딸아이 가슴에 생채기 내지 마. 그게 조건이야. 이 조건을 어길 시 나는 어떤 짓이든 할 거니까, 네 새끼 지키려거든 내 조건 반드시 지키는 게 좋겠지."

"네……, 네. 감사합니다."

컵을 쥔 여성의 손이 파르르 떨린다.

그래서 더욱 명확해진다.

나는 내 딸을 지키는 어미라고.

"네가 아프다는 것도 티 내지 마. 분칠을 떡칠으로라도 해서 내 딸한테 가려."

가방을 들고 자리에서 일어났다. 박복한 팔자의 여성을 내려다보았다. 새로 시집가서는 행복했나. 자식들 새로 낳아 키우면서 조금은 나았나. 설사 그랬더라도 그러지 말아야 할 텐데. 자식을 버린 어미는 행복하면 안 된다. 완전히는 말고 조금은 덜 행복했어야 공평하니까. 내 딸아이한테 그래야 조금 더 공평하니까.

"하나 충고하자면 진심으로 내 딸한테 사과하길 바라. 떠나는 저승길 고단하지 않으려면. 내 딸이기 전에 적어도 네 배 아파 낳은 아이잖아."

강희는 벗어 둔 선글라스를 끼며 여성에게서 돌아섰다.

당신은 이 자리, 이 시간을 죽을 때까지 잊으면 안 된다. 그렇게 내내 고통스럽길 바란다. 똑같이 낳은 새끼들 중 내 딸아이만 버린 네 역겨운 처지를 아로새기며.

부디 그렇게는 내가 신께 빌어 볼 테니.

청승맞게 비가 내렸다.

수연을 집에다 데려다주고 결은 곧장 유주와의 약속 장소로 나왔다. 유주는 레스토랑 창가 좌석에 앉아 노트북을 들여다보고 있었다. 사람이 오가는 것도 전혀 신경 쓰이지 않는다는 듯 집중하는 모습이었다. 유주의 그 모습이 수연을 생각나게 했다.

연락해.

수연이 운전석 차창을 톡톡 두드리며 했던 말이 머릿속에서 피어났다. 또록또록하게 말하던 그 입술에 입을 맞추고 싶

었지만 약속 시간에 늦을 것 같아 하지 못했다. 이렇게 생각
날 거면 하고 오는 거였는데. 괜히 남는 아쉬움을 안고 유주
의 앞에 앉았다.

"아, 오셨어요?"

인기척을 느끼고 유주가 황급히 노트북을 닫고선 자리를
정리했다.

"일하셨나 봐요."

"네. 회사에서 받는 월급만큼은 제대로 일하자, 그게 제 인
생철학이라."

입에 가득 웃음을 안고서 활기차게 대답한 유주는 결에게
메뉴판을 건넸다. 종류가 많다. 디너 A코스가 그중에서 가장
무난했다. 너무 가볍지도 않고, 너무 무겁지도 않은. 메뉴를
결정하고 메뉴판을 덮는데 유주가 메뉴판 너머로 결을 빤히
쳐다보고 있었다. 그러다 후다닥 시선을 갑급하게 숨긴다.

"다 정하셨어요?"

목소리도 한껏 상기된 채였다.

"네, 저는 디너 A코스로 할게요."

"저도 그럼 같은 걸로!"

웨이터를 부르는 것도, 주문을 하는 것도, 디너 A코스 수프
를 고르는 것도, 전부 유주가 도맡았다. 그게 마치 누군가에
게 잘 보이려는 정형화된 행동처럼 보였다.

"더 비싼 거 드셔도 되는데. 제가 신세 진 거 같은 거니까
더 드시고 싶은 거 있으시면 시키세요."

"아뇨! 충분해요."

그 대화를 끝으로 다시 적막이었다. 일적인 대화 말고는 유주와 사적으로 이야기를 나눠 본 적이 없어서 이런 자리는 어려웠다. 그래서 멀찌감치 걸린 시계를 쳐다보았다. 지금쯤 한수연은 무얼 하고 있으려나. 아마 그 일순이는 또 일이나 하고 있겠지. 그렇게 적막을 수연의 생각들로 채워 나갈 즈음.

"대표님이랑은 자주 같이 식사하세요?"

유주가 생뚱맞게 물었다.

"네. 아무래도 자주 같이 먹죠."

"구내식당에서는 잘 안 드시나 봐요. 잘 안 보이시던데."

"직원들 밥 먹는데 대표가 얼씬거리면 직원들 편하게 밥 못 먹는다고 구내식당 가서 드시진 않아요. 그래서 주로 제가 구내식당 음식을 받아서 대표님이랑 같이 대표실에서 먹는 편이에요. 아님 나가서 사 먹던가."

이 업계에 종사하며 봐 온 대표는 대표적으로 두 가지의 부류가 있다. 하나는 직원을 자신의 우위라 생각하는 쪽의 대표고, 하나는 직원을 자신의 하위라 생각하는 쪽의 대표다. 수연은 전자에 속했다. 자신이 세운 회사일지언정 거기에 속한 직원들이 없으면 회사 자체가 굴러가지 않으니 대표는 그저 월급 조금 더 받고 회사를 책임질 수 있는 사람이라고 생각할 뿐, 스스로를 대표라 치켜세우지 않는다.

수연에게는 자신이 덜 벌지언정 직원들 밥줄이 더 중요했고, 그래서 그 누구도 부당한 해고를 당할 수 없다고 여겼다. 산재 처리를 해야 할 일이 생기면 은폐하지 않고 외려 그 직원에게 찾아가 꼭 산재 처리 하라고 말하며 도와주기까지 한다. 실업 급여도 마찬가지다. 그런 일이 생기면 직원들이 유리한 쪽이 될 수 있게 명분을 만들어 준다. 이상한 대표다. 회사에 손실이 갈 게 뻔한데도 회사 자체를 지키기보다는 회사를 구성하는 직원들을 더 지킨다.

업계에서도 그래서 한수연은 이상한 대표라는 칭호가 붙을 정도였다.

"와아. 대표님 엄청 멋지시네요. 멋있는 건 알았는데 그 정도일 줄은 몰랐어요."

"네. 아주 멋진 분이세요. 감히 넘어다볼 수도 없게요."

그 여자가 내 여잡니다. 불쑥 입가에 웃음이 따라붙었다. 수연의 칭찬인데, 그게 괜스레 자신의 칭찬인 것 같아 어깨가 으쓱 올라섰다.

"아닌데. 한 대표님 옆에 계신 고 비서님도 멋지세요."

작다랗게 말하는 유주의 뺨이 붉게 물들었다. 그래서 입가에 피어나던 웃음이 걷혔다. 이 식사 자리는 받은 은혜를 고마움으로 갚는 자리가 아니라는 생각이 그제야 들었다. 명백한 실수였다. 그걸 꼬집어 말하려던 순간 전채 요리가 나왔다.

"드세요, 고 비서님."

환히 웃는 유주의 권유에도 결은 포크를 들지 않았다.

"혹시 유주 씨, 저한테 호감 있는 걸까요? 아니라면 제가 사과……"

"네. 맞아요. 저 고 비서님한테 호감 있어요."

결의 뒷말을 자른 유주는 저돌적이었다.

"썸타다가 마음 맞으면 만나 보면 어떨까, 생각하고 있었어요."

"유주 씨, 그건."

"애인 없으시죠? 알아볼 만큼 알아본 거 같은데 아무도 고 비서님 애인 있다는 말은 없더라구요. 그래서 자신감 충전해서 저 대시해 보는 중인데."

그런데 별안간 유주 위로 인영이 드리워졌다.

"고 비서 애인 있어요, 이유주 사원."

모자를 푹 눌러쓰고 회색 트레이닝복을 입은 수연이 인영의 주인공이었다.

"대표님?"

"사석인데 그렇게까지 부를 필요는 없어요. 지금 대표로 이 자리 서 있는 게 아니거든요."

느긋한 수연의 미소에 유주의 눈이 커졌다.

"이 남자가 뭐 엄청 흘리고 다녔어요?"

수연이 호되게 물었다. 그게 유주에게 묻는 게 아니라 꼭 자신에게 묻는 것 같아 결은 가슴이 내려앉는 기분이었다. 그러면서도 은근히 기분이 나쁘지만은 않았다.

"네?"

"이유주 씨가 썸타도 괜찮다고 생각했을 만큼 이 남자가 허술하게 굴었나 해서요. 그럼 이 남자 다리몽둥이 부러뜨려서라도 내 옆에 앉혀 놔야 해서."

"아뇨, 그런 건⋯⋯."

"그럼 일단은 내가 이 남자에 대한 권리 행사로, 이 자리에서 데리고 나갈게요. 이의 있을까요?"

"아니요! 죄송합니다, 대표님."

유주가 황급히 일어나 허리를 숙이려는 걸 수연이 막았다. 유주의 어깨를 살며시 붙잡는 것으로.

"상사 아니고, 이 남자 소유권 주장하는 건데 사과받을 필요까지야 있으려고요. 오늘 망친 이유주 사원의 이 저녁은 내가 조만간 갚을게요."

벙찐 유주를 두고 수연은 결의 팔목을 붙잡아 일으켰다. 테이블 한쪽 구석에 있던 계산서도 수연이 함께 집어 들었다.

"저녁값은 내가 내고 갈 테니 식사는 마저 하고 가요. 내가 예뻐하는 직원 저녁 굶기고 싶지는 않네."

그 말을 끝으로 결은 수연의 손에 팔목이 잡힌 채로 끌려 나왔다.

"타."

조수석 문을 열어 주며 수연이 시니컬하게 말했다. 시선을 마주치지 않는다. 그저 열어 준 조수석 문을 붙잡고 다른 곳에 시선을 둔 채 냉담할 뿐.

"나 차 가지고 왔어."

"버리고 지금 내 차 타. 원하면 새로 한 대 사 줄 의향 있으니까."

"그럼 내가 운전할게."

"더 말하고 싶지 않으니까 그냥 타."

말장난이나 놀리려고 하는 말이 아닌 진심이라는 게 수연의 말끝에서 느껴졌다. 결은 더 말을 잇는 대신 수연이 원하는 대로 조수석에 올랐다. 조수석에 앉자마자 문이 거칠게 닫히더니 운전석도 동일하게 벌컥 열렸다 거칠게 닫혔다. 수연은 말없이 시동을 걸고 차를 출발시켰다.

속도 단속 카메라에 걸렸을지도 몰랐다. 수연에게 액셀러레이터가 밟히는 만큼 차는 속도를 더해 갔다. 그런데 그 질주가 급작스레 멈췄다. 노란불 끝에서 아슬아슬하게 넘어가지 못하고 차가 신호에 걸린 탓이었다. 수연이 주먹을 쥔 오른손으로 클랙슨을 세게 내리쳤다. 빵, 하고 거센 소리가 휑한 도로를 채웠다.

"손 다쳐."

클랙슨을 내려친 수연의 오른손을 결이 끌어 쥐었다. 수연의 손 열기가 만만찮았다. 그런데 수연이 별안간 결의 손을 쳐 냈다.

"만지지 마. 지금 미친 짓 한 거 후회 중이니까."

"뭘 후회하는데."

"네가 좋은 여자 만날 수 있는 기회를 앗은 미친 짓."

신호가 노란불에서 파란불로 바뀌었고, 수연은 다시 액셀러레이터를 밟았다. 그러나 이내 브레이크를 밟아 대로가에 차를 세웠다. 시동이 꺼진 차 안이 고독할 정도로 조용했다.

"그 말은 나를 다른 여자한테 보낼 수도 있다, 뭐 그런 말로 들리는데. 내가 맞게 들은 거 맞아?"

고독한 침묵을 가른 건 결의 의문문이었다.

"머릿속에서는, 그래 너한테 기회를 주자, 싶었는데 막상 행동이 안 됐어. 그래서 지금 화나서 미칠 지경이고."

수연이 핸들 위로 머리를 박으려 했다. 하지만 그보다 결의 손이 먼저였다. 결의 커다란 손이 수연의 머리와 핸들 사이를 가로막아 받아 냈다.

"너는 대체 왜 그러고 있었어? 너 내 거라며. 왜 아무 여자한테 웃어 주고 잘해 줘? 왜 다른 여자한테 웃어 주는데? 너 그렇게 헤펐냐? 세상 다 가진 거 같은 얼굴로 그렇게 웃고 싶디? 그래서 이유주 사원이랑 나 대신 썸타고 싶었어?"

반쯤 벗겨진 모자를 수연의 머리에서 완전히 벗겨 내고 가만히 수연을 들여다보았다. 씩씩거려 온통 붉어진 만면이 사랑스러웠다. 질투라니. 감히 상상해 볼 수도 없는 일을 눈앞에서 보고 있자니 우습고도 행복했다.

"그래서 화났어?"

"웃지 마. 내가 분명히 웃지 말랬어! 이 나쁜 시키야, 웃지 마!"

아랫입술을 꾹 깨물며 수연이 눈을 흘기다 결의 가슴에 주먹을 팡팡 내리꽂았다. 자꾸 웃음이 났다. 웃음이 나면 안 되는 상황인데 자꾸 웃음이 나서 환장할 노릇이었다.

"너 되게 잘생겼어! 성격도 그래, 제법 좋은 편이야! 나한테 지랄맞아서 그렇지! 나도 안다고! 그렇다고 대놓고 얼굴값 성격값 하고 싶든? 너 이번에 엄청 나빴어. 나한테 분명히 그냥 약속 있댔잖아! 여자 만난다는 그런 소리 없었잖아!"

빽빽 내지르는 수연의 고함 소리에도 소리 없는 웃음이 멈추지 않았다.

"알아, 나도! 이유주 사원이 나보다 백배는 예쁘고 어리고 사랑스러운 거 나도 안단 말이야. 다 아는데, 그렇다고 내가 상처받지 않는 건…… 아니라고, 이 나쁜 놈아."

느닷없이 닭똥 같은 눈물이 수연의 눈가를 적시더니 볼을 타고 흘렀다. 그래서 결의 입가를 덮은 웃음이 뚝 멈췄다. 슈트 재킷에서 황황히 손수건을 꺼내 수연의 눈물을 닦아 보지만 수연은 으엉, 하고 더 크게 소리 내어 울기 시작했다.

"울지 마. 내가 잘못했어. 내가 다 잘못했으니까, 울지 마. 어?"

크게 당황스러웠다. 한순간의 기꺼웠던 즐거움이 한순간에 돌풍의 나락이 되어 돌아왔다. 아이처럼 서러워하는 수연에게 자신이 뭘 어떻게 해 주어야 할지 결은 감이 오지 않았다. 꺼이꺼이 우는 수연을 품에 가둬 등을 쓸어 주는 일밖에는.

"이 나쁜……, 야이 나쁜……."

꺽꺽 울어 대는 와중에도 나쁜, 이라는 소리를 빼놓지 않는 수연이 안쓰러우면서도 예뻐 순간 멎었던 웃음이 다시 터져 나오려 했지만 꾹 참았다.

"그런데 나 네 생각 하면서 웃었어. 이유주 사원한테 웃은 거 아니야."

서럽게 울던 울음을 멈추고 수연이 빼꼼히 얼굴을 내밀었다.

"나 다른 여자한테 헤프게 안 웃어. 내 기쁨이자 행복은 한 수연인데 다른 여자한테 어떻게 웃어."

"거짓말."

"거짓말 아닌데. 네 말대로 나 나쁜 놈인데, 그래도 너한테 거짓말은 안 해. 알잖아."

"몰라! 너 나한테 여자랑 저녁 먹는다 안 그랬잖아! 그것도 거짓말이야!"

"그게 아니라, 그냥 직원이랑 밥 먹는 거니까…… 아니다. 내가 잘못했어. 거짓말 맞네. 고결이 엄청 잘못했네. 그러니까 그만 울어. 예쁜 얼굴 부으면 못난이 된다."

"내가 스테이크 먹고 싶어서 거기 포장하러 안 갔음, 그래서 못 봤음, 너 계속 그러고 있었을 거잖아!"

"아니야. 일어나려고 했어. 눈치를 늦게 채서 그래. 무릎이라도 꿇을까? 무릎 꿇고 두 손으로 싹싹 빌면 믿겠어?"

씩씩거리다 눈을 흘기다, 수연은 제풀에 꺾여 다시 결의 가슴에 얼굴을 묻었다. 수연에게서 뭉근한 땀내가 맡아졌다. 그러고 보니 복장도. 슬쩍 바지를 끌어 올려 보려던 손이 수연에게 무심히 붙잡혔다.

"스포츠용 맞아. 확인 안 해도 돼."

스포츠용 의족을 꼈다는 것은 수연이 한참을 뛰고 왔다는
뜻이다. 한참을 뛰고 왔다는 건 그만큼의 고민이 있다는 뜻이
고. 그 뜀이 끝났다는 것은 결국 고민에 대한 결정을 내렸다
는 뜻이었다.

결의 품에서 떨어진 수연이 망연히 핸들 위로 얼굴을 묻는
다. 조금 더 기대라 하고 싶었으나 입이 쉽게 떨어지지 않았
다.

그 고민이, 그 결정이 대충 무엇에 기반한 것인지 알 수 있
기 때문이었다.

수연은 본가를 다녀와 놓고도 아무 일 없다는 양 일로 시간
을 보냈다. 하지만 아무 일 없을 수가 없는 일이니 티를 내지
않았던 것이다. 티를 내지 않는 만큼 수연은 또 어딘가가 곪
아 썩었을 것이다. 강희가 했던 걱정이었다.

'수연이가, 아마도 오래 고민을 할 거야. 그러는 동안 곪아
서 어디 하나 또 썩어 들어갈 텐데 네가 신경 좀 써 주렴. 티
안 내는 앤데 그게 괜찮다는 전조가 아닌 건 너도 알 테니 부
탁한다.'

잠든 수연을 업고 나오던 그 밤, 강희는 옆을 걸으며 결의
등에 업힌 수연의 등을 쓸어내렸다. 내내 언제 터져도 이상하
지 않을 눈망울로 배웅을 했다. 그러고도 또 부탁에 부탁을
거듭했다. 부모라면 당연히 자식 걱정을 한다지만 강희가 하

는 자식 걱정은 보통의 열 배는 뛰어넘은 듯했다.

"만나려고. 내일쯤…… 연락해 보려고."

다 죽어 가는 목소리로 수연이 중얼거리듯 말했다.

"얼마나 뛰었어?"

"두 시간 좀 넘게."

길다. 그 정도로 오래 할 고민이었나. 보통 수연이 무언가
를 고민해 결정할 때 뛰기를 택한다. 뛰면서 보내는 시간의
길이가 곧 그 결정이 얼마나 힘들었는지를 알 수 있게 한다.
두 시간 좀 넘게. 그건 수연의 인생에 타격이 큰 결정이라는
말이다.

어쩔 수 없이 탄식이 몽우리를 틀어 터져 나왔다. 수연이
모자를 찾아 다시 쓰려는 걸 저지했다.

"몸 혹사시키는 게 취미라는 건 아는데, 그래도 두 시간 넘
게는 너무했다."

"네가 제일 너무했지. 내가 몸 혹사시키는 동안 넌 다른 여
자랑 밥 먹으려고 한 거잖아."

"말 돌리지 말고. 다리는 괜찮아?"

고개를 끄덕끄덕. 말없이 멍하니. 갑갑하다. 갑갑해. 저런
미련퉁이를 내가 어쩌다가. 피식 헛웃음이 났다.

"생리 시작했을 텐데 그런 몸으로 잘한다. 쓰러지기라도
하면 어쩌려고 그래. 넌 내가 새파랗게 질려서 너한테 달려가
면 좋겠어?"

"야!"

수연이 누가 보는 것도 아닌데 결의 입을 막았다.

"아, 너는 좀! 그런 이야기 왜 아무렇지 않게 해!"

"뭐, 생리? 그게 어때서?"

"남이 들으면 흉봐!"

"여기 들을 사람이 너하고 나 말고 누가 있어? 그리고 여자가 생리하는 게 뭐. 당연하잖아?"

"그래도!"

머리를 벅벅 긁다 수연이 돌연 의아한 표정을 지었다.

"그런데 너 내 생리 주기도 알아?"

"당연하지."

"언제부터?"

"오래됐어. 같이 일하고부터 알았으니까."

"어떻게? 그걸 네가 어떻게 알아?"

"남자의 감이지. 아니다. 네 남자로서의 감이라고 해 두자. 다른 남자도 아는 것처럼 말하는 게 약간 불쾌하다. 네 생리 주기는 나만 아는 걸로 해."

"아, 진짜!"

쪽팔려.

수연이 얼굴을 감싸며 기어들어 가는 목소리로 좌절했다. 그게 우스워 소리 내어 웃다가, 그게 또 안되어서 소리 없이 수연을 바라보았다.

수연아,

너는 네가 나한테 한없이 행복한 안쓰러움이라는 걸 알기나 할까.

소리 없이 수연에게 물었다.

수연은 씻고 나와 당연하다는 듯 드라이기를 꺼내 오더니
소파에 앉은 결의 아래 바투 앉았다. 말려 줘. 눈을 감은 채로
그렇게 말하고는 결의 허벅지 사이에 몸을 끼워 넣었다. 결은
드라이기를 켜는 대신 수연의 정수리에 소리 나게 입을 맞췄
다. 징그러. 그렇게 말하면서도 수연이 웃었다.

하루하루 쌓이는 일상이 평화롭다. 그 평화 속에 수연은 또
준비를 하고 있다. 마음의 고통을 덜어 내는 일인지 아님 고
통을 더 얻는 일인지 모를 준비를. 아무 준비 하지 않아도 되
는 삶이면 조금 덜 고단하려나. 드라이기를 켜고 수연의 젖은
머리카락을 말리기 시작했다. 드라이기 바람 소리가 윙윙 귀
를 스친다.

"한수연 무너지지 마. 나 그럼 못 산다. 진짜 못 살아."

드라이기 소리가 귀를 에워싸서 안 들릴 것 같아 그저 작게
말했다.

그런데,

"안 무너져. 네가 내 버팀목인데 무너질 리가 있어."

그렇게 대답한 수연이 뒤돌아 결에게 시선을 맞대었다. 윙
윙거리는 드라이기를 껐다.

괜찮다 웃는 너에게 내가 진정 힘이 되어 줄 수 있는 것인
지 알고 싶었다. 대신 다 해 줄 수 있노라 말했지만 결국 끝에

는 네가 감당해야 할 것들이 더 많으니까. 나는 초라하고 볼품없었다. 겨우 네가 있어야 이렇게 뭐라도 된 사람처럼 커질 수 있었다. 그러니 나는 네가 없으면…… 너무도 작아져 보잘것없이 하찮았다.

우리는 서로 뒤바뀐 사람 같았다. 처음부터 그랬다. 내가 남자이고 네가 여자인데 우리는 마치 네가 남자이고 내가 여자가 된 양 그랬다. 씩씩한 것도 굳건한 것도 너였고, 불의에 들이박는 것도 버텨 내는 것도 너였다. 나는 그저 너에게 보살핌을 받았다. 그래서 참거나 인내하거나 불의를 보고도 외면하는 건 항상 나였다. 너는 날 지키려 애를 썼고, 나는 그래서 항상 네 손에 의해 지켜져 왔다.

그런데 이번에는,

도저히 그러고 싶지 않다.

나는 너를 지켜 내는 쪽이, 이번에는 부디 내가 그쪽이 되길 더욱 간절해진다.

곪아 썩어 가는 게, 그래서 괜찮은 척하는 게 차라리 나였으면.

그게 내 몫이었으면.

그렇다면 고단한 삶 위에 안빈낙도하는 것도 나쁘지 않을 것 같았다.

"나는, 그러니까 나는 수연아……."

"알아."

예쁜 입술 위에 미소를 덧그리며.

"네가 어떤 마음인지 알아. 그런데 그러지 마. 나는 네가 내 옆에 있어 주는 것만으로, 그래서 반쪽짜리인 날 온전히 채워 주려는 것만으로도 충분해. 날 위한답시고 모든 걸 네가 감당하는 건 싫어. 그저 날 위해서라는 명목으로 옆에만 있어. 날 지탱만 해. 그것 말고는 아무것도 네 몫으로 감당하지 마."

다 안다는 듯이 말했다.

"괜찮을 거야. 물론 그 여자를 만난다고 썩 좋아지지도 않겠지만 썩 나빠지지도 않을 거야. 다 알고 나면 홀가분할 테지. 그러라고 네가 찾아 준 거잖아."

"모든 걸 대신 해 주고 싶어. 그게 뭐가 되었든, 나는 너를……."

"충분히 그래 왔어. 내 못된 성질머리 너 아니면 누가 받아 줘. 내가 이 못된 성질머리로 사고 치면 네가 수습하기 바빴잖아. 그저 방식이 다른 거야. 난 요란하고, 넌 조용하고. 그러니까 자책하지 마. 너는 네 몫의 이상의 것을 나한테 해 줬고 나머지가 내 몫일 뿐인 거야."

이럴 때 보면 수연은 말을 참 잘한다. 결과적으로 그게 아닌데, 마치 그게 사실인 양. 제 공은 하나도 없고 제 공이 전부 남의 공이라는 말. 그런데 전혀 기쁘지가 않다. 수연은 진심인데 정작 결은 수연의 그 진심이 못이 되어 자신의 어딘가에 쿡쿡 박히는 느낌이 들었다.

"고결, 내가 대표고 네가 비서지? 내가 너보다 나이가 많은 누나고, 네가 나보다 어린 동생이고. 그럼에도 우리는 늘 수평적인 관계였잖아. 그게 무슨 뜻이냐면 내가 대표고 누나인데 너보다 전혀 어른스럽지 못했고 네가 월등히 나보다 어른스러웠다는 증거야. 미안하지만 앞으로도 난 너보다 큰 그릇은 못 돼. 그러니까 내 몫으로 배당된 무언가가 날 쓰러뜨리려 하면 네가 대신 하려고 들기보다는 내 앞이나 옆에, 혹은 뒤에서 묵묵히 서 있어 줬으면 좋겠어."

수연이 시선을 등지고 결의 허벅지에 몸을 기댔다.

"그럼 나, 버틸 수 있어."

푹 꺼진 어깨로 수연이 당차게 말했다. 그런 가라앉은 어깨로 말해 봤자 설득력이 없다고 말하고 싶었지만 결은 입을 다물었다.

나쁜 인연

　바람이 불지 않았다. 비도 오지 않았다. 날씨가 너무 좋았다. 푸르게 쾌청한 하늘과 눈부시게 내리쏟아지는 햇볕이 사람을 유하게 만들려 했다. 그러나 유해지고 싶지 않았다. 차라리 바람이라도 혹독하게 불든가 비라도 미친 듯이 퍼부으면 좋겠다 생각했다. 이런 화창한 날씨와 어울리지 않는 만남이었다.

　회사에 나가지 않았다. 대신 일찍 일어나 몸을 구석구석 씻고, 미용실에 가서 머리를 하고, 과하지 않을 정도로 화장을 했다. 그리고 결이 사 준 정장을 갖춰 입었다. 지금 날씨에 입기 적잖이 얇은 편이었으나 그래야 마음이 조금은 덜 약해질 듯하였다. 코트를 여미며 택시를 잡아탔다. 결이 데려다주려 했지만 거절한 탓이다. 더욱이 오늘은 운전도 하기 싫었다.

택시 기사가 묻는다. 어디로 모실까요? 택시를 타서 곧장 목적지를 말하지 않았나. 머릿속이 텅 비어 있었다. 조심스레 다시 묻는 택시 기사에게 목적지를 말했다. 택시 기사가 손님 안전띠 매세요, 하고 말해 수연은 빠진 정신을 차려 안전띠를 맸다. 택시 기사가 허허 사람 좋게 웃었다.

"날씨가 오랜만에 화창하네요. 며칠 내도록 하늘이 우중충하더니."

"그러게요."

야속하게. 뒷말을 씹고 씹어 겨우 삼켰다. 그런데 난데없이 택시 기사가 껌을 건넸다.

"살면서 고달픈 일이 참 많아요. 사람 인생사란 게 다 그래. 그런데 요런 사소한 게 도움이 될 때가 있어요."

반듯하게 쌓인 포장을 까 껌을 입에 넣었다. 화한 맛이 났다. 코끝이 달아오를 정도로 쨍했다. 그래도 질겅질겅 씹었다. 딱딱했던 껌이 어느새 입 안에서 쫄깃하면서도 부드럽게 씹혔다.

"고걸 씹다 보면 제법 괜찮아지드라고. 막 골 썩던 일도, 괴롭던 일도, 고달프던 일도 완전히는 못 없애지만 어느 정도는 조금 가라앉혀져요."

그 말을 끝으로 택시는 조용해졌다. 택시 기사도 더 말을 붙이지 않았고, 수연도 애써 말을 하지 않았다. 차창 밖으로 스쳐 가는 도시의 풍경에 몸을 맡겼다. 껌을 질겅질겅 씹어 대며.

그러다 목적지에 도착해서 돈을 꺼내려는데 예상외로 덤덤
해졌다. 그래. 인정하기 싫었지만 이런 사소한 게 정말로 도
움이 되었다. 미터기에 23,700원이 찍혔는데 오만 원권을 꺼
내 택시 기사에게 전했다.

잔돈은 주신 껌 값이라고 말하며 택시에서 내렸다.

"고마워요, 아가씨. 복 받을 거야."

조수석 차창을 내려 애써 고마움을 전한 택시 기사가 천천
히 멀어졌다.

복.

생모를 만나는 건 복일까.

자조하며 택시가 떠나간 반대 방향으로 걸었다.

사진으로 보던 것보다 더 많이, 더 완벽하게 여자는 수연과
닮아 있었다. 이런 건 숨길 수가 없구나. 비릿하게 입매가 꼬
이려는 걸 다잡았다.

여자의 이름은 구미향, 이라고 했다. 옛날 이름 같다고 해
야 할까. 촌스러웠다. 아니. 실은 그런 생각이 들지 않았는데
그렇다고 제멋대로 생각하고 싶었다. 예상했던 것보다 훨씬
많이 늙고, 훨씬 많이 볼품없고 궁상맞게 보였다.

"수연……, 이라고 했지, 이름이?"

여자의 입이 어렵게 달싹인다. 앞에 놓인 커피를 마시려다
입 안에 아직 껌이 남아 있다는 걸 알아차렸다. 껌을 뱉는 대

신 꿀꺽 삼켰다. 그리고 커피를 마셨다. 즐기지 않는 커피였다. 차 종류가 좋았다. 커피를 마시면 맥박이 빨라져 두근거리는 소리가 귀를 어지럽혔다. 그런데 여자가 멋대로 커피 두 잔을 시켰다. 뭘 마실지 물어보지도 않았다. 그게 싫었다.

버렸을 때도 나에게 버려도 될까? 묻지 않았던 것처럼 여자는 조악했다.

"네. 한수연, 입니다."

"그래……. 잘 컸구나."

잘.

어떻게 커야 잘 큰 거지.

그런 걸 물으려다 집어치웠다. 여자에게 알고 싶은 건 분명한데 말이 나오지 않았다. 이렇게 많이 외향적으로 닮은 것도 믿기지 않았고, 목소리가 언뜻 비슷한 것도 어이가 없었다. 저 여자의 유전자를 많이 빼닮은 자신이 우스워 픽, 낮게 한숨 같은 웃음이 흘러나왔다.

"수연아."

"아. 저는 미향 씨라고 부르면 될까요?"

여자의 눈가가 파르르 떨린다. 참 나도 못돼 처먹었다. 무슨 심산으로 이 자리에 나와서 저 여자를 괴롭히려는지. 이러려고 찾은 게 아니면서.

"어머니, 라고는 도저히 불러 드릴 수가 없어요. 전 이미 엄마가 있고, 그쪽을 어머니라고 부를 만큼 애틋한 것도 아니라."

"너 편한 대로 불러. 난 괜찮아."

"알고 싶은 게 있어서 뵙자고 했어요."

"뭐든…… 물어보렴."

뭐든? 뭐든? 뭐가 그렇게 당당해. 대체 당신이 왜! 왜 이렇게 당당한데! 나한테 이래도 돼? 당신이 나한테 이렇게 당당해도 될 문제야, 이게? 당신이 뭔데 이렇게 당당해! 나 버렸잖아. 내 부모가 안 거뒀으면 어쩌려고 했어? 지금보다 못 살았으면 어쩌려고? 살아가는 것만으로도 허덕이면 어쩌려고! 당신은 무슨 생각으로 나를! 왜! 대체 왜!

반박하고 싶은 말들을 켜켜이 쌓아 탑을 만들었다. 톡 건드리면 와르르 무너져 흔적도 없이 부서질 수 있게. 그래서 굳이 이런 말을 제 입에서 꺼내지 않도록.

"왼쪽 팔, 오른쪽 다리 왜 없는 건가요?"

여자의 눈에서 허망하게 눈물 한 방울이 툭 흘러내렸다. 가방에서 손수건을 꺼내 여자의 앞에 무심히 놓아 주었다. 손수건까지 꺼내 주는 배려, 별로 하고 싶지 않았다. 그런데 그렇게라도 안 하면 속엣말이 툭 튀어나올 것 같아서 주었다.

"그게 내가 잠깐 빨래를……, 빨래를 하고 있었는데 네가 집 앞까지 기어서 나갔더라고……. 나는 그걸 몰랐고……."

"사고였네요. 차에 치였나요? 아님 오토바이?"

"모르겠어. 빨래 다 하고 네가 안 보여서 나가 보니까 그렇게 되어 있었고 주변에 본 사람들도 없다고 하고……, 너는 정신을 잃었고……."

여자는 말주변이 없었다. 더럽게도 없었다. 그래서 결론은 어떻게 팔다리를 잃게 되었는지 정확히는 모르고, 그저 사고였다, 이 얘긴가. 하. 치밀어 오르는 화를 우지끈 내리눌렀다.

"접합 수술은요?"

"발견이 조금 늦기도 했고, 잘린 부위에 괴사가 시작되어서……."

"조금이 아니라 많이, 아닌가요? 왠지 그랬을 거 같은데."

"그래, 많이……. 내가 빨래를 다 하고 널고 이러다 보니……."

변명. 핑계. 개지랄이다.

욕지기가 올라왔다. 먹은 것도 없는데 먹은 것이 있기라도 한 것처럼 메스꺼웠다. 저 여자가 나를 낳았다. 그건 분명한 사실이다. 그런데 나는 저 여자의 자식이었던 적이…… 없었던 것이다. 그게 명확한 사실이다. 그러니 저런 변명이 가능할 테지.

"그럼 절 버린 이유는요? 팔다리가 없어서? 아님 다른 이유가 더 있는 건가요? 엄마가 절 처음 발견했을 때 많이 다쳤다고 했어요. 혹시, 저 그쪽이나 생부한테 맞았나요?"

부디 그것만은.

그것만은 아니기를.

말 못 하는 짐승도 제 새끼한테 그러지는 않으니.

인간인 당신이 그러지는 않았기를.

"아니야. 내가 계단에서 널 업고 가다 놓쳐서, 네가 많이 굴렀어. 그래서 그런 거였어."

안도감이 들었다. 미친. 안도감이라니. 제정신인가. 그게 뭐라고 안도감까지. 비릿한 미소가 지어졌다.

"그럼 버린 이유는요?"

"먹고살기가 고달팠어. 널 책임질 자신이 없어서……, 그래서……."

"먹고살기가 고달프셨던 분이 재혼해서는 슬하에 자식을 둘이나 데리고 있으시더군요. 참 아이러니해요. 본인이 생각하기에도 그렇지 않나요? 하긴. 그 자식 둘은 장애가 없나 보죠. 전 장애가 있고."

커피를 들이켰다. 심장이 매섭게 뛴다. 맥박이 귓전을 에워싸고 있었다. 그래도 여자가 시켜 준 것이니 애써 마셨다. 그걸 그저 한때 자식을 버린 여자의 정성이라 여기고 싶은 마음이었다.

"당신이 방치한 사이에 장애가 된 게 제 탓이라면 제 탓이니 책망하진 않을게요. 죄책감, 그런 거 안 가지셔도 됩니다."

커피를 다 마신 빈 잔을 내려놓았다. 커피를 이 정도로 많이 마신 걸 결이 알면 야단일 텐데. 괜히 다 마셨나 싶은 순간, 여자가 커피 한 잔을 더 시켰다.

더 마셔도 돼. 엄마가, 아니 내가 살 테니 마셔.

엄마가, 라는 말을 고치는 여자가 씁쓸하게 미소를 머금고 있었다. 두 눈이 제 자식을 본다는 양 따뜻했다. 그런데 그게 진심인지 거짓인지 가늠할 수가 없었다. 강희가 하는 행위와

엇비슷한데 뭔가 위화감이 들었다. 이상하게도 그랬다.

사업을 하면서 배운 게 있다면 사람을 보는 눈이었다. 소위 눈칫밥. 그걸 저 여자한테 적용시켜 보자면, 저 여자는 버렸던 자식을 보러 나온 것이 아니라 마땅히 무언가 바라고 연기를 하고 있는 것이다. 그게 정확히 어떤 건지는 알 수 없었지만.

차라리 얼마쯤 눈치가 꽝이면 좋았겠다. 그렇다면 저 여자의 연기가 연기라고 생각 들지 않았을 텐데. 적당히 고맙고, 미안하고 그랬을지도.

사실 여자에게 바라는 게 없었던 것은 아니다. 당연히 낳아 준 생모니 강희와 같은 그런 애정이 여자에게도 있기를 조금, 아주 조금 기대했다. 하지만 기대는 개박살이 났고, 그저 저 여자가, 늙고 늙어 슬하에 둔 제 자식 둘만 걱정하는 저 여자가 수연은 자신의 생모도 아니었으면 좋겠다는 바람뿐이었다.

하지만 부정해도 바뀌는 건 없으니 받아들인다. 받아들인다, 딱 거기까지. 여자와는 두 번 다시 만나지 않을 것이다.

나는 저 여자에게 생면부지여도 상관없을 테니. 이걸로 되었다.

충분해.

새로 나온 커피를 내려놓으려던 웨이트리스에게 다시 가져가 달라고 부탁하며 가방에서 봉투를 꺼냈다. 이게 최소한으로 준비해 온 일종의 성의였다.

"돈이에요. 아예 만나지 못할지도 모른다고 생각했는데, 혹시라도 연이 닿아 만나게 되면 드리려고 회사 차리고부터 모은 겁니다."

우악스럽게 여자의 시선 끝으로 봉투를 들이밀었다.

"천륜은 끊어지지 않는 거라지만 저는 그래도 기어이 끊어 내야겠으니, 이게 칼이 되어 서로의 천륜을 끊는 거라고 생각하세요."

"수연아, 내가 널 버려서……"

"아니요. 한낱 제가 그쪽의 인생에 걸림돌이었다면……, 정말 죄송했습니다."

여자의 말을 매끈하게 잘라 내며 자리에서 일어나 고개를 숙였다. 여자가 조금만 더 이야기를 나누자며 애원한다. 여자의 몸이 테이블 위로 반이나 올라와 수연의 왼팔을 잡아끌었다. 미련한 여자의 손아귀에 의수가 빠졌다. 여자는 허망한 눈이 되어 수연을 올려다보았다.

수연은 테이블 위로 떨어진 자신의 의수를 챙겨 여자에게서 이탈했다.

날씨가 좋았다.

날씨가 이렇게 좋은데 왜 자신은 이토록 좋지 못한지 아무에게나 누구에게나 물어보고 싶었다.

더불어 왜 이토록 가슴이 저미는지도.

외진 곳으로 나 있는 후문은 직원들이 사용하지 않았다. 으

스스하고 음침해 기분이 나쁘다고 했다. 그렇게 음습하고 습진 곳에 수연이 서 있었다. 오른손에 가방과 의수를 들고서. 바람결에 의수가 빠진 왼쪽 팔의 소매가 흔들린다. 그게 마치 수연의 몸 전체가 흔들리는 듯이 보였다. 잔잔한 바람결을 마주하고 서서 수연이 아프게 웃는다. 빨리 뛰어오지? 수연이 크게 고함치며 웃었지만 결은 알 수 있었다.

무너지진 않았지만,

수연의 어딘가에 금이 갔다고.

그래서 언제 무너져도 이상할 게 없다고.

빠른 걸음으로 걷다 그 걸음이 뜀박질이 되었다. 그리고 수연의 앞에 닿았다. 숨이 턱 끝까지 차올라 호흡이 가쁘다. 그래도 수연을 안았다. 으스러질 정도로 안아 수연이 차라리 부서질 수 있도록 세게. 그러면 자신이 부서진 수연의 조각들을 다시 꼼꼼히 이어 붙일 생각으로. 하지만 수연은 버텼다. 겨우 버티고 서서 아파, 작다랗게 말했다.

"잘, 만나고 왔어?"

품에서 수연을 놓아주고 무릎을 굽히며 물었다. 시선이 공평하게 맞춰졌다.

"잘 만나고 왔는데, 그게 잘한 일인지는 모를 정도."

아픈 말을 힘겹게. 그러고도 방싯. 그 모습을 보고 있자니 눈이 아렸다.

"연락하지. 그럼 내가 데리러 갔을 거잖아."

"나도 없는데 너까지 회사 비우면 어떡해."

"회사 걱정 그만하고 네 걱정해. 너 자꾸 이러면 내가 이놈의 회사 불이라도 싸질러 버린다."

"이씨! 죽을래? 이 나쁜 시키야!"

수연이 결의 정강이를 걷어찼다. 그게 자못 아파 껑충껑충 뛰다가 결은 수연의 손에 들린 가방과 의수를 앗았다. 그리고 무릎을 낮춰 수연의 소매를 걷었다. 빠진 의수를 왼팔에 꿰어 맞췄다.

"왜 이런 꼴로 와. 사람 속상하게."

"……그 여자가 내 소매를 붙들고 늘어졌어. 의수가 툭 빠졌는데 어쩐지 끼워 넣기가 싫더라. 그 여자 보라고 더 이러고 왔어. 그 여자가 죽을 때까지 내 이 모습 기억했으면 해서."

의수가 꿰어진 왼손을 수연이 찬찬히 움직였다.

"나 못됐지?"

그러다 울상으로 일그러지는 만면에 미소를 덧그린다.

"웃지 마. 왜 웃어? 차라리 울든가. 아님 화를 내든가. 등신처럼 뭐 하러 웃어, 웃기를."

"나 등신 맞는 거 같애. 회사 차리면서 적금 들던 게 있었거든. 평생 만나지 못할지도 모르는, 한때 내 부모였던 사람들 만나게 되면 주려고 모아 둔 거였는데, 그거 그 여자한테 홀랑 주고 왔어."

"등신. 바보 천치."

그렇게 수연에게 뇌까렸다.

"응. 나 그건가 봐, 진짜. 등신. 바보 천치. 딱 그거야."

하아. 길게 한숨이 뽑혀 나갔다. 천진하게 웃어 버리는 너는 어쩜 이리도 무던하고 착한 건지. 차라리 진짜 못됐기라도 하든가. 하나도 안 못되면서 맨날 지가 제일 못된 사람이란다. 지가 제일 나쁘고, 지가 제일 못됐고, 그래서 지가 제일 바보 같다는 이 여자를 어떻게 해야 좋을지. 울기라도 하면 달래 줄 텐데. 화라도 내면 내가 다 받아 주기라도 할 텐데. 왜 그렇게 웃고만 서 있어, 이 등신아.

속이 상했다. 속이 상해 도리어 울고 싶고 화내고 싶은 건 결이었다.

"근데."

수연이 결의 옷깃을 붙잡았다.

"나 네 코트 좀 벗어 주면 안 돼? 추워. 으슬으슬해."

"몸 안 좋아?"

"조금. 컨디션 가라앉았어. 별로야, 지금."

결은 황황히 수연의 이마를 짚었다. 손바닥에 뜨끈한 체온이 금세 파고들었다. 서둘러 입고 있던 코트를 벗어 나뭇가지처럼 얄캉한 수연의 몸피에 덧씌웠다. 코트 앞섶을 여며 주자 수연이 따뜻하다, 조그마한 목소리로 중얼거렸다.

"집에 가자."

"업무 보시죠, 고 비서님. 집은 대표 혼자 갈게요."

"이런 몸으로 어떻게 혼자 가!"

수연이 이맛살을 쨍그리며 양쪽 귀를 손으로 막았다. 그 자세가 제법 귀여웠다.

"하여튼 성격 고약해. 나쁜 놈아, 소리 좀 고만 질러."

"내가 화를 내도 넌 말을 끝까지 안 듣잖아."

"들을게. 집에 가자. 같이."

결의 가슴팍에 수연이 머리를 기대 왔다. 힘들긴 힘들었구나. 수연의 머리를 쓸었다. 평상시에 안 하던 화장이며 머리며. 처음 생모를 보는 자리라 갖은 신경을 썼을 것이다. 곤두섰던 신경만큼 맥이 풀렸겠지.

"가자, 집에."

안된 수연을 답삭 끌어안았다.

각이 잡힌 옷을 편안한 차림으로 갈아입고는 수연이 침대에 고대로 누웠다. 아무것도 하기 싫은 모양이었다. 밥도 귀찮다고 하고 약도 귀찮다고 하고선 눈을 감는다. 괜찮지 않지만 곧 괜찮아질 거라고 했다. 언제나 그랬듯이 그럴 거라고 하였다.

슈트 재킷을 벗고 결은 수연의 곁에 같이 누웠다. 베개도 베지 않은 수연의 머리를 살짝 들어 팔을 집어넣었다. 수연이 팔 아플 거라고 공연히 밀어 냈지만 결은 밀려나지 않았다.

"내가 등신 같아서 네가 많이 싫을까?"

눈을 감은 수연을 내려다보는 중이었다. 길지도 짧지도 않은 속눈썹에 쌍꺼풀도 없이 감긴 그 눈이 슬며시 떠지더니 결에게 성큼 다가섰다.

나는 등신 같은 너라도 좋지. 이렇게 예쁜 널 내가 어떻게 마다할까.

결은 고개를 가로저었다.

"그런데 그 여자는 싫었나 봐, 내가."

미어지는 말을 그저 무덤덤하게 하는 수연은 충분히 고통스러워 보였다. 간절히 보기를 원했다. 그 만남에 수연이 간절했을지언정 생모는 그러지 않았나 보다. 이토록 네가 고통에 젖은 걸 보면. 결은 남은 한 손을 수연의 배에 집어넣었다. 측은하게 싸한 수연의 배를 원을 그리며 어루만졌다.

"내가 어떻게 팔다리를 잃었는지도 모른데. 나쁜 여자였어. 나도 한때 그 여자 자식이었잖아. 어떻게 그럴 수가 있는지 이해가 안 갔어. 뭐 대단한 모정 바란 것도 아니었는데⋯⋯. 그건 너무 심하지 않나, 그런 생각이 들었어."

"그래."

"근데 더 웃기는 건, 차라리 나 없이 그 여자 생이 나았던 거라면 내가 괜히 찾은 건가, 내 스스로가 그런 후회를 하고 있었어."

"⋯⋯."

"나는 태어난 자체가 죄였는지도 몰라. 그 여자 인생에서."

수연이 두 눈을 힘주어 꾹 감아 내렸다. 눈가에 깊은 주름이 자잘하게 퍼진다. 싸한 수연의 배를 계속 어루만져 보지만 온기가 돌지 않는다. 몸에 열이 끓는데 배만 덩그러니 차갑다. 체증처럼 수연의 가슴께에 무언가 걸려 있었다. 그래서 배만 이리 외따로이 차가운 것이다.

가슴께에 체증처럼 걸린 무엇. 그건 아마도 생모의 인생에 자신이 흠이자 걸림돌이라는 사실.

알고 싶었던 걸 다 알아내지 못한 채로 수연이 썩어 간다. 괜히 부추겼다. 찾아내지 말 것을. 생모가 그리 모진 사람이었으면 모르는 채로 덮어 둘 것을. 긁어 부스럼을 만든 꼴이었다.

"그래도 홀가분해. 네 덕분이야."

입이 도무지 떨어지지 않았다. 무슨 말이라도 해야 할 듯싶은데 무슨 말을 해야 맞는 건지 모르겠다.

"전혀 몰랐으면 내 남루하던 인생 흔적도 없이 너덜너덜해졌을지도 몰라. 그런 면에서 내가 이렇게 홀가분해진 건 순전히 네 덕이야."

"미안. 미안해. 내가 괜히 찾았어. 괜히 너 부추겼어."

"아닌데. 네 덕분에 내 허물 내가 깼어. 본가 식구들도 온전히 내 사람들처럼 여길 수 있게 됐고. 살아온 인생 절반 넘게 한 방황 너 때문에 끝낼 수 있게 됐는데 네가 미안할 게 뭐야."

"그래도 네가 이렇게나 힘들잖아, 결국엔. 어찌 되었든 그건 내 탓이니까."

"아니라니까. 그렇게 생각 마. 정말로 가벼워졌어. 내 마음이. 그걸로 된 거야."

결의 품으로 수연이 파고들었다. 뜨뜻한 수연의 체온이 살

갖에 내려앉는다. 모든 것이 그렇게 내려앉아 수연이 다 녹을
것만 같이 뜨거웠다.

"고마워, 결아. 참 많이 고마워."

수연의 그 말이 숫제 결을 감쌌다.

지독한 바람이 불어 제꼈다. 겨울 초입의 돌풍이었다. 그
돌풍에 어떤 것도 남김없이 흩날렸다. 죄 앗아 가기라도 할
것처럼 바람이 거셌다. 그런 날에 인석이 찾아왔다. 회사 안
으로도 들어오지 않고 저 바깥에서 그 거센 바람을 맞으며 수
연을 기다리고 있었다. 딸을 찾아온 갸륵한 부정을 더 이상
모르는 척 외면하고 싶지 않아 수연은 한달음에 달려 나갔다.

인석이 수연을 먼빛에서 알아보고는 농후하게 밝은 낯빛을
하였다.

"아버지."

머쓱하게 불러 보는 아버지, 라는 말이 입 안에서 겉돌지
않았다. 그게 생모를 만나고 난 후의 변화였다. 아버지와 엄
마, 라는 그 말이 살아오면서 내내 입 안에서 유독 겉돌았다.
그런데 이제 더는 그렇지 않았다. 부끄럽지 않은 딸이 된 것
같아 내심 기뻤다.

"추운데 옷 더 따뜻하게 입고 다니지."

인석이 한소리를 하면서도 제 목에 두른 머플러를 풀어 수
연의 목에 휘감아 주었다. 캐시미어의 부드러운 결에 인석의
체온이 담겨 있었다. 무작정 따뜻했다. 부모의 온정은 이런

것이라, 마치 말해 주는 듯하였다.

"어쩐 일이세요?"

"부모가 제 자식 보고 싶어 오는 길에 이유가 필요하냐."

무뚝뚝하게 말하면서도 자식 생각을 한아름. 자연스레 입술에 호선이 그려졌다. 이렇게 오랫동안 사랑받아 왔던 것이다. 끊임없이. 꾸준히. 그러니 생모는 이제 지워 버려야지. 끈질기게 머릿속 한 부분을 차지하는 그 여자를 완전히 지워야된다.

수연의 오른손을 인석이 덥석 붙잡았다.

"잠시 걷자."

"네."

아버지의 손을 잡고 걸은 게 얼마 만이더라. 곰곰이 생각해 본다. 빛바랜 기억이다. 팔다리가 없는 딸을 위해 아버지는 옆에서 손을 잡아 주는 대신 자주 업어 주었다. 학교에서 친구들이 놀린다는 명분으로 의수와 의족을 고장 내었을 때 아버지가 학교로 찾아왔다. 그러고는 딸을 업고 곧장 의수와 의족을 다시 맞추러 갔다. 괜찮냐? 그렇게 묻는 대신 아버지는 괜찮다, 로 먼저 결론을 지었다. 안 괜찮아요. 기어들어 가는 목소리로 말하는 딸에게 아빠 있으니 괜찮아, 하고 말해 주었다.

맞다. 아버지나 엄마가 있어서 지금의 내가 건재하다. 아버지나 엄마가 없었으면 지금의 한수연은 없었다. 회사를 차리기는커녕 제 인생 자체를 버거워했을 터였다.

나는 버림받았지만 또한 구원받았다.

"감사합니다."

그 말이 툭 뛰어나왔다. 일순 인석이 나란히 걷던 발길을 멈추었다.

"그런 말, 안 해도 된다."

"그래도……."

"어쩌면 평생 자식이 없었을 우리에게 너라는 존재는 너무 커다랬어. 너는 우리에게 항상 기쁨이었지. 그 기쁨이었던 네가 우리한테 그런 말을 하면 우리는 해 줄 말이 없다. 괜찮다는 그런 말도 감히 입에 담을 수가 없어."

"제가 한 행동들이, 말들이 아버지나 엄마한테 상처를 많이 입혔을 거예요. 알면서도 모르는 척 외면했어요, 늘. 그게 이렇게 계속 마음에 걸릴 줄도 모르고 그랬어요."

"우리도 분명히 그랬을 거다. 우리가 했던 말과 행동들 때문에 네가 분명히 상처받은 적이 있었겠지. 네 출생 끝까지 입 다물고 있던 일도 분명 너한테는 상처였을 거고. 그런데 말이다."

목에서 조금 풀어진 머플러를 인석이 여며 주었다. 조금씩 비집고 들어오던 바람이 일체 차단되었다.

"부모와 자식은 원래 그렇게 성장하는 게 아닌가 싶다. 나도 태어난 이래 부모라는 역할이 처음이듯, 너도 태어난 이래 자식이라는 역할이 처음이니까. 서로 상처 입히고 입혀지면서도 그게 정이 되어 사랑하게 되는 게 부모와 자식이라는 관계다. 적어도 나는 그렇게 생각한다."

백안이 벌겋게 물들었다. 아버지의 말이 너무도 따뜻해 눈물이 날 듯이 서러워졌다.

"내가 외사랑을 정말 오래 했지. 그런데 이 외사랑 이제는 나도 끝내고 싶다."

"......"

"나나 네 엄마를 남은 동안이라도 사랑해 줘. 그거면 우리는 족하다."

"죄송해요. 정말로 죄송해요, 아버지."

"그 말은 혹시라도 네가 우리 도움이 필요할 적에 방패처럼만 써라. 기쁠 때는 너 혼자 기뻐해도 슬플 때나 힘들 때는 부모한테 기대. 우리는 너한테 항상 뭐든 해 줄 준비가 되어 있었고 앞으로도 쭉 그럴 테니, 혼자만으로 버거울 때는 우리한테 와. 그러라고 있는 부모니 너무 아끼다 안 써먹지 말고. 알았냐."

인석이 다시 발길을 잡으려다 코트 주머니에서 주섬주섬 무엇을 꺼내 수연의 손에 안겼다. 무어라 묻기도 전에 인석이 선물이다, 하고 선수를 쳤다.

"현진건설 이 회장이랑 출장을 같이 갔는데 면세점에서 제 딸이 부탁한 거 사 가야 한다고 하도 법석이길래 나도 옆에서 장단 맞추느라 하나 샀다."

작은 상자를 열어 보니 과하지도 그렇다고 작지도 않은 진주 귀걸이가 들어 있었다. 탐스러운 진주였다. 어미의 젖빛이 감도는, 보기만 해도 아까울 정도로 아름다웠다. 인석이 그럴 싸한 핑계를 대었지만 그런 핑계만으로 사 오기에는 과분한 선물이다. 그러니 이건 무릇 아비의 마음일 것이다.

"다음부터는 이런 거 사 오지 마세요."

인석의 마음을 알면서도 괜히 미운 소리를 했다. 그래도 인석이 꿋꿋이 미소를 담고 있었다.

"거절 안 당한 것만으로도 다행이라 생각하마."

"아버지는 자식한테 너무 무르세요. 그래서 자식이 이렇게 부모 속 썩는 줄 알면서도 애먹였잖아요. 아버지가 너무 오냐 오냐하셔서……"

다음 말이 가로막혔다. 아버지가 살뜰히 딸을 품은 탓이다. 애들이 병신이라고 놀릴 때마다, 왜 나는 다른 애들과 다르냐고 악다구니를 쓸 때마다, 의수와 의족이 빈번한 놀림으로 고초를 겪을 때마다, 아버지는 딸을 이렇게 안아 주었다.

괜찮다.

괜찮아.

아빠 있잖아.

아빠 있으니 우리 딸은 괜찮아.

다 괜찮아.

"수연아, 이번에도 괜찮다. 아빠 있잖냐. 다 괜찮을 거다."

그날과 별반 다를 바 없이 아버지는 또 괜찮다, 로 끝을 맺었다.

그래서 나는 괜찮았다.

아무 일 없었다는 듯이 괜찮을 것만 같았다.

주말에 본가에서 결을 불러들였다. 하지만 결만 불러들인 게 아니었다. 결의 옆에 수연이 함께 동반되는 부름이었다. 그게 어떤 뜻인지 결과 수연은 잘 알았다. 해서 결은 평상시 출근 차림보다 몇 배는 더 신경을 썼다. 함께 지낸 후로 수연도 처음 보는 슈트를 결이 입고 있었다. 구두도 마찬가지였다. 모두 비싼 거라고 했다. 개중에 새것이 아닌 게 딱 하나 있었는데, 바로 손목시계였다. 그것만이 수연이 올해 생일에 사 준 유일한 헌것이었다.

긴장이란 눈 씻고 찾아볼 수 없었던 결이 높다란 대문 앞에 서서 이마를 짚는다. 뭐라도 사 들고 왔어야 했는데. 낮게 한숨을 뱉어 내던 결이 한 말이었다. 이 집에 필요한 게 있으려고. 긴장을 풀라고 수연이 농담을 했지만. 예의지, 예의. 눈치가 없는 거야, 아님 나 밉보이라고 그러는 거야. 결의 통박이 날아왔다. 미안. 말이 좀 심했다. 그래 놓고도 미안한지 씩 웃으면서 사과를 했다. 나쁜 놈. 같이 웃으며 일상의 언어로 되받아쳤다.

생모가 잠시 스쳐 갔던 인생은 다시 궤도를 찾아 일정하게 돌았다. 먼저 찾아 연락했던 사람이 한수연이듯, 생모에게선 이후로 그 어떤 연락도 없었다. 그래서 당연히 일상은 생모가 없었던 예전의 궤도로 돌아왔다.

아쉽거나 서글프거나 힘들지 않았다.

273

잠시 스쳐 간 인연에 그런 게 남아 있을 리 만무했다. 그러나 더러더러 생각나는 것은 어쩔 수가 없는지 제 팔을 붙잡던 그 여자의 얼굴이 잊히지 않았다. 그 여자에게 의수가 빠진 그 순간이 남길 바랐는데, 어째서인지 자신의 뇌리에 그 순간이 남아 지우려 해도 지워지지 않았다.

별안간 정숙이 다니는 사찰에 찾아갔다. 삼천배를 하면 뇌리에 박힌 그 순간이 지워질 듯하였다. 하지만 다리가 마음처럼 따르지 않을 것이 빤하였다. 부처님 발밑에 앉아 온화한 부처님을 올려다보았다. 삼천배 대신 삼천 분을 이렇게 버티고 앉아 있으면 그 여자를 잊게 해 주시렵니까. 소리 없이 물어보았으나 돌아오는 대답은 없었다. 제 마음대로 쉰 시간을 부처님 발 아래 앉아 버티고 버텼다. 물 한 모금 마시지 않았다. 그러는 동안 마음을 비워 내려 애를 썼다. 마음을 비워 내는 만큼 머릿속도 비워 내려 애를 썼다. 하지만 쉰 시간 동안을 버티고 앉아 있었는데도 아무것도 비워 내지 못했다.

억지로라도 삼천배를 할 걸 그랬지. 속으로 그렇게 한참을 생각하다 까무룩 잠이 든 그 밤, 아무것도 보이지 않는 칠흑 같은 어둠 속에 열반의 가르침 하나가 귀를 휘어잡았다.

번뇌와 연심은 다른 게 아니라 같은 이치이니라. 비워 내려 해도 비워 낼 수 없어 인간인 것을.

그게 안된 부처님의 마음이었는지, 제 스스로가 무의식적으로 만들어 낸 궤변이었는지 모르겠지만 그래서 결국 그 여자와 그 순간을 잊기를 포기했다. 자신이 어쩌면 그 여자를 몹시 열망했고, 또한 그만큼 마음에 많이 품고 있었다는 것을 인정하기 싫었지만 인정해야 했다. 그러자 차차 편해졌다. 처음에 속만 홀가분하더니 이제는 모든 게 다 홀가분했다.

하여 당연한 명제만이 남았다.

한수연은 한인석과 최강희의 딸.

단 하나의 명제.

명확하고 깔끔했다.

무엇이 끼어들 틈 같은 건 이제 더는 없는 듯하였다.

정숙이 결이 좋아하는 곶감을 한 아름 내어 오는 것으로 시작해 식사에서마저 죄 결이 좋아하는 것들로 차려졌다. 정숙은 손녀가 없는 것처럼 아랑곳없이 결을 챙겼다. 결의 밥 위로 나물이며 고기며 생선이며 수북이 쌓여 옆에서 보고 있던 인석과 강희가 각자의 목소리로 크게 웃은 게 관전 포인트였다. 그 웃음들 사이 결은 정숙의 사랑을 듬뿍 받은 밥을 무려 세 그릇이나 해치우는 기염을 토해 냈다.

"우리 예쁜 손주사위, 과일도 많이 먹어."

손주사위라 결을 부르는 그 호칭 때문에 수연은 입에 머금고 있던 찻물을 뿜었다. 맞은편에 앉아 있던 결이 입으로 뿜은 찻물을 고스란히 받아 냈다. 결의 옆에 앉아 있던 정숙이 냉큼 결을 닦아 주느라 정신이 없는 와중에.

"우리가 저렇게 키웠어. 우리 손주사위가 고생이 많지? 이 할미가 다 알아."

쿵, 먼저 장단을 쳤고,

"아닙니다. 제 눈에는 그저 예쁘게만 보입니다."

결이 짝, 하는 것으로 장단을 맞췄다.

한 편의 코미디가 따로 없었다. 정숙과 결은 죽이 잘 맞는 만담꾼 같기도 하였다. 그래서인지 인석과 강희, 그리고 수연 또한 너무도 즐거이 웃었다. 꽤 행복했다. 결이 손주사위라 불리는 것도, 아버지나 엄마가 결아, 하고 다정히 부르는 것도, 모두 모두 좋았다. 나쁜 것이 없었다.

정말로 모든 것이 좋았다.

하룻밤 자고 갈까. 수연이 혼잣소리하는 걸 듣고 결이 그러자 하였다. 피곤하다는 수연을 먼저 재웠다. 도닥도닥. 등을 두드려 주며 수연의 숨소리가 고르게 변할 때까지 옆을 지키다 결도 자리에 누우려는 일순 인석이 찾아왔다.

술 한잔 하자면 거절당할까? 인석이 물어, 결은 이불을 수연의 목 끝까지 덮어 주고 인석의 뒤를 따랐다. 서재에는 이미 술상이 차려져 있었다. 앉아라. 인석의 다정한 말에 결은 잘 차려진 술상 앞에 앉았다.

"먼저 한 잔 받아라."

인석이 결의 잔에 먼저 술을 채워 주었다. 제 것이 채워지는 동시에 결은 술병을 이어받아 인석의 잔을 채웠다. 잔을 들어 짝, 서로의 잔을 맞추고는 곧장 한입에 넘겼다. 인석이 다시 결의 빈 잔에 술을 채우고는 제 잔을 직접 채웠다. 결이 말릴 겨를도 없이 인석의 잔이 가득 채워져 찰랑거렸다.

"어려워할 거 없다. 네가 수연이랑 보낸 시간만큼 나도 널 봐 왔고, 그래서 네가 어떤 애인지 누구보다 잘 알고 있으니 그럴 거 없어."

긴장하던 결의 모습을 인석이 꿰뚫었다. 결은 그 즉시 맥이 풀리는 게 느껴졌다. 항상 당당했는데 오늘만은 그렇지 못했던 걸 인석이 정확히 알고 있었다.

수연의 본가였다. 무려 수연의 본가. 앞일이 어떻게 될지 예정되어 있지 않은 상태로 대뜸 밥 한 끼 먹자는 연락은 덜컥 겁이 났다. 수연과 앞으로 어떻게 할 것인지 홀로 예견하고 있었을 뿐, 그 이상이 없었기에 더욱이 당당하지 못했다.

그걸 인석이 제대로 알아보았다.

"결아."

입으로 가져가려던 술잔을 다시 내려놓은 인석이 결을 불렀다.

"네, 아버님."

식사 자리에서 바뀐 호칭이 어색하게 입에 붙었다.

"원하는 게 있으면 말해도 된다. 바라는 게 있어도. 내가 해 줄 수 있는 범위의 것이면 해 줄 요량이다."

무슨. 그 말이 결의 입에서 나가는 것보다 인석이 한발 빨랐다.

"집이 되었든 차가 되었든 돈이 되었든 아니면 어느 직책이 되었든, 그게 뭐가 되었든 이야기해도 된다는 뜻이다."

"제가 원하거나 바라는 걸 정말 아무 거리낌 없이 주실 수 있는 겁니까?"

"그래. 남자란 으레 그런 종류의 것들을 갈망하잖냐. 한때 나도 그러했으니."

"그럼 수연이 온전히 제 걸로 주십쇼."

고대하던 걸 끄집어내는 순간 인석의 미간이 설핏 좁아진 듯하였다.

"그게 무슨 소리냐."

"제 인생에는 수연이밖에 없습니다. 열일곱부터 쭉 그랬습니다. 누나, 라고 부르던 수연이를 제가 마음에 담고 가슴에 품어 여기까지 끌고 오는 동안 수연이는 다른 남자의 여자였던 적이 있었고, 그 남자와 결혼까지 할 뻔했습니다. 그래서 전 제가 수연이를 가지지 못할 줄 알았습니다. 저는 수연이보다 어리고, 지켜 주는 쪽이기보다는 지켜지는 쪽이고, 수연이의 모든 조건에 비해 제 조건이 턱없이 낮으니까요."

"그 남자도 수연이보다 나은 조건은 아니었다. 네가 못할 게 뭐냐."

"비겁한 게 제가 그 남자보다 못한 조건이었습니다."

술을 다시 한입에 털어 넣었다. 썼다. 지독히도 쓴 술이었다. 처음 마실 때와 상반된 술의 뒤끝이 목구멍을 타들어 가게 했다.

"수연이 옆에 있을 수 없다는 사실이 저를 계속 비겁하게 만들었고, 이제야 겨우 수연이랑 마음 터놓고 연애하는 사이

입니다. 열일곱부터 좋아했는데 제 나이가 지금 스물아홉입니다. 그렇게 오래 비겁했습니다."

누구에게도 말한 적 없는 사실을 인석에게 털어놓고 있었다. 자신은 비겁하고 비겁했다. 수연에게 고백할 때도 그 비겁함을 감추지 못하고 사표를 방패 삼았다.

혹자는 이렇게 말할지도 모른다. 너는 여섯이나 적잖아. 그게 얼마나 큰 건지 알기나 해?

나이가 여섯이나 적다는 건 조건으로 두고 봤을 때 누군가에게는 훨씬 나은 쪽이 될지 몰랐다. 하지만 수연에게는 통하지 않는다. 수연은 굳이 고결이 아니어도 되는 사람이었다. 고결이 거들떠볼 수도 없게 우위에 있는 사람이었다. 서로 사랑하는 마음이 제아무리 중요하다 한들 세상은 서로의 조건을 두고 합을 맺는 인연이 부지기수다.

자신을 이 위치까지 만들어 준 건 오롯이 수연의 덕이었다. 다들 놀랄 만한 경력과 연봉은 수연이 만들어 준 고결의 일부다. 그러니 그 조건은 배제시킨다. 지금의 자산도 수연이 만들어 준 것이나 다름없으니 그 조건도 배제시킨다. 그럼 홀어머니를 모셔야 하는 고졸 출신의 고결이 남는다.

나는 가진 것도 없이 비겁한 자이다.

그러나 이런 내가 한수연을 가지려 한다.

가지고 싶으니 가질 것이다. 바라고 원하니 그 염원대로 취할 것이다.

세간이 욕한다 한들 그런 치욕을 견뎌 내는 한이 있어도.

"너는 오로지 수연이 생각밖에는 없는 녀석이구나."

인석이 포크에 잘라진 단감을 찍어 결의 손에 들려 주었다.

"어릴 때부터 그랬지. 작디작은 네가 휠체어에 앉은 내 딸한테 손발이 되어 주었어. 왼손이 없어 자꾸 한쪽으로 기우니까 수연이 성질에 못 이겨 책을 내던지면, 네가 주워 와서 수연이 앞에 편히 보라고 펼쳐 주는 일뿐이었냐. 다른 애들 뛰어 보는 것처럼 달려 보고 싶다고 생떼 피우는 수연이한테 네가 달리는 것처럼 느껴지게 해 줄 수는 있다고 하루 종일 휠체어 밀면서 달린 건 어떻고. 이건 네가 한 일들 중 단편에 불과하잖냐."

자애로이 인석이 미소를 그렸다.

"그런 네가 비겁했던 것도 실은 전부 수연이를 위해서였던 거지. 그러니 네가 비겁했다고 자책하는 마음일랑 털어 버려라."

"저는……."

"너는 네 아버지 돌아가시던 날에도 우는 수연이를 달래던 착한 아이였다. 네 마음이 더 아플 건데 너는 그런 와중에도 우는 내 딸 걱정을 했어. 그러니 비겁한 건 그걸로 퉁쳐라. 그 마음이면 부처님도 널 비겁하다고 나무라진 못할 거다."

"제가 수연이를 가질 자격이나 있는 놈일까요."

"너라서 허락했다. 다른 사람도 아닌 너라서 허락했어. 안 그래도 상처 많은 내 딸이 누군가에 의해 더 흠집 날까 노심초사하면서도 좋은 아비 노릇 하고 싶어서 다시 좋아하는 사람 생겼다 했을 때 맘껏 만나 보라고 했다. 그런데 그게 너였어. 수연이 엄마랑 밤마다 네 얘기를 얼마나 했는지. 너여서 오늘 밥 먹이고 같이 웃고 떠들었다. 다른 사람도 아닌 너니까 내가 믿는 거다."

"아버님……."

"네가 원하고 바라는 것이라 했으니 수연이는 이제 우리 관할 아닌 네 관할이다. 네가 잘 보살펴 줘. 우리가 미처 살피지 못하는 것들까지 네가 잘 챙겨서 데리고 살아. 그러다 한 번씩 심보 고약한 그 녀석이 네 말 잘 안 듣거든 우리한테 보내. 혼쭐내서 다시 너한테 보내 줄 테니까."

어처구니없이 눈물이 났다. 툭, 한 줄기가 볼을 타고 흘러내리더니 이후로 후두둑 범람하였다. 비겁하다고 꼬리표처럼 어깨를 짓누르던 짐이 어디서부터인가 내려져 있었다.

"내가 네 아버지 빈자리의 역량을 감히 채울 수 있는 인간인지는 모르겠다만 그래도 네 아버지라 생각해. 여기 식구들 이제 전부 네 가족이나 다름없으니. 하나같이 네 편이다."

서럽게 타고 흐르는 눈물 속,

"괜찮다. 괜찮아, 이 녀석아."

인석이 결의 어깨를 투덕이며 말했다.

"울보."

바싹 마른 잔디를 밟으며 수연이 결을 놀렸다. 그러면서도 일부러 바람을 맞혀 차갑게 제 의수를 식힌 수연이 결의 눈두덩 위에 그 차가운 의수를 얹는다. 괜찮다고 했지만. 내가 안 괜찮아서 그래, 이 바보멍텅구리야. 수연의 담백한 한소리가 날아들었다.

"넌 왜 우리 아버지한테 고백하고 앉았어? 그런 고백 나한 테 해야 하는 거 아님?"

"무슨 고백."

시치미를 뚝 떼 보지만,

"다 들었어. 이게 어디 능구렁이처럼 빠져나갈라구."

수연이 가소롭다는 듯 콧방귀를 뀌었다.

"그럼 이제 너 내 관할이라는 소리도 들었겠네."

수연을 벤치에 밀어붙이고 눈두덩을 가렸던 수연의 왼팔을 끄집어내려 잡았다. 수연이 괜히 먼발치로 시선을 돌리려 해 그 시선마저 붙잡았다. 벌겋게 달아오른 눈이 오로지 수연만 을 담아냈다.

"뭐야, 갑자기."

"한수연, 지금 나 진지해."

"그래서?"

"넌 앞으로 어쩔 생각인데."

"뭘 어째?"

"다른 놈 만날 생각이야?"

"무슨 헛소리야, 너."

"그럼 다른 놈한테 시집갈 생각은 있어?"

"야!"

소리를 빽 질러 놓고는 수연이 사방을 휘둘러본다. 이 야심한 밤에 자신이 지른 고함 소리를 누구라도 들었을까 싶었나 보다.

"둘 다 아니면 넌 여지없이 나란 소리지?"

"장난 그만해."

수연이 결에게 잡힌 왼팔을 풀어내려 팔을 비틀었다. 하지만 결은 완악하게 수연의 의수를 더 세게 잡아 쥐었다. 수연에게 도망갈 틈은 없었다.

"난 너랑 살고 싶어. 자고 일어나면 항상 네가 있는 그런 날이 내 일상이 되었으면 하거든."

"결아."

"지금 당장 답하란 소리는 아니야. 생각해 보고 너도 그게 맞다 싶으면 나한테 대답해 줘. 결혼은 일생일대의 중요한 선택이고 너한테 한때 결혼이란 자체가 상처였으니까. 그래서 그게 얼마가 되었든 기다릴 자신 있어."

결은 붙잡았던 수연의 팔을 풀어 주었다. 수연이 그 즉시 자리에서 벌떡 일어났다. 일어나 휑한 정원을 거닐다 한쪽 구석에 자갈이 깔린 바닥을 밟아 제낀다. 자갈이 서로 맞부딪혀 뽀독뽀독 소리가 났다.

"너도 알지, 나 임신 못 하는 거."

뽀독뽀독 자갈이 소리를 내는 중에 수연의 말소리가 스며들었다.

"임신하려면 할 수야 있지. 그런데 약 다 끊어야 하고, 그럼 내가 못 살아. 너도 그거 알잖아."

"그래서?"

"네 인생에 그닥 도움 안 되는 결혼이야. 그러니까 이대로 지내다 네가 괜찮은 사람이 생기고 그러면……"

"넌 나 없이 살 수 있다, 대충 그런 말이네."

"그런 거 아니야."

"그럼 내 손 잡아. 내 미래는 너하고 나뿐이었어. 네가 무리해서 가지는 얼굴도 모르는 아기가 아니라 너랑 나랑 행복한 거, 내 미래는 딱 그건데 문제 될 게 뭐야, 대체."

"네가 나 때문에 좋은 기회를 수두룩하게 빼앗기고 있으니까 하는 말이잖아."

자갈 위에 서 있던 수연이 움직임을 멈추고 까만 어둠 속에서 결을 응시하고 있었다.

"한수연, 너 나 없이 괜찮을 수 있어?"

"……."

"대답해."

"……안 괜찮아."

"나도 너 없이 전혀 괜찮지 못해. 내가 여기까지 오기가 얼마나 힘들었는데. 내가 지금까지 네 옆에 있으려고 얼마나 발버둥을 쳤는데. 그런 나 밀어내지 마. 나도 너 없이 안 되는 놈이니까."

지금의 자신이 있기까지, 해서 자신이 수연의 옆에 한 남자로 설 수 있기까지 대단히 많은 시간과 인내가 필요로 했다.

하여 여기까지 온 결은 이 지점에서 수연을 포기할 생각이 없었다.

"우리가 하는 사랑에 갑과 을이 존재한다면 한수연 네가 갑이고 내가 을이야. 그래서 나는 네가 뭘 하자면 그게 뭐든 해. 그런데 네가 갑이라서 날 놓는다면 내가 그 갑, 해 보려고. 네가 을 해."

"그런 게 어딨어. 갑이랑 을이 여기서 왜 나와."

"내가 널 더 많이 사랑하니까. 더 많이 사랑하는 쪽이 을이 되는 거야, 자연스럽게."

수연의 앞에 다가가 무릎을 굽혀 등을 내주었다. 자갈 위에 번듯하게 서 있던 수연이 당연하다는 듯 결의 등에 찾아왔다. 이게 우리의 합이었다. 내 두 다리로 지탱하고 서서 수연을 하늘에 더 닿게 해 주는 것. 그것이 우리의 합이자 자연스러운 이치였다.

그러니 고결은 한수연 없이 안 되고,

한수연도 고결 없이는 안 된다.

"수연아, 내가 저번에 그랬지. 내가 혼수 다 해 간다고. 그럼 나한테 시집을 거냐고. 그거 진심이야. 내가 다 할게. 그게 뭐든 다. 살림도 내가 다 살고 밥도 끼니때마다 내가 다 챙겨서 먹여 줄게. 손에 수저 들기도 싫으면 내가 입까지 고이 갖다 바칠게."

"내가 뭐라고 네가 그렇게까지 해."

"나한텐 네가 우주야."

피이, 그런 소리를 내며 수연이 결의 어깨에 머리를 묻었다.

"우주 자체가 존재해야 내 존재의 가치도 있는 거잖아. 그런 면에 있어서 넌 내 우주야. 그러니 너한테는 뭐가 되었든 하나도 아깝지 않은 거고."

"끼 부리지 마, 이 나쁜아."

"그 끼에 넘어오면 더 바랄 게 없을 거 같은데."

"내가 넘어가면, 너나 나나 공평하게 행복할 순 있어?"

"아니."

수연을 업은 채 결은 하늘을 올려다보았다. 별이 주르륵 쏟아질 것처럼 주렁주렁하다. 이 밤하늘은 오늘 제 고백을 다 듣고서 이렇게 많은 별을 걸어 놓은 것인지 문득 궁금해졌다.

"너에 비해 내가 월등히 행복할 거야."

"그럼 불공평하잖아."

"내가 공평하게 만들어 줄게. 널 앞으로 더 행복하게 만들어 주는 사람이 되어 볼 참이거든."

"너무 사탕발림이다."

"그게 달아서 나한테 넘어오면 좋겠다, 한수연."

그리고 밤하늘이 몰래 엿듣는 고백을 하나 더 해 본다.

"수연아, 사랑해. 아주 많이."

이 고백을 엿들은 밤하늘이 수많은 별을 더 많이 걸어 두길 바라면서. 그래서 별 가득한 밤하늘을 올려다볼 때면 수연이 사랑한다는 자신의 말을 오래도록 기억하길 바라면서.

　　삶은 반복적이다. 그 지긋지긋한 반복 속에서 인간은 또한
행복하려 노력하지만 삶은 인간의 바람대로 굴러가지 않는
법이다. 수연에겐 오늘 같은 날이 그러하였다. 허둥지둥 바쁜
와중에 오늘이 하필 병원을 가는 날이었고, 결이 수연을 병원
에 내려 주고 거래처에 볼일을 대신 보러 갔다. 혼자 예약 진
료를 기다리다 제 이름이 호명된 일순 그것은 참으로 잔인한
우연이었다.

구미향

　　그런 이름을 가진, 제 생모인 여자가 환자복을 입고서 링거
를 달고 수많은 인파 속에 서 있었다. 고작 그런 우연찮은 만
남에 놀란 것은 아니었다. 단지 여자가 달고 있는 링거에 갈
색 비닐이 씌워져 있었기에 놀랐다. 그건 어릴 적 결의 아버
지가 병원에서 달고 있던 것과 같았다. 아저씨는 그걸 두고
수연에게 몸속에 암이 있어 치료를 받고 있다는 표시란다, 하
고 설명해 주었다. 그래서 그게 어떤 의미인지 누구보다 잘
알고 있었다.

　　한수연 님. 한수연 님? 한수연 님 안 계세요?

　　간호사가 자신을 찾았다. 그러나 수연은 간호사의 부름에
응하는 대신 여자를 뒤쫓았다. 인파 사이에 기척을 죽였다.
여자는 익숙한 듯 누군가를 배웅하고 있었다. 여자의 노록한
시선 끝에 서 있는 또 다른 한 여자. 생모의 자식인 듯하였다.

여자는 연신 딸에게 밥 잘 챙겨 먹어라, 몸조심해라, 병원에 자주 안 와도 된다 따위의 잔소리를 늘어놓았고 딸은 귀찮다는 듯 알겠다를 반복하며 여자에게서 등을 졌다.

고작 저렇게 살려고.

아픈 몸으로 고작 저따위로 살려고.

한 자식을 떼어 놓고 간 여자였다.

암이든 말든 상관없었다. 솔직히 말하면 인생에서 지워지길 바랐으나 그러지 못했으니 그저 품고 있을 뿐, 그 이상의 감정이 남거나 그러진 않았다. 저 여자가 내일 당장 죽는다고 하여도 별로 신경 쓰고 싶지 않았다.

지긋지긋하게 반복되는 삶 속에 누군가는 태어나고 누군가는 죽는다. 그 당연한 순리에 아무도 의연할 수 있는 자는 없다. 그러니 저 여자도 그 순리를 거스를 수 없으니 죽는 것이다. 그저 그렇게 생각하면 마음이 편했다. 그러나 편하지 못했다. 이상하게 무언가가 가슴을 훅 짓눌렀다.

수연은 거칠게 돌아서려 했다. 이런 같잖은 우연을 빌미로 여자와 다시 얼굴 마주하고 싶지 않았다. 생모가 암에 걸렸네, 그쯤으로 덮어 두면 그만일 일인데, 그런데 그 여자가 수많은 인파를 헤집고 수연의 이름을 불렀다.

"수연아……?"

좌절했다. 여자에게 그 이름이 불리우는 순간 자신이 도망치지 못할 거란 걸 직감해서였다. 온전한 두 다리는 아니지만 저 여자에게서 도망칠 수 있을 만큼은 움직일 수 있었다. 하지만 그 자리 그대로 늪에 빠지기라도 한 것처럼 발이 움직이지 않았다.

"여긴 어쩐 일로……."

"잘못 만들어져 태어난 몸이라 병이 많아서요. 오랜만이네요."

독설을 이다지도 쉽게 하는 것 또한 병이라. 저 여자와 마주하면 이런 독설을 아무 가책도 느끼지 않고 뱉어 낸다.

"그럼 저는 진료 봐야 해서요, 이만……."

뒷말이 끝을 맺지 못했다. 여자가 링거를 밀며 찬찬히 다가와 수연의 왼팔을 붙잡았기 때문이다. 그날과 같이 의수가 빠질까 여자는 손에 힘을 싣지 않았다. 그런데도 밀쳐 낼 수가 없었다. 맥없이 붙잡은 여자의 손 따위 쳐 내기 쉬운데 아무것도 하지 못하고 멍하니 여자한테 붙잡혔다.

"커피 한잔 마시고 가렴."

여자의 손을 끝끝내 밀쳐 내지 못했다.

병원 안에 마련된 카페에 앉아 여자와 말도 없이 마주 앉아 있기를 몇 분. 커피 두 잔이 나와 여자가 받아 오려는 걸 수연이 재빨리 받아 왔다. 시럽도 넣지 않은 커피를 여자가 먼저 후후 식혀 입에 머금는다.

"여기 커피 싼데, 맛있어. 마셔 봐."

"저 커피 못 마셔요."

여자의 다정한 얼굴이 일그러진다. 어째. 그럼 진작 말을 하지. 그때도……. 여자는 혼자 주섬주섬 말을 하다 입을 다물었다. 다시 적막이었다. 사람들이 많은 병원은 시끄럽게 굴러갔다. 그런데 여자와 수연이 마주 앉은 이 구역만 외딴 섬에 놓인 양 고요했다.

"죽나요?"

고요한 적막을 수연이 먼저 깼다.

"……아마도."

"지금 어느 정도세요?"

"간암 말기야."

"이식은요?"

"예전에 했고 이제는 암세포가 전이되어서 가망이 없어."

"그런데 치료는 왜 받으시고 계세요? 살고 싶으셔서 받는 거 아니에요?"

다시 적막. 여자는 고개를 가로저으며 웃었다. 커피 몇 모금을 더 마시고, 햇빛이 들이치는 창밖으로 시선을 던져두고는 여자가 날이 참 좋다, 나지막하게 말했다.

그렇다. 여자와 고작 두 번째 만남이지만 만남을 가질 때마다 날씨가 좋았다. 마치 하늘이 이 관계를 비웃기라도 하는 것처럼. 마시지 않으려던 커피를 수연은 찬찬히 들이켰다. 그에 여자가 커피를 빼앗으려 들었지만 빼앗기지 않았다. 커피는 썼다. 맛대가리 없어도 어떻게 이렇게 없을 수 있는지. 짜증이 울컥 치밀었다.

"말기면 진통제로 가족들과 좋은 시간을 보내는 방법도 있잖아요. 군이 병원에서 치료를 받는다는 건 살고 싶어서 그런 거 아닌가요?"

"암을 잘 아는구나. 아니, 혹시 너⋯⋯."

"아니요. 제가 아는 분이 암으로 돌아가셔서 아는 것뿐이에요. 많이 아팠어도 아직까지 암은 안 걸렸어요."

"그래. 다행이네."

여자는 안도했는지 실긋 구겼던 인상을 펴고 다시 웃었다. 그게 못마땅했다. 제 자식이라도 되는 양 걱정하는 여자의 꼴이 보기 딱했다. 어차피 길바닥에 버려 놓고 이제 와서.

"그래도 혹시 모르니 앞으로 관리 잘하렴. 너도 내 핏줄이니 혹시 모르잖니."

픽, 헛웃음이 비져 나왔다.

"혹시 지금 있다는 자식 둘 때문에 억지로 치료받으시는 건가요?"

그 물음과 동시에 여자의 눈망울이 속되게 흔들렸다. 그래. 결국에는. 이제는 이상할 것도 없어 비웃음도 나지 않았다. 저 여자는 곧 죽어도 제 자식 둘밖에는 없으니 어쩌면 당연한 건지도 몰랐다.

"그 자식들 미래 조금 더 지켜보고 싶으셔서 억지로 버티고 계시나 보네요."

"수연아."

"한낱 당신의 자식도 되지 못한 제가 걱정한다고는 착각하지 마세요. 그냥 우연찮게 보게 됐고, 피하고 싶었는데 피하지 못해서 걱정하는 척하고 있는 것뿐이니까."

적당히 식은 커피를 들이켜는데 무언가가 목울대를 쳤다. 그 무언가가 무엇인지 몰랐다. 목울대에 차오른 무언가 때문에 커피를 제대로 삼키지도 못하고 다시 내려놓았다.

"그 자식 둘 때문에 살고 싶으신 거, 맞죠?"

이미 다 알면서 무얼 확인하려 되묻고 있는지 스스로도 알 수 없었다.

"그래. 맞아."

여자의 진심. 아니다. 여자의 거짓.

확인하고 싶어서였는지도 모른다. 여자가 살고 싶은 이유에 한수연도 조금은 포함되어 있기를 바라는, 그런 거짓이라도 확인하고 싶어서. 지랄이다. 여자가 어떤 사람인지 대충 알면서도 스스로를 초라하게 만드는 이런 짓거리를 하고 앉아 있다니. 지랄이고도 지랄이다.

"그 자식 둘이 그렇게 귀하세요?"

수연의 물음에 여자는 입을 다물었다. 그리고 다시 통유리로 된 창밖을 본다. 드문드문 택시가 지나가고, 환자복을 입은 사람들이 지나갔다. 겨울답지 않게 따사로운 햇볕 아래 그런대로 각자 평화로워 보였다. 그러나 수연과 여자, 그 둘만은 평화롭지 않았다. 아니다. 여자는 지극히 평화로울지 몰랐다. 단지 수연만 그러한지도.

"너는 지금 집안에서 귀하게 부족함 없이 컸잖니. 그런데 내 자식 둘은 그렇지 못했어."

"……."

"그래서 자꾸 눈에서, 머리에서, 가슴에서 밟혀. 죽어도 편히 죽을 수가 없을 거 같아."

"지금 집안에서 귀하게, 부족함 없이 커서 제가 행복했을 거라 생각하세요?"

"수연아, 그건……."

"제아무리 제 자식 둘이 귀해도 저한테 그런 소리까지 하는 거 너무하단 생각은 안 드세요? 안 그래도 없는 정, 죽는다 하니 기어이 끊어 내리고 그러는 거 아니시잖아요, 지금. 당신이 배 아파 낳은 자식은, 연고도 몰라서 업둥이인 거 알고부터 지금 부모한테 정도 제대로 못 붙이고 지냈어요. 당신이 뭘 아는데요? 당신이 뭘 알아서 내가 행복했을 거라 짐작하는 건데요? 왜 당신은 끝까지!"

못된 사람인 건데요.

대체 왜.

내가 뭘 잘못해서.

하려던 말을 입 안에다 가두었다. 따지고 보자면 태어나고 싶지 않았다. 이렇게 내내 아파서 겉도는 생이라면 태어나지 않는 편이 훨씬 나았다. 그러나 선택권 없이 태어나 버림받았다. 온전한 몸으로 태어났으나 팔다리 한쪽씩 잃어 반쪽인 삶을 강요당해 여기까지 왔다. 아무것도 내 선택에 의해서 일어난 일은 없었다. 이런 삶이 되기까지 후반부의 선택이 약간 있었으려나. 회사. 결. 그 두 가지를 뺀 내 생 자체는 저 여자와 얼굴도 모르는 생부에 의해 선택된 삶이다.

그저 조금이라도 안타까워 쩔쩔매길 바랐다. 저 여자가 정녕 생모가 맞다면 미안해서 고개도 못 드는 지경까지는 아니더래도, 자신이 한때 버린 이 자식이 이렇게 살아가는 것에 작은 연민이라도 느껴 아프길 바랐다. 그러나 여자는 제가 낳아 키운 자식 둘밖에 모르는 어미다. 끝까지 저런 인간이다.

"오래오래 사세요. 오래오래 사셔서 부디 자식 둘 더 먼 미래까지 보다 죽으세요. 악착같이 버텨 내서 꼭 그렇게 하세요."

수연은 커피가 남은 종이컵을 들고 일어났다. 여자가 수연의 팔을 붙잡으려다 말았다. 멍청히 앉아 왜소한 수연을 올려다보았다.

"제가 드린 돈으로 부족한 거 있거든 연락하세요. 그 정도는 해 드릴 용의 있으니까."

"미안하다. 끝까지 못난 어미라……."

"알긴 아시는 거면 다행이지만, 그 사과는 안 받을게요. 진심처럼 느껴지지도 않고, 그 사과 받는다고 내 부당했던 인생이 한결 나아지는 건 아니니 그 사과 혼자 백 번 천 번 하다 그대로 끌어안고 죽으세요. 부디."

수연은 끝까지 나쁜 말을 내뱉으며 여자에게서 돌아섰다.

날씨가 참, 청승맞게 좋았다.

울려 대는 핸드폰을 끈 채 홀로 술을 마셨다. 술을 마시고

마셔 몸에 흐르는 수분이 모두 술로 대체되었으면 하는 허망한 바람을 끌어안고서. 그 여자가 사 준 커피를 안주 삼아 정신이 어디 처박히는지도 모르는 채로 술을 진탕 마시고는 취했다.

그렇게 취한 와중에 그 여자 생각이 났다.

미친년처럼 웃고 또 웃었다.

그러다 소리 내어 엉엉 울었다.

시침이 열한 시를 넘어갈 무렵 초인종이 울렸다. 정숙은 이미 취침에 들었고, 인석도 오늘 퇴근을 일찍 해 이미 집에 들어와 있었다. 올 사람이 없는데. 그런 생각을 하며 인터폰 화면 앞에 섰을 때 강희는 오픈 버튼을 누르고는 곧장 마당을 가로질러 뛰었다. 수연이 휘청거리며 대문을 넘어오고 있었다.

"어! 엄마다. 우리 엄마아."

술에 잔뜩 취해서는 수연이 엄마, 라고 거듭 외치며 강희의 품으로 달려들었다. 수연이 술에 취한 전적은 많았다. 강희는 그런 수연에 대해 별로 당황스러울 것이 없었다. 그러나 술에 취했어도 수연은 이렇게 엄마를 애타게 찾으며 사리 분별도 없이 어린아이가 된 적은 없었다.

직감적으로 와닿았다. 내 딸에게 무슨 일이 있노라고.

"왜 이렇게 많이 마셨어."

"엄마가 너어무 보고 싶은데, 핑계가 없어서 술 좀 마셨지.

술 마셔서 엄마 보러 왔지이."

"수연아……."

"엄마아, 엄마는 내 이름 지어 놓고 기뻤어? 내 이름 부르면서 행복했어? 내가 엄마 딸이라서 정말루 애달프고 좋았어?"

그런 말을 와르르 뱉어 내고는 땅에 철퍽 주저앉아 바닥에 얼굴을 묻고 세차게 울어 댔다. 강희는 수연의 옆에 쪼그리고 앉아 등을 쓸어 주었다. 어미 된 자로 행할 수 있는 일이 고작 그뿐이었던 탓이다.

"엄마가 나 좀 낳아 주지 그랬어. 가슴으로 말고 배로. 엄마 배 아파서 낳았으면 생모도 따로 없었을 거잖아. 그랬으면 나 이렇게 늦게 행복했던 거 훨씬 일찍 행복할 수 있었을 건데……."

그러다 얼굴을 들고 수연이 방싯 웃었다. 혹독한 겨울의 바람에 수연이 곧 꺼질 연기처럼 그랬다.

"엄마가 나 잘 거둬 키워 줬는데 이런 한탄이나 하고 참 못났다, 그치? 엄마나 아버지 아니었음 이런 비싼 의수랑 의족 껴 보지도 못했을 텐데. 어디 저 시궁창에 박혀서 죽을지도 모르는 목숨이. 내가 배가 불렀어. 내가 나쁜 건가 봐."

의수랑 의족을 빼내어 제 옆에 두고는 수연이 고개를 숙였다. 이거 봐, 나 아버지 엄마 아니면 이렇게 살아가야 하잖아, 이렇게 덜렁거리는 채로. 한 발로 오래 걷지도 못해. 나 아버지 엄마 아니었음 어쩔 뻔했어. 그렇게 홀로 중얼거리더니 이

내 또 울었다.

"엄마랑 아버지는…… 나 안 버리지? 내가 이렇게 못난 짓을 해도 안 버릴 거지? 제발 버리지 마. 나 이제 정말 갈 데가 없어……."

물기 머금은 목소리로 하는 수연의 참회를 마당으로 나온 정숙과 인석, 그리고 강희가 나란히 들었다.

이 겨울에 있을 리도 없는 울새가 밤을 휘저으며 우는 것 같았다.

마당에 참새가 쨱쨱 울었다. 그 소리가 하도 요란해 눈을 뜨니 본가의 제 방이었다. 수연은 놀란 마음에 침대에서 튕기듯 일어나 앉았다. 얼마나 퍼마시고 여기까지 온 걸까. 그런 물음이 퍼뜩 떠오르다가 목이 찢어질 듯한 조갈이 밀려왔다. 협탁에는 당연하다는 듯 자리끼가 놓여 있었다. 서둘러 물을 마셔 목부터 축였다.

코트와 슈트가 벽장에 반듯하게 걸려 있고, 그 아래 가방이 놓여 있었다. 그걸 가만히 응시하다 미친, 하고 작게 욕이 나왔다. 결의 연락을 무턱대고 씹다 핸드폰을 껐고, 택시를 타고 본가에 왔고, 그리고 되지도 않을 주정을 강희에게 한 일이 머릿속을 천천히 스치더니 잊지 말라는 듯 확실히 각인되었다.

버리지 마요.

버리지 마. 응?

엄마에게 무작정 했던 말이 깨질 듯한 두통이 밀려오는 와 중에도 선명히 기억난다. 어쩌려고 그런 말을. 아아. 환장할 노릇이다.

그런데 느닷없이 방문이 열렸다. 다름 아닌 강희였다.

얼굴을 내놓고 있기가 부끄러워 이불을 슬쩍 올려 보았지 만 다가온 강희가 협탁에 들고 들어온 것을 내려놓고는 수연 의 이불을 끌어 내렸다.

"왜, 엄마 보기 부끄러워?"

농담을 던지며 강희가 미소를 담아냈다.

"결이한테는 내가 전화 넣어 뒀어. 네 걱정 많이 하더라. 연락 안 돼서 계속 찾아다닌 모양이야."

강희는 내려놓은 것을 수연의 오른손에 흘러내리지 않도록 손잡이까지 끼워 쥐여 주었다. 농도가 짙은 꿀물이었다. 유리 잔 안에서 꿀물이 눅진한 노란빛을 띠고 있었다. 한 모금 입 에 머금자 취기가 단번에 날아갈 정도로 따뜻하면서 달았다.

"해장하고 가. 엄마가 우리 딸 좋아하는 김치콩나물국 끓 여 놨어."

왼쪽으로 쏠린 잠옷의 위치를 바로잡아 주며 강희가 수연 을 이리저리 매만졌다. 팔이랑 다리는? 하고 묻다가 아프면 찜질도 하고 가, 하고 말하다가 아니다, 엄마가 지금 해 줄게, 하고 밥 먹어, 하고 후다닥 일어나려는 강희를 수연이 붙잡았 다. 반쯤 일어났다 다시 주저앉은 강희의 허벅지 위를 수연이 파고들었다.

"수연아."

엄마가 부르는 그 이름 하나에 눈망울이 시큰거렸다.

"한수연, 그 이름을 너한테 지어 주면서 아주 설렜어. 수연아, 그 이름을 부르면 잘 기지 못해서 돌돌 몸을 말아 옆으로 뒹굴어서까지 나한테 기어이 안기는 네가 나한테는 세상의 전부였어."

막막한 서러움에 호흡이 차올랐다.

"이름 짓고, 그 이름으로 널 부르면서 목에 칼이 들어온다 해도 너는 내 딸이고, 나는 네 엄마라고 생각했지 다른 건 하등 상관 없었어."

"엄마……."

"그래, 엄마 잘못이야. 내 배로 낳았으면 네 생이 덜 고달 팠을 건데. 엄마가 너한테만큼은 미안한 일이 많아. 그래도 내 이기심에 너는 다른 누구의 딸도 아닌, 한인석과 최강희의 딸로만 남아 주었으면 해."

서러운 울음소리가 둑방 터지듯 터져서는 메마른 방 안을 채워 나갔다.

"엄마를, 버리지, 말아 줘."

고개를 들어 엄마의 얼굴을 보았다. 그 얼굴이 마치 거울에 비춘 제 모습을 보고 있는 것 같았다.

버려지지 않으려는 간절함.

엄마는 나와 같은 모습을 하고 있었다. 버려지는 준비를 하고 있었으면서도 버려지지 않기 위해 안간힘을 썼다. 그렇게 매사 모든 것을 조심하며 살았다. 아무리 내 부모가 강산 같다고는 하나, 한씨로 묶인 것 이외의 것은 없었다. 핏줄도 달랐고, 생김새도 달랐고, 접점이라고는 없어 언제든 내쳐져도 이상할 것이 없었기에 나는 평이한 길에 있을지도 모를 낭떠러지가 너무 무서웠다.

그런데 내 평이한 길에는 실상 낭떠러지가 없었던 것이다.

내 부모가 언제 있을지 모를 낭떠러지를 언제나 내 뒤에서 대비하고 있었다. 그러다 낭떠러지가 나타나면 길을 다시 평평하게 메워 주고 다시 뒤에 서서 묵묵히 대비 태세를 갖췄다. 내 길은 구미향, 그 여자가 버린 그 순간이 낭떠러지였을 뿐, 지금 부모의 자식이 된 이래 한없이 평지였다.

서로가 서로에게 버려지지 않으려 이렇게 버둥거리던 걸,

이제야 알다니.

참으로 못난 짓이다.

강희가 끓인 김치콩나물국은 맛이 일품이었다. 적당히 신 김치에 콩나물이 더해져 밥 한 그릇이 그냥 훌훌 넘어갔다. 식탁에서 인석이 한소리 했다. 나이가 몇인데 아직도 그렇게 술을 마시냐. 그러고는 이내. 술 생각나거든 나한테 와. 내가 웬만한 장정보다 잘 마신다. 그렇게 말해 강희가 인석의 어깨를 철썩 때렸다. 애한테 좋은 거 가르쳐요? 네? 강희의 한소리가 인석에게 날아들자 정숙이 수연의 빈 그릇에 국을 더 채워 주었다. 사업하는 사람이 배곯으면 안 돼. 많이 먹구 가.

따뜻한 정이 대접에 가득 담겼다.

이 할미 다 곯아도 갖다 버리지 마라. 알았지?

정숙이 그렇게 말하며 눈물지었다.

우리는 모두 서로가 서로에게 버려질지도 모른다는 준비 태세를 그제야 온전히 내려놓았다.

결을 부르거나 택시를 타고 가도 된다는 걸 강희가 말리더니 운전기사를 자처했다. 입고 나온 코트를 벗어 수연에게 덮어 준 강희는 차를 몰았다. 삭막한 겨울 풍경이 찬찬히 나리는 비에 젖어 갔다.

한없이 애타는 나의 눈짓들.

세상이 온통 그대 하나로 변해 버렸어.

강희가 오디오에서 흘러나오는 심수봉의 노래를 따라 불렀다. 그러면서 수연의 의수 낀 왼손을 다정히 잡고서 가끔 수연에게 눈을 맞췄다.

비나리. 구슬픈 강희의 목소리가 그 노래에 맞춰 젖어 갔다.

기상청 예보가 빗나갔다. 조금 흐릴 거라더니 비가 내린다. 강희의 차에서 내린 수연이 강희가 주는 우산도 마다하고 총총 뛰어온다. 수연을 바라보던 결의 눈이 자꾸만 길게 늘어졌다. 멀찌가니 서서 결은 고개를 숙였고, 수연은 손을 흔드는 것으로 강희를 배웅하였다. 강희의 차가 회사를 빠져나가는

것을 보고는 결이 수연의 코트 위에 앉은 옅은 빗자국을 털어
냈다.

　밤새 연락이 닿지 않아 사람 속을 새카맣게 태운 주범은 아
무렇지 않게 웃는 얼굴을 하고 있었다. 열불이 터지는 속을
부여잡고 수연의 뒤를 따라 층계를 올랐다. 사무실로 수연이
들어서자마자 직원들이 출근 인사를 했다. 수연이 멋쩍게 웃
어 주는 것으로 인사가 끝나고 대표실로 들어섰다. 코트를 걸
어 놓고, 가방에서 안경을 꺼내고, 오늘의 일정이 뭐냐고 묻
는 수연을 말없이 바라보다 결은 대표실 문을 걸어 잠갔다.

　결은 무작정 수연에게 다가가 입을 맞췄다. 한 손으로는 중
심을 잃고 책상을 짚으려는 수연의 손을 휘어잡고, 한 손으로
는 벗어나려는 수연의 목덜미를 다잡았다. 자신에게서 도망
칠 수 없도록 수연을 몰박히게 한 채로 혀로 수연의 입 안을
핥고 또 핥았다. 술기운이 옅게 느껴졌다. 입 안, 수연의 여린
살이 꽃꿀인 양 달곰하였다.

　숨이 차올라 파닥이는 수연의 윗입술을 한 번 길게 빨아들
이고는 놓아주었다. 품에서 떨어져 나간 수연이 일순 휘청거
려 옆구리를 다잡아 주었다. 숨이 차올라 혈색이 벌겋게 달아
오른 수연은 눈을 흘기며 씩씩거렸다.

　"뭐 하는 짓이야, 이게!"

　"그러는 대표님은요."

　수연은 대답 대신 안경을 끼고 결을 빤히 쳐다보았다.

　"어제 일은 내가 잘못한 거 알아."

"알면 뭐 합니까?"

"미안해."

타액으로 번들거리는 수연의 윗입술을 결이 엄지로 닦아 냈다.

"무슨 일 생긴 줄 알아서 온 동네를 뒤지고 다녔어요. 그러느라 밤에 한숨도 못 잤고요. 알긴 아세요?"

"아는데, 아는 것만으로 네 속 백 분의 일도 이해하는 건 아니니까 더 미안해. 연락도 안 하고 혼자 방황한 거 잘못했어. 나 같은 건 맞아도 싸."

오른손을 번쩍 들어 제 뺨을 때리려는 수연의 팔을 결이 허공에서 붙들었다. 이럴 줄 알았다. 이렇게 미운데 이렇게 사랑스러울 줄 알아서 이토록 유야무야될 줄 이미 알았던 사실이다. 결은 수연을 제 품에 쏙 집어넣었다.

"걱정했잖아요."

"미안."

"나이도 저보다 훨씬 많으면서 왜 이렇게 철이 없어요."

"나도 그렇게는 생각하는데, 너한테 팩폭 당하니까 화나네?"

"하여간. 제가 한수연 대표님 때문에 못 삽니다."

"잘 살아야지, 왜 못 살아. 그럼 나랑 결혼 못 하는 거 아닌가?"

결혼.

그 단어에 놀라 결은 수연을 품에서 떼 내며 수연의 양어깨를 다잡았다.

"나랑 하게, 결혼?"

"여기 회사인데 존대 어디 갔나요, 고 비서님?"

"나랑 할 거냐고, 결혼!"

"그럼 너랑 하지 다른 놈이랑 할까?"

아. 짜릿하게 웃음이 났다. 너무 기쁜 나머지 웃음이 끊이
질 않았다. 그 웃음소리가 자꾸 커지자 수연이 까치발을 하고
결의 입을 막고 나섰다.

"미쳤어? 여기 회사야! 그만 웃어!"

"아, 한수연, 왜 이렇게 깜찍해. 진짜 돌겠다. 나 좋아 죽겠
어! 진짜, 와, 대박이야, 진심."

"알았으니까 좀 진정해. 왜 이래, 진짜."

"진정 안 돼. 나 지금 나가서 소리 지르고 싶다."

수연의 정수리, 이마, 볼, 입술, 목덜미 닥치는 대로 입을
맞췄다. 수연이 극성이라며 날뛰었지만 좀처럼 진정이 되지
않았다.

"이거 진짜지? 꿈, 아니지?"

결의 물음에 수연이 결의 옆구리를 세게 꼬집었다. 저릿한
아픔이 옆구리 살갗에 선명히 느껴진다. 꿈이 아닌 현실이다.
한수연이 고결과 결혼할 거란 사실. 그게 꿈이 아니라니. 현
실인데 믿기지 않았다. 심장이 튀어나올 듯 거세게 뛴다.

"결혼은 지금 이 순간 날 사랑해 줘서 날 행복하게 하는 사
람이랑 하는 거래. 나중에 그런 것들이 다 식어도 이 순간이

기억에 남아 서로한테 배신하지 않게끔 버티게 하는 거고."

수연이 힘을 꾹 주어 결의 손끝을 붙잡았다.

"나는 그런데, 너한테 나도 그런 사람이야? 널 사랑해 줘서
행복하게 하는, 내가 너한테 그런 사람이 맞아?"

"뭐야, 그런 멋있는 말은 어디서 배웠어?"

조금 젖어 축축한 수연의 머리를 헝클였다. 멋없이 미소 짓
는 수연의 얼굴을 헝클어진 머리가 가리지 못한다. 예쁘다.
예쁘다는 외의 단어는 생각할 수 없을 만큼 예쁜 여자다.

나를 사랑해서 나를 행복하게 만드는 사람. 그건 분명 한수
연이다. 여지없이 한수연이 분명하다. 나는 수연에게서 받는
사랑이 좋다. 멋쩍게 짓는 미소도 좋고, 이미 걱정이란 걱정
은 다 끼쳐 놓고 제 발로 찾아와 안다고 사과하는 것도 좋고,
그저 한수연이라면 모든 게 좋다. 사실 수연이 나를 사랑하지
않는다 하여도 좋다고 말할 수 있을 정도로 나는 한수연이 좋
았다.

실상 미친놈이라 타인들이 손가락질하여도 어쩔 수 없을
만큼. 나는 한수연 없이 안 되는 놈이었다.

그러니 내 선택은 당연히,

"넌 나한테 그리고도 남는 사람이야."

너다.

회사에서 점심으로 김치콩나물국을 먹었다. 엄마가 술 마
셔서 애먹이는 딸을 위해 싸 준 거라며 수연이 커다란 보온병

을 꺼내 놓아서였다. 그런데 퇴근을 해 집에 와서도 남은 김치콩나물국을 마저 먹어야 한다고 수연이 떼를 썼다. 어쩔 수 없이 김치콩나물국을 데워 저녁상에도 올렸다. 몇 가지 밑반찬을 더해 저녁상에 올렸지만 수연은 김치콩나물국에 밥을 말아서 먹을 뿐 다른 것에는 손도 대지 않았다.

다 비운 밥그릇을 앞에 두고 수연은 아직 다 먹지 못한 결을 기다려 주었다. 젓가락을 들어 결의 밥 위에 반찬을 한 번씩 올려 주는 일도 하였다. 그러다 눈이 마주치면 수연이 씩 웃으며 얼른 먹으라는 핀잔 아닌 핀잔도 주었다. 그러다 과일을 자기가 깎아 보겠다며 과도와 사과를 가져왔다. 왼손으로 사과를 잡고 오른손으로 과도를 쥔 채 열심히 깎는 자세를 취했지만 사과 껍질에 칼이 헛돌더니 칼날이 의수에 부딪혀 쨍한 쇳소리가 났다. 어렵다며 툴툴거리고는 수연이 사과와 과도를 내려놓았다.

밥이 두 숟가락 정도 남았으나 결은 밥을 마저 먹는 대신 수연이 내려놓은 사과와 과도를 집었다. 사과 꼭지에 톡톡 십자가로 홈을 내어 패인 홈에 칼날을 집어넣어 깎았다. 수연이 끊기지 않는 사과 껍질을 구경하며 와아, 하고는 박수를 쳤다.

"너는 별 재주가 다 있다."

"내가 한수연 비서로 살면서 는 건 일적인 능력만이 아니라니까. 이런 고급 인재 어디 가서도 못 구해."

"어휴, 지 자랑 지 입으로 저렇게 해 대고 싶을까."

"사실이잖아. 아니야?"

"그래, 맞다 해. 맞다고 쳐."

"맞다고 치는 게 아니라 맞는 거야."

다 깎은 사과를 여덟 조각으로 나눠 한 조각을 수연의 입에 넣어 주었다. 엄청 달다. 아삭아삭 베어 먹는 소리를 내면서 수연이 감탄을 하였다. 수연의 입에 한 조각을 더 넣어 주고 결은 겨우 제 입에 한 조각을 넣었다. 수연의 말처럼 달아 맛있는 사과였다.

"그래서 어제 방황한 이유, 이제 말해 줄 때 되지 않았어?"

한 조각이 입에서 다 사라지고 수연의 입 움직임이 멎을 즈음 결은 궁금한 본론을 꺼냈다. 결혼에 들떠, 그리고 회사라는 공적인 장소의 한계에 갇혀 묻지 못했던 것을 저녁 늦게서야 물어본다. 수연이 그 물음에도 아— 하고 입을 벌려, 채근하지 않고 사과 한 조각을 벌린 입에 넣어 주었다. 아삭아삭 씹히는 소리가 어느 정도 줄어들어 갔을 때 수연이 말문을 열었다.

"그 여자 간암 말기라더라."

그렇게 말하며 수연이 별일 아니라는 듯 웃었다.

"그런데 항암 치료 받고 있는 모양이야. 죽을 건데 자식들이 밟힌대. 그래서 힘든데 억지로 버티고 있더라고. 꾸역꾸역 치료받으면서."

"어제 병원에서 만났어?"

"어. 무슨 그런 개같은 우연이 다 있을까 싶다가, 하늘이 그 여자 불쌍하니 용서해 주라고 그랬나 싶기도 하고. 무튼 그래서 술 마셨고, 그 뒤로는 거의 술김이었는데 정신 차리니 본가였어."

"수연아."

결이 수연을 부른 것과 수연이 허공에서 한 손을 내저은 건 거의 동시였다.

"걱정 안 해도 돼. 네가 걱정할 만큼 못 괜찮은 것도 아니야. 그냥 뭐랄까, 왜 간암 말기라는 그 여자보다 내가 그 순간에 더 불쌍했는지 납득을 못하는 중이야. 그 여자가 막 내 앞에서 지 새끼들 걱정을 마구잡이로 해 대는데 난 화가 나고 짜증이 나고 그 여자가 미칠 듯이 밉고, 그냥 그랬어."

"그래서 술 마셨고."

"응."

수연이 사과 한 조각 집으려는 걸 결이 대신 집어 수연의 입에 넣어 주었다. 수연의 입이 사과를 씹느라 다시 분주히 움직이다 점차적으로 멎어 들었다. 다 씹고서는 한숨을 크게 내쉬었다.

"모르겠어. 그 여자한테 나는 자식도 아닌 거 잘 알겠고, 그래서 나는 지금 우리 부모 자식이고 우리 할아버지 할머니 손녀인 건데, 그런데 자꾸 그 여자가 거슬려. 뭐랄까. 화장실 가고 싶은데 못 가서 빌빌거리는 꼬락서니랄까. 그 여자 앞에서 내가 자꾸 그렇게 돼."

"마음에 자꾸 걸려?"

"……인정하기 싫은데 솔직하게 그래. 차라리 잘 살기라도 하지. 아프긴 왜 아파. 아프면서 자식 걱정은 또 왜 그렇게 꼴 보기 싫게 해 대는 건지. 죽으려면 차라리 내 눈에 띄지 말고 죽던가. 그런데 더 웃긴 건, 아픈 그 여자 앞에서 멀쩡한 내가 더 불쌍해진다는 거야."

말끝에 지랄, 하고 낮게 욕을 읊조린 수연은 팍팍한 한숨을 연거푸 내쉬었다.

"알게 모르게 그분한테 사랑받고 싶었던 거 아닐까."

결이 제 생각을 꺼내 놓자 수연은 일순 사색이 되었다.

"그분이 널 부정할수록 너는 그분의 사랑을 갈구한 걸지도 몰라. 물론, 내가 당사자가 아니니 그럴 확률이 높지 않나 짐작해 보는 정도지만."

"고결."

"선 넘은 발언이라고 생각하지 말고 들어. 보고 싶으면 보고, 해 주고 싶은 게 있음 해 줘. 그렇게 다 털어 내면 네 마음 지금보다 편해질 거잖아. 탁 까놓고 말해서 너 그분한테 돈 주고 온 것도 네 마음 편하려고 그런 거잖아. 아니야?"

수연은 아랫입술을 질끈 깨물며 고개를 돌렸다.

"끝까지 부모의 온정 따위 기대할 수 없다고 해도, 그게 네 마음 편하자고 하는 일이라면 그렇게 해. 그게 너한테 끊임없이 갈망했던 것들을 완전히 털어 내 줄 수 있는 유일한 방법일지도 모르잖아."

"……넌 날 왜 이렇게 잘 알아서 이런 말을 스스럼없이 해.

사람 짜증 나게."

"이런 건 내가 대신 해 줄 수 없으니까 미안하다. 나는 내가 항상 대신 해서 우리 예쁜 한수연, 안 아프게 해 줄 수 있을 줄 알았거든. 근데 그게 아니라 미안하네."

잇자국이 선명한 수연의 아랫입술을 검지로 훑으며 결이 쓰게 웃었다.

"힘들어서 어떡해, 내 예쁜 한수연이."

"안 힘들어. 자꾸 모르는 길 갈 때마다 네가 전등 켜고 내 옆에 따라와 주니까 난 돌아서 갈 길 직선으로 가서 편한 편이야."

"그래도 수연아, 힘들어도 아프지는 마. 나 있으니까 잘 버틸 수 있을 거라 믿지만."

"뭐야, 그 대책 없는 자신감은."

"나 한수연 예비 신랑이라서."

그렇게 나란히 웃는 것으로 종지부를 찍었다.

삭제와 정리

돌아온 주말에 하늘이 잿빛이었다. 초미세 먼지가 나쁨, 이라고 핸드폰 날씨에 표기되어 있었다. 볼 업무 자료가 가득했지만 샤워를 하고 나온 수연은 무슨 바람이 불어서인지 청소를 하고 싶어졌다. 책상에 앉는 일을 나중으로 미루고 청소기를 돌렸다. 물걸레질도 하고 싶어 걸레를 빨아 밀대에 끼워 온 방을 돌아다니며 박박 닦았다. 그리고 먼지떨이로 구석구석의 먼지를 털었는데 그러고 나서는 다시 청소기를 돌려야 하는 건가 싶었다.

책상에 기대서서 핸드폰으로 청소하는 법을 찾아봤다. 먼지떨이로 먼저 털어 놓고 청소기를 돌리고 물걸레질을 하는 거란다. 기가 찼다. 다시 청소기를 돌리고 물걸레질을 했다.

그러니 훌쩍 두 시간이 지나 있었다.

깨끗해진 집 안을 둘러보다 녹차 한 잔을 우렸다. 김이 모락모락 피어오르는 따뜻한 잔을 들고 거실 바닥에 앉아 무릎을 세웠다. 완연한 겨울에 잠긴 마당을 관망하다 무릎 사이에 얼굴을 콕 박았다.

따뜻한 녹차가 점점 식어 가는데 마실 생각도 못 하고 무연해졌다. 결에게 연락을 해 볼까. 아님 불쑥 본가나 갈까. 그도 아님 밀린 일을 지금부터라도 해 볼까. 그런 생각이 차곡차곡 쌓이다 또 무연해졌다.

그런데 현관문 열리는 소리가 들렸다. 무릎 사이에 콕 박아 숨겨 두었던 얼굴을 들어 현관문 방향을 바라보았다.

"일어났는데도 연락을 안 했네. 무슨 용기로?"

결이 신발을 벗고 서서 수연을 삐뚜름히 쳐다보았다. 그러면서도 미소를 그렁그렁 달고는. 겁을 줄 거면 웃지나 말던가. 수연의 입가에도 비죽 웃음이 새어 나왔다.

"한바탕 청소라도 했어? 집이 왜 이렇게 깨끗해?"

"신부 수업. 그런데 먼지떨이를 맨 마지막에 해서 청소기도 돌리고 물걸레질도 다시 함."

"예쁜 짓만 골라서 하지, 하여튼."

손에 가득 들고 온 것들을 결이 냉장고에 정리하여 넣는다. 그 모습을 앉은 채로 가만히 지켜보다 몸을 일으켰다. 다가가 결의 허리를 뒤에서 껴안았다. 결에게 겨울의 삭막한 냄새가 묻어 있었다.

"주말인데, 우리 한수연은 무얼 할 예정이신지요."

결이 뒤돌아 수연을 냉큼 품에 품었다. 결의 냄새가 한층 더 짙어진다. 코를 박고 결의 품에 좀 더 머무르다 수연은 몸을 떼어 냈다.

"일해야지. 화주건설 121A, 72B 도안 컴플레인 들어온 것도 살펴봐야 하고."

"그렇게 나 방치해 두고 일만 하면 나 도망가는 수가 있어?"

"가지 마라아."

수연은 결의 긴 팔을 붙들고 흔들었다.

"애교 피운다고 안 달라질걸."

"그럼 어떡해."

"일은 내가 내일 도와줄게. 내일도 주말이잖아. 오늘은 나한테 시간 좀 내."

"시간 내 주면 뭐 할라구?"

"데이트."

"오, 맛있는 것도 사 주는 거야?"

"한수연이 사 달라는 건 다 사 줄 자신 있는데. 이렇게 한수연밖에 모르는 예비 신랑 어디서도 못 구한다?"

"넉살은."

수연은 곧장 침실로 들어가 옷장을 있는 대로 훌떡 열었다. 멀찍이 서서 열린 옷장들을 훑으며 무얼 입을지 고민했다. 따라 들어온 결이 고민하는 수연의 심중을 읽었는지 옷을 척척

골랐다. 아이보리색 코트에 블랙 니트와 그레이 계열 체크 앵클 팬츠였다. 여자인 수연보다 남자인 결이 훨씬 옷을 잘 고르고 잘 입는 편에 속했다. 오늘도 그 센스가 여지없이 빛을 발한다.

"여기다 검은색 앵클부츠 신으면 끝."

"넌 굳이 내 회사 안 다녀도 정말 잘 먹고살았을 거야."

"뜬금없이."

"사실이 그렇다는 거야. 넌 진짜 재주가 많아. 눈썰미도 좋고."

"그럼 나 다른 일 찾으러 사표 써도 되는 부분인가."

"그러기만 해. 아주 끝장 보고 싶으면."

결이 피식 웃다 멀뚱히 서 있는 수연을 끌어당겼다.

"내가 갈아입혀 줄게."

보드라운 손길에 의해 수연의 옷이 하나둘 벗겨졌다. 왼쪽으로 기울어진 브래지어 끈을 결이 매만져 준다. 모든 것이 하나같이 다정했다. 뭐 하나 빼놓을 수도 없게 다정해 수연은 이 남자 아니면 안 되겠구나, 그런 무구한 생각을 하였다.

수술 흉터가 많은 몸을 보면서도 결은 눈을 흘기기보다 자신이 도리어 아픈 것처럼 군다. 몸 가득 빼빼한 수술 흉터가 거울 앞에 비칠 때면 생을 억지로 버텨 낸 흔적 같아 보기가 싫었다. 그래서 아프다고 생각할 겨를이 없었다. 이건 버텨 낸 흔적이었다. 정말 위태로운 생을 악착같이 버텨 낸 흔적. 그런데 결이 서로 전라인 상태로 누울 때면 아팠겠다, 그 소리를 참으로 많이 했다.

나 자신보다 나를 더 위하는 사람이다.

정숙이 했던 말이 떠오른다.

결이 없으면 어쩔래.

결이 없으면 한수연은 뭣도 아닌 사람이었을 것이다. 좋은 부모 아래 그저 철없이 방황만 하며 시간을 아무렇지 않게 흘려보낸 못난 인간이 되었을 것이다.

"나는 너 없이 안 돼."

코트 앞섶을 여며 주는 결의 손을 수연이 붙들었다.

"죽어도 죽지 마."

결이 수연의 그 말에 낮게 웃는다.

"죽었는데 어떻게 죽지 말라는 거야, 이 아가씨야."

"매년 건강 검진도 꼬박꼬박 받고, 어디 한 군데 아프지도 말고, 그렇게 내 옆에 오래 있어야 해. 나 너 없으면 진짜 미친년 될지도 모르니까."

"별걱정을."

"우린 애당초 이별 따위 없는 사이였어. 그러니까 결혼해서도 이혼 같은 건 없어."

"협박을 대책 없이 섹시하게 하면 나더러 어쩌라고 이래."

결이 소리 나게 수연의 귓불에 입을 맞췄다. 따뜻한 결의 체온이 피부에 가라앉는다.

내가 너를 되게 사랑하나 봐.

하려던 말을 입 안에 가둔 채 수연은 결을 덥석 안았다. 작은 수연의 체구에 다 담기지 않는 결은 커도 너무 커다랬다.

한 백 년은 넘게 산 나무처럼.

데이트의 행선지는 백화점이었다. 주말이라 그런지 사람이 유독 많았다. 주차하는 데만 한 시간을 잡아먹었고, 내려서 승강기를 타고 올라가는 데에도 한참이 걸렸다. 그렇게 인산 인해인 곳에서도 안심이 된 이유는 결 덕분이었다. 결이 사람 한테 치일까 수연을 앞세우고 어깨를 끌어안은 채 걸었다. 그 온기가 떨어져 나간 건 백화점 1층에 도착했을 때였다.

수연은 백화점 1층을 싫어했다. 누구에게는 좋은 향기일지 도 모를 1층의 만연한 향기가 항상 수연의 비위를 거슬리게 만들었다. 그런 1층에 결이 볼일이 있다고 하였다.

"그럼 나 여기 치즈타르트 먹고 싶은데, 그거 사서 라운지 가 있을게. 그리로 와."

"기다릴 수 있겠어? 아님 차에서 잠시만 기다릴래? 내가 주차장까지 다시 데려다줄게. 사람 이렇게 많을지 생각을 못 하고……"

결의 뒷말이 멎어 들었다. 수연이 까치발을 해 결의 입술에 입을 맞춰서였다. 예상하지 못한 듯 결의 눈이 동그랗게 커졌 다.

"기다릴 수 있어. 어린애 아니야."

"이렇게 사람 많은 데서 부끄럼도 없이."

"사랑하는데 뭐. 남이 보면 어때. 그리고 회사 아닌 바깥이고. 더구나 휴일이잖아. 이유 만들라고 하면 많아."

"못 살아, 내가. 한수연 때문에 못 살지."

"잘 살아. 나 땜에 네가 잘 살길, 나는 바란다니까."

결이 수연의 오른쪽 볼을 쭉 잡아당기다 싱그럽게 웃음을 터뜨렸다.

"그럼 치즈타르트만 사고 곧장 라운지로 가 있어. 다른 데로 새지 말고. 오케이?"

"오케이."

오른손을 들어 수연이 엄지와 검지로 동그란 원을 만들자, 결이 씩 웃으며 돌아서 인파 속으로 스르르 밀려 나갔다. 결의 큰 키가 사람들 사이에서 흔적도 없이 사라졌다. 그렇게 멍하니 그 자리를 지키고 있다 에스컬레이터에 몸을 실었다.

사람들이 미어지게 서 있는 줄을 기다려 치즈타르트 한 박스를 샀다. 계산을 마치고 박스를 받아 들자마자 열어 치즈타르트 하나를 꺼내 한입에 밀어 넣었다. 지나가는 사람들은 수연의 일련의 행위에 눈길도 주지 않았다. 수연도 그게 편했다. 치즈타르트 하나를 우걱우걱 씹어 가며 이번에는 올라가는 에스컬레이터를 탔다.

매끄럽게 올라가는 에스컬레이터 아래를 바라보자 사람들 머리만 보였다. 그게 뭐라고 계속 바라보고만 있다 에스컬레이터가 끝나는 지점에서 왈카닥 넘어졌다. 미처 닫지 못한 박스에서 치즈타르트가 튀어나왔다. 그중 하나가 에스컬레이터

끝 지점에 서 있던 한 여자의 가방에 튀었다.

여자가 기겁을 한다. 이게 얼마짜린데. 아, 진짜. 뭐예요! 이거 얼마짜린 줄 알고 그래요? 사람이 조심성 없게! 아, 질 떨어져! 여자의 말이 넘어진 수연에게 와르르 쏟겼다. 수연은 툭툭 털고 일어나 죄송하다고 머리를 조아렸다. 지나가던 사람들의 분분한 시선이 한데 모여진다.

"이거 H사 백이라구요! 이게 지금 얼만지나 알고……!"

"이천사백 정도로 알고 있습니다."

수연은 제 가방 안에 있던 걸 모조리 털어 내 코트 주머니에 넣었다. 그리고 여자의 가방을 잠시 실례하겠습니다, 라는 말과 함께 가져와 들어 있던 것을 제 가방 안에 죄 털어 넣었다.

"제 가방이 삼천이 좀 넘습니다. H사 올해 F/W 신상입니다. 국내에서는 구입할 수 없는 걸로 알고 있어요. 이거면 되겠습니까? 아니면 다른 방법으로 물어 드릴 수도 있지만, 제 생각에는 소지하고 계셨던 재작년 S/S 상품보다 이게 더 나은 거 같습니다만."

여자가 단번에 수연의 손에 들린 수연의 가방을 앗아 갔다.

"이, 이걸로 할게요!"

"혹시 못 미더우시거든 확인하시고 이쪽으로 연락 주셔도 됩니다. 차후에라도 변상을 원하시면 그렇게 해 드리겠습니다. 저 때문에 손해 입은 시간은, 정말로 죄송합니다."

수연은 다시 한번 고개를 숙이며 제 명함을 여자에게 내밀었다. 그에 여자는 됐다며 수연의 손을 탁 쳐 냈다. 그러고 아픔이 느껴지는지 얼굴을 찡그렸다. 의수인 왼손을 쳐 낸 탓에 여자의 손이 아플 거라 예상했다.

하지만 예상한 것보다 놀라운 현실을 맞닥뜨렸다.

"자기야, 왜 그래?"

여자의 어깨를 감싸 안은 남자 때문이었다. 그 남자였다. 자신을 버리고 갔던, 그 남자. 이름이 우영진이었는데. 예전과 별로 달라진 것도 없는 그가 여자를 귀한 듯 끌어안고 있었다. 서 있던 몸이 잠시 휘청였다.

"······수연이?"

허공에서 영진의 시선과 수연의 시선이 한데 얽혀 들었다. 피하려고 황급히 몸을 돌리려 했지만 영진이 한 번 더 불렀다. 수연아. 너무도 나직이. 사람을 허물어뜨릴 것처럼.

과도한 우연이다. 살면서 이런 우연 한 번쯤은 있을 거라 생각하였다. 영진도 부산에 사는데, 자신 또한 부산에 살았다. 좁고도 좁은 땅덩어리에 사는데 이렇게 한 번쯤은 만나겠지, 싶었다. 그러나 오늘이 그런 날이기는 아니길 바랐다. 이건 뭘까. 이렇게 맞닥뜨리면 뭐 어쩌라고. 심장이 벌렁벌렁 뛰었다.

여자가 영진에게 묻는다. 아는 사이야? 영진이 어, 하고 짤막하게 대답한다. 그런데 저 여자 왼손 문제 있나 봐. 진짜 손 아니던데. 뭐야, 저런 건? 움직여. 움직이는 의수도 있어? 세상 좋아졌네. 저런 건 얼마 정도 해?

319

삽시간 수연은 동물원 한가운데 놓인 구경거리가 된 기분이었다. 쪼르르 마주 모인 사람들이 수연의 왼손을 훑는다. 죄인처럼 고개를 숙였다. 사람이 붐비는 곳에서 결과 입을 맞출 때도 부끄럽지 않았는데, 왜 이런 순간에 자신이 부끄러워져야 하는지 잘 모르겠으면서도 사뭇 부끄러워 쪼그라들었다.

"뭘 봐요!"

그런데 영진이 고함을 질렀다. 제 여자를 품에서 떨어뜨려 놓고는 먼저 올라가 있으라며 등을 떠밀어 에스컬레이터를 태운다. 왜? 여자가 묻다가 영진이 엄중한 표정을 짓자 고개를 끄덕이며 시선을 돌렸다. 웅성거리던 사람들이 차차 흩어진다.

영진이 제 손수건으로 수연의 손에 들린, 가방에 묻은 치즈 타르트를 닦아 낸다. 수연의 부츠에 묻은 치즈타르트도 무릎을 굽혀 닦아 낸다. 그러고는 괜찮니? 하고 묻는다.

괜찮아.

나는.

나는 썩 괜찮아.

하고 싶은 말이었다. 너무도 당당하게 꼭 하고 싶은 말이었다. 사랑하는 사람이 생겼고, 나는 너 따위 다 잊고 잘 지낸다고, 그러니 괜찮다고 말하고 싶었다. 그러나 실상 아무 말도 하지 못한 채 수연은 빤히 영진을 쳐다보았다.

어쩌면 저토록 하나도 안 변하고 고울까.

무구한 감탄이 지어졌다.

카페를 나오다 우연히 부딪혀 알게 된 사람이다. 고구마라
떼 한 잔이 영진에게 쏟겨 미안하다며 세탁비를 물겠다고 하
였다. 그렇게 연락처를 주고받았다. 그게 인연이 되어 결혼까
지 하려 했던 사람이다. 그랬던 사람이 헤어질 때 첫 만남부
터 다 의도된 거라고 했다. 수연의 위치, 부모, 그런 것들을
알아 탐했는데 끝까지는 못 가겠다고 하였다.

미안하다, 말하지 않던 영진의 모습에도 수연은 미안했다.
의도되어도 좋았고, 그래서 그 사람이 조금 더 풍족해질 수
있다면 나쁠 거 없다 생각했다. 그저 영진이 떠나는 이유가
제 몸의 결함 때문이라 하니 납득하기 어려웠던 것도 아니다.

단지 사랑은 유약한 거라고, 곱게 생긴 영진이 가르쳐 준
모순 자체가 슬펐다.

내가 한 사랑이, 그 남자에게는 깨진 사랑이라는 게 너무도
슬펐다.

"한수연."

어떤 말도 못하고 있는 사이 결이 나타났다. 영진은 결에게
알은체를 했고, 결은 알은체를 하는 대신 수연을 어깨를 감싸
안았다.

"여기서 뭐 해? 라운지에서 기다리랬잖아."

"두 사람……?"

영진이 뜨악한 시선으로 결과 수연을 훑었다.

"참, 당신도 염치 더럽게 없네. 그런 세상 좋은 얼굴로 이

여자 똑바로 볼 수 있을 만큼 당당합니까? 나 같으면 얼굴도 못 들고 있겠는데."

결의 손아귀에 힘이 들어가는 게 수연의 어깨선에 느껴졌다. 코트에 왈칵 주름이 잡힌다. 어깨가 부서질 만큼 아려 왔다. 그래도 수연은 내색하지 않았다.

"수연아."

영진의 부름에 결의 눈이 고요히 매서워졌다.

"닥쳐. 내 여자 이름 함부로 부르지 마. 당신한테 더 이상 불릴 이유 없는 이름인데, 당신이 뭔데 그렇게 불러?"

욕이 맴돌아도 내뱉지는 않으려는 것인지 결이 제 입술을 우악스럽게 깨문다. 맥없이 놓아 버린 정신을 아슬아슬하게 붙잡았다. 수연은 가방을 양손으로 꽉 쥐었다.

"나 결이랑 결혼해요. 내가 많이 사랑해서, 그렇게 됐어. 영진 씨보다 많이 좋은 사람이에요. 같이 있으면 내도록 즐겁고 행복하고 그래요. 그래서."

수연은 제 어깨를 감고 있는 결의 팔을 내려 손을 잡았다.

"이렇게 마주치더라도 다음부터는 모른 척해 줬으면 좋겠어요. 오늘같이 알은체하면서 괜찮니, 이런 말 스스럼없이 안 물었으면 좋겠어. 정말로 그러지 않았으면 좋겠어."

입가에 엷은 미소를 억지로 그려 냈다.

"아까 그분 예쁘더라. 오래 행복하세요. 그러길 바랄게. 진심으로."

그 말을 끝으로 수연은 결을 붙들고 내려가는 에스컬레이터 쪽으로 몸을 꺾었다.

그렇게 한 사람이 제 인생에서 깨끗이 지워졌다.

우영진

그 이름도 이제는 기억에서 완전히 삭제된 듯했다.

백화점을 빠져나와 잿빛이 감도는 차창 밖을 끊임없이 쳐
다보다 수연은 변덕을 부렸다. 아쿠아리움을 가자고 하였다.
결은 레스토랑으로 가려던 차를 돌려 아쿠아리움으로 몰았
다. 차가 밀리는데 싫은 소리도 없이 수연이 조용했다.

그러다,

사랑해.

중얼거리면서 수연이 결의 어깨에 기댔다.

들뜬 아이처럼 수연이 아쿠아리움을 휘젓고 다녔다. 이건
만질 수 있나 봐. 신기해하면서 손을 쑥 집어넣어 이름도 모
를 것을 만져 보고는 으엑, 이상한 소리를 내질렀다. 헤엄치
는 수달을 유리창에 딱 달라붙어 지켜보면서 귀엽다고 호들
갑을 떨었다. 해마래. 우와, 소리를 연발했다. 그렇게 한바탕
돌고는 지쳤는지 헥헥 된숨을 내쉬었다.

하지만 거기서 그치지 않았다.

인어공주쇼가 있다고 하였다. 시작하려면 아직 40분이나
남은 공연을 꼭 보고 가야 된다며 애걸복걸한다. 못 이기는
척 수연의 옆에 자리를 잡고 앉았다. 앉은 자리 뒤로 물고기

떼와 큰 가오리가 지나갔다. 수연이 그걸 보고는 진짜 크다! 소리를 쳐 구경하던 유치원 아이들이 어디, 어디? 하며 고개를 홱홱 돌린다. 조그만 아이들을 보며 수연이 귀엽지? 하고 결에게 귓속말을 하였다.

"네가 더."

픽, 수연이 헛웃음을 터뜨렸다.

"남의 진심을 비웃음으로 받아치면 안 되지."

우스갯소리를 하는데 결의 손 위로 수연의 작은 손이 덥석 올라앉았다.

"기분 나쁘고, 화나고, 그럴 거라고 짐작은 해. 하는데 그렇다고 네 기분 다 풀어 주지는 못할 거니까, 그냥 네가 이런 일로 많이 속상해하지 않았으면 좋겠어."

두서없는 말이 수연의 입에서 주렁주렁 흘러나왔다. 무슨 말을 하는지 스스로도 모르겠는지 수연은 미안, 하고 말끄트머리에 사과를 갖다 붙인다. 그게 안되어 보여서 결은 수연의 머리를 헝클어뜨렸다.

"난 당사자가 아니잖아."

씹어 먹어도 시원찮을 새끼를 그냥 보내 주는 일이 쉽지만은 않았다. 그런데 제 손을 붙잡고 내가 많이 사랑한다 말하던 수연의 모습에 결은 쓰레기보다 못한 놈에게 눈이 멀어 화를 분출하고 싶지 않았다.

솔직히 그 같잖은 놈에게 욕이라도 실컷 해 주면 속이야 편하겠지만, 그걸 보고 있을 수연의 속이 편하지 않을 거라는 건 불 보듯 뻔한 사실이었다. 수연에게 편하지 않을 무언가를 남겨 주기 싫었다.

수연의 의사가 확고했고, 그걸로 정리가 된 거라면 이미 충분하다.

"기분 나쁜 것도, 화나는 것도 나보다는 네가 더 그럴 건데. 너부터 챙겨. 난 너 다 챙기고 그다음이어도 돼."

"나한테는 네가 첫 번째거든."

"그런데 나한테는 한수연, 네가 첫 번째고. 그러니까 넌 언제나 너부터 챙겨. 날 네 첫 번째, 거기에 두지 말고 네 첫 번째는 무조건 너로 해."

"그게 뭐야."

"네 첫 번째는 너고, 내 첫 번째도 너야. 그렇게 하면 나 오늘 일 싹 잊을게. 진짜야."

"넌…… 왜 이렇게 무조건 나 위주야. 사람 미안해지게."

수연의 축 늘어진 모습을 내려다보다 결은 코트 주머니에 넣어 두던 케이스를 꺼냈다. 멋지게 주고 싶었는데. 그게 우리 정서에는 맞지 않는 거겠지. 그런 생각을 하며 멋없이 케이스를 열어 수연의 눈앞에 들이밀었다.

백화점에 이걸 찾으러 간 거였다. 예약한 레스토랑은 프러포즈를 위해 만반의 준비가 되어 있었으나 수연의 변덕으로 이미 글러 먹었으니 한시라도 빨리 수연의 손에 끼워 주고 싶었다. 자그마한 손에 꽂힐 이 반지가 한수연은 고결의 것이라고 표시를 명확히 해 주었으면.

"뭔데, 이거?"

그런데 수연이 엉뚱한 표정을 지었다.

"뭐긴, 반지지."

"그러니까 이거 왜?"

"프러포즈 반지. 왜, 마음에 안 들어?"

제법 심혈을 기울여 선택한 반지였다. 좋은 것만 보고 입고 살아온 수연의 마음에 쏙 들길 바라면서. 이걸 고를 때 백화점 직원의 눈이 반짝이던 것을 기억한다. 이런 반지 받고서 하는 결혼이면 정말 기쁠 거라던 말도. 그 직원들만큼은 아니더래도 수연의 마음에 들길 바랐다.

무려 1년 치 연봉을 털어 넣은 반지다. 그런 반지가 수연에게 내쳐질 걸 상상하면 까마득해진다.

"이거 환불 가능해?"

수연이 반지를 멀찍이 밀어 내며 묻는다.

"아니. 절대 안 돼. 이거 주문 제작이야. 중고로 갖다 팔면 모를까 환불은 안 돼."

"하아."

양손으로 얼굴을 감싸 쥐며 수연이 한숨을 내쉬었다. 진심으로 까마득해진다. 조금 멋들어진 말을 보태야 했던 건가. 후회가 들었다.

"나는 네가 빵 포장한 끈으로 반지 만들어서 끼워 줘도 결혼할 사람이야. 아니 무슨 생각으로 이렇게 비싼 걸 사? 너 이거 땜에 백화점 간 거야?"

그런데 수연이 난데없이 고백하는 통에 밀려들던 후회가 쑥 자취를 감췄다.

"안 비싸."

"거짓말 치네. 죽을래? 내가 여기 브랜드 모를까 봐? 나 로아 컴퍼니 딸이야. 매 시즌 때마다 엄마가 이런 거 좀 보내? 다 아는 거짓말을 너는 대체……"

결은 케이스에서 반지를 빼내어 수연의 오른손 약지에 끼워 주는 것으로 수연의 입을 막았다.

"그래. 내 1년 치 연봉이야. 그래서 뭐? 난 네가 내가 해 줄 수 있는 것 중 제일 좋고 비싼 거 끼고 나한테 시집왔으면 해."

"그런 거 아니라도 괜찮다니까."

"일상은 평범해도, 네가 나한테 시집오는 그 순간만큼은 모든 게 눈이 부실 정도로 비싸고 좋은 것만 가득하게 해 주고 싶었어. 그게 내 마음이야. 헛돈 쓴다, 네가 그런 소리 할지 모르겠지만 그래도 내 마음이니까 받아 줬으면 해. 너한테 이런 거 해 주고 싶어서 돈 악착같이 벌어서 모았어."

코트 주머니에서 자리를 지키고 있던 것도 꺼내 수연의 손에 쥐여 주었다.

"내가 여태 네 밑에서 일하면서 벌어 모은 거야. 어머니 매달 용돈 겸 생활비 드리는 거 빼고, 적금은 만기 끝나서 고스란히 넣어 뒀고 펀드는 유지 중이라 거기에는 안 찍혀 있는데 대략 팔천 정도 돼. 나름 잘 아끼고 모았는데 네 성에는 안 찰

수 있어. 그래도 나 허튼 데다 돈 칠락팔락 쓰거나 그러지 않았어. 그거 믿고 나랑 결혼해 줘."

통장을 들춰 보다, 수연이 그 통장을 손끝으로 쓸어 본다. 그러고는 이내 수연의 눈가에 물방울이 커다랗게 매달렸다.

"나는 나한테 너랑 결혼할 순간이 올 거라고는 예상도 못했어. 그런데 그런 날이 만일에 나한테 온다면 너한테 뭐든 다 해 주고 싶었어. 이런 비싼 반지, 그래, 네가 숱하게 선본 그런 남자들처럼 쉽게 턱턱 사 주지는 못해도 결혼할 때만큼은 끼워 주고 싶었고. 지금 그 꿈 같은 일이 나한테 일어났어."

"……씨이."

수연이 울먹거리며 분통을 터뜨렸다.

"그러니까 군말 없이 나한테 시집와. 한수연 대표님 손발이 되어서 월급이랑 상여금 더 팍팍 받을 수 있는 그런 인재가 되어 볼 테니까. 어?"

"누가 이렇게 멋지래! 이 나쁜 놈. 끝까지 나빠, 너는……."

"그 나쁜 놈한테 시집와. 그 나쁜 놈이 무지막지하게 잘해 준대."

손에 끼워진 반지를 수연이 멀거니 응시하다 으엉 소리를 내어 울었다. 올망졸망 모여 있던 유치원 아이들 중 하나가 저 언니 울어요, 하고 선생님한테 말하다 수연과 같이 울었다. 후로 아이들이 떼를 지어 합창으로 울기 시작했다.

시끄러운 군중 속,

"간다구, 이 나쁜 놈아. 너한테 시집갈 거야, 꼭."

수연이 울먹이며 허락을 표했다.

아무도 못 건드리게 잔뜩 침 발라 놓은 꿀단지처럼 수연이
사랑스러웠다.

상견례가 일사천리로 진행되었다. 돌아오는 봄에 결혼식을
올리기로 했는데 말이 결혼식이지 신랑 신부가 옷만 갖춰 입
는다 뿐, 가까운 친인척과 가족들만 모여 식사하는 자리였다.
회사 직원들과는 날을 앞당겨 회식 자리 비슷하게 치르자고
수연은 결과 합의를 보았다.

집은 수연의 집에 결이 몸만 들어오는 것으로 일방적인 합
의를 보았지만 결은 그게 마음에 들지 않는 눈치인지 원래 있
던 가전제품을 비롯해 가구까지 싹 바꿀 거라며 주말마다 그
런 것들을 보러 다녔다.

그런 결에게 뭔가 해 주고 싶으나 딱히 해 줄 것이 없으니
배운 도둑질을 써먹기로 하였다. 그래서 결 몰래몰래 수연은
바빴다.

"사장님 안 추우세요?"

형찬이 난로를 수연에게 밀어 주며 걱정스러운 물음을 던
졌다. 수연은 고개를 절레절레 내저었다. 춥지 않다면 거짓말
이지만 그래도 결을 생각하면 이 정도쯤은 견딜 만하였다.

"어차피 저 혼자 하는 건데 사장님은 그만 들어가세요."

"의리가 있지, 어떻게 그래요. 거기다 이건 초과 근무잖아요. 대표로서 너무 찔려요."

어쩔 수 없다는 듯 도리질을 치면서 형찬은 다시 일에 집중하였다. 기계 돌아가는 소리가 귓전을 빠듯하게 에워싼다. 사서 고생하는 건가 싶다가도 결의 얼굴이 떠오르면 웃음이 났다. 얼마나 좋아해 주려나. 그런 기대감에 부풀어 한없이 좋다가도 홀로 고생하는 형찬을 보면 마음이 좋지 않았다.

결에게 새로운 주방을 선물해 줄 요량이었다. 디자인을 하는 것도, 도안을 만들어 내는 것도, 시공하는 것도 시간이 꽤 소요될 수 있으나 홀로 할 수 있는 범위였다. 그러나 원자재를 가공해 도안에 있는 그대로 세부 디테일까지 만들어 내는 건 조금도 하지 못하는 일이었다. 어쩔 수 없이 형찬에게 도움을 청했는데 형찬이 싫은 내색 하나 없이 단번에 도와주겠다 나섰다.

이것도 결 모르게 진행하느라 얼마나 진땀을 빼는지. 결혼식까지 준비할 게 많다는 핑계를 대 가며 집에 도착하자마자 결을 보내고 다시 회사로 오는 일정이다. 형찬도 그에 따라 요 며칠 계속 늦은 밤에 퇴근했다.

"시공은 어디까지 하셨어요?"

형찬이 돌아가는 기계를 끄며 물었다. 마지막 하부장까지 이제는 정말로 끝난 모양이다.

"상부장이랑 후드까지는 했고, 인덕션 올릴 부분이랑 지금 공장장님이 제작해 주시는 하부장만 남았어요. 하부장 시공

하고 상판 올리면 진짜 끝나요."

"혼자 안 힘드세요?"

"사실 외부 업체 시공 팀 도움 조금 받았어요."

'조금'에 악센트를 주며 수연이 어깨를 들썩였다.

"우리 회사 시공 팀 다음 달까지 작업 없는 걸로 아는데, 거기에 부탁하지 그러셨어요."

"혹시 모르잖아요. 극비리에 진행되는 건데 괜히 회사에서 말 나왔다가 고 비서한테 들키면 물거품 되니까요."

기쁨에 젖은 수연에게 형찬은 따뜻한 율무차 한 잔을 건넸다. 그걸 받아 들자마자 몸에 훅 진이 빠지는 거 같았다. 노곤해진다. 이 비밀 선물 때문에 연속으로 피로가 쌓여서 그런가 목덜미에 추라도 매달린 것처럼 무거웠다.

"좋아 보입니다."

율무차 한 모금을 기껍게 마시는 중에 형찬의 푸근한 말이 내려앉았다.

"그런데 건강은 생각하세요. 요새 많이 힘드신 것처럼 보여요."

"아닌데. 저 좋기만 해요. 직원들이 다 일 잘해 주고 있고, 더군다나 대표 개인적인 일에 동참해 주는 공장장님까지 계신데 제가 무거운 짐이 있을 게 뭐 있겠어요."

그런데 형찬이 난데없이 수연의 왼손을 덥석 잡았다. 의수인 왼손을 조심스레 매만지다 형찬이 고개를 숙인다. 왜 그러냐 물어볼 새도 없었다.

"사장님, 어려운 부탁이 하나 있습니다."

기계음마저 없어진 공장은 고적하다.

"뭔데요? 무슨 일 있으세요?"

"좋은 일 앞두시고 계신데, 이러면 안 되는 줄 알지만……."

의자를 밀어 내고 형찬이 무릎까지 꿇었다. 집안에 무슨 일이 생겼나. 돈이 필요한 건가. 별별 생각이 스치다 그게 뭐든 이렇게 귀한 직원 하나 못 도와주겠나 싶어 일으키려 했지만 형찬은 쉬이 일어나지 않았다. 하얗게 새어 희끄무레한 형찬의 머리가 수연의 시야에 계속 박혀 들었다.

"저 공장장님보다 한참 어려요. 이러지 마세요. 제가 도와드릴 수 있는 거면……."

"미향이. 우리 미향이 한 번만 만나 주십쇼."

미향.

재갈 먹인 말처럼 수연은 일순 입을 열 수가 없었다. 형찬의 입에서 나온 그 이름 하나 때문에.

생각나면 생각나는 대로, 힘들면 힘든 대로 그 여자를 잊지 않고 있었다. 강 박사에게 부탁해 그 여자 좀 어떻게 신경 써 줄 수 없냐고 했을 때 이미 강희가 다 부탁하고 비용까지 처리했다고 하였다. 임상 실험이 있으면 말기라 해당되지 않아도 해 볼 수 있도록, 보험이 안 되는 비싼 치료가 있다면 그것마저 받아 볼 수 있도록 이미 손을 써 뒀다고 했다.

그래서 병원에서 잘 버티고만 있을 줄 알았던 그 여자의 이

름이 왜 형찬에게서 나오는 건가. 수연은 황망한 낯빛을 감출
수가 없었다.

"알고 있습니다. 제 동생이 사장님한테 어떤 짓을 했는지.
알지만, 알지만……. 임종이 얼마 안 남았어요. 그제 호스피
스로 옮겼습니다. 그런데 동생이 사장님 얼굴 한 번만 보고
눈감고 싶다고 했습니다. 어려운 줄 알지만……."

"공장장님…… 여동생이라구요? 그 여자가?"

"네. 죄송합니다……."

공장장이 구형찬이었다. 구미향이니 성이 같다. 그러니 형
찬이 그 여자의 오빠라는 거다. 무슨. 이게 무슨.

"하나만, 하나만 물을게요."

목소리가 덜덜 떨렸다.

"알고 계셨어요? 제가 그 여자 딸인 거, 알고 계셨나요?"

"네. 알았습니다."

"언제부터요? 언제부터 아셨죠?"

형찬이 흐느낀다. 흐느끼는 채로 우두두 말을 뱉어 낸다.
지금의 회사를 차리기 전부터 알고 있었다고 한다. 어디 초중
고를 나왔는지, 어디 대학을 나왔는지, 그래서 한수연이 처음
회사를 차릴 때 지원했다고.

형찬은 입사할 때 꽤 괜찮은 경력을 가지고 있었다. 처음
회사를 차리는 수연에게 과분한 인사였다. 그래도 연봉이나
상여금에 대해 일절 불만도 품지 않던 사람이다. 이상하다고
생각했다. 저렇게 좋은 분이 나이 어린 사람이 차리는 회사에

덥석 지원해 밀려드는 물량에도 힘들다는 내색 한번 제대로 내비치지 않았다.

공장에 빈번히 사람들이 그만두는 시기가 있었다. 물량이 도저히 감당이 안 된다고 다들 혀를 내두르고는 연락이 두절되거나 말도 없이 출근을 하지 않는 경우가 허다했던 초창기. 그럼에도 형찬만은 꿋꿋이 버텼다. 그러면서도 아는 인력소에 사람을 부탁해 회사가 돌아갈 수 있게 애써 주었다.

이상하다고, 몇 번이나 생각했다.

저렇게나 좋은 사람이 내 사람이라는 게 정말로 이상해서 내심 고마우면서도 뭔가 싶을 때가 가끔 있었다.

"왜, 왜 저한테……."

"일단은 미향이 얼굴 한 번만 봐 주시면 안 되겠습니까? 딱 한 번이면 됩니다. 더 바라지도 않아요. 사장님이 싫다시면 회사도 안 나오겠습니다. 그 어떤 것도 바라지 않을 테니, 그저 동생 얼굴 한 번만……."

무언가로 흠씬 두들겨 맞은 기분이었다. 믿기지 않았고, 어이가 없었고, 아무 생각이 들지 않았다. 수연은 멍한 상태 그대로 형찬을 내려 보다 뜨끈한 점액이 인중을 지나 입술에 고이는 게 느껴졌다.

벌건 피였다.

낯설 것 없는 냄새가 코끝으로 스며든다. 눈을 뜨자 하얀 천장이 보였다. 그 옆으로 눈이 부신 형광등이 길게 나립하여 있다. 병원이다. 몸을 일으키려 했으나 그만큼의 힘이 몸에 들어가지 않았다. 몸이 무겁게 가라앉았다.

"정신 들어?"

아. 익숙한 음성. 몸에 힘이 들어가지 않아 들었던 긴장마저 사라지게 해 안심이 되었다.

"결아."

쩍 갈라진 음성이 타인의 것처럼 낯설다. 낯설 것 없는 환경에 유일하게 낯선 것이 제 음성이라는 게 어처구니없었다.

"나, 왜, 여기지."

꿈이라도 꾼 건가. 그런 생각이 들다. 아닌데. 그런 부정을 하다. 공장장님이 그 여자 오빠랬는데. 그 기억이 선명해졌다.

"쓰러졌어. 회사에 일이 있으면 말을 하지. 왜 혼자서 무리해."

"공장장님은?"

"내가 보냈어. 전화 왔었어. 너 쓰러졌다고. 병원 데리고 가면 되냐고 해서 내가 데리고 병원 왔고. 나 심장 떨어지는 줄 알았어. 왜 이렇게 사람 불안하게 못 만들어서 안달이야."

결이 나열하는 걱정에도 오로지 형찬의 생각만이 가득하였다. 수연은 힘에 부쳐도 몸을 억지로 일으켰다. 결이 더 누워 있으라며 인상을 썼지만 그런 걸 받아들일 겨를이 없었다. 팔에 꽂혀 있던 링거를 단숨에 빼 버렸다.

"수연아!"

그러자 결이 놀란 음성으로 고함을 친다.

"너 아파. 지금 아프다고! 뭐 하는 거야, 이게?"

"나 가 볼 데가 있어. 네가 좀, 네가 좀 데려다줘."

"그럼 링거라도 다 맞고 가. 너 이러다 또 쓰러져! 돌겠다. 사람 왜 이렇게 환장하게 만드는 건데! 대체 무슨 일이야!"

뭔지도 모르게 가슴이 아렸다.

"공장장님이, 그분이, 그 여자 오빠래."

눈을 지르감아도 가슴이 너무 세게 아렸다.

형찬은 집에 돌아가지 않고 회사에 그대로 남아 있었다. 추운 공장에 앉아 담배 한 대를 태우다 수연이 나타나자마자 그 담배를 바닥에 내던져 껐다. 한달음에 달려와 괜찮으냐고 묻는다. 곧 울어도 이상할 것 없는 얼굴로. 그게 또한 이상하였다. 그 여자와는 달랐다. 달라도 너무 달랐다.

안 좋은 일이 있을 때 초콜릿과 사탕을 건네주었고, 결이 바빠 밥도 못 챙길 정도면 곧잘 요기할 것들을 사다 주기도 했고, 물량에 치일 때도 괜찮다며 사람 좋은 웃음을 짓고는 해낼 수 있다고 하였다.

정말로 이상했다.

그래서 궁금했다.

"왜, 왜."

그러나 왜, 라는 말만 되풀이될 뿐 다른 말이 나오지 않았다.

결이 사무실로 들어가는 대신 차에서 이야기를 나누는 게 어떻냐고 해서 수연은 형찬과 나란히 뒷좌석에 앉았다. 결은 자리를 비켜 주었다. 둘만 남아 정적만이 감돌았다. 누구도 먼저 입을 열지 않았다. 조용한 차 안에서 숨소리마저 나지 않는 듯하였다.

"왜 제 곁에……, 뭐 때문에 계셨던 거죠?"

둔중한 침묵을 먼저 깬 쪽은 수연이었다. 말을 머릿속에서 잘 정리해 내뱉는 거라 생각했는데 생각과는 다르게 단어 사이사이 뜸이 들여졌다. 그래도 아까처럼 무작정 왜, 라는 말을 되풀이하지는 않았다.

"미향이가 버렸다고 들은 후로 찾으러 갔어요. 그런데…… 그런데 사장님이 그 집안에서 너무 귀하게 보살핌받고 계셨고, 구태여 이런 가난을 안겨 줄 바에는 그 집안의 딸로 지내는 게 낫겠다 생각했습니다. 솔직히 제가 다시 데려온다고 더 나은 방안이 있는 것도 아니었고, 그래서 지켜보기만 했어요."

"……."

"나빴던 것도, 잘못되었다는 것도 알면서 바로잡을 자신이 없었습니다. 그래서 이렇게 사장님 곁에서 사장님 도와드리는 것밖에는 제가 해 줄 수 있는 게……."

"왜 제 걱정을 해 주세요? 아니, 정말로 이해가 안 가서요. 이상하잖아요. 생모라는 여자는 자식을 나 몰라라 하는데 자식도 아닌 조카를 위해서 이렇게나요?"

"사장님······."

"넘치고 과분하게 챙겨 주신 거 너무 잘 알고 있어요. 남이 그러기 쉽지 않은데, 제가 더 잘해 드려야지 그랬구요. 그런데 이제 와서 그 여자 오빠라구요? 그 말을 저더러 믿으란 말씀이세요? 제가 불쌍했어요? 공장장님 동생한테 버려졌다니까 불쌍해서 견딜 수가 없었나요? 왜 이제 와 저한테 이러세요. 대체 왜요."

형찬이 고개를 들지 못한다. 푹 숙인 목이 곧추세우려는 힘보다 중력이 더 세다는 듯 자꾸만 가라앉는다. 굳이 따지자면 죄인은 곧 죽을 목숨이라는 그 여자가 아닌가. 왜 형찬이 더 죄인인 양 구는가. 그리고 나는 뭐가 억울해 형찬을 몰아세우는가.

눈을 꾹 감았다 떴다. 그래도 어둠이다. 바깥이 밤이라 어두운 게 아니다. 마음이 지옥이라 어둡다. 모든 게 어두워 분간이 가질 않았다.

"공장장님 바라시는 대로 그 여자 만나러 갈게요. 그게 소원이라는데 못 들어 드릴 이유 없어요."

"사장님······."

"고마운 건 고마운 거니까요. 정말로 공장장님한테는 갚을 수 없는 은혜 입었어요. 알고 있어요. 그러니 들어 드릴게요. 대신에."

말을 한 템포 쉬고 숨을 가다듬었다. 그래도 쿵쿵거리는 심장 박동이 완화되지 못했다.

"당분간은 일단 남아 계세요. 여태껏 그랬던 것처럼 대표와 직원, 그 관계로요. 제가 어느 정도 생각이 정리될 때까지만요."

왼손이 부서지도록 주먹을 쥐었다. 얼마 안 가 의수가 신경계를 배반한 듯 움직이지 않았다. 그렇게 홀로 제 수족을 부수는 것으로 오늘의 막다른 상황을 끝맺었다.

"그만 가 보세요."

수연은 눈을 감고 시트에 몸을 파묻었다. 형찬이 내리는 것을 보았는지 서둘러 결이 왔다. 결은 괜찮냐 묻지도 않았고, 그렇다고 수연의 어디 한 군데 만지지도 않았다. 그저 침묵이 답이라는 듯 둘 다 과묵한 침묵을 벌였다.

그러다,

"배고프네."

수연이 아무 일 없는 양 그렇게 말했다.

수연은 제 집이 아닌 결의 집으로 가자고 하였다. 거기서 차려 주는 밥을 먹겠다며 부탁이 아닌 명령으로 결에게 말했다. 결은 선택의 여지가 없었다. 수연이 하자는 대로 해 주는 것밖에는 자신이 할 수 있는 일이 없다는 것을 당연히 알고 있었다.

집에 도착하자마자 수연이 옷을 훌훌 벗고 씻었다. 그동안 밥을 안치고 없는 재료들로 무얼 만들까 고민하다 결은 은애가 주어서 얼려 두었던 청국장을 꺼냈다. 청국장이 바글바글 끓는 동안 냉장고에 있던 낙지젓을 꺼내 쪽접시에 담았다. 오래 묵혀 둔 명란젓을 껍질에서 발라내 계란찜도 안치려는데 수연이 머리에 물을 뚝뚝 흘리며 욕실에서 나오다 미끌어져 넘어졌다. 찰나였다. 어떻게 손쓸 수도 없이 순식간에 일어난 일이라 결은 손에서 계란찜을 안치려던 뚝배기를 놓쳐 처참히 깨뜨렸다. 계란찜이 되지 못한 날달걀이 주방 바닥을 어지럽혔다.

수연의 집에는 있는 미끄럼 방지 바닥이 결의 집에는 없었다. 의수와 의족을 벗은 몸이다. 수연이 한 발로 움직여야 하는 걸 알면서 생각하지 못하고 부주의했던 제 잘못이라고, 결은 생각했다. 뒤로 넘어진 탓에 수연이 문턱에다 허리를 찧은 모양이었다. 허리 부근을 매만지며 인상을 찌푸린다.

"괜찮아."

괜찮다는 말에도 아랑곳없이 결은 수연의 상의를 들춰 보았다. 금세 일어난 일인데 왼쪽 옆구리가 부어올라 벌써 퍼런색을 띠었다.

"둔감해도 어떻게 이렇게 둔감해. 뭐가 괜찮아, 이게! 뭐가 그렇게 다 괜찮아! 사람 진짜 피 말려서 죽일 작정이야? 병원에서 그렇게 파리한 얼굴로 나와서 이렇게 또 넘어지고. 거기다 기어이 의수까지 고장 내 놓고는. 쓰러질 정도로 힘들었으면 그저 힘들어도 돼! 나 너한테 그러라고 있는 사람인데 왜 이렇게 사람을 안 써먹으려고 하는 건데!"

참고 참았던 말이 툭 터져 나와 걷잡을 수 없었다. 그런데 수연이 오른손으로 결의 목덜미를 휘감았다. 그러고는 서러운지 소리 없이 흐읍한다.

"결아······. 결아······."

가쁜 호흡으로 부르짖는 수연의 만면이 젖다 못해 넘쳐흐른다. 이랬어야 한다. 병원에서 형찬을 다시 만나러 갈 때, 만나고 나서 집으로 오는 동안에 수연은 이렇게 울기라도 했어야 한다. 아무 말 없이 아랫입술을 깨물고 참아서는 안 됐다.

다 차려 놓은 밥 앞에서 수연은 밥알을 세고 있었다. 배가 고프다고 해 놓고는. 허리에 찜질을 하면서도 청국장 냄새가 좋다고 했으면서. 정작 밥 앞에 앉아서 밥을 먹지 못한다. 수연의 밥을 앗아 와 청국장에 비볐다. 그리고 다시 수연의 앞에 놓아 주었다. 잘 먹겠단다. 씩 웃으며 크게 한 술 떠 놓고는 그래도 입에 가져가지 못한다.

밥 먹이길 포기한 결은 수연을 안아 들어 침대에 앉혔다. 왜애. 수연이 힘없는 목소리로 말했다. 발밑에 앉아 수연의 왼다리를 결이 쓰다듬었다. 한 줌에 잡히는 다리가 가냘프다. 종아리를 꾹꾹 주물러 보는데 수연이 다시 왜애, 하고 말한다. 밥 마저 먹자. 제대로 먹지도 못하면서 그런 소리를 늘어놓는 게 결은 못마땅스러웠다.

"내가 어떻게 해 줄까."

질리다 못해 허연 수연의 얼굴을 올려다보았다.

"내가 어떻게 해 줘야 네가 덜 힘들 수 있는데."

"그런 거 없어."

"내가 공장장님한테 따지기라도 할까? 아님 그분한테 달려가서 네가 하고 싶은 말 대신할까? 그것도 아님 내가, 내가……"

해 줄 게 없었다. 아무것도. 그저 이렇게 견뎌 내려는 수연을 만져 주고 보듬어 주고, 고작 밥이나 챙겨 먹이는 일밖에는 할 수 있는 것이 아무것도 없었다.

"네가 왜. 그러지 마. 그런 거 바라는 것도 아니야."

"그럼? 내가 뭘 어떻게 해야 네가 괜찮은 건지 알고 싶어. 다 안다고 생각했어. 너에 관한 거라면 너 자신보다 내가 더 잘 안다고 생각했는데, 이럴 땐 그게 아닌 거 같아서 뭘 어떻게 해야 좋을지 모르겠어. 진짜 내가 아무것도 해 줄 게 없잖아."

수연의 오른손이 결의 뺨에 찾아왔다. 파리한 안색만큼이나 냉골인 손이 왜 이토록 따스하게 느껴지는지 알 수 없었다. 그저 따뜻해 녹아내릴 것만 같았다. 결은 수연의 손에 제 손을 겹쳐 얹었다.

"너무 싫었어."

수연이 숨을 크게 들이쉬었다. 흉부가 팽창하는 것이 눈에 훤히 보였다.

"그렇다면 실상 나는 온통 사랑을 받았다는 건데. 그게 싫었어. 공장장님이 그 여잘 대신해서 날 이만큼이나 지켜 줬다는 거니까 내가 마치 그 여자를 용서라도 해야 될 것처럼, 그렇잖아. 그게 결아, 나는 너무 싫어."

수연아,

그렇게 부르고 싶은 걸 꾹 참았다.

용서하지 않아도 된다고 말하고 싶은 걸 꾹 참았다.

그렇게 쉽게 말할 수 있는 문제가 아니라는 게 수연의 얼굴에 뚜렷이 나타나 있었다.

"좋은 가족을 만나 좋은 부모를 만난 것도, 그래서 내가 지금의 너한테 이렇게나 과분하게 사랑받고 있다는 것도, 사실 전부 복투성이라는 거 나도 알아. 그런데 나는 여기까지 오면서 내가 잃지 않아도 됐을지 모를 몸 부위를 잃었고, 친부모한테 버려졌고, 그래서 지금 내 가족한테 몹쓸 짓을 많이 했어. 그리고 알게 모르게 널 힘들게 만든 것도 있고."

결의 뺨에서 수연의 손이 거두어졌다. 그 손을 말아 쥐고는 침대 매트리스를 깊게 누른다.

"죽도록 용서하기 싫었어. 미안함 따위 조금도 없는 얼굴로 미안하다 뱉어 내는 말도, 끝까지 우악스럽게 품 안의 자식만 걱정하는 것도, 죄다 다 미워서 정말로 용서 같은 거 해 줄 생각 눈곱만큼도 없었어. 그런데 너도 알잖아. 공장장님이 나한테 얼마나 잘했게. 그래서 내가 얼마나 많이 의지를 했어. 우리 둘이 정말 말도 안 될 만큼 억척스럽게 계약 따 와서는 공장장님한테 얼마나 많이 미안한 부탁을 했냐고."

수연의 백안에 벌건 실핏줄이 붉거졌다.

"그럴 때마다 웃는 얼굴로 '괜찮습니다, 사장님' 그 말을 얼마나 많이 하셨어. 불량 터져서 내가 지랄을 떨어 대면 진심으로 미안한 얼굴로 '죄송합니다. 제 불찰입니다, 사장님.' 그 말은 또 얼마나 많이 했냐고. 그런데 그게 내가 그 여자가 버린 자식이라서, 정말로 미안해서 해 줄 게 그것밖에는 없어서 그랬다잖아. 다 고백하면서도 그래도 내 걱정만 하잖아."

매트리스를 쿵쿵 내려친다. 입술이 파르르 떨린다. 수연의 닳은 오른쪽 다리를, 그래서 결은 말없이 쓰다듬었다.

"그 여자는 무슨 복이야? 대체 왜 공장장님이나 내가 대신 감당해야 하는 건데! 그래 놓고 내가 왜 용서를 해야 해! 대체 왜! 진짜, 하아. 왜 본인은 하나도 안 미안한데! 아, 진짜아! 정작 당사자는 하나도 안 미안한데 왜 공장장님이 고개도 못 들 정도로 나한테 미안해하는 거야, 대체 뭔데!"

소리를 지르면서도 수연의 몸이 바르르 후들대었다.

"공장장님이 나한테 그렇게 한 줄 알면 미안해서라도 그런 부탁 못 하겠다. 나 같으면 진짜 낯부끄러워서라도 그렇게 못 하겠어. 진짜 끝까지 사람도 아니야. 나쁜 사람. 나쁘다고. 천벌 받은 거야, 진짜! 그렇게 뒈지는 거 천벌 받는 거라고!"

속에 그득그득 쌓아 둔 것들을 하나둘 뱉어 낼 때마다 수연의 볼이 붉게 달아올랐다. 마치 삭풍이라도 호되게 맞은 양.

그러다 한순간 수연이 푹 꺾였다. 마디가 꺾인 꽃처럼 푹 주저앉아 한숨을 내쉬다, 멀거니 천장을 올려다보다, 눈을 감고 잠시 숨을 멈췄다.

"······작년보다 올해가 더 늙은 분이야. 그렇게 내 회사에서 차분히 늙어 오셨어. 아버지보다 더 늙은 분이 내 걱정에 내 생각에 내 곁에서 못 떠나고 내 일만 봐주셨어. 물론 본인 처자식도 챙겨야 하니 돈벌이 수단이 필요했겠지만, 그게 굳이 내 회사는 아니어도 됐던 거고. 그런데 동생 때문에 나한테 미안해서 죄스러워서 발목 잡힌 거잖아."

"······."

"그럼 내가 용서하는 수밖에는 없는 거잖아. 곧 죽는 동생이 눈에 밟혀서 입도 안 떨어지는 부탁을 했을 건데, 그럼 공장장님 마음 적어도 안 상하게 하려면 내가 그 여자 가는 길 편안하게 용서하는 수밖에는, 정말로 그 수밖에는 없는 거잖아."

"······."

"하아, 진짜. 죽는 마당에 복도 많은 양반이야······."

잇자국이 패인 아랫입술을 수연이 다시 깨물려고 해, 결은 제 엄지를 수연의 잇새에 끼워 넣었다. 자각을 못 한 수연이 흠씬 깨물어 결의 엄지손톱에 수연의 선명한 잇자국이 남았다.

"왜 거기다 손가락 집어넣어! 괜찮아?"

수연이 걱정스럽다는 듯이 결의 손을 매만졌다. 그러나 결은 수연의 아랫입술을 지켜 냈다는 것만으로도 다행이라는 안도감이 들었다.

"네가 내 손을 깨물었고 나는 별거 아닌 것처럼 넘어가는,

이렇게 쉬운 용서, 아닐 거야. 용서는 잘못이 아니라 실수한 일들을 너그럽게 감싸 안는 관용일 테니까."

"그래서 네 말, 요지가 뭔데."

"할 수 있을 만큼만 하라는 거야. 굳이 억지스럽게 모든 걸 용서하려 들지 말고, 그냥 네가 할 수 있는 만큼만. 딱 그만큼만 용서해도 충분해."

"……결국 어찌 되었든 용서는 하란 말이잖아."

"아무것도 안 해서 후회하는 것보다는, 그게 네 남은 인생에 있어 득일지도 모르잖아. 네 마음의 짐이 덜 무거워지는 선택이 그쪽이라면 그게 맞는 거야."

수연의 연갈색 눈동자가 더욱 짙어져 결의 눈에 맞춰졌다.

"우리 어머니가 너한테 고백하게 용기 줬던 말, 조금 인용한 건데. 너한테 도움이 됐음 싶다."

"짜증 나. 싫어. 화나."

"그래. 투정은 나한테 부려. 내가 다 받아 줄게."

씩씩대면서 눈을 질끈 감아 버리는 수연을 일어나 안았다.

품에 폭삭 담기는 내 여자의 생애가 이제는 부디 슬프지 않길. 해서 더 단단해지길. 받지 못한 사랑을 갈구하기보다 받는 사랑에 푹 적셔져 더는 부족함 없기를. 단지 그렇게 바랄 뿐이었다.

잠든 결을 두고 빠져나온 새벽은 아프도록 추웠다. 옷을 여미며 택시를 탔다. 그리고 집 앞에 도착했을 때 눈가와 콧잔

등이 시큰거렸다. 어제 만든 하부장이 대문 앞에 조심스레 쌓여 있었다. 밤이슬을 맞을까, 비닐이 덮어진 채로.

그런 사랑을,

고작 나라는 인간이,

절대 외면할 수 없을 거라는 예감이 들었다.

날씨가 좋을 거라 생각했다. 그 여자를 만날 때면 항상 날씨가 좋았으니. 오늘도 어김없이 그럴 거라 생각했지만 어째서인지 동이 트고부터 비가 내렸다.

잘 갖춰 입은 슈트에 걸을 때마다 빗방울이 스쳤다. 바지 아랫단에도 빗물이 튀었다. 눅눅하게 젖는 슈트 안으로 몸이 찢겨 나갈 것처럼 아팠다. 비가 오는 날이면 받아들여야 하는 고통이다. 팔다리를 잃은 일종의 후유증이었다.

원래 사용하던 의수를 고장 낸 대가로 예전에 사용하던 의수를 착용했더니 움직임이 생각만큼 원활하지 못했다. 우산을 드는 간단한 움직임조차 잘 듣지 않아 오른손에 가방과 우산을 같이 들었다. 그렇게 조금을 더 걷다 병원 건물 차양 아래 서서 우산을 접으려 할 때였다. 우산 접는 것도 마음대로 되지 않아 내팽개쳐 버리고 싶은 일순 수연의 손에 들린 우산이 앗아졌다.

그 여자였다.

얼굴이 누렇게 뜨다 못해 갈색이 되어서는 동공조차 탁하게 되어 버린. 생기라고는 조금도 찾아볼 수 없게 된 여자가 수연을 대신해 우산을 접었다. 빨간 우산이 착 접혀 홀쭉하게 홀쳐매어졌다.

"왔니?"

한순간 한 줌 재가 되어 사라져 버릴 듯 위태한 여자가 미소를 지었다. 물기가 뚝뚝 떨어지는 우산을 링거대에 걸고는 다시 웃는다.

"올라가자."

그러고는 링거대를 천천히 밀며 여자가 병원으로 들어간다. 뒤를 쫓아서 천천히 걸어가는데, 그 걸음에도 금세 따라 잡힐 정도로 여자의 걸음이 느렸다. 여자의 삶이 정말 얼마 남지 않았다는 게 같이 걷는 걸음에서도 느껴졌다.

죽음의 그림자가 여자에게 깊게 드리워져 있었다.

여자의 병실은 1인실이었다. 바깥의 풍경이 잘 보이는 좋은 병실이었다. 낮게 이어진 퍼석한 산세를 나리는 비가 어루만지는 광경이 광막하게 창을 장식한다. 여자는 빨간 우산을 입구에 내려 두면서 좋지? 하고 묻는다. 그러고는 네 덕분이야, 하고 말한다. 강희가 딸 걱정에 몰래 또 손을 써 둔 일이 분명했다.

헛웃음이 났다.

죽는다는데, 그게 눈에 보이는데, 정말로 미웠다. 웃는 것도. 좋냐며 묻는 것도. 네 덕분이라고 말하는 것도. 모두가 미워 목울대에 욕지거리가 올라왔다. 그래도 애써 참으며 수연은 의자를 찾아 앉았다. 여자가 곧장 냉장고에서 토마토주스 한 병을 꺼내 와 수연의 손에 안겼다. 감도 깎아 줄까? 물어서 고개를 내저었다. 여자가 침상에 힘겹게 앉는다.

"자식들 미래 더 보고 싶어 하더니 결국 이 꼴이시네요."

토마토주스를 땄다. 뻥, 하며 뚜껑 따는 소리가 수연의 말을 이었다.

"악담이라도 하고 싶니?"

"왜요. 못할까 봐요?"

"하려면 해도 돼. 나는 너한테 그런 욕 들어도 싸지."

토마토주스를 단번에 비워 냈다. 그에 여자가 더 마실래? 하고 물으며 자리에서 일어나려는 걸 수연이 저지했다. 입술에 달게 묻은 주스가 갈라진 틈을 메웠다. 따끔거렸다. 소매로 입술을 훔치고 립밤을 바르려는데 여자가 안타깝게 수연을 바라보고 있었다.

"입술 잘 트는 건 영락없이 날 닮았구나."

바르려던 립밤을 주머니 깊숙이 다시 꽂아 넣었다. 닮았다는 그 말에 비위가 거슬렸다.

"왜 보겠어요. 죽는다니까, 버린 자식 얼굴을 봐야겠던가요? 아님 내가 가진 무언가가 당신이 죽고 난 후의 자식들에게 필요해졌나요? 용건이 있을 거 아니에요."

"염치없지만 보고 싶었어. 마지막으로 한 번만."

"어디다 대고 그런……."

돼먹지도 못한 말을.

말이 되어 흘러나오지 못하는 감정들로 속에서 넘실넘실 풍랑이 일었다.

씨발.

씨발.

씨발.

끝까지. 끝까지. 어떻게 끝까지.

괜히 왔다는 생각이 머릿속을 막막하게 점거했다.

"그냥 죽지. 죽을 거면 조용히 죽지. 뭐 하러 사람을 오라 가라 해요? 그것도 다른 사람 시켜서! 기어이 공장장님 불편하게 만들면서까지! 당신 염치가 있는 인간이긴 한 거야?"

"수연아."

"나 결혼해요. 얼마 안 있음 결혼한다고. 근데 축하는 못해 줄망정, 이건 아니지 않아요? 내가 당신 때문에, 얼굴도 모르는 생부 때문에 얼마나 많은 질병을 끌어안고 사는지 알기는 해요? 뭐 하나 해 준 것도 없으면서! 당신이 뭔데 날 보고 싶어 하는데! 무슨 자격으로?"

"널 낳아 준 자격이라고 해 두자. 네가 날 먼저 찾았잖니."

뻔뻔스럽게 여자는 미소를 그렸다. 여자의 머릿속을 헤집어 들여다보고 싶은 심정이었다. 어쩌면 저렇게 뻔뻔할 수 있는지 믿기지 않았다. 사람이 목숨 다 되어 가니 미친 건가 싶다가도 아무리 그래도 저건 아니지 않나 싶어 어이가 없었다. 기가 막히고 코가 막힌다는, 말도 안 되는 말장난이 이 상황에 왜 이렇게 절묘하게 들어맞는 건지 우스웠다.

"결혼은, 축하한다. 정말로 축하해."

"당신 축하 받고 싶지 않은데, 기어이 해 준다면 마다할 이유 없죠. 그런데 하나만 알아 둬요. 당신이 부족하게 낳아서 나는 내가 사랑하는 사람이랑 아이도 못 낳을 예정이니까."

"그게 무슨 소리니?"

"왜요? 이런 말 들으니 안쓰럽긴 해요? 복용하는 약들이 줄줄이에요. 이렇게 낳아 준 덕에. 이렇게 버려 준 덕에. 진짜, 당신은 해도 해도 너무해. 끝까지 그렇게 자기 생각뿐인 이기적인 인간."

"미안하다. 네 분 풀릴 때까지 맘껏 욕해. 그게 내 처지니까 달게 들을게."

"제정신이 아니야, 진짜. 좋은 사람이고 싶었어요? 나한테? 그냥 내가, 내 스스로가 왜 이렇게 살게 된 건지 알고 싶었고, 적어도 당신한테 진심 어린 사과 듣고 싶었을 뿐인데. 당신은 왜 끝까지 뻔뻔해요? 왜 키운 자식 걱정만 미치도록 하는 거야! 그것도 내 앞에서! 왜 내 입에서 기어이 이런 소리까지 나오게 만들어, 왜!"

여태 잘 참았던 말들이 봇물 터지듯 터져 나와 바늘침이 되었다. 그 바늘침을 수연은 여자에게 거침없이 꽂았다. 그래도 아프지 않다는 듯, 육체의 아픔이 더 아프다는 듯, 제 자식 둘 걱정이 먼저인 듯, 여자는 꿋꿋하다.

"진심 어린 사과, 그거 하나면 됐어. 진짜 나는 그거 하나면 충분했어. 그런데 이젠 됐어요. 포기했거든. 듣고 싶지도 않아. 그거 하나 듣고 전부 용서하기에는 난 여태까지 당신한테 너무 많이 당했어요. 듣고 싶지 않은 당신 자식들 걱정에, 좋은 부모 만나 내가 행복했을 거라 자만하는 당신 태도에 질렸거든요. 진짜 독하다. 독해, 당신. 당신이 이겼어."

수연은 자포자기한 듯 자리에서 일어났다.

"내 용서는, 당신이 날 버렸던 거. 그 순간 딱 하나야."

"……."

"나머지는 저승길 갈 때 다 품고 가요. 사후 세계가 어떤지 몰라서 논하지는 못하겠지만 거기서도 나한테 저지른 잘못, 잊지 말고 내도록 기억하면서. 당신 자식들 앞길 잘되길 빌지 말고. 그게 당신 업보라면 업보겠지. 아마 거기에 신이 있다면 당신한테 절대 자비 따위 베풀지 않을 거예요. 물론, 이런 지독한 말 내뱉는 나도 그런 자비 따위 기대도 안 하지만. 당신은 나보다 더하면 더했지 덜하진 않았으면 해요."

성큼성큼 입구로 걸어가 여자가 접어 준 우산을 집어 들었다. 아무 말도 못 하고 장승처럼 앉아 있는 여자는 여전히 수연을 바라보고 있었다.

"그래도 죽어서는 아프지 마세요. 지금 겪는 고통 말도 못 하게 힘든 거 어느 정도는 아니까. 거기선 부디 편하길 바랍니다."

"다음에는 아무쪼록 어떤 연으로도 얽히지 말자. 내가 많이 미안했어. 조심히 가렴."

"당신 사랑은 아니더래도, 덕분에 다른 과분한 사랑 많이 받고 있으니 그걸로 샘샘이라 치죠. 그게 용서한다는 말은 아니지만."

병실 문을 열고 나가려던 찰나. 잊은 말이 있어 몸을 돌렸다.

"이런 말 맞는지 모르겠는데 낳아 주느라 애써 주신 건 고마웠습니다."

허리를 굽히며 정중히 고개를 숙였다.

그리고 고개를 드는데 내도록 미소만 그리고 있던 여자가 환자복 앞섶을 쥐어짜며 운다.

빗소리와 함께 청승맞게.

그러고는 다시 웃으며.

잘 가라 손 인사를 해 주었다.

그 여자가 밉기보다 한없이 불쌍하게 보인 건 그 순간이 처음이었다.

그 여자보다 자신이 덜 불쌍한 건, 그래서 그 순간이 진정 처음이었다.

속이 퍼붓는 빗줄기만큼 시원했다.

비가 왔다. 힘없이 떨어지는 비가 초봄을 기다리는 겨울의 땅을 적셨다. 함빡 적셔져서는 포근한 기운을 스멀스멀 피웠다. 하지만 그런 기운 따위 나 알 바 아니라는 듯 도시고속도로가 꽉 막혔다. 수연이 기다리고 있는데. 차가 더디 움직인다.

결아,

부르고는.

아무 설명도, 아무 변명도, 아무 실언도 없이 고작. 데리러와. 그게 전부인 전화에 결은 길을 잡았다. 같이 가자니까 기어이 말도 안 들어 놓고는 데리러 오라니. 믿다가도 덜컥 걱정부터 되었다. 겉이 멀쩡하다고 속이 멀쩡하다는 보장이 없어 더 그랬다.

나사를 조였다 풀다 조였다 풀다를 반복하듯 차들이 그 모양이었다. 길이 조금 터지는가 싶다가도 다시 막혔다. 천천히 움직이던 차들에게 브레이크등이 일제히 켜지면 답이 없었다. 그런데 반대편 갓길에 수연의 차가 보였다.

그리고 수연도.

차에 기대 내리는 비를 우산 하나도 없이 죄 맞고 서 있었다.

"한수연."

제 몸만큼 커다란 우산을 펼쳐 든 결이 수연에게 황급히 우산을 씌워 주었다. 수연은 옅게 웃었다. 길어진 결의 눈이, 할 말이 많지만 꾹 다문 입이, 그 모두가 좋아 웃음이 났다. 정확히 어딘지 설명도 안 했는데 이렇게나 금방.

"금방 왔네."

"왜 비 맞고 있어."

"시원해서."

"감기 걸리면 어쩌려고."

"걸리면 아프겠지?"

"엄청. 열도 나고 기침도 하고. 그게 무슨 사서 고생이야."

수연의 여트막한 웃음이 함지박만 하게 커졌다.

"나 안겨도 돼?"

결이 고개를 나릿하게 끄덕였고, 수연은 함빡 적셔진 몸으로 결의 품에 파고들었다. 결이 마른손으로 수연의 머리를 쓰다듬었다. 축축한 물기가 대수롭지 않다는 듯 결의 모든 것이 침착했다.

즉흥적이고, 모난 곳이 많고, 대책 없이 심술을 부리는 한 수연을 결은 정말 별거 아닌 것처럼.

서슬 퍼런 비의 추위가 결의 품에서 녹아 형체도 없이 사라진다.

"결아."

"어."

"고결."

"왜."

"그냥."

네 이름 불러 보고 싶은 거라는 속내를 감추고.

그러자,

"수연아."

결이 낮은 목소리로 수연을 불렀다.

곧장,

"왜."

대답했지만.

"그냥."

그런 대답이 돌아와 웃었다.

결의 말이 맞았다. 결의 집에 와 따뜻한 물에 씻고 나오자 몸이 오슬오슬 떨렸다. 예상 적중. 그런 말을 우스갯소리로 던지자 결이 불같이 많이 참았다는 듯 화를 냈다. 보기 좋게 호된 야단을 들었다.

수연은 마음에 들지 않는 듯 양미간을 모으고 작은 소파에 앉았다. 머리를 말아 올렸던 수건을 풀자 티셔츠에 물기가 떨어졌다. 머리의 수분을 다 못 빨아들인 건지. 수건을 다시 감으려는데 결이 수건을 빼앗아 갔다. 눈을 삐뚜름하게 흘기더니 결이 수건 대신 컵을 하나 쥐여 주었다. 컵에서 김이 폭폭 올라왔다.

"마셔."

"머리에 물 떨어지는데?"

"내가 닦아 줄 테니까 뒤돌아 앉아서 마셔."

"뭔데?"

"마셔 보면 알 거 아냐. 얼른 뒤돌아 앉아."

수연은 뒤돌아 앉아 컵에 코를 박았다. 달큰하고 싸한 냄새가 코를 찔렀다. 냄새를 맡고는 서둘러 컵을 테이블 위에 버리듯 팽개쳤다.

"안 마실래. 생강차 싫어하는 거 알면서."

수건으로 머리를 꾹꾹 닦아 주던 결이 테이블에 내려놓은 컵을 다시 가져와 수연의 손에 쥐여 주었다.

"안 마시면 나 지금 확 가출한다."

"아, 진짜! 그런 걸로 왜 협박해."

"통하는 협박이면 얼른 마셔."

"싫다고오."

입을 삐죽이 내밀고 수연이 항의를 해 보아도 결은 단호했다.

"진짜 가. 나 진짜 가출한다?"

"다른 거 마실게."

"그거 마셔. 그게 좋아."

"거짓말. 그런 게 어딨어."

"그럼 나 나갔다 올게."

"어디?"

"다른 거 마실 만한 걸로 사 와야지. 집에 지금 있는 것들 중에 감기에 좋을 만한 게 생강차밖에 없어."

"아아 진짜아. 가지 말라고오."

"그럼 어떡해. 마시기 싫다며. 다른 걸로 금방 사 올게."

"아, 됐어. 그냥 마실게."

수연은 숨을 참고 생강차 한 모금을 삼켰다. 꾹 참았던 숨을 토해 내고 들이쉬자 생강차의 쨍한 향이 코와 목을 침범했다. 으아아. 소리가 절로 내질러졌다. 결이 그 모습을 보고 소리 없이 웃고 있었다.

"너 비웃지? 해 바뀌어서 서른여섯이나 먹어 놓고서는 이런 거 못 마신다고, 비웃는 거지, 너?"

"무슨 설명이 그렇게 장황해? 그렇게 생각한 적 없는데."

"그런 눈빛이야, 지금!"

"아니니까 바로 앉아. 얼른 머리 말려야지."

"나쁜."

자리를 잡고 바로 앉자 길고 부드러운 손이 수건을 끼고 수연의 머리칼을 비집고 들어왔다. 나긋한 손길에 눈꺼풀이 무거워지려 했다. 그럴 때마다 뒤에서 마셔, 하는 날카로운 명령이 날아들었다.

"드라이기 가져올게."

타월 드라이를 다했는지 결이 소파에서 일어서려 했다. 그런 결을 수연이 붙잡았다. 반쯤 비워진 컵을 테이블 위에 내려놓고 수연은 결의 허벅지를 베개 삼아 베고 다리를 뻗었다. 진한 피로가 몸에 감겼다.

"덜 말리면 안 좋아."

"충분해."

수연은 눈을 감고 결의 배에 얼굴을 파묻었다. 따뜻한 냄새가 생강차 때문에 싸하던 코에 스며들었다.

"뭐 해 줄까?"

"머리 만져 줘."

그 즉시 머리 사이로 결의 손이 들어왔다. 수건을 끼고 와

닿던 손길보다 배로 좋았다. 아니, 배 이상이었다. 그 손이 머리칼을 헤집다 귓불에 닿거나 목덜미에 닿을 때는 결의 체온이 고스란히 전해졌다.

"팔다리는 안 주물러도 돼? 아님 찜질해 줄까? 아플 거 아냐."

"괜찮아. 그냥 머리만 만져 줘."

"잘 거면 침대 가자. 침대에서 만져 줄게."

"싫어. 여기서 만져 줘. 잠 안 들게. 약속해."

피식 터지는 결의 웃음소리가 들렸다. 그런 거짓말 안 통한다는 뜻인가. 수연은 결의 등에 오른손을 쑥 집어넣었다. 그러고는 결의 등을 쓰다듬었다. 손끝에 거치적거리는 것도 없이 보드랍고 매끈했다.

"피부 좋다."

"어머니가 잘 낳아 주신 편이지."

"맞아. 어머님이 피부 엄청 좋으시지. 복이다."

"복까지야."

"피부 안 좋아서 고생하는 사람이 얼마나 많은 줄 알아? 나만 봐도 그래. 나 어렸을 때 아토피 있어서 얼마나 고생했어."

"그래서 할아버님이랑 할머님이 좋은 황토 사들여서 그걸로 한수연 꽤 호강했지?"

"맞아. 그래서 지금 다 나았지만."

"복이다."

"응. 복이야."

몸이 천장을 향하게 누워 수연은 결을 올려다보았다. 결이 자신을 내려다보고 있었다. 여전히 머리를 만지는 채로.

"너도 내 복이야."

"거기다 나도 포함시키게?"

"고마워."

"고마울 것도 많다."

"미안해."

"고맙고 미안하기까지 해?"

"아니. 사랑도 해."

"아아. 그러니까 고맙고 미안하고 사랑도 하고?"

"응. 불만이야?"

수연을 내려다보는 결의 입에 큼지막하게 미소가 걸렸다.

"거기서 고맙고 미안한 건 빼고. 사랑하는 것만 가질게."

"사람 진심을 이리저리 빼서 하나만 가져가려고?"

"고맙고 미안한 거, 다른 사람들한테 많이 해야 하잖아. 난 사랑이면 돼."

"왜, 사랑도 거절하지?"

"무려 한수연의 사랑인데. 그거 안 가지면 내가 너무 밑지는 거 같잖아."

보일러가 절절 끓어 공기가 후끈한 탓인지, 아님 빤한 말에 수줍기라도 한 것인지 수연은 제 볼이 달아오르는 게 느껴졌다. 그런데 난데없이 몸을 숙여 결이 입을 맞춰 왔다. 결도 생강차를 마신 것인지 싸한 냄새와 맛이 수연의 입 속으로 밀려

들었다.

어쩐지 나쁘지 않았다.

아니. 좋았다.

밤이 까마득한데 눈이 떠졌다. 자신의 옆에서 곱게 잠든 결이 보였다. 무방비 상태로 한껏 상냥한 결의 얼굴을 어둠 속에서 바라보다 매만졌다. 결이 잠기운 그득한 눈을 억지로 떠 보려 했지만 마음대로 되지 않는 것인지 그대로 감은 채였다.

오른손 검지와 중지를 세워 결의 척추뼈를 따라 걸렸다. 결이 간지러워, 낮게 속삭였다. 그래서 결의 귓불에 소리 나게 입을 맞췄다. 떠지지 않던 결의 눈이 반짝 뜨였다.

허리로 결의 손이 들어왔다. 속옷도 갖춰 입지 못한 가슴에 결의 손이 머물렀다. 혀가 얽히고, 시선이 서로를 바라고, 손이 갈급하게 움직였다.

그렇게 사랑했다.

나는 외롭지 않다.

아무에게도 버려지지 않아,

행복해.

그거면 된 거잖아. 그렇지?

부모의 방 앞에서 벌벌 떨다 방으로 들어와 책상에 앉았던.

혈액형을 계산해 보던. 한씨 집안의 자식이 아니라 판명 나서 무서워 벌벌 떨던. 그 가엾고 어린아이를 수연은 껴안았다. 품에서 그 아이의 떨림이 멈춘다.

수연아,

조심스레 이름을 부르자 아이가 싱긋 웃는다. 그걸로 되었다. 그걸로 어렸던 나와 지금의 나는 괜찮은 걸로 생각하자. 그거면 됐지. 그렇지.

수연아,

결혼을 한 달 앞둔 날 생모가 죽었다. 비보가 날아들었고,
형찬이 5일짜리 휴가를 신청했다. 부조금으로 성의를 표하는
대신 장례식장에는 가지 않았다. 형찬도 오지 않아도 된다고
했다. 그러나 강희가 마음에 걸리면 다녀와도 된다고 전화로
설득 아닌 설득을 하였다.

마음에 걸리지 않았다. 그래서 생각하지도 않았다.

구미향. 내 생모가 죽은 날, 날씨가 좋았다.

나빴던 그 여자가 업보 때문에 너무 나쁜 곳으로 가진 않
길. 온화한 하늘을 올려다보며 그것만은 바랐다.

끝.

완성이 다 된 주방은 깔끔하고 심플했다. 결의 키에 맞춰 제작한 거라 자신이 사용하기에 턱없이 높았지만 어차피 자신은 주방에 물 마시는 정도가 아니면 얼씬도 안 할 테니 이게 맞았다.

하부장 작업만 하면 되었는데 시간을 오래 끌었다. 일이 바쁘다는 핑계도 있었고, 거창할 것도 없는 결혼 준비 때문에 정신이 없었다는 핑계도 있었지만, 그보다 더 큰 것은 형찬이 도와줘서 그럴 때마다 서로 말을 많이 해 작업이 더뎠다는 게 정확했다.

드라마틱하게 관계를 정리하지 않았다. 수연이 외삼촌, 이라 형찬을 부르지도 않았고 형찬이 수연아, 하고 수연을 부르지도 않았다. 그저 대표와 직원, 그렇게 남기로 하였다. 가족은 껄끄러웠다. 이미 가족이 있으니 그걸 욕심내지 말아 달라고 수연은 형찬에게 부탁했다. 형찬은 웃으며 고개를 주억여 그것으로 관계의 정의를 내렸다.

매끈한 상판을 손끝으로 쓸다 개수대 물을 틀어 보고 아무것도 없는 인덕션을 켜고는 후드를 돌려 보았다.

완벽한 주방이다.

회사를 차린 이래, 정말로 완벽하게 만들어 낸 주방.

상상의 나래를 활짝 펼쳐 본다. 자신은 일을 하고 있고, 결은 그런 자신을 주방에서 바라보며 음식을 하느라 분주한. 저녁 뭐 해서 먹을까? 물어, 아무거나, 건성으로 대답하면 결의 눈이 기름해지는. 그럼 한수연이 싫어하는 거 해야겠다. 결이 엄포를 놓아 자신이 우는소리를 하며 맛있는 걸 먹자고 애원하는. 미소를 그리며 결은 어쩔 수 없다는 듯 신나게 음식을 해서 식탁에 어느새 멋들어지게 차려 낸다. 밥 다 됐어. 결이 불러 쪼르르 달려가 결과 마주 앉아 밥을 먹는다.

그렇게 밤이 되고,

그렇게 나란히 머리를 맞대고,

오늘에서 내일로 건너가는 하루를 마감한다.

상상하는 것만으로 미소가 절로 지어졌다. 발을 굴려 상판에다 엉덩이를 걸치고 앉았다. 발끝이 땅에 닿지 않아 허공에서 대롱대롱하다.

얼른 와라, 고결.

현관문이 열렸다. 익숙한 듯 걸어 들어와 구두를 벗고 실내화로 갈아 신은 결은 수연과 눈을 마주치고 코트를 벗어 소파에 걸쳐 두었다. 뒷짐을 지고 찬찬히 주방을 훑어보다 결이 수연이 켠 것들을 끄기 시작했다. 후드를 끄고. 인덕션을 끄고. 개수대에 틀린 수도를 끄고. 그리고 상판 위에 앉은 수연에게 눈을 맞춰 왔다.

"결국 다 완성했네."

"어때? 내 걸작이야."

"한수연이 운영하는 회사는 절대 개인적으로 주방 시공을 하지 않잖아. 이거 권력 남용 아닌가?"

장난기 넘치는 눈이 얄궂게 휘어진다.

"좋지? 좋다고 해. 답정너 하라고."

"답은 정해져 있고 넌 대답만 하면 된다는 소리지?"

"알면 대답."

결이 수연의 양 볼을 잡고 서로의 코를 비비대었다.

"좋다. 물론, 이게 집안일 잘하라는 뇌물인 거겠지만."

"그런 거 아니거든."

"비서가 남편에다 가정부 노릇까지 잘하면 어떤 느낌이 야?"

"와아. 진짜 말에 어떻게 에누리가 없어?"

"여기서 에누리하면 안 되지. 난 세 개 다 잘하잖아?"

서로를 바라보며 킥킥 웃었다. 아이들처럼 신나게. 그리고 입을 맞췄다.

"좋다. 마음에 들어. 진짜 잘 쓸게."

마음이 산드러진다.

좋다. 고맙다. 그런 말보다.

"고마워, 수연아."

결의 입에서 발음되는 제 이름이 마음을 몽창 흔든다.

회사로 택배 하나가 왔다. 받는 이. 한수연. 얌전한 글씨체 에 보낸 이가 구미향, 이라 적혀 있었다. 결은 점심을 사 오겠 다고 나갔다. 수연은 제 사무실 문을 잠그고 책상에 앉아 그 택배 상자를 내려다보았다. 뜯을까 말까 고민이 되었다. 이대 로 쓰레기통에 넣어도 아무도 뭐라 할 사람은 없었다. 그러니 쓰레기통에 그저 처박는 것도 나쁜 선택은 아니었다.

그러나 생각과는 반대로 몸이 절로 움직였다. 커터 칼로 택배 상자를 뜯었다. 안에는 분홍 보자기에 싸인 배내옷과 편지 한 통이 들어 있었다. 세월에 많이 빛바랜 배내옷이었다. 그걸 꺼내 손으로 한번 만져 보고는 편지를 열었다.

수연아,

널 만난 후로 꿈에 생전 나타나지 않던 네가 나왔다.

어릴 때의 너였어.

내 보살핌이 필요했던 네가 나한테 안겨 칭얼대지도 않고 웃고 있었단다.

그런데 나는 꿈에서도 품에서 널 떼 놓기가 바빴어.

너는 내 품에서 떨어져서 서럽게 울었다.

잠에서 깨, 네가 보고 싶다는 생각을 했어.

품에서 떼 놓지 말고 한참을 더 안고 있을걸. 후회했어.

이미 다 지나간 과거인데.

그런 생각이, 그런 후회가 다 사치지 싶다가도.

나한테서 진심으로 사과받고 싶었을 네 마음이 죽음을 앞둔 나를 사치스럽게 만들었다.

그래서 내가 가지고 있던 너의 마지막 흔적을 보낸다.

이것만큼은 너를 부정해도 버릴 수 없었던 거다.

수연아,

내 인생이 각박했다는 이유로 널 외면해서 정말로 미안하다.

내가 외면한 탓에 한쪽씩 팔다리가 없어 힘들 너에게는 정말로 미안해.

네가 낳아 줘 고마웠다고 인사를 하던 그 모습이 자꾸만 눈앞에서 그려져 잠을 잘 수 없는 밤, 나는 이렇게 일방적인 사과로 너에게 속죄를 구한다.

용서하지 마라.

나는 내 죄를 잘 알아. 그러니 너는 나의 무엇도 용서하지 않아도 돼.

사랑했다. 한때 내 딸아.

너를 외면한 나는 이렇게 죽겠지만,

너는 부디 오래 살길. 이렇게 많이 아프지는 말길.

지옥불에 떨어져 이번에는 그 무엇도 아닌, 네 생이 평안하기만 빌게.

날 찾아 줘서, 널 외면한 나를 너는 외면하지 않아 줘서 고맙다.

정말로 고마워.

편지를 붙잡은 손이 나약하게 떨렸다. 일방적인 속죄의 편지가 수연을 아프게 하였다. 시원했는데, 정말로 미련도 없이 시원했는데 어딘가가 아프다. 그건 몸인 듯하다가, 눈인 듯하다가, 결국은 가슴이었다. 가슴이 미어지게 아팠다. 눈물이 후두둑 떨어졌다. 배내옷이 눈물로 젖는다.

그 여자가,

그 여자가 선택한 생이,

그래서 결국 자신이 버려진 그 결과가,

더는 밉지 않았다. 어쩌면 전부 용서가 될 것 같은 이상한 생각이 든다.

배내옷을 끌어안고 속이 후련해질 때까지 소리 내어 울었다. 회사고, 점심시간이 끝나 가고, 그런 상황을 염두에 두지 않고 엉엉. 그런데 잠가 두었던 문이 몇 번 들썩이더니 열렸다. 한쪽 손에 들고 있던 종이 가방을 내팽개치고 결이 다가왔다. 사 온 점심을 저렇게 내팽개치면 돈 낭비가 아닌가. 우스워서 훌쩍이는 와중에도 웃음이 나왔다. 결이 손수건을 꺼내 수연의 눈가를 훔쳐 냈다.

"왜. 누가 울렸어."

걱정이 한 아름 담긴 어투로.

"말해. 누구야. 누가 그랬어."

한껏 예민함을 실어.

"한수연. 말 안 해?"

다그치기까지.

나 자신보다 나를 더 잘 아는 네가 해 주는 걱정은 언제나 좋다. 수연은 고개를 두어 번 가로저었다. 그리고 결의 눈앞에 제가 입었다던 배내옷을 펼쳐 들었다.

"이거 봐. 내가 입은 거래."

"배내옷?"

"응. 그 여자가 보낸 거."

"그래서 울었어?"

"아니이."

마른 눈가가 휘어졌다.

"너 보고 싶어서 울었지."

그거 아닌데. 그 말을 참는 것처럼 결이 얼렁뚱땅, 하고 말했다.

"근데 고 비서가 내팽개친 저거, 먹을 수는 있겠지?"

수연은 엎어진 종이 가방에서 흘러나온 도시락을 가리켰다. 결이 하아, 낮은 한숨 소리를 낸다. 그게 또 우스워 웃었다. 그러자 결이 수연에게 살짝 꿀밤을 때렸다.

"대표님은 지금 웃음이 나십니까?"

"그럼 다시 울어?"

"아니요. 웃으세요. 그게 보기 좋아요."

"그런데 왜 때려. 나쁜 놈."

결이 기가 찬다는 눈빛을 했다.

"퇴근하고 봐요."

"뭐뭐!"

"제가 어떻게 괴롭힐지 상당히 걱정하셔야 할 텐데."

"나쁜. 너 엄청 나빠."

"네. 저 나빠요."

그래 놓고는 결이 수연의 볼에 입을 맞췄다. 소리가 크게 났다. 점심을 다 먹고 돌아온 직원들이 환히 열린 대표실을 흘긋대다 숫제 대놓고 보며 야유를 보냈다.

어휴, 애정 표현은 퇴근하고 하세요!

솔로 서러워서 살겠나.

공식적으로 결혼하신다고 여기서 이러시면 안 됩니다, 대표님!

아이고, 부러워 못 살겠어. 흑흑.

그런 소리들이 쏟아져, 수연은 목소리를 가다듬었다. 그리고 소리쳤다.

"대표 빠지는 회식, 어때요? 몇 차가 됐든 한도 없이 오늘 제가 책임집니다!"

우는소리를 하던 직원들이 그 즉시 환호를 질렀다. 덤으로 한 시간 일찍 퇴근. 환호가 더 자지러진다.

법인 카드 오늘 죽어나겠다.

결이 걱정스레 속살거려도, 자꾸 웃음이 났다.

그날 밤, 수연은 본가에 갔다. 생모가 보낸 배내옷을 가지고. 일이 있어 늦는다는 인석을 제외하고 본가에는 정숙과 강희가 있었다. 버선발로 달려 나와 손녀를 마중하는 정숙과 그 옆에서 마찬가지인 강희는 한껏 웃는 낯빛이었다.

같이 밥을 먹었다. 정숙과 강희가 나란히 밥 위에 자꾸 나르는 반찬들을 아기 새처럼 받아먹어 금세 배가 찼다. 더 못먹을 것 같은 얼굴을 해도 정숙은 더 먹으라며 밥까지 더 퍼왔다. 그러나 수연은 양팔을 들어 항복을 표했다. 강희가 웃으며 식탁을 치웠다. 정숙이 더 먹지, 아쉬운 소리를 했지만 그것도 잠시. 다음으로는 어마어마한 후식이 기다리고 있었다. 강희가 과일을 깎고, 케이크를 꺼내고, 차를 타 왔다. 다양한 국적의 후식이 거실 테이블 위에 한가득 차려져 있었다. 그것마저 어느 정도 꾸역꾸역 먹었다.

정숙이 한껏 만족한다는 낯빛으로 곤하다며 자리를 떴다. 늙으면 밤잠이 없어진다는데. 나는 그것도 아니네. 밤만 되면 눈이 감겨. 핑계를 잔뜩 늘어놓으며 방으로 들어가는 정숙의 모습이 늙어 있었다. 그 순간 할아버지의 부재가 아쉬웠다. 의심 없이 웃고, 밥을 먹고, 즐거이 떠드는 모습을 할아버지에게 보여 준 적이 없었다.

시큰해지려는 마음을 다잡고 수연은 가져온 것을 강희에게 전했다. 그걸 열어 보고는 강희가 웃다 울었다. 그걸 끌어안다가 얼굴에 파묻으며 세상 기쁜 모습을 한다. 그 모습이 안쓰러워 수연은 강희에게 바투 다가가 앉았다. 어깨를 꼭 껴안으며 엄마, 하고 불렀다.

"이걸 어떻게……."

"생모가 보냈더라고. 나보다는 엄마가 가지고 있는 게 나을 거 같아서요."

배내옷을 떨리는 손으로 펼쳐 보며 강희가 수연을 쳐다보았다.

"더 작았구나. 태어났을 때는 더 작았어……."

"울지 마요."

"기뻐서 그래. 기뻐서."

강희는 웃는 얼굴로 울었다. 정말로 기쁨에 버겁다는 듯이.

이제 가 봐야겠다는 수연을 강희가 붙잡았다. 자신도 줄 것이 있다고 하였다. 방에 들어간 강희를 기다리며 소파에 몸을 느긋이 기대고 앉아 눈을 감았다. 어릴 적 생각이 났다. 저도 모르게 곯아떨어진 수연이 자다가 소파에서 떨어지기라도 할까 봐 자리를 지키고 있던 작은 결. 뽀얀 얼굴로 잘 잤어, 누나? 하고 묻던 작았지만 컸던 결. 너 거기서 뭐 하는데? 묻자, 씩 웃으며 누나 떨어질까 봐, 수줍게 말하던 결이 기억난다. 그 기억에 피식 낮은 웃음이 터졌다.

감았던 눈을 뜨고 집 안을 훑었다. 상처와 행복이 공존하는 곳. 결국 행복이 더 우세했던 곳. 자신을 향해 찬찬히 오고 있는 강희를 바라보았다. 무엇과도 바꿀 수 없는 가족이 사는, 행복해서 즐거운 나의 집이다.

"수연아, 이거 가져가."

강희는 대뜸 비단 봉투 하나를 수연에게 내밀었다.

"이거 뭔데요?"

"돈."

수연은 의아해 봉투를 풀어 보았다. 통장과 도장이 있었다. 통장을 열어 살펴보니 억 소리가 절로 나는 금액이 찍혀 있어 수연은 얼른 그걸 밀어 냈다.

그런데 강희가 다시 수연의 손에 통장과 도장을 쥐여 주었다.

"결혼하면 남편 모르는 돈이 필요해. 사람 앞일 모른다고 했어. 넣어 둬."

"엄마, 그래도 이건……."

"넌 더구나 사업까지 하잖니. 단 한 번이래도 우리 도움 받았다면 모르겠다만, 그러지도 않았잖니. 가져가. 네 아빠랑 엄마 마음이야."

"엄마……."

강희가 양손으로 수연의 오른손을 감싸 쥐었다.

"친정 생각나면 언제든 와. 밥해 먹기 싫을 때, 엄마한테 전화 한 통만 하고 와. 엄마가 네가 좋아하는 것들로만 차려서 기다릴게. 그럴 일이야 없겠지만, 정 살기 힘들어 이혼한다 해도 너 타박할 사람 아무도 없으니까 여기로 와. 여기는 네 방패막이자 요새니까."

"엄마도, 참……."

"어느새 이렇게 다 커서는."

눈가가 붉어지려 해 수연은 호흡을 크게 했다.

"잘 살아. 많이 아팠던 만큼, 많이 외로웠던 만큼, 결이한테 사랑받으면서. 그러다 가끔 우리 생각도 해 주고."

수연은 강희를 껴안았다. 강희가 수연의 등을 토닥이며 어린애같이, 하고 말했다.

엄마, 그렇게 계속 엄마를 불렀다.

엄마, 그 소리가 밤을 모두 포위할 정도로.

집에서 얌전히 기다리고 있을 줄 알았던 결이 대문 앞에 서 있었다. 배웅을 나온 강희에게 결이 인사를 한다. 조심히 가, 고 서방. 강희가 그렇게 말하고 뒤돌아섰다. 대문이 닫히고, 수연은 결의 품에 안겼다.

안락하고 평온하다.

나의 새로운 집인, 너.

수연은 결을 올려다보았다. 결이 손을 잡는다. 집에 가자. 그렇게 말을 하며.

그러고는.

수연아,

부른다.

나는 내 부모가 지어 준 이 이름이 좋았다.

너에게 불리는 이 이름이.

나를 증명해 주는 이 이름이.

"한 번만 더 불러 줘."

애처롭게 아양을 떠는 나에게.

수연아,

하고 낮고 깊게 불러 주는 너는.
나의 영락없는 행복이다.

— fin

에필로그

집 안에 온통 기름내가 진동한다. 수연은 자리에서 일어나
베란다 문을 열었다. 바람이 선선하게 들어왔다 빠져나간다.
그 바람에 기름내가 섞여 있었다.

은애가 황급히 달려와 걱정스러운 표정을 지었다.

"냄새가 심하지?"

수연은 고개를 가로저었다. 그래도 못 미더운지 은애는 베
란다 한쪽 구석에 자리한 의자를 끌어당겨 왔다. 수연에게 앉
으라며 성화였다.

"손님 아니고 며느리인데, 이러면 저 직무 유기잖아요."

수연이 어쩔 수 없이 의자에 앉아 은애를 바라보았다.

"그런 게 어딨어. 네 손 안 빌려도 충분해."

"결이도 저러고 있는데."

"결이는 늘 하던 애고 넌 아니잖니. 다저녁때 오지, 왜 이렇게 일찍 와서는 고생을 사서 해."

은애가 앞치마에 버석한 손을 턴다. 그리고 그 손으로 수연의 뺨을 어루만졌다. 이마에 송골송골 맺힌 땀도 손끝으로 꼼꼼히 닦아 주었다. 며느리와 시어머니. 그런 관계로 정의를 내릴 수 없는 관계였다.

결혼을 함과 동시에 며느리가 되었는데도 은애는 수연에게 말을 편히 하지 못했다. 설득에 설득을 거듭했다. 온갖 아양으로 은애를 겨우 허물어뜨렸다. 은애는 하는 수 없다는 듯 말을 낮췄지만 행동은 전과 같았다.

은애가 주방으로 돌아가려는 걸 수연이 붙잡았다. 그리고 준비해 온 백봉투를 은애의 손에 쥐여 주었다.

"이거 제수 비용이요."

"수연아, 이런 건……!"

은애가 황황히 물리치려는 것을 빼앗아 수연은 은애의 앞치마 주머니 속으로 쏙 집어넣었다.

"제가 결이 돈주머니 다 꿰찼어요. 그래서 이런 거 이제 제 손으로 드려야 해요."

"안 줘도 돼. 그리고 제수 비용은 원래도 결이한테 안 받았어."

"일도 제대로 못하는 며느리가 궁여지책으로 드리는 거니까 거부하지 마시고 받아 주세요."

그리고 또 다른 백봉투 하나도 은애의 앞치마 주머니 속으로 쑥 집어넣었다.

"이건 용돈이요."

"이러지 마. 나 부담스러워. 누가 보면 며느리 등골 빼먹는 못된 시어머니인 줄 알아."

"제발 그렇게 하세요. 저, 그래도 괜찮아요."

은애가 가엾다는 눈길로 수연을 쳐다보다 머리를 쓰다듬었다. 은애의 손길이 다정하다. 본가의 정숙이나 강희에게 맞먹을 정도로. 강희는 은애를 두고 세상에 다시없을 좋은 시어머니 자리라 하였다. 정숙도 그 말이 지당하다는 듯 고개를 주억였다. 역시, 그들의 예상은 정확하였다. 은애는 수연에게 있어 과분한 시어머니였다.

수연은 은애의 허리춤을 끌어안고 얼굴을 묻었다.

"부족한 거 알지만, 내년 제사에는 올해보다는 조금 덜 부족한 며느리 될게요."

은애가 수연의 등을 찬찬히 쓸어내렸다.

"네가 괜히 고생이지. 여태 네 집안, 네 도움으로 살다시피 했는데 이제는 나 눈감을 때까지 그래야 하니."

"아니에요. 그런 거 아니에요, 전혀."

"그러니 다음부터는 다저녁때 와. 결혼하고 처음이니 이번만은 넘어가 주는 거야. 아니면 제사 그냥 절에 맡기고 나도 모른 체해 버릴 테니까."

은애의 협박에 수연은 벙글 웃었다. 웃는다고 안 물러. 은애가 한소리를 붙였지만 은애의 입가에도 웃음꽃이 피었다.

그런데 주방으로 돌아서다 은애가 곤약과 두부를 빼먹었다며 현관을 나섰다. 수연이 대신 가겠다 자처했지만 은애는 어림도 없다는 듯 결에게 네 안사람 못 나오게 붙잡아, 하고 말해 수연은 결에게 꼼짝없이 붙잡혔다.

은애가 사라지고 둘만 남은 자리에서 수연은 결에게 눈을 치켜떴다.

"아, 이 눈치야! 어머님 가시게 하면 어떡해. 내가 다녀와도 되는데."

"어머니가 너 붙잡으래서 나는 어머니 말 들은 것뿐이야."

"고부 갈등이 왜 생기는데!"

"우리 어머니랑 한수연이? 무슨 소설 써?"

어휴. 한숨을 푹 내리쉬며 수연은 거실에 앉았다. 문을 열어 둬서 전보다 기름내가 덜하다. 하지만 그렇다 한들 이렇게 주저앉아 튀김을 하고 전을 부치는 게 만만치가 않다. 몇 시간을 내리 이것만 하고 앉아 있으니 허리와 목이 부서질 듯도 하였다. 수연이 제 허리를 툭툭 두드려 대자 결이 눈살을 찌푸린다. 부침 가루가 잔뜩 묻은 손을 무신경하게 털고는 주먹을 쥐고 수연의 허리를 두드려 주었다.

"그만해. 이러다 몸살 나."

결이 한껏 속상한 어투로 말했다.

"어떻게 그만해. 눈치 보이게."

"여기에서 너한테 눈치 줄 사람 아무도 없는 건 알고 하는 소리지?"

"어쩐지 내가 눈치가 보인다구. 결혼해서 처음 맞는 아버님 제사인데 어떻게 가만히 있어."

"그럼 옆에서 내가 잘하나 못하나 감시만 해. 손에 아무것도 대지 말고. 허리 꼿꼿이 펴고."

결의 손이 다시 분주히 움직인다. 서대에 부침 가루를 묻혀 개어 놓은 계란물을 입히고는 프라이팬에다 조심히 올렸다. 그리고 다시 반복. 서대 세 마리가 큰 프라이팬에 정갈히 눕혀졌다.

입힌 옷들이 힘없이 벗겨질 만한데 어째서인지 결의 손에서는 그러지 않았다. 수연의 손에서는 소고기 산적들이 죄 옷을 훌훌 벗고 알몸만 남겨져 난처했는데 말이다. 수연은 그저 신기해 결이 하는 것들을 꼼꼼히 살펴보았지만 자신과 별반 다르지 않은 것 같았다. 내공인가. 결의 재주는 역시 신통방통하다.

"어머님한테 제수 비용이랑 용돈 드렸어."

"베란다에서 드리는 거 봤어."

"넉넉하게 넣어 드리긴 했는데 혹시나 네가 보고 모자라신 거 같으면 나한테 말해 줘. 더 챙겨 드리게."

한쪽 면이 구워진 서대 세 마리를 결이 차례대로 능숙하게 뒤집었다. 그러고는 프라이팬 가쪽에다 기름을 끼얹는다.

"그런데 '여보' 소리는 언제 할 예정이실까요, 한수연 대표님."

아. 엇. 하아. 그냥저냥 넘어가나 했는데 아닌 모양이다. 발도 빼지 못하게 결이 뒤에서 가로막고 있는 모양새다. 수연은 그 낯부끄러운 말을 어떻게 시작해야 할지 암담했다. 결은 요새 계속 여보 타령 중이고 수연은 계속 그걸 거부하는 중이었는데, 어제 결이 내후년 봄에 완공되는 주요한 계약을 성사시키면서 당당히 요구하였다. 여보, 그 소리를 내일까지는 들어야겠다고 저렇게 노래를 부른다.

"오늘까지만 하면 되는 거잖아. 아직 오늘 안 끝났어."

항의를 해 보지만,

"안 끝났지만 얼마 안 남았어."

어림도 없다는 듯 결은 단호했다.

"입이 안 떨어진다고요."

"연습하면 차차 나아져."

"너부터 불러 봐!"

잡고 있던 뒤집개도 내려놓고 결이 시선을 맞춘다.

"여보."

눈도 깜짝 안 하고. 전혀 어색할 것도 없다는 듯 담백하게.

"나는 여보가 얼른 나를 '여보' 라고 불러 주면 바랄 게 없겠는데."

저토록 얄미울 수가. 경악을 금할 길이 없었다.

"천성이다, 그거. 낯부끄러운 거 하나도 부끄러울 거 없다는 듯 하는 거."

"여보가 너무 융통성이 없는 건 아니고?"

"몰라. 네가 이겼어. 너 다 해."

수연은 그대로 결의 어깨에 기댔다. 편하다. 아침부터 종
종거렸던 일이 아무것도 아닌 양. 시댁이 시댁 같지 않은 것
처럼. 고부 갈등, 그런 게 생긴다 한들 아무렇지 않을 정도로.
결이 있으니 만사가 편하다. 엄마가 시댁에 밉보이지 않게 잘
하랬는데. 이렇게 농땡이 피운 것을 알면 할머니와 같이 입을
모아 나무랄 게 뻔한데. 뭐, 그래도 결이 있으니 별일이야 있
으려고. 결의 어깨에 기댄 채로 씩 웃었다.

"왜 웃어, 이 여자야."

"좋아서."

"내가 다 해. 아무 걱정 말고 쉬어."

"나 못된 며느리 만들려고 작정했구나."

"못된 며느리 아니니까 쉬어."

결의 허벅지 위에 오른팔을 올려 두고 눈을 감았다.

좋은 사람, 좋은 집안에 시집을 간다고 정숙이 잘하라던 말
이 생각난다. 정숙의 말이 꼭 맞았다.

시집을 잘 왔다. 본가 식구들에게 걱정 한 톨 안 남길 정도
로. 정말로 시집을 잘 왔다.

제사가 끝나고 저녁을 먹는데도 영 기운을 차리지 못하던
수연은 거실 한구석에서 잠이 들었다. 오늘 제사 때문에 회사
를 쉬어야 하니 미리 업무를 봐 둔다고 새벽녘까지 일을 한
탓이다. 수연의 만면에 피로가 서렸다. 저녁상을 물리고 결은

수연의 앞에 오그려 앉았다. 얼굴 옆 선으로 붙은 잔머리를 정리하였다. 간지러운지 수연의 미간이 살짝 실그러진다.

"조기랑 돔은 고대로 넣었으니까 챙겨 먹고. 나물이랑 탕국도 쌌어. 튀김이랑 전은 기름내 때문에 수연이가 하도 고생을 해서 손 안 댈 거 같아 안 챙겼는데, 혹시 필요할까?"

음식들을 가득 챙겨 나온 은애는 뭐 더 빠진 게 없는지 이리저리 살폈다.

"그 정도면 충분해요."

"수연이가 식혜 잘 먹는 거 같아서 두 병 넣었어. 냉장고에 넣어 두고 쉬기 전에 다 먹여."

"네. 감사해요."

한 보따리 싼 것을 현관 앞에다 내놓으며 은애가 한숨을 돌렸다.

"이제 수연이 데리고 얼른 가렴. 애 오늘 하루 종일 벌선 거나 다름없어."

"괜히 어머니 고생만 더 시킨 거 같아 죄송해요."

"수연이 들으면 섭섭할 말이다. 네 처 나한테 매일같이 전화해. 자식인 너보다도 쟤가 나한테 더 살뜰한데, 그런 말 하는 거 아니야."

"네."

결은 수연을 업었다. 그 움직임에 수연이 잠에서 설풋 깨는 거 같았지만 다시 곤하게 잠이 든다. 피곤하긴 많이 피곤한 모양이다.

"다음부터는 일찍 오지 마. 수연이한테도 일러뒀는데, 앞으로 계속 이럴 거면 네 아버지 제사 집에서 안 치르련다. 자식들 고생시키면서 네 아버지 젯밥 얻어먹게 하고 싶지 않아서 그래."

"죄송해요. 수연이가 아직 서툴러서……."

"그런 거 아니야. 많이 고생했잖니. 맘고생, 몸 고생. 그렇게 힘들었던 애 네가 잘 품어야지. 너 하나 보고 온 시집이잖아. 너 믿고 온 시집이고. 그러니 네가 잘 챙겨. 나한테 미안해하지 말고. 원래 남자는 자기 안사람을 잘 챙겨야 해."

은애가 다정한 손길로 등에 업힌 수연을 쓰다듬는다. 자식이라고 했다. 결혼하던 그날, 수연의 손을 잡고 남은 평생을 딸처럼 여기며 살겠다고 은애가 그랬다. 그러니 은애가 한 말들 중 거짓은 없다. 그게 수연을 안락하게 해 주는 거 같아 마음이 놓인다.

수연의 엉덩이를 받친 손에 짐을 들었다. 주차장까지 은애가 들어 주겠다는 걸 딱 거절하였다. 은애도 오늘 제사로 충분히 힘들었는데 더 보태고 싶지 않았다. 승강기가 올라올 때까지 은애가 배웅을 해 주었다. 자는 수연에게 조심히 가렴, 그 말을 잊지 않았다.

여름이라는데 밤바람이 차갑다. 나부끼는 바람결에 이파리들이 맞부딪힌다. 새파란 소리에 수연이 잠에서 깬 것인지 눈을 부빈다. 그러고는 놀라 아, 하고 짤막한 소리를 내었다.

"야아! 깨웠어야지!"

"얌전히 업혀 있어."

결은 수연을 받친 손에 더욱 힘을 실었다.

"아, 어떡해. 어머님한테 인사도 못 했잖아. 일단 내려 줘!
어머님한테 얼른 올라갔다 올게."

"내일 전화드려. 어머니도 쉬셔야지."

"못 살아. 어떡해. 아아."

밤바람이 부는 길을 수연을 업고 조금 더 걸었다. 차를 세
워 둔 곳은 반대편이지 않냐며 등에 업힌 수연이 볼멘소리를
한다. 알고 있다고 대답하니 피이, 하는 새된 소리가 수연의
입에서 툭 튀어나온다.

"오늘 고생했어."

짤막하고 멋없는 감사를 전한다.

"무슨. 당연한 걸 가지고."

그에 당연하다는 듯 수연도 짤막하고 멋없는 대답을 한다.

그래도 우리는 행복했다.

"수연아,"

짤막하게 불러 보는 네 이름에도 행복이 실렸으니.

"왜애."

"사랑한다고."

"치이."

수연이 갑자기 목을 가다듬는다. 귓가에 밤바람과 함께 수
연의 숨결이 부딪힌다.

"여보. 수고했어요."

작다랗게. 너무도 작다랗게. 그래 놓고 시계를 확인하면서 자정 넘어서 미안해요, 소리를 빼놓지 않는 너는.

"나도 사랑해요, 여보."

내 사랑이자, 내 신념이다.

나의 수연아,

외전

　늑늑함이 손과 발에 감긴다. 여름의 비는 그랬다. 에어컨을 틀지 않는 이상 사람을 이렇게 늑늑하고 습하게 만든다. 잠이 오지 않아 뒤척였다. 뒤척일수록 비의 습기는 더 진득하게 몸에 엉겨 붙었다. 자는 걸 포기하고 일어나 창문 앞에 섰다. 정원의 가등이 아직 꺼지지 않았다. 그렇다는 건, 아직 수연이 들어오지 않았다는 이야기다.

　자정이 넘었다.

　자정이 넘었는데 대체.

　핸드폰을 들었다. 폴더를 열어 환한 액정에 무언가를 써 보려 버튼을 누르려 했지만 폴더는 다시 닫혔다. 괜한 걱정이다. 연락해 봤자 뭘 어쩌려고. 선풍기 바람을 강으로 맞춰 놓고 도로 누웠다. 선풍기 바람에도 습기가 그렁그렁하다. 비가 줄기차게 내리는 여름은 수연에게도 힘들 터였다. 의수와 의족을 끼는 부분들이 자주 짓무르고 낫기를 반복하며 수연을 괴롭혔다. 그것도 모자라 비가 오면 팔다리가 없는 부분들이 아리기까지 한다고 했다.

그런데 오늘 같은 날, 수연은 아직 집에 들어오지 않았다.

모로 누운 채 앞머리를 쓸어 올렸다. 쓸어 올린 앞머리가 다시 제자리를 찾아오려 흘러내린다. 창문에 박히는 빗줄기를 멍하니 올려보다 누운 몸을 일으켰다. 핸드폰으로 문자라도 보내 보려던 일순 전화가 걸려 온다. 수연이었다.

"여보세요."

전화 너머로 빗소리가 들렸다. 쏴아아 쏟아지는 시원한 소리.

— 결아.

그 빗소리와 함께 어눌한 발음으로 내 이름을 부르는 수연의 목소리가 들렸다.

"어디야. 늦었는데."

— 술. 술. 술 마셨지러엉.

"그래서 어디야."

— 나 데리러 나와 주면 안 돼?

"누나."

— 나 좀 데리러 오라구우. 집에 가는 길을 모르겠어. 데리러 와아아.

눈앞을 살짝 가리는 앞머리를 뒤로 세차게 쓸어 올렸다. 한숨이 입 안에서 뭉개진다.

"가. 갈게. 어딘지 말해. 지금 바로 갈 테니까."

헤헤. 그런 웃음소리가 들렸다. 그 웃음소리마저 빗소리에 젖어 가는 것 같았다.

술집 차양 막 아래 엉덩이를 푹 퍼질러 앉은 수연은 떨어지는 비를 구경하는 것인지 시선을 땅바닥에 처박아 두고 있었다. 타인에게 의수와 의족이 보이는 게 싫어 이런 여름에도 긴팔과 긴바지를 입는 수연의 어깨가 비 때문에 추워진 것인지 잔뜩 웅크려졌다. 한숨이 절로 내쉬어졌다.

"누나."

수연이 찬찬히 고개를 들었다.

"어, 결이다. 결아아아!"

얼굴이 붉게 달아올라서는 입술이 함지박만 하게 벌어진다.

"집에 가자. 늦었어."

"나 못 걷겠어. 걷기 싫어."

"그럼 집에다 전화해 줄게. 기사님 부르자."

"그것도 싫어."

의족을 낀 오른발 뒤축으로 바닥을 툭툭 내려친다. 비가 고인 웅덩이에서 수연의 발이 움직일 때마다 빗물이 튀어 올랐다.

"그럼 어떻게 해 줄까."

"업어 줘."

"뭐?"

"네가 업어 달라구우. 업어 줘어."

나보다 여섯이나 많은 여자가 술에 취해 발음도 안 되는 입으로 청하는 우격다짐이 밉지 않았다. 그래서 우산을 수연의 손에 쥐여 주었다.

"우산 안 떨어지게 잘 잡아. 안 그럼 감기 걸려."

"웅! 잘 들게!"

"업혀."

수연에게 등을 돌려 무릎을 굽혔다. 금세 수연이 등에 업혔다. 수연의 무게는 안쓰럽도록 적었다. 왜소한 체격이 거짓이 아니라는 양.

나는 가끔 한수연과 여섯이나 차이가 난다는 게 믿기지 않았다. 어릴 때는 나보다 수연이 조금 컸다. 그러나 초등학교를 졸업하고 중학교를 거치며 우리의 눈높이는 격변했다. 이제 나는 수연을 위에서 아래로 내려다볼 정도로 컸다. 그래서 이렇게 작은 여자가, 내가 누나라 부르는 수연이 여섯이나 차이가 나는 것도, 누나라는 것도 이제는 현실감이 없었다.

길을 걸을 때마다 발에 빗물이 감긴다. 찝찝하다. 그래도 걸음에 신경을 썼다. 걸음 하나를 잘못 내디디면 등에 업힌 수연이 힘들어질까 싶어 걸음 하나에도 신중을 기했다. 그런데 정작 등에 업힌 수연은 뭐가 그리 즐거운 것인지 자꾸 웃는다. 귓가에 수연의 웃음소리가 고요하게 내려앉는다.

"결아야. 고마워."

"고마운 거 알면 다음부터 이러지 마."

"치이."

"술도 많이 마시지 말고. 이 밤에 누가 못된 짓이라도 하면 어쩌려고."

"너 있잖아."

"마실 거 다 마시고 이렇게 연락하면 늦거든."

"에에. 잔소리 그만해."

자기가 불러 놓고. 먼저 말 걸어 놓고. 피식 웃음이 났다.

같이 있는 시간이 즐겁다. 어려운 문제는 없냐고 느닷없이 방에 들어와서는 풀고 있는 수학 문제를 앗아 가 한참을 끙끙거리며 풀지도 못하는. 그래 놓고 이거 어떻게 푸냐고 나에게 다시 되묻는 수연과 함께하는 시간이 나에겐 즐겁고 안락하다.

"결아."

"왜."

"있잖아."

"어."

"너 없으면 안 될 거 같아."

순간 귓가가 열기에 잠식된다. 무슨. 갑자기.

"난 네가 내 옆에 있는 게, 그게 당연한 일처럼 느껴져."

누나. 그렇게 부르지도 못하고 내딛던 걸음이 멈춰졌다. 수

연의 손에 들린 우산이 옆으로 살짝 기울어 왼쪽 부분이 젖어
간다.

"나 버리지 마……. 너는 절대 그러지 마……."

우산이 끝내 바닥으로 나동그라졌다. 쏟아지기 바쁜 빗줄
기가 나와 수연을 적신다. 내 등에서 너는 잠이 들었고, 나는
온몸이 열감으로 채워진다.

내가 너를 좋아하는 거 같았다.

네가 다음 날 일어나 기억도 못 할 이 말들을 내 가슴에 품
고 오래도록 간직할 거 같았다.

이게 마치 내 감정의 싹인 듯하였다.

나는 비에 젖은 너를 네 방에 눕혔을 때야 알 수 있었다.
네 얼굴을 보며, 네 팔과 다리에서 의수와 의족을 빼내 주면
서, 그제야 알았다.

내 옆자리는 처음부터 너였다는 걸.

작가 후기

두 번째 책으로 찾아뵙습니다.

〈수연아,〉 이 책을 쓰며 저는 많이 행복했습니다. 팔다리가 없는 수연에게, 혼자가 아닌데도 스스로를 혼자라 가두는 수연에게 많은 행복들을 쥐여 주면서 더불어 수연의 행복이 된 결까지, 그 인물들을 만들어 내며 한껏 들떴던 게 사실입니다.

〈수연아,〉 제목 자체에는 정말로 많은 뜻이 내포되어 있었습니다. 수연이를 부각하면서도 수연이의 인생이 마침표가 아닌 쉼표이길 원했습니다. 그 어떤 순간이 되었든요. 그래서 제목에 수연이의 이름 뒤에 쉼표를 썼습니다. 수연이의 안타까운 인생이 아무리 어려워도 포기하거나 낙담하지 않길 바라서요.

어느 한순간 내가 알고 있던 가족이 피붙이가 아니라면. 어느 한순간 피붙이도 아닌 식구들한테 내 인생이 얹어진 기분이라면. 많이 힘들고, 많이 슬프고, 그래서 함부로 말을 꺼내거나 행동하지 못할 것 같았어요. 그런 수연이가 많이 사랑받길 원해 쓴 글이었습니다.

이 글을 구상하고 나서 진짜 단 며칠 만에 A4 분량으로 40페이지를 넘게 적었습니다. 그만큼 애착이 깊었던 글입니다. 그러면서 제 손으로 적는 수연과 결의 티키타카가 너무 좋기도 했구요. 연재를 하기 시작하면서는 더불어 과분한 사랑까지 받아 넘치게 행복했죠.

그런데 사람이 모두 제 마음 같지는 않은가 봅니다. 전작도 그렇고 이번 작품도 그렇듯 주인공에게 장애가 있는 게 어느 분에게는 심기가 불편할 수 있는 일이라는 것을 알았습니다.

사실 이걸 밝히기 싫었는데, 저도 장애가 있습니다. 그런데 순간 내가 장애인인 걸 타인이 알아채면 그 타인은 극도로 조심스러워집니다. 저에게 상처를 줄까 싶어 배려하는 거겠지요. 그런데 저는 여태 살면서 그게 불편했습니다. 타인들의 그런 조심스러움에 장애인과 비장애인에 대한 거리감이 생겼거든요. 그래서 장애가 있어도 비장애인과 다르지 않은 행복을, 사랑을 누릴 수 있다는 걸 쓰고 싶었어요. 누구나에게 주어지는 평범함이 장애인이라고 주어지지 않을 게 뭔가 싶어서요. 물론, 그래서 저도 저를 평범하게 사랑해 주는 사람과 만나 행복한 중이고요.

　그저 모두가 똑같이 자신의 생에 주어진 평범한 삶을 누리길 바라 쓰기 시작한 글입니다. 그러면서 저도 덕분에 많이 행복했어요.

　그리고 이건 사담인데, 아직 생체공학 의수나 의족이 크게 상용화되진 못했어요. 가격도 가격이고 사용하는 사람이 뇌에서 전달하는 행동 범위를 추적해서 만들어 내야 그 사람이 하려는 행동을 되도록 제약 없이 할 수 있다고 하더라고요. 그런데 앞으로의 미래가 점점 더 그러길 바라여 수연이는 미래의 더 상용화된 생체공학 의수와 의족을 쓰는 방향으로 글을 썼습니다.

　사실 로맨스 장르 하나만으로 묶기에는 수연의 가족 이야기나 여러 가지 면에서 부족할 겁니다. 미흡하다면 많이 미흡한 글이겠죠. 그래도 너무 많이 미워하시지는 않길 바라 봅니다.

　제 인생 여정의 동행인인 그분에게, 늘 응원해 주시는 J님과 L님에게, 그리고 이 글을 읽어 주신 분들에게 감사의 인사를 전합니다.

　그대들의 생에 한순간만이라도 쉼표가 머물기를.

　저는 그 쉼표 사이사이 행복을 쓰는 사람이 되겠습니다.

2019년 10월 가을과 겨울 사이

임이현

수연아,

1판 1쇄 찍음 2020년 1월 31일
1판 1쇄 펴냄 2020년 2월 7일

지은이 | 임이현
펴낸이 | 정 필
펴낸곳 | (주)뿔미디어

기획·편집 | 박경희 권자영 문지현
표지 디자인 | 우 물

출판등록 | 2002년 9월 11일 (제1081-1-132호)
주소 | 경기도 부천시 소향로17, 303(두성프라자)
전화 | 032)651-6513 팩스 | 032)651-6094
E-mail | scarlets2012@hanmail.net
블로그 | http://blog.naver.com/dahyangs
비북스 | http://b-books.co.kr

값 9,000원

ISBN 979-11-90625-56-2 03810

Scarlet
스칼렛
www.b-books.co.kr

Scarlet

스칼렛

www.b-books.co.kr